SUPERBESTSELLER

978

Della stessa autrice

ANNA DAGLI OCCHI VERDI
IL BARONE
SAULINA (IL VENTO DEL PASSATO)
COME STELLE CADENTI
DISPERATAMENTE GIULIA
DONNA D'ONORE
E INFINE UNA PIOGGIA DI DIAMANTI
LO SPLENDORE DELLA VITA
IL CIGNO NERO
COME VENTO SELVAGGIO
IL CORSARO E LA ROSA
CATERINA A MODO SUO
LEZIONE DI TANGO
VANIGLIA E CIOCCOLATO
6 APRILE '96
QUALCOSA DI BUONO
ROSSO CORALLO

SVEVA CASATI MODIGNANI

VICOLO DELLA DUCHESCA

SPERLING
PAPERBACK

VICOLO DELLA DUCHESCA

I edizione «Superbestseller» Paperback aprile 2004
In copertina: Werbefoto Tappainer Lana d'Adige
Sul retro: Foto dell'autrice di Dominique Laugé

ISBN 978-88-8274-661-2
86-I-07

V EDIZIONE

Dedicato a Luna
e ai suoi genitori

Ringraziamenti

«VICOLO della Duchesca» mi è stato ispirato da Adriana Cenni Baistrocchi, che ha attraversato quasi tutto il Novecento e, qualche volta, ha partecipato ai grandi eventi del secolo. I suoi ricordi mi hanno consentito di ricostruire atmosfere e sentimenti. Il «Diario di guerra» del suo primo marito, Gualtiero Fedrigoni, Capitano dell'Armir, morto in Russia nel dicembre del 1942, mi ha suggerito alcune pagine di una vicenda drammatica.

Nora Savarese e Marisa Fuccillo mi hanno aiutata a interpretare la napoletanità di alcuni personaggi, primo fra tutti quello di Teresa. I romanzi di Mastriani, le cronache della Serao, le poesie di Di Giacomo, le canzoni di Murolo hanno fatto il resto.

Gran parte del romanzo si svolge a Merano, città che ho imparato a conoscere e amare nel corso degli anni. Ho capito la complessità della sua storia grazie agli amici di lingua tedesca. Tra questi ricordo Heini e Irmgard Winterholer, Ferdi e Anni Capello, il dottor Dietmar Capello e il professor Andreas Capello, il dottor Fritz Singer e sua moglie Marisa, Peter e Adriana Castelforte, direttori dell'hotel *Schloss Rundegg* e Horst Hellmenreich della libreria *Poetzelgerger,* che mi ha fornito una documentazione storica del Sudtirolo.

Donatella Barbieri, come sempre, mi è stata vicina durante la stesura del romanzo e ne ha curato l'editing.

Le redattrici della Sperling hanno scrupolosamente curato il testo. Annamaria Andreini Arisi mi ha offerto consigli preziosi. Mi scuso con i lettori se mi sono sfuggite alcune inesattezze.

Merano - Schloss Rundegg
30 dicembre 1999

1

La porta automatica si aprì silenziosamente al passaggio di un'anziana signora, alta e sottile, che entrò nella piccola hall dell'albergo *Schloss Rundegg* di Merano. Indossava un cappotto nero bordato di zibellino e dal cappello, a tesa ampia, usciva qualche ricciolo biondo. Aveva un bel viso illuminato da grandi occhi verdi.

Il tassista che l'accompagnava posò due valigie bianche accanto a una cassapanca antica.

« *Vielen Dank* », ringraziò la signora.

« *Bitte* », replicò il tassista, e si allontanò salutando con un familiare *servus* il portiere che stava venendo incontro all'ospite.

« Sono Valeschi », disse la signora. « È stata prenotata una camera a mio nome. »

« Infatti, l'aspettavamo. Buona sera, signora Valeschi. Ha fatto buon viaggio? » disse Giovanni, il portiere di notte. Era un uomo sulla cinquantina, dalla corporatura imponente e l'accento meridionale che le ricordò subito la sua balia.

« Ottimo, grazie », rispose distrattamente la signora mentre sbottonava il cappotto su un abito rosso lacca. Si guardò intorno incuriosita. Riconobbe il soffitto a crociera con la colonna centrale in pietra rosa che, a Natale, sua madre fasciava con rami d'abete e nastri di seta rossa. Adesso soltanto gli archi erano decorati da festoni di abete e palle dorate.

« Vuole accomodarsi, signora Valeschi? » la invitò Giovanni.

« Naturalmente », rispose, riscuotendosi dai ricordi. S'avvicinò al banco del ricevimento, sfilò i guanti, aprì la borsetta ed estrasse un documento d'identità.

« Faccio portare subito in camera i suoi bagagli », disse lui.

« È nella torre? » s'informò.

« Come aveva chiesto », confermò.

« A che ora servono la cena? » chiese la signora.

« Adesso. Sono le sette e mezzo. »

« Allora vado a tavola », decise.

In quel momento li raggiunse il maître in abito nero, camicia immacolata, papillon rosso.

« Huber, la signora al tavolo trentadue », ordinò il portiere all'uomo che annuì con un cenno del capo.

Solo allora la signora si rese conto che un impianto stereofonico diffondeva in tono sommesso le note di un canto di Natale. Seguì il maître e si trovò in una sala dal soffitto basso, le pareti tirate a calce, i tavoli con tovaglie bianche, le sedie dallo schienale alto rivestite di velluto rosso. Candele e rami d'abete sottolineavano le festività natalizie. Era la sera del 30 dicembre. Il giorno dopo, allo scoccare della mezzanotte, sarebbe cominciato il nuovo millennio.

« Sono l'unica ospite? » domandò a Huber che l'aveva accompagnata al tavolo, dopo aver affidato a un cameriere il cappotto e il cappello.

« L'unica per la cena. Questa sera i nostri clienti sono in un castello della Val Venosta. Torneranno tardi », spiegò mentre le porgeva il menu. « Desidera vino o birra? Acqua minerale liscia o gassata? »

« Acqua naturale e vino bianco. Quale mi consiglia? »

« Abbiamo un Versoaln eccezionale. »

Mentre lei consultava la lista dei cibi, un giovane cameriere appoggiò sul tavolo un cestino con fette di pane tostato e un piattino con riccioli di burro.

« Posso aiutarla nella scelta? » si offrì Huber, rivolgendole un sorriso.

« Decida lei. Mi porti qualcosa di leggero », rispose la signora chiudendo il menu. E aggiunse: « In questa sala, una volta, c'era una stufa di maiolica bianca e blu che sfiorava il soffitto ».

« Da quando hanno aperto l'albergo, e sono ormai trent'anni, qui è sempre stato così. Prima era tutto una rovina. Lo so bene perché sono di Scena, un paese vicino. Da bambino, venivo qui a giocare con gli amici. Entrare nel castello era una prova di coraggio, perché si diceva che tra queste mura si aggirasse il fantasma del vecchio Bernhardus Paravicini che, nel Settecento, era il padrone. In Duomo c'è una lapide che lo ricorda », spiegò il maître, mentre versava il vino nel bicchiere. La signora lo assaggiò.

« Davvero ottimo », convenne. E proseguì: « Lei e i suoi amici, lo avete mai visto questo fantasma? »

« No, ma lo abbiamo sentito. All'improvviso ci colpiva una folata d'aria gelida, anche in pieno luglio. Allora scappavamo terrorizzati. Si dice che il conte Bernhardus non fosse un tipo socievole », garantì.

« Forse gli dispiaceva che il suo castello fosse stato abbandonato », replicò la signora.

« Forse non gli piace neppure che sia diventato un albergo, perché c'è chi sostiene di avvertirne ancora la presenza. Ma è soltanto suggestione. »

La signora si rivide bambina, in una sera d'inverno. C'era bufera e la neve, cadendo, faceva mulinelli. Lei era seduta sulla panca, accanto alla stufa.

« Non vorrai passare lì tutta la notte! » le aveva detto sua madre.

« Qui sto bene », aveva sussurrato lei.

« Invece ti ammalerai. Il freddo fortifica. Il caldo è per le persone deboli. Tu sei una bambina forte. Dunque, vai a letto. »

« Io non sono una Paravicini come te. Sono una Valeschi. Non sono austriaca. Sono italiana. Ho freddo e non voglio dormire da sola nella torre », s'era intestardita.

« Ti ho riscaldato il letto. »

« Ho paura di Bernhardus. Lui è lì fuori che ulula come un lupo. Mi sento addosso il suo fiato di ghiaccio. »

Ora si portò una mano alla guancia, nel punto in cui sua madre l'aveva colpita con uno schiaffo. Erano passati ottant'anni da quella notte.

« Certo, è soltanto suggestione », disse.

Un cameriere si avvicinò al tavolo sospingendo un carrello. Alzò i coperchi di due guantiere. Huber le servì filetto grigliato di salmone fresco e verdure al vapore.

« Domani sera ci sarà una grande festa al castello. Desidera che le riservi un posto per il cenone? » s'informò.

« Naturalmente », rispose lei.

Concluse la cena con un sorbetto al limone. Poi lasciò la sala da pranzo.

Nella hall le andò incontro Giovanni che le restituì la carta d'identità.

« Se posso permettermi, ho visto che la signora è nata a Merano », osservò, compiaciuto di quella scoperta.

Lei rispose con un sorriso.

« Sabine l'accompagnerà nella sua camera, la trentadue », soggiunse lui riprendendo l'abituale tono professionale. Una ragazza in costume tirolese l'aspettava accanto all'ascensore.

« È arrivata da Parigi, vero? » domandò la giovane mentre salivano. E spiegò: « Ho visto il contrassegno sui suoi bagagli ».

« È stato un viaggio troppo lungo per la mia età », confessò la signora.

« Se lo desidera, posso aiutarla a disfare le valigie », si offrì Sabine mentre percorrevano il vestibolo del terzo piano.

In realtà, il viaggio non era stato così faticoso, ma all'improvviso si sentiva stanca. Era rimasta in clinica per tre interminabili settimane, il tempo necessario perché le ferite si cicatrizzassero e gli ematomi si riassorbissero. Si era sottoposta a un leggero lifting del viso.

« Vado a farmi togliere questo neo fastidioso sul collo e, già che ci sono, voglio farmi coccolare un po': massaggi, ginnastica, dieta, qualche fleboclisi idratante », aveva spiegato ai suoi figli. Se avessero saputo la verità, l'avrebbero certamente ostacolata. « Potremmo festeggiare il Capodanno insieme, al *Crillon* », aveva proposto, divertendosi all'idea di presentarsi ringiovanita all'appuntamento con loro e con il nuovo millennio.

Nella clinica di lusso, isolata dal resto del mondo, senza nulla da fare se non guardare la televisione o leggere i giornali, la signora si era abbandonata ai ricordi. Aveva sempre evitato di soffermarsi troppo a lungo sul suo passato. « È tipico dei vecchi rifarsi ai tempi che furono », diceva alle amiche che parlavano con nostalgia dei loro anni giovanili. Lei aveva avuto una lunga esistenza, a tratti molto difficile, avendo attraversato quasi per intero il secolo che stava per finire.

In clinica, mentre le ferite si rimarginavano, aveva riflettuto su tutto ciò che la vita le aveva regalato e tolto. E, all'improvviso, proprio quando avrebbe dovuto incontrare i suoi figli, era partita per Merano, quasi volesse fuggire da loro. Ma non era così. Aveva preso una decisione e doveva essere sola per valutarla.

« Prego, signora, si accomodi », disse Sabine aprendo la porta della camera.

Lei ricordò la sua stanza di bambina. Le pareti rivestite di abete, il parquet dipinto con colori vivaci, il letto con la testiera in legno e il piumino foderato in tela di Fiandra, gli imparaticci a punto croce alle pareti, l'armadio delle bambole e quello dei vestiti. Tutto era cambiato. Si trovò in un'anticamera illuminata da appliques a torcia in legno dorato e ravvivata da quadri con motivi floreali. La parete di fondo era interamente occupata da un armadio a muro. Sulla sinistra, una porta conduceva alla stanza da bagno, sulla destra si apriva la camera da letto. Era meno grande di quanto ricordasse. Le finestre erano sempre quattro: due si affacciavano a nord e due a est. Il rivestimento in legno non c'era più, le pareti erano tinteggiate di bianco. Vide un ampio letto matrimoniale e, nell'angolo tra le finestre, due poltrone antiche e un tavolo rotondo su cui erano appoggiati un'alzatina di cristallo per i cioccolatini, frutta fresca in un cestino, rose bianche e iris blu in un vasetto d'argento. Grandi abat-jour, sapientemente dislocati, diffondevano una luce calda.

La signora si abbandonò su una poltrona. Era arrivata alla fine del viaggio. Sabine, nell'anticamera, aprì le valigie e ripose nell'armadio abiti e biancheria. Poi preparò il letto per la notte.

« In quel mobile c'è il frigorifero. Troverà acqua, succhi di frutta, vino e biscotti », spiegò all'ospite. E proseguì: « Domani ci sarà una cena per salutare il Duemila. Verrà un'orchestra da 'dentro' che suonerà musica tirolese », annunciò mentre disponeva sul letto una camicia da notte e una veste da camera.

La signora sapeva che « dentro » si riferiva all'Austria che nel Sudtirolo aveva ancora il significato di patria. Erano trascorsi ottant'anni dall'annessione del Sudtirolo all'Italia, ma la gente del posto continuava a considerare l'Austria come la propria casa. Quand'era bambina, capitava che sua madre annunciasse: « Domani parto. Vado dentro. Mi fermerò a Innsbruck per qualche giorno ». Lei restava con la balia, Teresa Avigliano, che era entrata e uscita dalla sua vita un'infinità di volte.

Allungò lo sguardo verso la porta del bagno. Lì, una volta, c'era la stanza di Teresa.

« Posso esserle ancora utile? » domandò la cameriera.

« Grazie. Non mi serve altro », la congedò.

Finalmente fu sola. Si alzò dalla poltrona e si accostò a una finestra che dava sul monte San Zeno. L'aprì. L'aria non era troppo fredda. Il cielo era senza stelle. Respirò a pieni polmoni pensando: Stanotte verrà la neve. Sentì il rumore delle automobili e vide la luce dei fari che illuminava il prato davanti al castello. Erano gli ospiti che tornavano dalla Val Venosta. Richiuse subito i vetri.

Ricordò il giorno in cui sua madre le aveva annunciato: « Non ce la faccio più a mantenere il castello. È molto doloroso per me, ma devo venderlo. Vieni con me a Merano. Ho trovato un acquirente e ho bisogno del tuo sostegno ». Lei non l'aveva accompagnata.

Erano passati tanti anni da quel giorno.

Andò in bagno, si spogliò, indossò la camicia da notte e si osservò allo specchio. L'intervento estetico era ben riuscito. Era soddisfatta e pensò: Come quando l'argenteria viene tirata a lucido: è più piacevole a vedersi.

Andò a letto, rannicchiandosi sotto il piumino. Si addormentò subito. La svegliò il trillo del telefono. Afferrò il ricevitore.

« Ma che ore sono? » domandò con voce assonnata, senza chiedere chi fosse l'interlocutore.

« È ora che tu metta giudizio. Siamo tutti qui a Parigi, per te. E tu hai lasciato la clinica senza informarci. »

Era suo figlio Gianni. Sembrava furibondo.

« Oddio! » sospirò, rassegnata.

« Avevi proposto tu di festeggiare il nuovo anno insieme. Solo per miracolo abbiamo saputo che sei a Merano. Ma che cosa dobbiamo fare con una scriteriata come te? »

« Hai quasi sessant'anni e ancora non riesci a controllare i nervi. Smettila con questi isterismi. Calmati e goditi Parigi in festa », replicò, per niente intimorita dai rimproveri. Subito dopo chiuse la comunicazione.

Evidentemente il telefonista della clinica che aveva fatto la prenotazione al castello aveva informato i suoi figli, nonostante la buona mancia per tacere. Tentò di riprendere sonno, considerando che i suoi figli non riuscivano quasi mai a colpevolizzarla. Li amava profondamente e loro l'adoravano. Ma lei agiva spesso d'impulso, senza consultarli come avrebbero voluto. Non era affatto pentita di aver assecondato il desiderio di ritornare al castello senza avvertirli. Per anni aveva negato una parte importante delle sue origini e, all'improvviso, aveva sentito il bisogno di recuperarle. Era ancora in tempo per farlo.

Il telefono trillò di nuovo. Era Giuditta, sua nuora.

« Thea, non arrabbiarti, ti prego. Dimmi soltanto se possiamo raggiungerti a Merano. A proposito, ti trovi bene al castello? »

« La risposta alla prima domanda è no. Sì, per la seconda. Abbraccia tutti per me e vedi che mi lascino in pace. »

Non volle ascoltare altro. Ormai era completamente sveglia e si mise in comunicazione con il portiere.

« Mi faccia un favore: dica che non mi passino altre telefonate. Poi vorrei la colazione in camera. »

Si alzò, andò in bagno e tentò di pettinare i capelli corti, ricci, un tempo biondi come quelli di sua madre e ora platinati dalla tintura.

Bussarono alla porta. Entrò Sabine, spingendo il carrello della prima colazione. La ragazza indossava un bellissimo *Dirndl* di lana rosso-cupo con i bordi di passamaneria e un golfino blu.

« Ha visto che spettacolo, signora? » domandò aprendo il tendone che schermava una finestra. La neve cadeva lenta e silenziosa e aveva imbiancato il paesaggio.

« Come quando sono nata », sussurrò la signora.

« È nata d'inverno? »

« In gennaio. In questo castello, al piano di sotto, nella camera di mia madre. Anche lei era nata qui. Si chiamava Josepha Paravicini », spiegò.

Sabine la guardò incredula. « Sua madre era una discendente del conte Bernhardus, il fantasma? » chiese.

La signora annuì.

« Posso raccontarlo agli altri? Stamattina qualcuno diceva di averlo sentito ridere, durante la notte », rivelò. « Non era mai successo che il vecchio Bernhardus ridesse. »

« Forse era contento che io fossi tornata », disse lei con un sorriso bonario.

« Che effetto fa essere ospite in casa propria? Voglio dire: il castello era della sua famiglia, ora è un albergo e tutti possono venirci», la incalzò la ragazza.

«Niente è mai come vorremmo che fosse. La vita, spesso, è come un girotondo: un cerchio perfetto che si conclude là dove è cominciato. Ricordi il gioco che si faceva da bambini?» chiese la signora. E pensò: Ecco, mi sto comportando come le mie vecchie amiche. Ma hanno ragione loro: è importante ricordare.

Napoli - Vicolo della Duchesca
agosto 1910

1

BAMBINI laceri e ridenti, tenendosi per mano, formavano un cerchio ampio quanto il vicolo e giravano in tondo recitando una filastrocca. Le loro voci risuonavano allegre nel silenzio del caldo pomeriggio domenicale.

Rosa Avigliano svoltò nel vicolo e riconobbe due dei suoi cinque figli nel cerchio dei monelli. Tornava dal servizio nella casa di don Vincenzo Cuocolo, dove lavorava come donna di fatica. Non vedeva l'ora di coricarsi, con un panno intriso d'aceto sulla fronte, perché il mal di testa non le dava tregua dall'alba. Tutta colpa del gran caldo afoso che toglieva il fiato. Si aggrappava a questa considerazione per ricacciare il terrore del colera che in molte famiglie di Napoli, compresa la sua, si era già preso tante vite. Ora, per fortuna, l'epidemia si stava estinguendo.

Una goccia d'acqua la colpì sulla guancia, poi un'altra e un'altra ancora. Rosa alzò lo sguardo al cielo, che era una lama sottile sopra il vicolo della Duchesca.

« Piove, Gesù », sussurrò incredula, mentre le gocce si infittivano.

« Piove! » urlò, perché tutto il vicolo sentisse, e il suo grido fu uno zampillo di gioia. Il cerchio alla testa allentò la morsa.

Concetta Russo, gli occhi ancora gonfi di sonno, si affacciò sulla soglia del suo « basso » e gridò a sua volta: « La Madonna dell'Aiuto ha fatto la grazia! » Chiamò il marito perché mettesse al riparo i sacchi della lana da cardare.

Anche il fruttivendolo si affrettò a ritirare il trespolo di legno da cui pendevano trecce d'aglio e cipolla, collane di pomodori secchi mangiati dalle mosche, mazzi di peperoni piccanti e ghirlande di limoni intrecciati con l'alloro.

Il ciabattino trasportò in casa il deschetto con gli attrezzi da lavoro e la cesta delle scarpe vecchie da risuolare. Le donne portarono in casa tavoli, sedie, fornelli, macchine per cucire. Il vicolo era casa e bottega. La vita si svolgeva sulla strada. I bassi erano un ricovero solo per la notte.

L'ultima pioggia era caduta a marzo e da allora la città soffocava sotto un sole implacabile, tanto che il Lavinaio, il fossato dove confluivano le acque piovane, da mesi era completamente secco.

All'inizio d'agosto, la gente aveva portato in processione la statua della Madonna dell'Aiuto per implorare la pioggia e la fine dell'epidemia di colera che, secondo quanto riferivano i giornali, aveva fatto poche decine di vittime, ma gli abitanti dei bassi sapevano che i loro morti erano centinaia e riposavano sulla collina, nel cimitero di Poggioreale. Ad aprile, Rosa Avigliano aveva sepolto lassù l'ultimo figlio che aveva appena un anno. Un altro figlio di cinque anni, Peppiniello, aveva rischiato di morire. All'ospedale, il medico l'aveva esortata alla rassegnazione. « Due sono davvero troppi », aveva sussurrato Rosa e si era prostrata ai piedi della statua di San Francesco. « Il Padreterno mi ha già preso una creatura. Non basta? Santo mio adorato, intercedete per Peppiniello e io lo voterò a voi », aveva promesso.

Il santo l'aveva esaudita. Il bambino era guarito e ora vestiva il saio grezzo dei « monacelli », stretto in vita da una corda con i nodi del rosario.

Peppiniello, incurante dell'abito che indossava, ora correva su e giù per il vicolo con gli altri bambini e, come tutti, lanciava strilli di gioia.

« Bambini, venite, che il cielo vi lava, finalmente! » ordinò Rosa. La pioggia l'aveva aiutata a recuperare le energie consumate dal caldo e dalla fatica, e ora lei cercava di agguantare i suoi figli, come facevano le altre madri del vicolo. « Teresella! » chiamò ancora.

Teresa era la figlia più grande, aveva dodici anni e raramente si mescolava ai coetanei. Le piaceva andare in giro da sola per le strade del quartiere a osservare persone e cose. Ammirava le facciate delle chiese, chiedendosi che cosa significassero le scritte sopra i portali, perché non sapeva leggere. Osservava i resti di antichi palazzi in rovina che conservavano le tracce di una lontana opulenza. Sapeva che nel quartiere era stato ammazzato Masaniello ed era stato decapitato il principe Corradino di Svevia. « Da chi? » aveva chiesto Teresella a suo padre. « Dalla fame », le aveva risposto lui. « La fame è un mostro che divora gli uomini. »

In quel quartiere il nobile Alfonso d'Aragona, duca di Calabria, era vissuto con la sua corte in un magnifico palazzo del quale non c'era più traccia da oltre un secolo. Ma da allora, a quei vicoli era stato dato il nome di Duchesca: erano sette, come i peccati capitali. Tutti ugualmente miseri, fiancheggiati da case fatiscenti, abitati dalla fame.

Com'è il contrario della fame? si chiedeva spesso Teresella che non conosceva la sazietà.

In quel pomeriggio afoso, la ragazzina stava osservando il Lavinaio in secca. Era colmo di rifiuti e mandava un odore disgustoso. La pioggia la colse all'improvviso e corse a piedi nudi verso casa. Il richiamo di sua madre la raggiunse mentre svoltava nel vicolo dove c'era il suo basso.

« Porta fuori il secchio e la conca », la spronò Rosa. Stava spogliando i figli piccoli dei loro abiti stracciati, mettendo a nudo i corpi denutriti di tre maschi e di una femminuccia, la pelle bruna punteggiata dai morsi rossastri delle pulci. In mezzo alla strada, sotto la pioggia scrosciante, Rosa li strofinò energicamente con il sapone.

I bambini ridevano, spalancavano verso il cielo le bocche assetate. L'acquazzone riempiva le tinozze, lavava il selciato e trascinava verso il Lavinaio tutto il sudiciume.

Rosa spinse i suoi figli all'interno del basso. Prese un lenzuolo, ve li avvolse tutti insieme e massaggiò i loro corpi. « Ora state buoni. Mettetevi sul letto. Anche mammà e vostra sorella si devono lavare », spiegò.

Il basso era una stanza senza finestre, con una sola apertura, che dava sul vicolo, da cui prendeva poca aria, poca luce e mai il sole. Le pareti trasudavano umidità.

Non c'erano acqua corrente, né servizi igienici. L'acqua si attingeva da pozzi stagnanti ed era sempre infetta. Quanto al resto, ci si arrangiava all'aperto, dove capitava. I rifiuti venivano gettati sulla via, da cui nessuno si preoccupava di toglierli.

Le famiglie che vivevano nei bassi soffrivano di catarri cronici. I bambini morivano spesso di « crup », una laringite difterica per la quale non si conoscevano rimedi. Si conviveva con gatti famelici, galline pidocchiose, ratti velenosi. Di notte la gente si sdraiava sui letti infestati dalle cimici.

Da anni medici e politici, autorità cittadine e giornalisti, scrittori e poeti denunciavano lo sconcio dei bassi napoletani. Ministri e deputati li visitavano, li deploravano e promettevano risanamenti che puntualmente non venivano attuati.

Nel basso della famiglia Avigliano, l'impiantito era di assi sconnesse e fradicie. Un lusso che il marito di Rosa si era concesso coprendo la terra battuta con legni raccolti alla Marina.

Alcune tende, sorrette da funi, creavano angoli di relativa intimità. Mentre i bambini continuavano a giocare, a ridere e a fare capriole sul letto, Rosa, con l'aiuto di Teresella, portò nel basso la conca che straripava d'acqua piovana. La collocarono in un angolo, dietro una tenda.

« Ora ci laviamo noi », annunciò, slegando i lacci della camicia della figlia. La sollevò per le ascelle e la immerse nella conca di legno. Fuori, nel vicolo, la pioggia martellava il selciato e nel cielo saettavano lampi.

La ragazzina, liberata dal sudiciume di settimane, si asciugò e cominciò a passare il pettine di osso tra i capelli.

Mentre si pettinava davanti a uno specchio osservava se stessa e sua madre che si era immersa nella conca.

« Mammà, perché i miei capelli sono così neri? » domandò.

« Sono i fili di seta che la notte ti ha regalato prendendoli dal suo mantello », disse Rosa.

Teresella sorrise compiaciuta.

Rosa offriva spesso risposte fantasiose alle domande incessanti di quella figlia tanto curiosa.

« Dite il vero, mammà? » insistette la bambina. E aggiunse: « E dopo? Quali altri regali mi ha fatto il cielo? »

« La luna ti ha donato la sua luce pallida per colorare la tua pelle e le stelle sono entrate nella tua bocca per far brillare i denti », proseguì pazientemente. Era uscita dalla conca e cercava un panno con cui asciugarsi.

« E il sole? Che cosa mi ha regalato? »

« Niente. Speravo che ti entrasse nel cervello per illuminare la tua mente. Ma non è stato così. Sei sempre svagata. Te ne vai troppo in giro e non so che cosa cerchi. La notte solamente ti ha offerto doni. »

« Non cerco niente, mammà. Mi piace guardare tutto quello che mi sta intorno: i palazzi, le strade, le carrozze, le automobili, le botteghe, quelle belle, di Chiaia e di corso Umberto. Mi piacerebbe vedere la casa di don Vincenzo Cuocolo. Non sono mai entrata in un palazzo di signori. »

Don Vincenzo, ricco commerciante di pellame, viveva con la famiglia al piano nobile di un palazzo ottocentesco che Rosa puliva. Aveva persino il telefono. Quando suonava, Rosa sussultava e usciva di corsa dalla stanza strillando: « O' talefrico ». Poi spiava dalla soglia la persona che parlava portandosi all'orecchio una specie di cono da cui usciva la voce di un interlocutore lontano: una stregoneria dei tempi moderni.

In quella grande casa c'erano due cameriere che apparecchiavano la tavola, servivano il tè, rammendavano le lenzuola, stiravano la biancheria e facevano brillare gli argenti. Lei non sapeva fare nulla di tutto ciò. Le toccavano i lavori più pesanti. Puliva i camini e le stufe, scendeva in cantina a prelevare legna e carbone per la cucina e il riscaldamento, lavava i panni e strofinava i pavimenti con la soda e la spazzola. La sera, quando tornava nel suo basso, era così stanca che, a volte, si buttava sul letto senza mangiare e si addormentava subito, stremata dalla fatica.

Guadagnava due lire a giornata e su quelle la famiglia poteva contare. Più incerti erano i guadagni del marito, che era scaricatore al mercato del pesce. Lui non lavorava tutti i giorni. Quando capitava, portava a casa tre lire. Le spese erano elevate, perché l'affitto del basso era caro. Venti lire al mese. Il resto se ne andava in cibo e medicine.

Tuttavia, dalla casa del padrone, Rosa portava spesso fondi di caffè, avanzi di cibo, scaglie di sapone, biancheria smessa, abiti usati. Insomma, era un buon lavoro e faceva del suo meglio per conservarlo.

« Vorresti davvero vedere la casa di don Vincenzo? » si stupì Rosa. Lei non aveva mai nutrito alcuna curiosità per i palazzi dei nobili e dei ricchi. Sapeva che il meglio in assoluto erano le chiese. Lì si poteva ammirare la vera ricchezza: i colori meravigliosi degli affreschi, le statue di marmo, le colonne e i capitelli fioriti, gli stucchi dorati e centinaia di candele sempre accese che, solo a vederle, scaldavano il cuore. Rosa entrava da padrona in ogni chiesa, senza temere che i santi la guardassero con disprezzo.

« Alla famiglia Cuocolo non piacerebbe vederti. Hanno paura di guardare negli occhi la nostra miseria », disse Rosa con un sorriso ironico, mentre infilava una camicia pulita sul corpo magro dai seni immensi.

« Mammà, quando mi crescerà il petto come a voi? » domandò Teresella.

« Quanta fretta hai di diventare grande », replicò la madre, con voce aspra.

« Non mi avete risposto », sottolineò la bambina, mentre combatteva una lotta impari con i suoi riccioli.

« Più tardi sarà, meglio sarà. Quando ti crescerà il petto sarai una donna. A quel punto, la tua vita già disgraziata diventerà un inferno. Guarda me e non aver fretta di crescere », tagliò corto. In quel momento, un tuono esplose con tanta forza da scuotere la terra. Rosa sussultò, la figlia s'avvinghiò al suo fianco, i piccoli smisero di giocare e una donna gridò spaventata: « Gesù, il terremoto! »

« La nonna si è svegliata », sussurrò Teresella, contrariata perché il tuono e la nonna l'avevano strappata a un momento di intimità con la madre.

Rosa scostò la tenda che per pochi minuti le aveva isolate dal resto del mondo. Attraversò la stanza e si chinò su un letto da cui proveniva un odore acre.

« Mamma Lina, calmatevi. Il colera non è ancora passato e già pensate al terremoto? » l'interrogò con dolcezza.

« Ma che cosa è stato? » chiese la vecchia che si era messa a sedere sul letto.

« Dormivate così bene che non vi siete accorta del temporale. I santi, lassù in Paradiso, si stanno accapigliando per chissà quali questioni loro, privatissime », la rassicurò con un sorriso che si trasformò in una smorfia di disappunto perché, sul pavimento, si era riversata un'ondata d'acqua.

« Madonna dell'Aiuto, vi avevamo chiesto la grazia della pioggia, non un diluvio. È così che rispondete alle nostre preghiere? » si stizzì Rosa. Il vicolo era diventato un torrente e il basso, che era due gradini sotto il livello stradale, si stava allagando.

« Teresella, bambini, aiutatemi », ordinò, mentre afferrava un mucchio di stracci nel tentativo di arginare il flusso dell'acqua. «E voi, mamma Lina, lavatevi un poco perché, scusate se ve lo dico, ma puzzate assai», soggiunse rivolgendosi alla suocera che, per tutta risposta, tornò a sdraiarsi nel letto. Dopotutto era domenica, il giorno di riposo dedicato al Signore. Per tutta la settimana si affannava a rincorrere quei nipotini che erano troppo vivaci per le sue poche forze. Per lavarsi, avrebbe aspettato il prossimo acquazzone, a patto che venisse in un giorno lavorativo. Quanto al basso allagato, era soltanto un piccolo inconveniente che si sarebbe presto risolto anche senza il suo aiuto.

Il temporale si allontanò e i bambini sciamarono di nuovo all'aperto. Nel vicolo riprese la vita di sempre.

All'improvviso una figura luminosa si profilò sulla soglia del basso.

Rosa e Teresella spalancarono la bocca per lo stupore. Davanti a loro c'era una donna giovane, bellissima, vestita di un abito bianco che la copriva dal collo ai piedi. I capelli d'oro formavano una specie d'aureola intorno al capo protetto da un grande cappello.

«Siete voi donna Rosa Avigliano?» domandò la sconosciuta.

Rosa lasciò cadere a terra lo straccio che stringeva in pugno, posò una mano protettiva sulla spalla di sua figlia e rispose, sospettosa: «Perché lo volete sapere?»

«Ho bisogno di voi per una fattura», disse semplicemente la visitatrice, senza muoversi dalla soglia.

2

Rosa Avigliano aveva imparato da sua madre a confezionare amuleti contro il malocchio, a sciogliere voti, a recitare antifone per ingraziarsi i santi, a preparare fatture e a liberare chi ne era colpito. Conosceva le formule per rendere fertile una donna sterile, per guarire il male di gola, per sfuggire al pericolo di una folgore e per farsi sposare da un uomo riluttante.

Lei stessa, quando era rimasta incinta di Teresella e il fidanzato l'aveva lasciata, aveva recitato per nove sere l'antifona a San Giovanni. Al termine della novena aveva visto una scia di fuoco attraversare il cielo. Il giorno dopo il fidanzato era tornato e l'aveva sposata.

Come quasi tutti gli abitanti dei bassi, Rosa era analfabeta, ma possedeva la cultura della superstizione di cui, però, non aveva mai fatto mercato. Anzi, guardava con sospetto le guaritrici che avevano sempre la casa affollata di disperati e approfittavano del loro dolore per farsi dare soldi e regali.

Così s'irritò quando la misteriosa signora, dalla soglia del basso, le chiese una fattura.

« Rosa Avigliano sono io, ma non posso fare niente per voi », disse con voce aspra, stringendo l'esile spalla di sua figlia.

« Sofia, la mia cameriera, dice che voi potete aiutarmi », insistette la giovane signora, che parlava con accento straniero.

« Non conosco la vostra cameriera. Mi dispiace », replicò, cominciando a preoccuparsi, perché la gente del vicolo si andava ammassando alle spalle della visitatrice che non aveva nessuna intenzione di andarsene.

« Sofia è amica di Concetta, la cameriera di don Vincenzo Cuocolo, il vostro padrone. Dice che le avete preparato una fattura per avere l'amore di un giovane », ribadì la signora.

L'informazione era vera. Concetta, una delle due domestiche di casa Cuocolo, si era perdutamente innamorata di un giovane oste del quartiere Vicaria, che aveva occhi azzurri e baffi neri con le punte arricciate. Quando Concetta usciva per qualche commissione, correva all'osteria a farsi dare un soldo di *scapece*, una conserva solida di pomodori e zucchine, o di *spiritosa*, la radice gialla della pastinaca, lessata e condita con aglio e peperoncino. Concetta lanciava sguardi appassionati per comunicare al giovane il suo amore ardente, e lui li ricambiava con uguale intensità. Questa passione, nutrita di occhiate, continuava da mesi ad avere soltanto il sapore della scapece e della spiritosa. Concetta regalava a Rosa quel cibo che comprava inutilmente e digiunava consumandosi di lacrime.

« Lui mi deve parlare. Voglio che mi dica che è innamorato di me, perché così non posso più vivere », le confessò mentre spazzolava gli abiti e Rosa, china sul pavimento, incerava le mattonelle.

« Concetta, io già ho i miei guai e mi sono stancata di ascoltare le tue pene d'amore », sbottò un giorno.

« Hai ragione. Abbi pazienza. Ma dimmi, come sei riuscita a convincere l'uomo che ti piaceva a dichiararsi? »

« Gesù, sentite questa! Quello si era dichiarato immediatamente. Lui era uno che andava per le spicce. Presa e fatta, capisci? »

« No. Che cosa significa? »

« Che a un certo punto mi sono ritrovata con un ventre grande così. Il mio problema era convincerlo a sposarmi, perché lui mi aveva lasciata. »

«Oh, Madonna dell'Incoronata! E allora?»

«C'erano due possibilità: una sicura e l'altra incerta. La prima, era raccontare tutto a mio padre che lo avrebbe costretto a sposarmi con il coltello in pugno. La seconda, era la novena segreta a San Giovanni. Ho scelto quest'ultima, tenendo l'altra di scorta. San Giovanni l'ha convinto», spiegò Rosa, continuando a stendere la cera.

«Allora posso fare anch'io la novena?» s'illuminò Concetta.

«Nossignore. Prima lui si deve dichiarare. Dunque ci vuole una fattura», spiegò la donna, passandosi un braccio sulla fronte per detergere il sudore.

«Ma certo! Devo andare da zia Grazia, nel vicolo di Mezzocannone.»

«Quella ti prende un sacco di soldi. La fattura te la faccio io. Ma non garantisco», decise. E soggiunse: «Prendi le forbici e taglia una ciocca dei tuoi capelli».

«Subito subito. Ecco la ciocca. E adesso che si fa?»

«È affar mio», dichiarò Rosa. Se la portò a casa, dentro un fazzoletto. La bruciò in una bacinella, vi aggiunse una polvere fine di erbe benedette e versò il tutto in un sacchettino di tela, che poi diede a Concetta.

«Devi immergere questo sacchetto nel vino quando viene la luna nuova e ce lo devi lasciare per sette giorni e sette notti. Poi devi dare il vino al tuo innamorato ed essere sicura che lo beva. Quindi, accendi un cero a San Pasquale e in capo a tre giorni si dichiarerà», le disse.

«Ma tu sei una strega?»

«Spero di no. In ogni caso, questa è sapienza antica che, però, non sempre produce l'effetto voluto. L'importante è avere fede.»

La fattura aveva funzionato e il giovane oste si era fidanzato con Concetta. La ragazza aveva promesso a Rosa di non parlare a nessuno della fattura, invece s'era confidata con la domestica della bella signora che era venuta a cercarla. Rosa Avigliano, ora, era veramente arrabbiata perché non voleva in alcun modo attirare su di sé la curiosità di tutto il vicolo.

« Venite dentro », disse a malincuore, e allontanò con un gesto brusco i vicini che si erano ammassati sulla soglia del basso.

« Sedetevi », le ordinò, offrendole la sedia meno sgangherata. « E raccontatemi tutto », concluse, prendendo posto accanto a lei.

« Non potrei parlarvi da sola? » chiese timidamente la giovane.

« Mia figlia Teresella è soltanto una bambina. Mia suocera, come potete sentire, dorme profondamente. Dunque siete libera di parlare. »

« Mio marito non mi ama », sussurrò l'ospite.

« Ma che bella novità », commentò Rosa con un sorriso ironico.

« Mi fa soffrire », continuò la giovane.

« È sempre così. Noi ci danniamo l'anima per loro che neanche ci vedono. Principi o pezzenti, gli uomini sono tutti uguali », deplorò, pensando che Matteo, il marito che aveva voluto con tutta se stessa, la metteva incinta e poi se ne andava in giro a fare gli occhi dolci alle altre donne. Alla vedova Di Giacomo, per esempio, che non era più giovane né più bella di lei. Ma il marito, morendo, le aveva lasciato il banco del pesce, al quartiere Mercato, appartamenti a Napoli e terreni in campagna. Rosalia Di Giacomo abitava con i due figli al quinto piano del caseggiato che confinava con il basso di Rosa. Aveva un appartamento di quattro stanze, la luce elettrica e una serva per rigovernare la casa. Rosa si sentiva umiliata quando la incontrava, perché donna Rosalia portava boccole d'oro alle orecchie e una lunga collana di corallo che le sfiorava il grembo.

« Credetemi, signora, vostro marito non è peggiore degli altri », l'ammonì.

« Questa notte mi ha maltrattata », precisò la giovane. Slacciò il polsino dell'abito e le mostrò i lividi sul braccio.

Il mio Matteo non mi ha mai picchiata, pensò Rosa, ma tanti mariti innamorati battono la moglie spinti dalla gelosia.

«Gli uomini sono maneschi», commentò.

«Aiutatemi, vi prego. Voglio il suo amore», supplicò la sconosciuta.

Rosa vide i grandi occhi della ragazza riempirsi di lacrime. Ebbe pietà di lei. Era così bella, così giovane, così disperata. Pensò alla sua Teresella. Non sarebbe tardato il giorno in cui anche lei avrebbe pianto per amore. Sarebbe toccato a Rosa consolarla e alleviare il suo dolore.

«Io non faccio fatture. Non sono una strega», disse con voce sommessa. E dichiarò con sincerità: «Quello che vi ha raccontato la vostra cameriera è vero, ma è frutto del caso, non dei miei poteri».

«Aiutatemi», insistette la giovane.

«Mammà, aiutatela», la spronò Teresella, che osservava la sconosciuta con curiosità. L'affascinava la delicatezza del viso, l'oro dei capelli, i diamanti che brillavano ai lobi delle orecchie, il profumo di lavanda che le aleggiava intorno.

Rosa si alzò dalla sedia con un sospiro rassegnato. Andò dietro la tenda e sfilò una cordicella dalla coperta bianca del suo letto. La immerse nell'acqua benedetta contenuta in una ciotola, davanti all'immagine della Santissima Trinità. La strizzò. La annodò sette volte, recitando una preghiera. Poi la consegnò all'ospite.

«Cucite questa corda nella fodera della giacca di vostro marito. Se entro sette giorni non accadrà nulla, per la vostra unione non c'è speranza», disse. E soggiunse: «Ma non fatevi picchiare mai più. Intanto, sorridete. Non rimedierete ai guai con le lacrime».

«Sì. Non gli permetterò più di farmi del male», convenne la giovane. «Ma sono sicura che la vostra fattura funzionerà. Vi ringrazio», sussurrò e mise sul tavolo una moneta d'oro.

«Voi mi offendete», reagì Rosa, guardandola con severità.

«Volevo compensare la vostra cortesia», si scusò la giovane, confusa.

«Ricordatemi nelle vostre preghiere alla Vergine», ordinò Rosa e aggiunse: «Non direte mai nulla di quanto è accaduto qui, tra voi e Rosa Avigliano». Era un congedo.

La giovane infilò la cordicella nella borsetta di seta bianca.

«Ve lo prometto», garantì. «E voi ricordatevi di Josepha Castiglia», disse semplicemente.

Salì i due gradini del basso e se ne andò.

«Mammà, avete fatto davvero una fattura?» sussurrò Teresella.

«Non funzionerà. Quella ha un marito malato nella testa e nel cuore», commentò amaramente.

«Come lo sapete?»

«Lo sento», precisò Rosa affacciandosi con la figlia sulla soglia del basso.

In fondo al vicolo una carrozza aspettava la bella signora che stava passando tra due ali di folla incuriosita. La gente della Duchesca giocò al lotto: una dama vestita di bianco, una carrozza, una visita misteriosa. E vinse.

Napoli - Palazzo Castiglia
agosto 1910

1

Josepha uscì dal basso e si guardò intorno. La gente del vicolo si ritrasse per lasciarla passare. Lei tentò di sorridere, ma non riuscì a superare lo sgomento per la miseria che la circondava. Si avviò lentamente verso il fondo della strada dove, accanto a una carrozza, l'aspettavano il vetturino e una donna che l'accolse con gioia: « Finalmente! Ero in ansia per voi ».

« È tutto a posto, Sofia. Calmati », replicò la giovane, salendo con lei sulla carrozza. « A palazzo Castiglia », ordinò al conducente. Quindi si abbandonò contro lo schienale di pelle scura.

« Avete avuto la fattura? » domandò Sofia.

« È qui, nella borsetta », la rassicurò.

Non disse altro. Chiuse gli occhi. Era infelice, come sempre, ma le confidenze scambiate con Rosa Avigliano l'avevano confortata. Le aveva parlato come fosse una sorella e si chiese perché non riuscisse a fare altrettanto con la suocera e le cognate. Com'era possibile che avesse più familiarità con una popolana che con loro?

Era sposata da sei mesi e, per seguire il marito, aveva lasciato nel lontano Tirolo i pochi affetti importanti della sua esistenza. Da un giorno all'altro aveva cambiato terra, casa, abitudini. Lo aveva fatto per amore. Aveva diciassette anni e viveva in un luogo estraneo, con un uomo che la disprezzava. « Josepha, sarai felice», aveva pronosticato il suo tutore, accompagnandola al treno che l'avrebbe condotta a Parigi in viaggio di nozze. Nei momenti di sconforto ricordava le parole del vecchio amico per continuare a sperare. Non riusciva a rassegnarsi all'idea che quel pronostico non si sarebbe mai avverato.

Josepha Sidonia era nata contessa Paravicini von Riccabona zu Reichenfelds, signora di Rundegg e Rametz. In febbraio, quando a Napoli si era diffusa l'epidemia di colera, aveva sposato Enrico Filippo Maria Castiglia, principe di Calabria. Il matrimonio era stato celebrato nel duomo di Merano, città natale di Josepha, con lo sfarzo che il rango degli sposi richiedeva. Era vissuta a Parigi fino a maggio, quando da Napoli erano arrivate notizie rassicuranti sull'epidemia ormai circoscritta ai quartieri poveri. Il resto della città era al sicuro.

«Vi siete ricordata dei miei consigli?» s'informò poi la cameriera, distogliendo Josepha dai suoi pensieri.

«Quali consigli?» chiese la ragazza.

«Per evitare il contagio. Non avrete accettato da bere, vero?» Avete sempre tenuto i guanti? Ve lo avevo tanto raccomandato», disse, sorpresa di cogliere nello sguardo della padrona, solitamente triste, un'espressione serena. Sofia si era affezionata a lei e la seguiva fedelmente, avendo imparato a conoscerne gli umori e gli stati d'animo.

Josepha non si era mai confidata con lei, ma la donna sapeva quanto fosse infelice. Nessuno avrebbe immaginato che il principe Enrico potesse trascurare quella sposa tanto bella, anche perché, almeno in pubblico, si mostrava prodigo di attenzioni. Il dramma si consumava in privato. Sofia l'aveva trovata in lacrime più d'una volta. La notte prima, aveva sentito il principe urlare contro la moglie. Al mattino, mentre l'aiutava a vestirsi, aveva visto i lividi sul braccio della ragazza. A quel punto si era decisa a parlarle della possibilità di ottenere una fattura.

Josepha era così disperata che aveva deciso di credere a quella che, in altri momenti, avrebbe considerato soltanto una sciocca superstizione, e si era addentrata in una zona della città considerata a rischio. Ora, a giudicare dalla serenità della giovane, Sofia pensò che fosse valsa la pena di rischiare.

« Nessuno mi ha offerto da bere e non ho tolto i guanti. Quella gente non è appestata. È abbandonata da tutti. Credo che sarebbe nostro dovere occuparci di loro », tagliò corto.

La carrozza si fermò davanti al palazzo. Il portiere si affrettò ad aprire lo sportello. Josepha pagò il vetturino e, con la domestica, si infilò nell'androne. Salirono velocemente lo scalone fino al primo piano e varcarono la porta d'ingresso dell'appartamento. In quel momento, da una specie di imbuto collocato vicino allo stipite, uscì il suono amplificato di un fischio. Era un richiamo che veniva dal piano superiore.

« Sono molto in ritardo, Sofia? » domandò Josepha, allarmata. Intanto si tolse il grande cappello d'organza e lo lanciò su un divano.

« Sono le cinque in punto », la rassicurò la cameriera. Si accostò all'imbuto, vi soffiò dentro e annunciò: « La principessa sta salendo ».

Quel telefono rudimentale collegava il primo piano, dove vivevano Josepha e suo marito, al secondo, dove c'era l'appartamento della principessa Carolina, sua suocera. Era stato Sasà, un domestico anziano, a sollecitarla perché era sul punto di servire il tè.

Josepha sfilò i guanti e si ravviò i capelli davanti a una specchiera.

« Nascondi la mia borsetta. C'è dentro la fattura », ordinò alla cameriera. E le chiese: « Sono presentabile? »

« Voi lo siete sempre, principessa », la rincuorò la donna, sapendo quanto lei temesse il giudizio della suocera. Quindi riaprì la pesante porta di mogano da cui Josepha uscì di corsa.

Sasà l'aspettava e, appena la vide, le sorrise chinando appena il capo. Viveva nel palazzo da quando era bambino. Sapeva tutto dei Castiglia. Aveva visto tutto quanto di bello e di brutto era accaduto in quella famiglia e non aveva mai emesso un giudizio, né pronunciato una parola oltre il necessario. Ora aveva quasi ottant'anni, vacillava un po' sulle gambe stanche, ma per nessun motivo si sarebbe sottratto ai propri doveri. Del resto non aveva mai mancato un solo giorno di servizio. Josepha aveva rispetto e simpatia per lui.

« Buona sera, Sasà. Tutto bene? » gli domandò.

« Tutto bene. Grazie, principessa », rispose lui, con la voce un po' tremula.

Josepha attraversò una fuga di stanze e si fermò sulla soglia di un salone. Le finestre erano spalancate e si vedevano i giardini della Marina e le palme che si stagliavano nitide contro il cielo. Il temporale aveva rinfrescato l'aria e refoli di vento gonfiavano le tende di tulle bianco raccolte ai lati delle finestre. Nella luce chiara del pomeriggio vide i pochi ospiti che l'aspettavano seduti sulle poltrone del salotto: la principessa Carolina, che aveva i capelli tinti di rosso e inariditi dalla permanente; Virginia, la figlia minore, lo sguardo eternamente aggrottato; Marianna, la seconda figlia trentenne, grandi occhi neri e un portamento grazioso; Vittorio Alliata, il marito di Marianna, piccolo e bruno, con l'aria sempre annoiata. Mancava Enrico, suo marito, che se n'era andato la notte prima facendo un gran chiasso e, evidentemente, non era ancora rientrato.

Josepha trasse un respiro profondo, improntò le labbra al sorriso. Avanzò nella stanza e disse: *« Bonsoir »*. Poi si accostò alla suocera e, accennando un inchino, ripeté: *« Bonsoir, maman »*.

« Bonsoir, Joséphine », la salutò la principessa, pronunciando il suo nome alla francese. Quindi le fece cenno di sedere nella poltrona accanto alla sua. Infine, si rivolse a Sasà che aspettava impettito accanto alla credenza su cui erano posate tazzine e teiera. « Servite il tè », ordinò.

Quel salotto era chiamato « la stanza blu », dal colore dominante dei pesanti tendoni in velluto di seta, dei damaschi fioriti che rivestivano le poltrone, dell'immenso tappeto bukhara che copriva il pavimento a mosaico. Su due pareti contrapposte spiccavano i camini di marmo bianco scolpito con lo stemma dei Castiglia: tre torri merlate e un leone rampante. Grandi cache-pot blu-cina contenevano chenzie altissime e rigogliose.

Josepha levò lo sguardo al soffitto affrescato con figure di putti torniti che si tenevano per mano, come se giocassero a girotondo, fra un intrico di rami fioriti, sotto un cielo azzurro con lievi nuvolette rosate. Ogni volta che sedeva in quel salotto, Josepha levava uno sguardo timoroso al soffitto, immaginando che uno di quei putti potesse cadere, travolgendola.

Da una stanza lontana venivano le voci cantilenanti di bambini che recitavano una filastrocca e ridevano.

Erano i figli di Marianna e Vittorio Alliata che, con altri cuginetti, trascorrevano la domenica in casa della principessa Carolina.

Josepha si era adattata a fatica all'opulenza di quel palazzo dove le sembrava che ci fosse troppo di tutto: mobili, soprammobili, argenteria, quadri e tappeti. Coglieva ovunque segni di una ostentazione esagerata. La suocera, che vestiva sempre di viola, era sovraccarica di gioielli. Le due cognate, Marianna e Virginia, gareggiavano con la madre e andavano a Parigi, da Madame Paquin, per ordinare abiti, cappelli e profumi. Il cognato Vittorio parlava unicamente di cavalli e di automobili.

Lei era cresciuta nella semplicità. La casa di Merano in cui era nata e vissuta, Schloss Rundegg, era una costruzione severa dell'alto Medio Evo, arredata con sobrietà.

L'abbigliamento dei Paravicini non si discostava molto da quello dei loro servitori. Indossavano vestiti tirolesi in lino fresco d'estate e in lana grezza d'inverno. Abitualmente usavano piatti e bicchieri di peltro e il cibo non differiva da quello dei contadini.

Quando aveva conosciuto il principe Enrico Castiglia e la sua famiglia, Josepha era rimasta abbagliata e sedotta dallo sfarzo che ora la soffocava.

Sorrise ai parenti e, per sentirsi meno impacciata, aprì con uno scatto il ventaglio e si fece aria. Glielo aveva regalato la nonna materna quando aveva compiuto dieci anni ed era entrata in collegio a Innsbruck. Si chiamava Dorothea von Rost, era viennese e, come tutte le donne della sua famiglia, si occupava attivamente della casa con l'aiuto dei domestici.

Anche sua madre cucinava, ricamava, riceveva gli ospiti, teneva una fitta corrispondenza con le amiche e i lontani parenti di Innsbruck e di Vienna. Lei stessa sapeva lavare, cucinare, stirare, perché nel piccolo mondo in cui era vissuta, il lavoro era considerato un dovere che esaltava la dignità dell'individuo.

A Napoli si era resa conto delle differenze che separavano l'Impero austroungarico dal Regno italiano. Qui il lavoro era una condanna da infliggere agli umili. I ricchi e i nobili coltivavano l'ozio come un'arte. Quando aveva tentato di occuparsi della casa, era stata severamente ripresa dal marito. Lei non aveva osato contraddirlo, ma si annoiava e la nostalgia per il suo Paese si faceva ogni giorno più acuta.

« Ti ho vista rincasare poco fa su una carrozza pubblica », osservò la cognata Virginia, con evidente curiosità.

« Ho temuto di essere in ritardo per il tè », rispose Josepha ignorando la provocazione.

Ogni volta che Virginia le parlava, avvertiva l'ombra di un tranello. Sapeva che la cognata la considerava poco più di un'estranea.

« La nostra casa non è il tuo collegio di Innsbruck. Nessuno ti avrebbe accusata del ritardo », replicò Virginia con un sorriso falsamente angelico.

Virginia non era bella e neppure simpatica. Era nata quando sua madre aveva passato i trent'anni. La principessa Carolina aveva deciso che la figlia dovesse assisterla nella vecchiaia. Lei conosceva le intenzioni della madre che l'avrebbero condannata a restare nubile e si rifaceva su tutti con piccole angherie e malignità.

« Vuoi sapere dove sono stata? » chiese Josepha con dolcezza. E proseguì: « Dopo il temporale, l'aria era così fresca che ho deciso di fare una passeggiata ».

« Dovresti evitare di andare in giro da sola. Sei troppo giovane e non conosci bene questa città. Le strade sono piene di socialisti che ci odiano e di ladri pronti a strapparti la borsetta », intervenne il cognato Vittorio. Aveva quarant'anni, un nome illustre e un patrimonio considerevole che dissipava alle corse dei cavalli e nelle avventure con artiste più o meno famose tra Roma, Milano, Parigi e Londra. La giovane cognata gli piaceva. Dopotutto, era stato proprio lui a presentarla a Enrico, con il quale non era mai riuscito a stabilire un rapporto, perché il giovane principe non condivideva il suo entusiasmo né per le automobili né per i cavalli e ancora meno per le « puledre » che si esibivano nei *café-chantants*. Aveva pensato che una straniera giovane, graziosa, ingenua, di nobile casato potesse smuoverlo dall'apatia in cui sembrava costantemente immerso.

« Molti ladri rubano perché hanno fame. Quanto ai socialisti, non mi fanno paura. Confido nel saggio governo del nostro re, così come ho sempre creduto nel mio imperatore », replicò Josepha, con una punta d'ironia che la principessa Carolina colse immediatamente e non le sfuggì lo scambio divertito di occhiate tra Virginia e Marianna.

Quest'ultima era una donna piacevole e molto sensibile al fascino maschile. Al contrario della giovane sorella, detestava il pettegolezzo ma, come Virginia, raramente si mostrava benevola nei giudizi. Dopo aver partorito tre figli, stanca delle infedeltà del marito, aveva deciso di prendersi la sua parte di distrazioni e si era trovata un amante. Era un giornalista che scriveva per *Il Mattino* e frequentava la cerchia degli intellettuali. Si chiamava Ciro Ruoppolo, era figlio di un maestro elementare e la relazione con una principessa Castiglia, sposata Alliata, appagava pienamente le sue ambizioni sociali.

« *Ça suffit* », tagliò corto la principessa Carolina, guardando le figlie con severità. Quindi si rivolse alla nuora: « Come mai non vedo tuo marito? »

« Lui, oggi, non c'è », rispose lei, sforzandosi di apparire serena.

« E dov'è andato? » domandò il cognato.

« Conosce Enrico. Segue il suo estro senza dare spiegazioni », minimizzò la giovane.

La sera prima, quando Enrico era entrato nella sua camera da letto per augurarle la buona notte, prima di abbandonarla, come ogni notte, lei lo aveva supplicato di lasciarla tornare a Merano, poiché era evidente che lui non l'amava. « È possibile che io non sia una buona moglie. Ma sa il cielo quanto vorrei esserlo. Se è colpa mia, lasciami tornare da dove sono venuta », gli aveva detto.

Era seduta sul canapé, ai piedi del letto. Enrico la sovrastava con la sua imponenza. Era bellissimo. E arrabbiatissimo.

« Vorresti separarti? » le aveva chiesto con voce aspra, gli occhi luccicanti di collera.

Josepha aveva annuito, guardandolo spaventata.

Enrico l'aveva afferrata per un polso e l'aveva costretta ad alzarsi.

« Lasciami. Mi fai male », aveva reagito Josepha.

« È quello che voglio », aveva replicato, stringendole il polso fino a farla piangere di dolore. « Ascoltami bene. Ti ho raccolta da un rudere che tu chiami pomposamente castello e ho fatto di te una principessa Castiglia destinata, forse, a diventare dama di corte. Non osare mai più parlarmi di sentimenti e di separazione. Queste considerazioni da piccoli borghesi non mi riguardano. »

Aveva concluso l'invettiva con una spinta energica. Lei era caduta ed era stata sul punto di svenire non tanto per il dolore fisico, quanto per le offese ricevute da un uomo che aveva sposato soltanto per amore.

Subito dopo Enrico era uscito dalla camera sbattendo l'uscio con violenza. Poi lo aveva sentito scendere le scale. Non l'aveva più rivisto.

«Enrico è sempre stato un solitario. Ma ora sta esagerando», commentò la suocera con amarezza.

«È bizzarro», sottolineò il cognato con leggerezza.

«Tutti gli uomini lo sono», replicò Virginia con aria di compatimento verso le due cognate che avevano marito: un privilegio che le era negato.

«Quando diventerà padre, rinsavirà. Che cosa aspetti a dargli un erede?» disse Marianna.

Josepha avvampò. Un figlio era tutto quello che più desiderava. Ma dal giorno del matrimonio, Enrico non l'aveva mai neppure sfiorata.

2

QUANDO si trovava in una situazione difficile e non sapeva come uscirne, Josepha si difendeva elevando tra sé e gli altri una barriera impenetrabile di silenzio. Inarcava la schiena e fissava un oggetto a caso. La suocera, le cognate e il cognato continuarono a chiacchierare. Lei osservava il colore ambrato del tè nella tazza che reggeva in mano.

Quasi non si rese conto che, a un certo punto, Marianna e il marito erano andati via e anche Virginia si era allontanata.

« Sei tanto infelice? » La domanda della suocera, formulata con voce sommessa, la richiamò alla realtà.

La giovane avvertì una nota accorata nella voce della principessa. Questa volta non poteva rifugiarsi nel silenzio. « E lei, *maman*, è tanto infelice? » replicò, anche perché non aveva una risposta.

« Domanda interessante », commentò la suocera. « Ti aspetti una confessione sincera? »

« Forse no. Ci sono verità che, a dirle, fanno male al cuore », sussurrò.

« Già, il cuore delle donne sanguina quasi sempre, senza distinzione di ceto o di età. Siamo martoriate da ferite che non si chiudono mai. »

« Lo sto imparando », disse Josepha con amarezza.

« Sai, io ho sposato un uomo che non amavo. Forse neppure mio marito era innamorato di me. Ai nostri tempi, i matrimoni erano combinati dai parenti, per rafforzare i patrimoni di famiglia. Il mio era consistente. Il principe ne divenne il padrone », confessò.

« Mi sembra tutto così triste », sospirò Josepha. Non aveva mai conosciuto il principe Castiglia. Ufficialmente viveva a Ginevra in una villa sul lago, ma qualche velato pettegolezzo, raccolto qua e là, suggeriva invece una versione diversa. Il principe era impazzito all'età di quarant'anni ed era stato rinchiuso in una clinica svizzera per malati mentali da cui non era più uscito.

Dal piano sottostante veniva la voce modulata di Sofia che cantava una canzone d'amore. Dalla strada saliva il cigolio delle carrozze trainate dai cavalli e, più lontano, sferragliava un tramvai.

« Non triste. Doloroso », la corresse la suocera. E soggiunse: « Vuoi restare a cena? Aspetto un ospite delizioso ».

« Come lei desidera, *maman*», rispose Josepha. Non era un invito allettante. Gli ospiti della principessa le sembravano tutti molto noiosi, ma non avrebbe mai avuto il coraggio di rifiutare. Quella sera doveva fare qualcosa che le premeva molto di più. Doveva cucire la fattura di Rosa Avigliano nella giacca del marito.

« Sai che cosa ha scritto un autore siciliano che tu certamente non conosci? 'Riponi in uno stipetto un desiderio. Aprilo e vi troverai un inganno'», disse la principessa alzandosi dalla poltrona. Si avvicinò a una finestra e restò così, immobile, dandole le spalle, e continuò: « Forse è meglio che tu non ti trattenga per la cena. Può darsi che Enrico si decida a rincasare ». Si girò, si avvicinò alla ragazza e le posò una mano sulla spalla, guardandola con tenerezza.

« Oggi sono stata al quartiere Mercato e ho visto sofferenze ben più grandi delle nostre », osò confessarle Josepha.

« Sei una strana ragazza », osservò la donna pensierosa. Poi scosse il campanellino d'argento. Comparve il domestico.

« Accompagna la principessa », ordinò la suocera.

La ragazza uscì dal salotto e raggiunse lo scalone.

Scese alcuni gradini e poi si fermò. Qualcuno stava salendo. Forse era suo marito che, finalmente, rincasava. Riprese a scendere con il cuore in tumulto.

All'altezza del primo piano, incrociò un giovane in divisa da militare. Vedendola, lui si levò prontamente il berretto d'ordinanza, infilandolo sotto il braccio, mentre scattava sull'attenti. I raggi obliqui del sole al tramonto, penetrando da una grande finestra spalancata, illuminarono i capelli ramati tagliati alla Umberto. Josepha notò i baffi sottili, appena accennati, gli occhi verdi, spruzzati d'oro come i boschi del Tirolo in autunno, gli zigomi alti, pronunciati, che mettevano in risalto il naso perfetto. Era molto più alto di lei. Lui chinò il capo, in segno di saluto. Lei fece altrettanto, poi si diresse impettita verso la porta del suo appartamento, mentre il giovane riprese a salire. Evidentemente quello era l'ospite che la principessa stava aspettando.

Posò una mano sulla maniglia di bronzo cesellato e guardò in su. Vide il giovane che si sporgeva dalla balaustra di marmo e le sorrideva, con l'aria di burlarsi del suo tono altezzoso.

« Ciao », disse lui, spiazzandola. E accompagnò quel saluto familiare con un gesto della mano guantata.

Josepha, a quel punto, si esibì in una buffa reverenza. «*Servus*», replicò, con altrettanta allegria.

Quel giovane ufficiale le aveva regalato un momento di gioia.

Con un gesto deciso abbassò la maniglia ed entrò in casa. L'ampio vestibolo che introduceva ai saloni da ricevimento era arredato con divani barocchi allineati lungo le pareti, imponenti *consolles* dorate sovrastate da specchi immensi e, alle pareti, grandi tele ottocentesche di maestri napoletani. Vasi colmi di fiori emanavano un profumo intenso che appesantiva l'aria. L'attraversò e aprì una porticina ricoperta, come le pareti, di broccato grigio. Imboccò un lungo corridoio che conduceva alle stanze riservate a lei e al marito: due salotti, lo studio di Enrico, le rispettive camere da letto, con gli spogliatoi e i bagni, e una piccola stanza in cui dormiva Sofia. Il cameriere del principe alloggiava con il resto della servitù al terzo piano del palazzo. La cucina, la lavanderia e la dispensa erano invece al pianterreno. Le carrozze, i cavalli, i cani e i magazzini occupavano un edificio oltre il cortile, dove c'era anche l'alloggio del cocchiere.

Josepha aveva fretta di riappropriarsi della sua borsetta affidata a Sofia. Passò velocemente davanti allo studio di Enrico. La porta era spalancata. Si fermò sulla soglia. Lui sedeva su una poltrona rivestita di cuoio rosso e fumava un sigaro. Era senza giacca e il candore della camicia esaltava il colore grigio perlato del gilet di seta. Non si mosse. Si limitò a guardarla. Josepha notò gli occhi arrossati e i capelli scomposti.

«Perdonami», sussurrò Enrico.

Lei fu incapace di reagire. Era perdutamente innamorata di quell'uomo indefinibile, misterioso. Ma il ricordo di quanto era successo la notte precedente era ancora troppo vivo per consentirle di perdonarlo. Soprattutto, era decisa a non farsi più intimorire da lui. Chinò il capo e proseguì il cammino.

«Josepha!» Enrico urlò con rabbia. Lei tornò sui suoi passi e lo scrutò con severità.

«Ti ho chiesto scusa. Mi hai sentito?» l'interrogò con voce roca.

«Ti ho sentito benissimo», ribatté gelida.

«Allora rispondimi», ordinò.

Josepha entrò nella stanza le cui pareti erano rivestite di scaffalature colme di libri antichi. Si fermò davanti a lui e slacciò con gesti lenti il polsino. Sollevò la manica e gli mostrò i lividi che le segnavano il polso.

«Devo perdonarti questo?» domandò in tono freddo.

Enrico, inaspettatamente, tese la mano e accarezzò con leggerezza il braccio della giovane. Chinò il capo e con le labbra le sfiorò il polso.

Josepha rabbrividì. Le dita, le labbra, il profumo di suo marito avevano il potere di soggiogarla. Era stato così fin dal loro primo incontro, a Merano, nel settembre dell'anno prima.

Era tornata da pochi giorni dal collegio di Innsbruck. Il suo tutore, il borgomastro Joseph Grossmann, era andato a trovarla al castello dove viveva sola con la servitù. I suoi genitori e i nonni erano morti da diversi anni. Lei gli aveva mostrato con orgoglio il diploma scolastico e la medaglia di merito.

« E adesso, che cosa farai? » le aveva domandato con una certa inquietudine.

Era un signore di vecchio stampo, ancorato agli schemi e ai valori ottocenteschi che, con l'avvento del nuovo secolo, sembravano vacillare. La modernità del Novecento lo disorientava e, tutto sommato, non gli piaceva. Aveva avuto due mogli. Nessuna gli aveva dato figli. Era felice di vegliare su Josepha, ma quella ragazzina dall'aspetto delicato, lo sguardo fiero, senza parenti, era per lui fonte di continue preoccupazioni.

Non era un problema occuparsi dei pochi beni rimasti all'ultima discendente dei Paravicini: il castello, qualche vigna, qualche bosco di conifere, qualche azione di una società per l'energia elettrica acquistate dalla nonna Dorothea con il denaro ottenuto dalla vendita di un palazzo in Austria. Ora si rendeva conto che non era sufficiente amministrare con onestà il modesto patrimonio della giovane. Quella ragazzina aveva bisogno del calore di una famiglia. Non poteva lasciarla sola, tra le mura di Schloss Rundegg, affidandola alle cure di tre vecchi: le due cameriere e il domestico. Doveva trovarle un marito.

In quella stagione, a Merano, convergeva la nobiltà europea. Era stata l'imperatrice Sissi a risvegliare dalla sonnolenta quiete la piccola città del Sudtirolo, facendone una località alla moda. I castelli abbandonati da secoli erano stati velocemente restaurati, erano sorti grandi alberghi e nuove residenze. Il bel mondo passeggiava lungo il Passirio, frequentava le Terme, si accalcava all'ippodromo. Si davano concerti, ricevimenti, pranzi, balli, feste. Le signore riscoprivano gli abiti di foggia tirolese. Storie d'amore sbocciavano e finivano nell'arco di una stagione. Non sarebbe stato facile accasare onorevolmente la giovane orfana. Ma non sarebbe stato neppure impossibile. Josepha apparteneva a una famiglia aristocratica e alcuni suoi avi avevano ricoperto cariche pubbliche importanti nel Tirolo. Tra questi c'era Bernhardus Paravicini. Dopo oltre un secolo dalla morte ancora si magnificavano le sue doti pubbliche e private. Era morto nel 1770 a centoquattro anni e la sua quarta moglie, una giovane trentenne, aveva partorito l'ultimo figlio quattro mesi dopo la sua morte. L'ingente patrimonio del conte Bernhardus si era disperso nelle numerose suddivisioni ereditarie. In poco più di cento anni gli eredi e i loro averi erano scomparsi. Tuttavia, Josepha era ancora signora di Rundegg, il castello avito.

Certo, il nuovo secolo portava con sé novità sconvolgenti. Ai cavalli si sostituivano le automobili e i tramvai elettrici. L'elettricità era entrata nelle case, negli uffici, ovunque, cambiando radicalmente le abitudini della gente. Ma la nobiltà continuava ad avere un peso. Lui avrebbe fatto pesare i titoli della sua pupilla.

Forzando la sua natura schiva e riservata, il borgomastro riaprì le sale del suo castello e diede ricevimenti per introdurre Josepha in società. Naturalmente lei non conosceva le vere intenzioni del suo tutore. Si preoccupò quando lo vide spendere un patrimonio per acquistarle bellissimi abiti eleganti. Si intimidì quando lui la volle al suo fianco nelle vesti di giovanissima padrona di casa. Si innamorò quando il tutore le presentò il bellissimo principe Enrico Castiglia che le sfiorò la mano con un bacio sussurrandole: « *Enchanté* ». Le bastò guardarlo e sentire il tocco delle sue labbra per amarlo appassionatamente.

E lo amava ancora, mentre gli mostrava i lividi lasciati sul braccio dalla sua violenza.

« Non volevo farti male », mormorò Enrico, guardandola tristemente. Lei riabbottonò il polsino.

« Questo è niente », replicò. « Sono altre le cose che mi addolorano. Voglio dimenticare il comportamento volgare della scorsa notte e ignorare il tuo disprezzo per la mia famiglia. Ma non posso più sopportare l'inganno. Tu mi hai mentito. Hai domandato di sposarmi e mi hai colmata di abiti e di gioielli che non ti ho mai chiesto. In pubblico mi tratti come una regina, in casa mi eviti come se fossi un'appestata. Perché? Che cosa ho fatto per meritare tutto ciò? Me lo chiedo dalla nostra prima notte di nozze quando, a Parigi, mi hai lasciato sola in un appartamento al *Ritz*. Io sognavo la felicità e tu non mi hai neppure guardata. Un uomo e una donna, quando sono sposati, dividono lo stesso letto. Noi non lo abbiamo mai fatto. Perché? » chiese con voce sommessa.

Lui chinò il capo e non rispose.

« Perché? » ripeté la ragazza con più forza, chinandosi su di lui. Si rialzò confusa, disorientata, perché Enrico stava piangendo.

Ebbe un attimo di esitazione, poi gli accarezzò i capelli come fosse un bambino.

« Qu'est-ce qui se passe? » gli domandò piano. « Che cosa ti succede? » ripeté in italiano.

« Sei soltanto una bambina », disse lui. E aggiunse: « Non capiresti ».

« Ma sono tua moglie. Ho bisogno di capire », reagì Josepha.

« Sei così bambina », ripeté Enrico meccanicamente. Poi, sorprendendola ancora una volta, l'attirò sulle sue ginocchia e l'abbracciò.

« Solo per questa notte, vuoi dormire nel mio letto? » sussurrò lei.

Enrico annuì.

Napoli - Vicolo della Duchesca
agosto 1910

1

MATTEO Avigliano s'inoltrò nel vicolo della Duchesca quando il sole stava tramontando e le campane suonavano festose annunciando l'Ave Maria. Gli abitanti dei bassi mangiavano sulla strada quel poco di cui disponevano.

Due donne ai piani alti di un caseggiato stavano litigando e le loro urla risuonavano nel vicolo. La gente ascoltava e parteggiava chi per l'una, chi per l'altra. I bambini facevano un chiasso indiavolato allontanando a calci cani scheletriti che tentavano di rubare qualche boccone. Gli uomini, appoggiati ai muri, chiacchieravano fra loro, un bicchiere di vino in una mano, una sigaretta nell'altra. Le ragazze si parlavano da finestra a finestra mentre una voce tenorile cantava: « Fenesta ca lucive... »

Matteo camminava lentamente con le mani infilate nelle tasche dei calzoni sformati dall'uso, la giacca nera di fustagno aperta sul torace ampio. All'occhiello portava un garofano rosso. Glielo aveva regalato Rosalia Di Giacomo sfilandoselo dal petto, con un sorriso carico di sottintesi.

Rosalia gli piaceva. Aveva una risata forte, bellissimi denti e fianchi generosi. Nel quartiere era temuta, perché prestava soldi a interesse e non c'erano lacrime che potessero commuoverla.

Da un balcone, qualcuno rovesciò un secchio d'acqua sudicia. Matteo fu svelto a scansarsi, nonostante avesse le gambe indebolite da un'intera giornata di lavoro coronata dall'incontro appassionato con Rosalia.

Era felice di tornare a casa. Sapeva che non avrebbe trovato una cena ricca né una moglie tenera. Ma c'erano i suoi figli. Matteo li amava. Quando strillavano e si azzuffavano non riusciva ad arrabbiarsi. Li guardava e il suo cuore si gonfiava d'orgoglio. Quanto a Rosa, tutto sommato, non era la peggiore delle mogli. Era una lavoratrice infaticabile e una madre premurosa. Aveva un brutto carattere, s'infuriava spesso, ma soltanto per gelosia. Però non aveva grilli per il capo, gli consegnava i soldi guadagnati fino all'ultimo centesimo e non spendeva mai una lira per sé. Trattava la suocera con rispetto. In tutto il quartiere, nessuno poteva dire male di lei.

In prossimità del suo basso, Matteo vide quattro dei suoi figli che mangiavano pane e melone. Annina piangeva perché Salvatore le aveva sottratto un pezzo di frutta. Teresella, al solito, non c'era. E non c'era neppure Rosa. Sua madre, che stava allungando scapaccioni a caso per indurre i nipotini al silenzio, appena lo vide alzò le braccia al cielo.

« Adesso arrivi! » esclamò. E soggiunse, soffocando un singhiozzo: « La disgrazia ha colpito un'altra volta questa famiglia ».

« Quanto la fate lunga, mammà, per un pezzo di melone », si spazientì l'uomo, infilandosi nel basso ormai immerso nell'oscurità.

Sopra il tavolo c'era una candela accesa. Un lusso che la famiglia si permetteva raramente. Sentì un pianto sommesso oltre la tenda che proteggeva il letto coniugale. Nella stanza aleggiava un odore aspro che conosceva bene. Si spaventò e pensò a Rosa e a Teresella: una delle due stava male.

Si fermò accanto al tavolo, paralizzato dalla paura. Per un attimo fu assalito dall'impulso di fuggire per non sapere quello che, tra qualche istante, lo avrebbe fatto impazzire di dolore. Afferrò la bottiglia che reggeva la candela e, con un gesto deciso, scostò la tenda. Rosa era distesa sul letto e respirava a fatica. Teresella era china su di lei e le accarezzava il viso, piangendo sommessamente. « Colera! » sussurrò atterrito.

Conosceva bene i sintomi di quella malattia che, in aprile, gli aveva ucciso l'ultimo figlio, e ora che l'epidemia sembrava finita, il colera colpiva di nuovo la sua famiglia.

Al mattino, quand'era uscito per andare a lavorare, sua moglie gli aveva preparato la colazione e, sulla mensola, aveva predisposto tutto l'occorrente perché lui potesse radersi. Gli sembrava che stesse bene. Non si era lamentata. Ora il suo naso era affilato, quasi trasparente. Le labbra bluastre, screpolate, le guance scavate, la pelle del viso giallastra e raggrinzita. Quella malattia orribile mieteva le sue vittime in poche ore, dopo essersi manifestata.

« Invece di piangere, corri dal farmacista e fatti dare il permanganato di potassio », ordinò a Teresella, mettendole in mano qualche soldo. Da come vedeva la sua donna, pensò che nessuna medicina l'avrebbe potuta salvare. Ma lui doveva tentare di aiutarla.

« Non buttare i denari », disse Rosa, con un filo di voce. Sapeva che ormai era troppo tardi per le medicine.

Da due giorni aveva uno strano malessere che si era ostinata a ignorare. Invece avrebbe dovuto mettersi subito a letto e prendere il permanganato. « La medicina non serve più », sussurrò dolcemente a Teresella. « E non servono neppure le tue lacrime. Smettila di piangere. Mi fai male al cuore. Vai via. Ora devo parlare con tuo padre. »

Matteo capovolse la conca di zinco che era ai piedi del letto e ne fece uno sgabello per sedere vicino a lei.

« Quel fiore rosso e profumato non ti sta bene », disse Rosa, indicando il garofano infilato nell'occhiello della sua giacca.

Matteo lo sfilò e lo buttò lontano.

« Perdonami », sussurrò, vergognandosi della recente infedeltà.

Rosa pensò alla stupidità di suo marito e di tanti uomini. Prima offendono e dopo chiedono perdono, come se bastasse un atto di contrizione a cancellare le offese. Fosse stata bene, gli avrebbe detto il fatto suo. Ma ora aveva ben altro per la testa.

« Non vedrò la luce del giorno », proseguì. La bocca riarsa le procurava fitte dolorose. Ma ancora di più la faceva soffrire il pensiero di perdere per sempre i suoi figli e quel marito che aveva tanto amato. La passione per lui non si era mai sopita. Sapeva che Matteo non avrebbe dormito a lungo da solo. I vedovi, soprattutto quelli con figli, si risposavano sempre. Era un tormento pensare che Matteo avrebbe diviso il loro letto con un'altra donna.

« Domani starai bene », mentì l'uomo, il petto scosso dai singhiozzi. Teneva tra le sue una mano di Rosa e la baciava dolcemente.

« Prima di andarmene, devo sistemare te e i bambini », disse lei.

« Taci, per carità », la supplicò.

« Parliamone, invece, perché non c'è più tempo. Hai intorno tante donne. Una di loro deve diventare la tua seconda moglie. »

« Non dire queste cose, Rosa. Non ci saranno altre donne dopo di te. Questo letto è sacro. »

« E tale resterà. Ne avrai un altro, lontano da questa caverna. Il letto di una dama che abita in una casa grande, con tanta luce. Le mie creature hanno bisogno d'aria e di sole. Tu sai di chi parlo », sussurrò.

Matteo annuì.

« Dunque, chiama la vedova Di Giacomo e portala qui, da me », ordinò.

Sapeva che suo marito preferiva Rosalia alle altre donne che lo desideravano. Rosa la detestava perché ne conosceva l'avarizia, il cinismo e la grettezza. Era sicura che Rosalia sarebbe riuscita a farsi sposare da Matteo ma voleva essere lei a dettare le condizioni.

« Non verrà. Non c'è ragione che lo faccia », obiettò l'uomo.

« Il desiderio di chi sta per morire è sacro. Verrà. »

A Matteo sembrò terrificante la prospettiva di chiamare al capezzale di Rosa la donna con la quale viveva fuggevoli momenti di passione. Rosalia, così elegante e profumata, non doveva varcare la soglia di quel basso miserevole e lurido. Ma non poteva rifiutarsi di soddisfare l'ultimo desiderio di sua moglie. Rosa continuava a essere più forte di lui. In cuor suo, sperò che Rosalia rifiutasse l'invito. Invece la vedova non si fece pregare. Entrò nel basso coprendosi labbra e naso con un fazzolettino intriso di profumo. Si chinò su Rosa per coglierne le parole.

« Ho voluto vedervi perché devo chiedervi un favore. Casomai decideste di risposarvi, prendete in considerazione mio marito. È inutile che vi racconti le sue virtù. Le conoscete bene », disse senza riuscire a frenare l'ironia. « Ma quanto al resto, è ingenuo come un bambino. La forza ce l'ha tutta nel corpo. La volontà è debole. Ma è persona onesta. Fareste un buon affare a sposarlo. »

« Ma sono discorsi da fare? Vostro marito è solo un mio lavorante. Quanto al resto, voi siete sua moglie e... »

Rosa non la lasciò finire. « Ancora per poco, donna Rosalia. Matteo vi piace. Lo so. È naturale. È piaciuto anche a me. Ora, però, abbiamo cinque figli. Se un giorno vi sposerete con lui, dovrete fare da madre a loro. » Ecco, s'era presa una rivincita dopo anni di frustrazioni. Era riuscita a far passare come decisione propria un'unione che sarebbe comunque avvenuta. Ma c'era dell'altro. Quindi proseguì: « I miei figli vivranno con voi, in casa vostra. Li nutrirete e li vestirete come si conviene. Mio marito pagherà con il suo lavoro il cibo, gli abiti, le medicine e tutto quello che sarà necessario. Se li manderete un po' a scuola, farete soltanto il vostro dovere. Non vi chiedo di amarli. Vi chiedo di rispettarli. Vi sembra troppo? »

Rosalia non si era mai sentita così in imbarazzo. Abituata a guardare tutti dall'alto della sua agiatezza, si sentiva adesso in una situazione di sudditanza che la infastidiva.

« Donna Rosa, non ho mai pensato di sposare vostro marito », protestò.

« Lo so. Avete ragione. Ma, casomai un giorno vi venisse questo pensiero, saprete come regolarvi e io, da lassù, vi benedirò », concluse Rosa.

Mentre l'ascoltava, Rosalia sogguardava Matteo che, rintanato in un angolo, singhiozzava sommessamente. Quell'uomo, ancora giovane e forte, le piaceva. Una volta ripulito, avrebbe fatto bella figura accanto a lei. Non aveva mai pensato di sposarlo, perché non aveva mai immaginato che sua moglie potesse morire. Ora lo vedeva sotto un altro aspetto. Effettivamente sarebbe potuto essere un buon marito. Certo che, sposandolo, avrebbe dovuto prendersi in casa anche i suoi cinque figli. Erano davvero troppi. Pensò che la più grande si sarebbe presto tolta di mezzo. Nel frattempo sarebbe stata utile in casa. Gli altri, il monacello prima di tutti, li avrebbe messi a lavorare con il padre.

« Se è per farvi contenta, vi dico che la cosa si potrebbe fare », replicò con aria mite, che contraddiceva la freddezza del suo sguardo.

« Dovete essere contenta anche voi », sussurrò Rosa.

« Non mi sembra questo il momento di esprimere contentezza », si schermì la donna.

« Perché no? A voi non importa della mia morte e la mia proposta non vi dispiace. Dunque, fatemi un favore. La vedete quell'immagine dell'Immacolata che schiaccia il serpente del male? » domandò indicando un'immaginetta colorata posata sulla mensola accanto al letto. « Giurate sulla Vergine che rispetterete i miei figli e avrete cura di loro », ordinò.

« Lo giuro », disse Rosalia, facendo il segno della croce. E soggiunse: « Sempre che io e vostro marito decidiamo di sposarci ».

Rosa annuì, stremata.

« Se non terrete fede a questo sacro giuramento, io lo saprò. E non sarò contenta», concluse, certa che la minaccia avrebbe avuto un peso sul comportamento di Rosalia.

Rosa Avigliano morì alle prime luci del mattino. Fu l'ultimo decesso per colera di quel terribile 1910. Era il 15 agosto, giorno dell'Assunta. Teresella fu sicura che la Vergine avrebbe accolto sua madre in Paradiso.

2

Rosa venne sepolta in un campo comune, quello dei poveri, nel cimitero di Poggioreale. La pioggia di pochi giorni prima aveva ridato vigore all'erba e ai fiori. Mentre il corteo funebre percorreva i viali del cimitero, in mezzo a quella festa di colori e di profumi, la nonna disse: « Vorrei morire presto, per riposare qui, in mezzo a tutta questa meraviglia ».

Tutti gli abitanti dei sette vicoli della Duchesca erano venuti per l'estremo saluto a Rosa. C'erano uomini, donne, bambini e anziani. Le donne piangevano, si disperavano, ricordavano l'onestà, la rettitudine, la generosità della defunta. Don Vincenzo Cuocolo aveva mandato una *corbeille* di rose bianche e una busta con venti lire, per i primi bisogni della famiglia.

Al ritorno dalla sepoltura, il vicinato aveva invaso il basso degli Avigliano, portando cibo e bevande. Non s'era mai vista tanta abbondanza di maccheroni conditi con il *zuffritto*, un sugo fatto con interiora di maiale, di vino *asprino*, di fichi e di meloni per consolare il vedovo e gli orfani.

Fu una festa che gli abitanti del vicolo ricordarono a lungo. Tutti, tranne Teresella, mangiarono a sazietà. La ragazzina, scontrosa come sempre, si rintanò nel letto dietro la tenda e non si fece vedere. Era disperata per la morte della madre che aveva assistito fino all'ultimo respiro, mentre suo padre non faceva che singhiozzare.

Pochi minuti prima di morire, Rosa le aveva detto: « Quando non ci sarò più, dovrai consegnare questa immagine a donna Rosalia Di Giacomo ». Era quella dell'Immacolata che schiaccia il serpente.

La vedova Di Giacomo si era tenuta lontana da ogni manifestazione di cordoglio. Non sarebbe riuscita a simulare nemmeno un'ombra di tristezza, tanto era soddisfatta della situazione. La povera Rosa le aveva servito Matteo su un vassoio d'argento. Fra pochi mesi avrebbe avuto di nuovo un marito e non aveva dubbi sul fatto che Matteo Avigliano le piacesse molto di più del defunto che l'aveva dominata e oppressa in ogni modo. Lui sarebbe stato uno strumento duttile nelle sue mani. Lei sarebbe rimasta padrona di tutto e avrebbe avuto un lavoratore fedele e instancabile al mercato, e un amante meraviglioso nel letto.

Mentre Rosa veniva sepolta, lei si concedeva un bagno rilassante profumato con i sali inglesi. I suoi due figli, Vincenzo e Renato, erano giù nel vicolo a combinare malandrinate con i compagni. Che si sfogassero a loro piacere. A ottobre sarebbero tornati in collegio. Ci avrebbero pensato i preti a raddrizzarli e a istruirli. Il marito buonanima non avrebbe mai accettato di farli studiare. « Quando i figli sono più istruiti dei genitori, finiscono per non rispettarli », diceva. Lui era analfabeta ed era riuscito a diventare quasi ricco. Sapeva a stento firmare i contratti che stipulava con i fornitori, dopo che qualcuno gli aveva letto e spiegato ogni clausola. Dell'aritmetica conosceva soltanto le nozioni più elementari che gli servivano per il suo commercio. Ma con il nuovo secolo tutto era cambiato. Per incrementare il giro d'affari del defunto padre, era indispensabile che i figli fossero istruiti.

« Lina! » strillò Rosalia uscendo dalla vasca. Lina era la domestica, una povera donna che veniva dalla campagna dove aveva lasciato un marito contadino e sei figli. Rosalia le corrispondeva una paga da fame, la faceva dormire nel solaio e le dava da mangiare gli avanzi della cucina. Ma era sempre meglio di niente. Lina custodiva i suoi guadagni dentro un fazzoletto, annodato strettamente, che portava sul petto. La prima domenica di ogni mese, Rosalia le permetteva di andare in campagna a riabbracciare la famiglia. Lei apriva il fazzoletto sul tavolo della cucina e stavano tutti lì attorno a rimirare quelle poche monete, come fossero un tesoro.

La domestica accorse porgendole un telo di lino bianco. Rosalia si asciugò, guardandosi allo specchio. Era fiera del suo corpo forte e sodo.

« Come siete bella, donna Rosalia. Sembrate una statua », osservò Lina, ammirata. Lei incurvò le labbra in un sorriso soddisfatto. Le piaceva ricevere complimenti, anche se venivano dalla cameriera che la lodava, in parte, per conquistarne la benevolenza.

« La bellezza viene e se ne va. Ma finché c'è, una donna se la gode », commentò, pensando quanto fosse utile essere anche intelligenti e scaltri. La famiglia di Rosalia era molto povera e lei, a sedici anni, aveva messo gli occhi sul padrone del banco del pesce più importante della città, Andrea Di Giacomo. Aveva la migliore clientela di Napoli e riforniva persino il palazzo reale. Lei gli aveva dimostrato che, con il suo sorriso incantevole, la voce melodiosa e gli sguardi languidi, riusciva a vendere tutto, fino all'ultima sogliola, incantando i clienti. Andrea aveva quarant'anni e le ragazze dei vicoli lo giudicavano un vecchio, grasso e brutto. Lo avevano sempre fuggito come la peste. Lei, invece, lo aveva sposato. Lui l'aveva ricoperta d'oro e lei si era dimostrata all'altezza del ricco pescivendolo. Anzi, lo aveva superato in scaltrezza e parsimonia. Con il denaro accumulato in banca aveva comprato un caseggiato intero, nel vicolo della Duchesca, e riscuoteva personalmente gli affitti.

Poi aveva acquistato un banco nuovo da un commerciante che stava fallendo e poi un altro e un altro ancora. Il denaro, nelle sue mani, si moltiplicava. Qualche volta perfino suo marito si spaventava dell'incontenibile avidità di quella moglie bella e ambiziosa.

«Ci stiamo allargando troppo, Rosalia. Così non va. La camorra non ci lascerà vivere tranquilli ancora a lungo», l'ammoniva.

«Con certe persone, so come cavarmela. Tu non devi preoccuparti», replicava mordendo il freno. Erano nati due figli. Li aveva messi a balia per non sciupare il seno e per non perdere tempo dietro a loro. Lei era troppo occupata ad ampliare i suoi affari e ad accumulare soldi. Non aveva mai amato il marito e quando lui era morto d'infarto aveva respirato di sollievo. Ormai era diventato soltanto un peso. Invece, adorava i figli e, soprattutto, amava il denaro. *E' danare*, come diceva in dialetto stretto. Questa parola le procurava un piacere incontenibile.

«Ci vuole un marito, donna Rosalia, per godersi tanta bellezza», commentò Lina con un sorriso malizioso, mentre la pettinava davanti alla specchiera in camera da letto.

«A suo tempo, verrà anche quello», tagliò corto lei. Non aveva nessuna intenzione di confidarle i suoi progetti.

Ma ormai tutti sapevano che il fortunato sarebbe stato don Matteo Avigliano, il vedovo di donna Rosa, perché questa era stata la volontà della defunta.

Rosalia, seduta davanti allo specchio, osservò l'immagine riflessa del letto a due piazze, coperto da un grande drappo di lino ricamato e protetto da un tulle che scendeva dal soffitto. Lì, per anni, si era annoiata con il marito. Adesso, per fortuna, di lui restava soltanto un grande ritratto color seppia, racchiuso in un ovale, appeso in un angolo della stanza su cui raramente cadeva l'occhio. Tra qualche mese, il tempo necessario per rispettare il lutto, Matteo Avigliano l'avrebbe riscaldata nelle notti d'inverno. Naturalmente doveva sistemare anche i suoi cinque figli. La stanza sul cortile sarebbe stata per loro. Le sue creature avevano già la loro camera e, anche quando fossero stati in collegio, nessuno avrebbe dovuto azzardarsi a occuparla. Né sognarsi di entrare nella sala. Quella era per bellezza e per pranzarci la domenica lei, Matteo e i suoi due figli. Loro erano Di Giacomo, proprietari legittimi di tutto quanto. I piccoli Avigliano avrebbero mangiato in cucina, con la serva. E ringraziassero il cielo. Il passaggio da quel basso lurido al quinto piano del suo palazzo era un salto di tutto rispetto. Del resto, avrebbe saputo come farli stare quieti. Alla prima disobbedienza, avrebbero assaggiato la forza del suo braccio.

Lina le aveva raccolto i capelli in una crocchia morbida sulla nuca. Lei si osservò compiaciuta allo specchio. Ma il sorriso si spense nel disappunto: Teresa Avigliano era sulla soglia della camera e la guardava.

Rosalia si girò di scatto e la fulminò con uno sguardo cattivo. « Che cosa ci fai, qui? » domandò, aggredendola. Quella ragazzina dallo sguardo fiero la metteva a disagio.

« Una commissione, da parte di mia madre », disse Teresella, guardandola dritta negli occhi.

« Da parte di tua madre? Ma se è morta l'altro ieri! » Si alzò, lisciando sui fianchi le pieghe dell'abito.

« Prima di morire mi ha detto di consegnarvi questa », spiegò tendendole l'immagine della Vergine. « Mi ha detto di darvela dopo il funerale. »

« Posala lì », ordinò Rosalia, sentendo nascere dentro di sé un'inquietudine che subito ricacciò.

Napoli - Palazzo Castiglia
agosto 1910

1

JOSEPHA entrò nello spogliatoio. Sofia la stava aspettando e si stupì di vederla sorridere.

« La mia borsetta », disse Josepha, allegramente.

« Eccola, signora », replicò, porgendogliela.

La giovane fece scattare le due mollette d'argento a forma di rosa e l'aprì. La capovolse e vuotò il contenuto su un vassoietto di velluto rosso. Tra una scatolina d'avorio, un pettine d'osso nell'astuccio d'argento, la boccetta del profumo con il tappo dorato, un fazzolettino di pizzo, trovò il cordoncino annodato di Rosa Avigliano.

« Eccolo », esclamò, prendendolo in mano e affidandolo a Sofia.

« Allora, che cosa ne dobbiamo fare? » chiese la cameriera.

« Dopo ti dirò. Ora voglio che mi prepari un bagno profumato », ordinò.

« Già fatto », la rassicurò la donna.

L'aiutò a liberarsi delle scarpe e dell'abito, le posò sulle spalle un accappatoio e Josepha entrò nella stanza da bagno. Era un grande locale con le pareti tirate a smalto, ornato di greche a volute in stile Liberty. C'erano due poltrone di midollino, piantane che reggevano vasi di fiori, due specchi con le cornici di bronzo dorato e un'enorme vasca ovale in marmo rosa. L'acqua scendeva da un rubinetto di metallo dorato a forma di testa leonina. Era tiepida, come piaceva a lei. Vi si abbandonò con un senso di piacere. Pensava alla recente tenerezza di suo marito, alle sue lacrime, alla promessa di trascorrere la notte insieme. Non sapeva come spiegarsi quel cambiamento improvviso, a lungo desiderato. Ma di una cosa era certissima: Enrico era un uomo indecifrabile.

Pochi mesi prima delle nozze, il suo tutore le aveva detto: « Sei fortunata. Andrai a vivere a Napoli, la più grande città d'Italia. Incontrerai gente interessante e vivrai nella ricchezza ».

Il borgomastro aveva verificato la solidità del patrimonio dei principi Castiglia, proprietari di palazzi, di ville, di terreni nel Mezzogiorno e nel Sud d'Italia, e di una distilleria di liquori famosa in tutta Europa. I rosoli, gli alkermes, i brandy erano i migliori sul mercato e garantivano un giro d'affari di milioni. Le distillerie producevano anche il famoso Elisir di Santa Rosalia, una specie di digestivo che compariva puntualmente, a fine pranzo, sulle tavole delle famiglie più illustri. Il suo tutore aveva informato Josepha che Enrico, dopo il matrimonio, non si sarebbe appropriato dei beni della giovane moglie. « Un gesto davvero generoso », aveva sottolineato l'uomo, « perché di solito il patrimonio della sposa diventa del marito. Sei davvero fortunata, bambina mia », aveva ripetuto, soddisfatto.

Ma la vita a Napoli non si era rivelata così esaltante. Gli impegni mondani erano incessanti e, invece di divertirla, l'annoiavano. Molto spesso Josepha aveva nostalgia della sua terra. Ma l'amore per Enrico, il desiderio di conquistarlo, la speranza di diventare madre compensavano le sue malinconie.

Uscì dalla vasca e Sofia l'avvolse nell'accappatoio su cui era ricamato, in rosso, lo stemma dei Castiglia.

Sedette davanti a una specchiera e la domestica cominciò a pettinarla. « Rosa Avigliano mi ha detto di cucire il cordoncino all'interno della giacca di mio marito », esordì Josepha.

« Me lo dite soltanto adesso! Se l'avessi saputo, l'avrei già fatto », esclamò la donna.

«Ma devo farlo io, altrimenti la fattura non funziona», precisò la giovane. E aggiunse: «Dammi la giacca del principe e stai attenta che nessuno ti veda».

«Quale giacca? Il principe ne ha moltissime», osservò Sofia.

A quel punto Josepha sbottò in una risata. Si era resa conto che Rosa Avigliano non aveva preparato una fattura, altrimenti avrebbe indicato in quale giacca cucirla. Ma quel tocco di falsa stregoneria le aveva ridato fiducia.

«Sai una cosa, Sofia? La cordicella mi porterà fortuna», esclamò, allegramente.

Più tardi, mentre cenavano insieme, Enrico sembrava euforico, più che allegro.

Per la prima volta da quando erano sposati, si esibì in chiacchiere e pettegolezzi e le raccontò vecchie storie di famiglia. Le parlò del nonno materno, che aveva passato la vita a coltivare rose meravigliose, e del padre che, nelle scuderie della villa di Caserta, allevava cavalli e aveva speso un patrimonio per acquistare esemplari perfetti in giro per il mondo.

Enrico si comportava come se il loro rapporto fosse sempre stato così intimo, così sereno. Quell'improvviso cambiamento rendeva felice Josepha, i cui desideri si stavano finalmente realizzando. Il muro che li aveva separati era crollato. Così, mentre spilluzzicava una pesca al marsala, osò confessargli quello che da mesi la tormentava.

«Ho creduto che tu avessi un'altra donna», sussurrò, approfittando dell'assenza momentanea di Saverio, il cameriere.

«Che cosa ti viene in mente?» protestò Enrico, rabbuiandosi.

«Cenare insieme, come questa sera, mi sembra un miracolo. Non era mai successo. E la notte, poi, vai via e non so perché», proseguì lei, con voce esitante.

«Ho il mio lavoro e le mie preoccupazioni. Tu, bambina mia, non potresti capire.»

«Non ho mai saputo che tu lavorassi. Ma perché di notte?» si stupì Josepha.

« Di giorno non riesco a concentrarmi. Ho un ufficio al porto, dove vado a lavorare di notte. Ma è un segreto che non devi rivelare a nessuno », si raccomandò. Poi tacque perché Saverio era tornato in sala da pranzo per domandare se i principi desiderassero altro. Intanto, mise sul tavolo un'alzatina con dolcetti e praline.

« Puoi andare », lo congedò Enrico e, rivolto a Josepha, proseguì: « Sto progettando un'invenzione grandiosa, che mi assorbe totalmente », affermò con tono grave.

« Di che cosa si tratta? » chiese lei, incuriosita.

Enrico si protese sul tavolo, allungò un braccio a sfiorarle la guancia e, con un tono da cospiratore, disse: « Sto progettando la costruzione di un sottomarino di cristallo ».

Josepha pensò d'aver capito male e lo guardò con perplessità.

« Un sottomarino di cristallo? » ripeté, incredula.

« Tranne le macchine, ovviamente », si affrettò a precisare il principe. E proseguì: « Voglio trasportare, da Napoli a New York, l'Elisir di Santa Rosalia per lanciarlo negli Stati Uniti. La nave di cristallo è una trovata geniale per reclamizzarlo al meglio. La stampa si occuperà di me. Parleranno del principe di Calabria come di un nuovo Capitano Nemo. Sarò io, naturalmente, a pilotare il sottomarino. Un giorno voglio portarti nel mio ufficio e mostrarti il progetto. Ma prima devo andare a Genova per sottoporlo ai cantieri Baglietto. Ho escluso Napoli, perché non voglio che la cosa si risappia. Per ora e fino a quando il sottomarino non sarà realizzato, tutto deve restare segreto. Tu non mi tradirai, vero? » concluse, guardandola con un'espressione rapita, quasi allucinata.

Non lo avrebbe tradito, ma non sapeva che cosa pensare. Enrico aveva il potere di metterla sempre di fronte a situazioni incomprensibili. Non sapeva se suo marito avesse inventato una fiaba o se stesse davvero progettando quella follia. Ci fu un attimo di silenzio interrotto, provvidenzialmente, dal fischio di una chiamata dal piano superiore. Mentre si alzavano da tavola, Saverio venne ad annunciare che la principessa Carolina li invitava a salire.

« Allora il caffè lo prendiamo da mia madre », disse lui allegramente, offrendole il braccio.

Nel salotto della suocera c'era il giovane ufficiale che lei aveva incrociato lungo le scale. Le sorrise con aria complice mentre la suocera faceva le presentazioni.

« Il capitano Lorenzo Valeschi », disse la principessa.

Lui chinò il capo e si portò alle labbra la mano che Josepha gli tendeva.

2

LORENZO aveva venticinque anni. Era nipote del conte Florian Walewsky, un ex rivoluzionario polacco che, dopo aver militato come ufficiale nell'esercito francese, si era dedicato alla vita politica. Suo figlio Alessandro, padre di Lorenzo, si era stabilito nel Nord dell'Italia e aveva cambiato il cognome Walewsky in Valeschi. Aveva sposato una milanese, Vezia Bassanesi, figlia di un noto avvocato, e si era messo a lavorare con il suocero. Dal loro matrimonio erano nati sette figli.

Lorenzo aveva ereditato dal nonno le caratteristiche somatiche slave e il temperamento inquieto e passionale. Era stato, per i genitori, fonte di grandi preoccupazioni tanto che il padre, a un certo punto, lo aveva spedito a Napoli, alla Scuola Militare della Nunziatella. « La vita di caserma lo raddrizzerà », aveva garantito alla moglie.

Dopo tre anni, Lorenzo non sembrava essere così cambiato. Nei brevi permessi frequentava la principessa Carolina, amica intima di sua madre, oppure, più spesso, i teatri di varietà, dove imbastiva brevi avventure con cantanti e ballerine.

La principessa apprezzava la sua intelligenza vivace e l'onestà. Quella sera aveva deciso di presentarlo al figlio e alla giovane nuora perché lo coinvolgessero nella loro vita di società.

«Ho pensato che voi due potreste fargli conoscere Napoli», disse infatti la principessa, dopo le presentazioni.

«Se è per questo, Vittorio Alliata saprebbe farlo meglio di noi», si defilò subito suo figlio, contrariato dalla proposta.

«L'Alliata potrebbe soltanto trascinarlo alla perdizione», osservò la principessa. «*Café chantant*, *varieté*, giri in automobile a rischio di rompersi l'osso del collo e chissà che altro.»

Lorenzo li ascoltava, sorrideva e sogguardava Josepha, fumando pigramente una sigaretta. Lei era imbarazzata da quegli sguardi.

«Potresti fargli tu da guida», suggerì Enrico, all'improvviso, rivolgendosi alla moglie. «Ci sono tante chiese da vedere, con quadri e statue importanti che Lorenzo saprebbe apprezzare.»

«Bravo, fratellino! Mi sembra una proposta davvero allettante per il nostro capitano», esclamò Virginia con tono ironico. E proseguì: «Non ti viene in mente che queste visite potrebbero annoiare Lorenzo?»

«Se non fai dell'ironia non ti senti tranquilla», ribatté Enrico, seccato.

«Però Virginia ha colpito nel segno. Negli anni di scuola, ho dovuto visitare chiese, castelli e musei a sazietà. Invece Napoli è famosa per il suo golfo, la bellezza del mare, delle isole. Mi piacerebbe fare gite in sua compagnia», propose Lorenzo, rivolgendo a Josepha uno sguardo ridente.

«Non saprei dove condurla. Vivo a Napoli solo da pochi mesi e prima mi arrampicavo sui monti del Tirolo. Virginia è una cognata deliziosa e ha perfettamente ragione. Temo che sarei una pessima compagnia. Sono terribilmente impacciata, come avrà capito», affermò sperando di avere convinto Lorenzo a desistere dal suo progetto.

«Lei è deliziosamente spontanea e penso che Enrico sia molto fortunato ad averla come moglie», rispose con sincerità.

La principessa Carolina osservava il figlio con una certa apprensione, perché Lorenzo era evidentemente attratto da Josepha.

Enrico, invece, fissava un punto indefinito, assorto in chissà quali pensieri.

« Io sono un po' stanca. Ma voi giovani, questa sera, potreste andare a teatro », intervenne Carolina. « Ho letto su *Il Mattino* che c'è una nuova commedia di Salvatore Di Giacomo. Incontrereste gli Alliata. »

« Grazie per l'invito, ma devo tornare in caserma. L'esercito di sua maestà è un padrone molto esigente », si defilò Lorenzo.

Josepha trasse un sospiro di sollievo. Enrico aveva promesso di passare la notte con lei ed era ansiosa di rientrare a casa.

« Anch'io sono un po' stanco, questa sera », affermò Enrico riemergendo dai propri pensieri. « Andremo a teatro la settimana prossima », aggiunse, salutando la madre e la sorella.

Enrico e Josepha scesero lo scalone con Lorenzo che spiegò di essere stato incaricato dal comando di stato maggiore di sovrintendere, a Napoli, alla costruzione di nuovi alloggi per i militari.

« Conoscendo i napoletani, credo che il tuo soggiorno sarà lunghissimo », lo salutò Enrico, tendendogli la mano. Erano arrivati al primo piano e un domestico avrebbe scortato l'ospite all'uscita del palazzo.

« Avremo tutto il tempo per rivederci », si congedò Josepha.

« Allora, a presto », disse il giovane e soggiunse: « Ciao, Josepha ».

« *Servus*, Lorenzo », sorrise lei, ripetendo il gioco del loro primo incontro.

« Non ti avevo mai vista così a tuo agio come con quel noiosissimo Valeschi », osservò Enrico, quando furono in casa.

« Non è antipatico », affermò lei con indifferenza.

« Ci conosciamo da quando eravamo ragazzi. O, meglio, lui era un ragazzo. Io ho cinque anni più di lui. È sempre stato un ribelle. Si è fatto espellere da non so quanti collegi prima di entrare alla Scuola Militare. Una volta è stato sul punto di sposarsi. Siamo andati a Milano per le nozze. Tutti, compresa la sposa, lo aspettavamo in chiesa. Lui si è presentato con due ore di ritardo, in tenuta sportiva. È andato tutto all'aria. Per fortuna della sposa », raccontò Enrico.

Josepha rise di gusto.

« Ti sembra divertente? » domandò il marito, perplesso.

« Infinitamente », rispose con l'incoscienza dei suoi diciassette anni.

Sofia la stava aspettando per aiutarla a spogliarsi.

« Fila via. Questa sera non ho bisogno di te », sussurrò Josepha prendendo Enrico per mano e guidandolo verso la sua camera da letto. Lui la seguì e, quando furono soli, lei si girò di schiena.

« Sei capace di slacciarmi il vestito? » gli domandò.

« Non quanto lo sarebbe Sofia », rispose, imbarazzato.

Le mani dell'uomo erano percorse da un lieve tremore mentre armeggiava con le asole dell'abito di seta. Josepha sentì sulla schiena il tocco delle sue dita e rabbrividì di piacere.

L'abito scivolò a terra, lei si voltò e gli sciolse la cravatta.

Lui si ritrasse e fece per parlare. Lei posò un dito sulle sue labbra.

« *Ssst* », disse in un soffio e l'abbracciò. « Perché hai aspettato tanto? » sussurrò subito dopo tenendolo stretto a sé.

Lui non rispose. Si irrigidì e si sciolse dalle sue braccia. Poi, con voce rotta dall'emozione, disse: « Io non volevo sposarmi. È stata mia madre a insistere. Non avrei dovuto farlo. Adesso è tutto più difficile per me, perché fino a quando non avrò costruito la mia nave non potrò amare nessuno. Non posso, non devo disperdere le mie forze, le mie energie. La nave è tutto per me, lo capisci? »

Josepha si sentì raggelare. Enrico la guardava negli occhi e il suo sguardo aveva una strana fissità, come se fosse catturato da una visione.

« Che cosa stai cercando di dirmi? » domandò.

« Quando avrò ultimato la mia nave sarò finalmente libero.

Devi darmi tempo, devi aspettare. Lo farai? » la incalzò il marito, accarezzandole il viso. E proseguì: « Ti amo infinitamente, Joséphine. Abbi fiducia in me. Sarà ben riposta. Presto torneremo insieme a Merano. Rivedrai la tua terra, la tua gente. È vicino il giorno in cui farò di te una sposa felice. Credimi, sono sincero. Devi soltanto avere pazienza. Ne avrai? » ripeté con voce dolcissima.

Josepha era stordita, confusa. Guardò a lungo quell'uomo incomprensibile e bellissimo che amava con tutto l'ardore dei suoi diciassette anni. Contro ogni evidenza e ragionevolezza, abbassò gli occhi e disse: « Ti aspetterò ».

Napoli - Vicolo della Duchesca agosto 1910

1

TERESELLA sentì il padre che si alzava. Fuori era ancora buio. Ora che Rosa non c'era più, Matteo divideva il letto matrimoniale con i tre figli maschi, mentre lei dormiva nell'altro letto con Annina e la nonna. La vecchia branda era stata eliminata.

Pochi giorni prima, Teresa l'aveva supplicata perché si lavasse.

« Che senso ha? In capo a una settimana sarei di nuovo sporca », aveva obiettato Lina che deprecava la mania della pulizia.

« Appunto. In capo a una settimana vi laverete di nuovo », aveva replicato la nipote. « Vi sembra giusto che la vostra pelle sia coperta da una crosta di sporcizia? »

« Va bene così. È una corazza contro le malattie », si era intestardita la vecchia.

« Va male, invece. Se non vi lavate, sarò costretta a dormire per terra, sotto il tavolo », si era impuntata la nipote. Più tardi aveva portato due secchi d'acqua per riempire la conca.

« Che ci fai, Teresella, con tutta quell'acqua? » si era intromessa una vicina, affacciandosi sulla porta del basso.

« Il bagno alla nonna. »

« Oh, Gesù! Donna Lina si lava », aveva annunciato la donna a tutto il vicolo.

« Ecco fatto. Ci manca il banditore e tutti sapranno che mi hai costretta a lavarmi », protestò la vecchia, ormai vinta.

Con una scaglia di sapone e uno straccio, Teresella frizionò a lungo il corpo avvizzito e i capelli della nonna che non smetteva di lamentarsi perché il mondo stava cambiando, i giovani non avevano più rispetto per gli anziani e tutto sarebbe andato a rotoli per colpa di queste modernità. Ma, una volta ripulita e pettinata, la nonna andò su e giù per il vicolo per farsi ammirare, fiera dell'ironia di cui le vicine la facevano oggetto.

« Siete ringiovanita di vent'anni, donna Lina. » « Niente niente volete trovarvi un fidanzato? » « L'ultima volta che vi abbiamo vista così, il Vesuvio è impazzito. Non saremo di nuovo in pericolo, vero? »

Quella sera, nel letto, Teresella l'abbracciò.

« Grazie, nonna, per non avermi costretta a dormire sotto il tavolo », le sussurrò. E soggiunse: « È vero che sembrate più giovane. I vostri capelli sono ancora neri e soffici. Se non vi mancassero i denti, sareste bella come papà. Lui vi assomiglia, lo sapete? Ma voi, quanti anni avete? »

« Troppi », rispose con un sospiro.

« Io ho dodici anni. Vado per i tredici. Lo so perché me lo ha detto mammà. »

« Rosa è stata sfortunata », osservò tristemente la donna.

« Mi manca », sussurrò Teresella, stringendosi a lei.

Quella mattina scese dal letto piano piano per non svegliare la nonna e i fratellini. Indossò una gonna e una blusa pulite. Gliele aveva lavate sua madre appena una settimana prima. Poi accese il fornello e vi mise sopra un pentolino pieno d'acqua. Quando stava per bollire versò i fondi di caffè polverizzato. Infine riempì una tazza con quell'acqua ambrata che insaporì con un granello di sale. Non c'era più zucchero. Prese dalla credenza un tarallo di pane croccante e lo posò sul tavolo, accanto alla scodella. Fece, insomma, quello che aveva sempre visto fare da Rosa.

« Questo lo chiami caffè? » disse suo padre, disgustato.

« Non mi avete dato soldi per il caffè. E neanche per lo zucchero », si scusò.

Matteo mise sul tavolo un paio di monete.

« Compra quello che serve. Ma domattina, per favore, dammi del caffè decente », disse, mentre inzuppava un pezzo di tarallo nella tazza.

Teresella infilò le monete nella tasca della sottana. Poi prese una ciotola di metallo e un pennello. Suo padre doveva radersi e lei sapeva come ottenere una buona schiuma con poche gocce d'acqua versate sul sapone secco. Si preoccupò che sulla mensola, accanto alla ciotola, ci fossero un pezzo di giornale per pulire il rasoio, un panno umido per lavare il viso, il pettine e il vasetto di cera per lucidare i capelli.

Quando le sembrò che tutto fosse a portata di mano, uscì per comprare zucchero, caffè, pane e anche un po' di pasta, se i soldi fossero bastati. Non entrò nella bottega in cima al vicolo, perché lì davano zucchero umido che pesava di più e pane vecchio di giorni. Andò al mercato. Contrattò, tirò sul prezzo e riuscì a farsi regalare pomodori, zucchine e cicoria. Era verdura di scarto che gli ambulanti gettavano in una cesta. Arrivando di buon'ora, si poteva fare una buona cernita con il consenso del venditore.

Queste piccole astuzie le venivano dagli insegnamenti di sua madre. Tornò a casa quando suo padre era già uscito per andare a lavorare e la nonna si era alzata. Annina e i fratelli dormivano ancora. Prese un contenitore di coccio e uscì di nuovo a cercare il latte. A lei non piaceva, ma ai fratelli sì.

Quando il sole era ormai alto nel cielo e l'aria ancora abbastanza fresca, sapendo i fratelli al sicuro con la nonna, Teresa lasciò il quartiere e si avviò verso il cimitero. Era un percorso lungo, ma lei camminava spedita. Arrivò sulla cima della collina stremata di stanchezza, ma la bellezza del luogo la ripagò. Entrò nel camposanto. Le tombe erano allineate ai lati e costellate di fiori di tutti i colori che mandavano un profumo da stordire. In fondo al cimitero vide un campo brullo con tante piccole croci di legno. Lì era sepolta Rosa. Individuò la tomba di sua madre perché la terra era smossa di fresco. Si guardò intorno. Non lontano, posato su una lapide modesta, c'era un vaso colmo di gigli candidi. Ne sfilò uno, scusandosi con il morto. « Voi ne avete tanti. Giratevi di là e fingete di non vedere mentre prendo questo fiore per mammà », disse. E soggiunse: « Molto gentile. Grazie tante ». Infilò lo stelo nella terra. « Un vostro vicino mi ha dato questo fiore per voi. Buongiorno, mammà », si annunciò. E proseguì: « Vi piacciono i gigli, vero? Vorrei tanto che mi parlaste ». Si sedette per terra. Stette lì, le mani posate sul grembo, a osservare la distesa di quelle piccole croci, con il cuore gonfio di dolore. Ricordava i rari momenti di confidenza con Rosa e non si rassegnava all'idea che non ce ne sarebbero stati altri, mai più. Era stato bello parlare con lei. Bastava un gesto, un'esclamazione e capiva subito che cos'aveva nel cuore.

L'aria diventava sempre più calda. Piccole gocce di sudore punteggiavano la fronte di Teresa. Pensò che il sole non sarebbe riuscito a riscaldare la terra buia e fresca dove riposava sua madre. « Ho così bisogno del vostro amore », sussurrò.

Ricordò quando saliva sulla collina con lei. Venivano soprattutto in primavera e in autunno per raccogliere gemme, bacche, fiori e foglie che Rosa faceva essiccare per curare tanti piccoli malanni. La mamma raccoglieva e spiegava, mentre lei dava la caccia a bisce e libellule, senza ascoltarla. Ora le dispiaceva d'aver perduto quei preziosi insegnamenti.

Che cosa ne sarà della mia vita? si chiese, angosciata. Non era mai andata a scuola, non aveva ancora cominciato a lavorare.

« Mammà, ditemi che la mia vita non sarà così disgraziata e breve come la vostra », supplicò.

La madre le ripeteva spesso che le sue sofferenze non venivano soltanto dalla miseria, ma anche dal fatto di essere una femmina. Sosteneva che le donne, anche quelle intelligenti, non potevano sfruttare le proprie risorse perché gli uomini non lo consentivano. Sussurrava alla figlia: « Ricorda, Teresella, che loro sanno quanto è grande la nostra capacità di amare e se ne approfittano fino all'ultimo respiro ». E aggiungeva: « Fatti rispettare dagli uomini, mi raccomando ».

Teresa avrebbe fatto tesoro di quei suggerimenti. Ricordò quella bella signora, profumata di lavanda, che piangeva davanti a sua madre, perché il marito la maltrattava.

« Che guaio », constatò.

Il giglio, infilato nella terra, cadde su una zolla. Eppure spandeva ancora il suo profumo.

Il caldo era diventato intollerabile. Teresa si alzò. Con un gesto lieve accarezzò la terra sotto cui riposava sua madre. Si guardò intorno. Un corteo funebre avanzava lento e solenne lungo il viale principale. Lei uscì dal cimitero e si avviò verso casa.

2

QUEL giorno Teresa rinunciò al solito girovagare nei quartieri ricchi della città. Sedette invece su una panchina, tra due palme, a guardare il mare. Vide le navi che scivolavano maestose sull'acqua. Andavano verso l'orizzonte dove il mare si confondeva con l'azzurro del cielo. Avrebbe voluto essere su una di quelle navi. Sapeva che i ricchi viaggiavano per divertirsi, i poveri per raggiungere terre lontane, in cerca di fortuna. Alcuni trovavano lavoro e mandavano soldi alle famiglie che restavano a Napoli. Era denaro onesto, rispettabile, ben diverso da quello che accumulavano i camorristi. Teresa sentiva spesso pronunciare questa parola e un giorno aveva chiesto a Matteo: « Papà, che cos'è un camorrista? »

« Uno che vive sul lavoro degli altri e non fatica mai », le aveva risposto lui.

Teresella li vedeva andare in carrozza o in automobile con le scarpe lucidissime e un anello con brillante all'anulare. Quando passavano nei vicoli, gli uomini si ritraevano togliendosi il cappello, per paura, non per rispetto. Erano ovunque: ai tavolini dei caffè eleganti, sulla passeggiata a mare, al mercato del pesce, davanti ai teatri. Non erano mai soli. Avevano sempre due, tre, quattro uomini al seguito, che tentavano di imitarli nei gesti, negli sguardi altezzosi. Un po' come avviene nei branchi di cani randagi, pensò. Il capo è attorniato dai suoi fedelissimi che tengono a distanza gli altri cani, sollevando le labbra e mostrando i denti. Anche certe donne, come le cagne, lottano tra loro per rivalità, rifletté la ragazzina concludendo tra sé: Uomini, cani e certe donne, si assomigliano. E si chiese: Io, che donna sarò?

C'erano ragazzini che, incrociandola nei vicoli, si schieravano per non farla passare. I più audaci allungavano una mano per sfiorarle il seno. Lei fuggiva impaurita. Alcune amiche si arrendevano a quei maldestri corteggiamenti come fossero un gioco, tanto per divertirsi un po'. « Mi fate schifo », diceva Teresella e si dispiaceva che fossero così deboli, già sottomesse.

Tra qualche anno avrebbe avuto un innamorato. Ma non voleva un ragazzo sfacciato, né sporco, né camorrista. Il quartiere, però, non offriva niente di meglio. Nei vicoli era nata, cresciuta e lì doveva vivere. Non sarebbe mai salita su una nave, non avrebbe mai visto le terre di là dal mare, non sarebbe mai stata ricca, ma voleva un innamorato che la rispettasse e le offrisse un paio di orecchini di corallo come quelli di donna Rosalia.

Distolse lo sguardo dal mare e osservò la sagoma scura di Castel dell'Ovo. Sentì, in lontananza, lo scalpiccio cadenzato degli zoccoli dei cavalli. Sembrava che stesse arrivando uno squadrone di cavalleria. Cavalli e cavalieri la affascinavano. Le piacevano i colori delle divise, le sciabole luccicanti nel sole, la fierezza degli animali e degli uomini che li montavano. Se avesse potuto scegliere, avrebbe voluto essere un cavaliere. Guardia regia o carabiniere, non faceva differenza. Non si era mai persa una parata militare. Una volta era riuscita a infilarsi di soppiatto in un cinematografo e aveva visto le immagini bellissime di un cavaliere al galoppo. Le era sembrato che le venisse addosso e aveva lanciato un urlo. Era stata acciuffata per un orecchio, duramente rimproverata e buttata fuori dalla sala. Aveva raccontato tutto a sua madre che aveva riso di gusto e le aveva promesso: « Un giorno, se mi avanzerà qualche soldo, andremo al cinematografo insieme ».

Non ci erano mai andate.

Ora il rumore degli zoccoli dei cavalli si faceva più distinto, ma non riusciva a vederli perché il lungomare, oltre il castello, faceva una curva. All'improvviso, vide avanzare una folla di uomini e di donne, alcune con i bambini in braccio, che marciavano compatti come una valanga scura, tenendo alte le bandiere rosse che fluttuavano nell'aria. Scandivano in coro parole che non riusciva a cogliere, ma le loro voci erano possenti, bellissime. Pensò che fosse la protesta operaia di cui aveva sentito parlare nel quartiere. I lavoratori avevano deciso di scioperare a causa della disparità dei salari tra operai del Nord e del Sud.

La sera prima, passando accanto a un gruppo di uomini riuniti nel vicolo, uno di loro aveva detto: «Sarà uno sciopero da far parlare il mondo, perché questa volta ci saremo tutti».

Arrivata a casa, Teresa aveva chiesto a Matteo: «Farete sciopero anche voi, papà?»

Lui aveva storto la bocca in una smorfia di rabbia: «Gli operai sono dei privilegiati e non lo sanno. Lavorano alle macchine che faticano per loro. Le vedi queste braccia, queste spalle? Io sono la mia macchina. Capisci la differenza? Se io mi fermo, voi che cosa mangiate? E poi, con la politica non voglio averci a che fare. Gira gira, è il governo che fa il buono e il cattivo tempo. Hai capito?»

Scosse il capo. Non aveva capito.

«Meglio così. Non c'è niente da capire. Per noi, sciopero o non sciopero, le cose non cambiano. E adesso sbrigati ad aiutare tua nonna», aveva tagliato corto Matteo.

Teresa abbandonò la panchina e si diresse verso quella massa ondeggiante e scura, attratta dal loro incedere sicuro, dalle loro voci, dalle bandiere rosse come papaveri. Camminava spedita sul marciapiedi, mentre le signore e gli uomini eleganti, che fino a un momento prima passeggiavano tranquilli, fuggivano imboccando le strade interne.

«Via, via! Andiamo via!» urlavano. «Sta per succedere qualcosa di brutto.» Lo scalpiccio dei cavalli si avvicinava sempre più ed era alle sue spalle. Teresa si girò e vide una squadra di guardie a cavallo che avanzava contro il corteo. Le prime file sguainarono le sciabole alzandole verso il cielo, e si lanciarono contro i dimostranti. Teresa si fermò e si portò una mano al petto. Il cuore le batteva così forte da toglierle il respiro. Le aste delle bandiere divennero lance da contrapporre alle sciabole. Le guardie, obbedendo a un ordine, imbracciarono i moschetti e fecero fuoco. I cavalli s'impennavano e nitrivano impauriti. La massa degli scioperanti si confuse con quella delle guardie mentre gli spari e le urla arrivavano al cielo.

Teresa era sconvolta.

« È una battaglia », sussurrò terrorizzata, addossandosi al muro di un palazzo. I dimostranti fuggivano in preda al terrore e, all'improvviso, un uomo la travolse, facendola ruzzolare a terra.

Lui si rialzò subito aiutandola a rimettersi in piedi. Teresa lo guardò spaventata. Era soltanto un ragazzo. Perdeva sangue da un taglio sottile lungo la guancia.

« Porci! Porci e assassini! » sibilò lui, afferrandola saldamente per un braccio: « Andiamo via da qui. Presto. Se mi prendono, mi mettono in galera ».

Fu Teresa a guidarlo lungo un dedalo di vicoli fermandosi poi in uno slargo dove c'era una vecchia cattedrale.

« Entra lì dentro. Nessuno ti troverà », lo rassicurò.

« Mi troverà il prete, che sta sicuramente dalla parte dei padroni », disse lui. Era pallido e sanguinava molto.

« Dai, non fare lo scemo », replicò Teresa sospingendolo all'interno della chiesa.

« Morirò dissanguato », sussurrò il ragazzo, spaventato.

« Ma quanto la fai lunga per un taglietto da niente », gli sorrise lei. Prese dalla tasca della sottana un fazzoletto pulito, lo intinse nell'acquasantiera, lo strizzò e glielo mise sulla guancia.

« Ma sei matta! È acqua infetta », protestò lui.

« Questa è acqua benedetta », precisò lei.

« Come me. Mi chiamo Benedetto », disse.

« E io Teresa », replicò.

« Il tuo nome deriva da una parola greca che significa 'cacciatrice'. Hai catturato me. »

« Sei uno studente? » gli domandò divertita.

Benedetto indossava calzoni rattoppati, scarpe consunte, una camicia bianca a righe scure e un gilet nero. Le sembrò che avesse un bel viso, nonostante la guancia si stesse gonfiando. Ma soprattutto i suoi occhi la incantarono, perché erano fondi, scuri e intelligenti.

« Sono un operaio. Non vedi le mie mani? »

Erano callose, grandi e forti. Le piacquero.

Merano - Schloss Rundegg
settembre 1910

1

Era un settembre dolcissimo, tuttavia Josepha non riusciva ad apprezzarlo come avrebbe voluto. Da alcuni giorni era tornata in Tirolo e viveva nel castello con il marito tentando inutilmente di ritrovare la gioia di vivere.

La confessione di Enrico aveva suscitato in lei l'istinto materno. Ora che conosceva la sua fragilità psicologica, le sembrava di amarlo ancora di più. E poiché era giovane e piena di desiderio, tentava di persuadersi che l'amore avrebbe avuto la meglio sui fantasmi che perseguitavano il marito. Comunque, pensava di aver ormai superato i momenti peggiori, quando si era convinta che Enrico la tradisse. Aveva aspettato sei mesi. Poteva aspettare ancora, tanto più che l'attesa, adesso, era sottolineata dalle costanti confidenze del principe che, quando erano soli, non si stancava di parlarle del sottomarino di cristallo e dei suoi mirabolanti progetti.

Quella mattina Josepha si svegliò presto. Come sempre, scivolò fuori dal piumino soffice e caldo e spalancò le finestre. Avrebbe voluto sorridere al cielo, alle montagne, ai vigneti che si perdevano lungo il paesaggio ondulato, ma l'assalì un dolore acuto allo stomaco. Da un paio di settimane non stava bene e attribuiva il malessere alla tensione che le procurava il difficile rapporto coniugale.

Prima di partire per Merano, Enrico era andato a Genova per proporre ai cantieri Baglietto la costruzione del suo sottomarino. Era ritornato in un tale stato di agitazione che Josepha, non sapendo come placarlo, gli aveva proposto: « Perché non mi mostri i tuoi disegni? Dopotutto me lo avevi promesso ».

Così aveva visto l'ufficio sontuoso che il principe aveva allestito in una palazzina, nel settore del porto più defilato dalla zona di carico e scarico delle merci. Era una stanza enorme, le cui finestre davano sul mare, arredata con un imponente tavolo da disegno, una scrivania severa, poltrone di stile moderno e un cannocchiale puntato verso i cantieri navali. Alle pareti erano appesi disegni antichi di navi sottomarine. Alcune avevano la forma di mostri leggendari. Il pavimento era coperto da bellissimi tappeti orientali. Enrico aveva aperto una cassaforte a muro, stipata di rotoli di carta. Li aveva spianati a uno a uno per mostrare i suoi disegni alla moglie. Erano straordinari e Josepha si stupì che Enrico fosse dotato di tanto talento artistico. C'erano un'esperta manualità e un'incredibile creatività in quelle raffigurazioni di navi che sembravano davvero scivolare nelle profondità del mare, sfiorate da branchi di pesci d'ogni forma e colore.

« Che cosa te ne pare? » aveva domandato lui.

« Che dovresti fare una mostra. Penso che tu sia un artista », aveva detto d'impulso Josepha.

« Sono un inventore. Quei genovesi hanno detto che il mio progetto è irrealizzabile. Non hanno capito niente. Ecco, guarda questo disegno. Si presenterà così la mia nave subacquea; puro cristallo che assume il colore ambrato dell'Elisir di Santa Rosalia di cui è carica. Questo è il settore delle macchine. E il capitano ai comandi sono io. Il primo uomo al mondo che compirà da solo la traversata atlantica con un sottomarino. Ci pensi? Navigherò negli abissi. I fari potenti della mia nave illumineranno il percorso », aveva spiegato con foga.

« *Mein Gott* », aveva sussurrato lei, sbalordita e incredula.

« Proprio così. Il genio è spesso incompreso. Credo che andrò in Inghilterra. Gli inglesi sono grandi navigatori e possono capire quello che voglio», aveva concluso seccamente. Poi, con il trascorrere dei giorni, si era quietato.

Josepha avrebbe tanto voluto parlare con qualcuno di quella follia che ossessionava suo marito, ma non lo aveva fatto perché doveva conservare il segreto.

Quando la famiglia Castiglia, come ogni anno, era arrivata a Merano, con nurse e camerieri al seguito, aveva preso alloggio all'*Hotel Meranerhof*, occupando l'intero primo piano. Josepha e il marito, invece, si erano rintanati a Schloss Rundegg. Lì non c'erano tutte le comodità offerte da un grande albergo, ma Enrico sembrava apprezzare la quiete di quell'antica dimora. Saverio e Sofia dormivano nelle mansarde, con la servitù del castello.

All'inizio, anche a causa dell'incomprensione dei rispettivi linguaggi, c'erano state baruffe tra loro. Josepha aveva finto di ignorarle. Ora, pur continuando a intendersi più a gesti che a parole, sembravano aver trovato una via d'intesa. Fra i tre austriaci e i due napoletani era in corso da giorni uno scambio di informazioni.

Sofia insegnava a Petra e Klara, le anziane domestiche di Josepha, come cucinare i maccheroni, preparare un caffè molto aromatico, condire le verdure con l'olio. Intanto, imparava da loro le ricette tirolesi per cuocere le patate, le mele, il maiale. Il basilico, che a castel Rundegg era sempre stato soltanto una pianta ornamentale, adesso veniva usato per insaporire i primi piatti e le verdure. Josepha seguiva con interesse questi scambi e le piaceva pensare di aver portato tra le mura del castello una ventata di novità.

Sarebbe stato tutto perfetto, se Enrico fosse stato un marito come tutti gli altri.

Josepha si aggrappava alla speranza, faceva appello alla pazienza, ma intanto soffriva d'insonnia ed era afflitta da nausea e crampi allo stomaco. Qualche volta, quand'era a tavola, doveva alzarsi in preda a conati di vomito.

«Quando una donna ha questi disturbi, significa che aspetta un figlio», le aveva sussurrato Sofia, sorridendole.

Josepha si era arrabbiata e l'aveva ripresa.

«Occupati degli affari tuoi», le aveva detto bruscamente.

La domestica aveva attribuito la reazione della signora alla sua estrema riservatezza.

Quella mattina Josepha uscì dalla sua stanza ed entrò in quella del marito. Si accostò al letto senza fare rumore. Enrico dormiva profondamente. Osservò il suo profilo perfetto, la spalla e il braccio nudi rivelavano la consistenza della muscolatura. Spiò il suo respiro, appena percettibile.

«Ti desidero tanto», disse in un soffio.

Con un sospiro rassegnato, lasciò la camera e scese nella stube. Sofia aveva preparato il tavolo della colazione con le porcellane di Meissen che erano quelle di famiglia. L'aroma del caffè l'avvolse.

«Come vi sentite stamattina?» l'accolse la cameriera.

«Molto affamata», rispose e subito addentò un pezzo di strudel con le mele.

Sofia avrebbe voluto farle notare che le donne gravide hanno sempre appetito, invece tacque. Sorrise, però, con aria maliziosa.

«Hanno portato una lettera per voi», annunciò, porgendole un vassoio su cui era posata una busta celeste.

Josepha la prese e l'aprì. Il borgomastro chiedeva ai principi Castiglia di presenziare a un balletto nel teatro civico che era il vanto della città. Josepha aveva sette anni quando lo avevano costruito, dopo che erano stati abbattuti gli alberi secolari del parco Rufin.

Ebbe un moto di contrarietà. Se l'invito non fosse venuto dal suo tutore, l'avrebbe certamente rifiutato. Invece disse: «Fatti aiutare da Petra ad aprire il mio baule. C'è quell'abito di voile color pervinca. Avrà bisogno di essere rinfrescato».

Aveva sperato di evitare le mondanità, almeno durante il soggiorno in montagna. Il principe, che era altrettanto schivo, l'assecondava. Tuttavia non poteva rifiutare l'invito affettuoso del dottor Grossmann che, evidentemente, desiderava vederla, anche se temeva questo incontro e lo sguardo indagatore del borgomastro. Non voleva assolutamente confessargli le proprie amarezze, anche perché si sarebbe sentito in colpa per averla così frettolosamente consigliata al matrimonio con Enrico Castiglia.

All'improvviso, mentre beveva il caffè, fu colta da una vertigine. Un malessere sordo le aggredì lo stomaco. Ebbe appena il tempo di attraversare di corsa la stube e uscire in giardino. Vomitò sull'erba.

Sofia vide tutto e interpretò a modo suo l'episodio. Avrebbe voluto soccorrerla, ma si trattenne.

Josepha si rifugiò nella torre, nella sua camera da ragazza. Si sdraiò sul letto e abbracciò Teddy Bear, l'orsacchiotto con cui giocava da piccola.

Quand'era bambina gli raccontava dispiaceri e sogni. Adesso gli sussurrò: « Perché la vita non è mai come l'abbiamo sognata? »

Enrico spalancò la porta e la sorprese abbracciata al vecchio orso di pezza.

« Sei proprio una bambina », commentò, corrucciato.

Lei annuì senza reagire. Era inutile confidarsi con quell'uomo schiavo delle proprie ossessioni.

« Questa sera andremo a teatro », gli annunciò. « Joseph Grossmann ci ha invitato. »

Positano - Villa Castiglia
ottobre 1910

1

I PRINCIPI tornarono a Napoli a ottobre inoltrato. Josepha aveva lasciato a malincuore il Tirolo dove l'aria si era fatta frizzante, gli alberi si erano colorati di giallo e di rosso e le cime più alte dei monti erano già spruzzate di neve.

A Napoli il sole era caldo e le vacanze non erano finite. Dopo qualche giorno di trambusto per il cambio di guardaroba, la famiglia si trasferì a Positano. Ricominciò il solito balletto degli scambi di visite, delle escursioni in barca alle isole, delle feste e dei ricevimenti. Sarebbero rimasti lì fino a tutto novembre. Il mare era davvero incantevole, ma il sole causava a Josepha fastidiose allergie che la costringevano a evitarlo. Non usciva nelle ore più calde della giornata e, dalla veranda della villa, a picco sul mare, guardava con invidia le cognate, i parenti e gli amici che facevano i bagni e si abbronzavano.

Al tramonto, quando tutti si ritiravano nelle stanze per riposare, prima della cena, scendeva di soppiatto la scalinata scavata nella roccia, che dalla villa portava al mare. In una piccola insenatura, protetta da una barriera rocciosa, si spogliava e si immergeva nell'acqua tentando di nuotare. Dopo i primi maldestri tentativi, aveva imparato a stare a galla sul dorso. Si stendeva e l'acqua la sosteneva come fosse una foglia.

Allora, ammirava l'azzurro tenue del cielo che la sovrastava, ascoltava lo stridio dei gabbiani e si abbandonava ai propri pensieri. Rifletteva sulla fragilità di Enrico e sui suoi inspiegabili comportamenti.

Josepha aveva conosciuto pochi uomini nella sua vita. Conservava un ricordo vago di suo padre e delle altre figure maschili che frequentavano il castello.

Sua madre riceveva spesso gli uomini più importanti della città. Erano personaggi che ispiravano fiducia e infondevano sicurezza, come il suo tutore, il borgomastro Joseph Grossmann.

Enrico non assomigliava a nessuno di loro. Cambiava umore con incredibile rapidità. Non conosceva la pacatezza. Quando tentava di affrontare con lui un problema, anche il più elementare, lo vedeva annaspare, incapace di offrirle una soluzione. Ormai aveva capito che, quand'anche fosse riuscito a sconfiggere i suoi fantasmi, il marito non le avrebbe mai dato alcuna sicurezza.

Per fortuna, la sua giovane età le impediva di ripiegarsi troppo a lungo su se stessa. Scacciava i pensieri e si abbandonava felice lasciandosi cullare dal mare anche perché il malessere che l'aveva tormentata per settimane era scomparso da quando aveva lasciato Merano.

Poi risaliva in villa e si preparava ad affrontare la famiglia e gli ospiti che si avvicendavano a ritmo serrato. Venivano giornalisti, imprenditori, uomini politici e amici. Una quantità di persone che Josepha non conosceva e che spesso la tediava. Pochi riuscivano a ravvivare l'atmosfera con discorsi interessanti, e si concedevano per brevissimo tempo. Gli argomenti seri, affrontati solo raramente, venivano discussi con noncuranza. Le rivendicazioni operaie, le crisi politiche e quelle economiche si trasformavano in pettegolezzo. Josepha era sicura che i Castiglia e i loro amici guardassero ai cambiamenti politici e sociali in atto con assoluta indifferenza, come se si trattasse di eventi che non li riguardavano.

I temi preferiti per la conversazione erano i tradimenti coniugali, i debiti che le signore contraevano ai tavoli da gioco e i maneggi più o meno leciti per sanarli, i furti di preziosi da parte di certi ospiti ai danni dei padroni di casa, le bustarelle che servivano ad aggirare ostacoli, i litigi furibondi tra i vari parlamentari.

« Non ho bisogno di andare in giro per sapere che cosa succede. È il mondo che viene da me », commentava la principessa Carolina.

Aveva ragione. Ma Josepha non amava quel tipo di mondo. Era cresciuta in un ambiente chiuso e provinciale, in quel Tirolo che Vienna considerava come una remota zona dell'Impero. Forse, alla sua gente mancava il senso dell'umorismo, ma le parole avevano un peso che veniva valutato prima di pronunciarle. Non si emettevano giudizi frettolosi e non bastava un passo falso per condannare una persona o per deriderla. Nessuno avrebbe mai osato imbastire chiacchiere a sfondo sessuale. Se qualcuno lo avesse fatto, non avrebbe trovato una platea attenta e sorridente.

Josepha non riusciva sempre a cogliere le sfumature nei pettegolezzi che si intrecciavano la sera, durante e dopo la cena, in casa Castiglia.

Chiedeva spiegazioni nel suo linguaggio che era un miscuglio di italiano, napoletano e tedesco. Tutti sorridevano per il suo candore e più spesso non le rispondevano.

Quella sera, era arrivato un ospite da Roma. Si chiamava Corrado Magni. Era un bel ragazzo, molto disinvolto. Ricopriva, a corte, un incarico non ben definito e aveva raccontato aneddoti divertenti sulla famiglia reale.

Durante la cena, accennò all'opposizione sempre più pesante dei socialisti.

« Sono dei poveracci. Non riescono neppure a mettersi d'accordo tra loro. Il socialismo è un partito tormentato da troppe scissioni interne per riuscire a rappresentare un pericolo. Hanno già perduto i sindacalisti rivoluzionari. Presto perderanno anche i riformisti di destra e i comunisti », considerò il cognato Alliata.

« E degli scioperi che cosa ne pensate? » domandò Josepha.

Tutti la guardarono allibiti. Lei ricordava, per averne sentito parlare da sua madre e dai loro amici, lo sconcerto che avevano suscitato i primi scioperi in Sudtirolo, con l'avanzata delle nuove idee socialiste, la creazione dei sindacati e di società di mutuo soccorso. Il prefetto di Merano, con la severità che le leggi dell'Impero gli imponevano, stanava i sovversivi e li puniva, pur tra mille perplessità perché, come confidava a sua madre, riteneva che le ribellioni esplodessero per necessità, non per capriccio.

«Mia cara, gli scioperanti sono sfaccendati, gente con poca voglia di lavorare. Gli operai devono essere sorvegliati e, comunque, si fa presto a ricondurli alla ragione. Per esempio, quando gli operai delle nostre distillerie entrano in sciopero, noi non smettiamo di produrre perché riusciamo a sostituirli, ma loro smettono di mangiare. Capisci la differenza?» intervenne la suocera.

«Questo significa che agli operai conviene essere sfruttati, perché così hanno il pane assicurato», osservò Josepha, candidamente.

Vittorio Alliata la guardò come se lei fosse una scolara e lui un maestro paziente.

«La parola 'sfruttati' non è bella e neppure esatta. Il servo della gleba era 'sfruttato' dal suo signore che, peraltro, lo proteggeva dalle razzie degli eserciti e dei banditi e, negli anni di carestia, lo sfamava. Comunque diciamo che era sfruttato. I nostri operai lavorano dieci ore al giorno ma sono retribuiti anche nei giorni festivi e, a fine anno, ricevono un premio in denaro. Invece, noi imprenditori siamo senza garanzie, anche se da anni ci battiamo per ottenerle. Due anni fa il governo aveva deciso di varare una nuova legge per lo sviluppo economico di Napoli. Non è ancora stata approvata. I deputati liberali hanno presentato un'interpellanza durissima alla Camera e l'assessore alle finanze si è dimesso in segno di protesta. Non è successo nulla. Così siamo esclusi dai benefici fiscali, perché ci accusano di essere speculatori. Se il governo non tutela noi imprenditori, come possiamo tutelare i nostri operai? Sono questioni complesse, bambina mia. L'Impero austriaco non ha i nostri problemi. La tua nazione non conosce la camorra, le eruzioni del Vesuvio, le epidemie e i terremoti che ogni volta azzerano anni e anni di lavoro. Da voi non c'è la mentalità furbesca che è alla base della nostra società. Ogni meridionale vuole essere più furbo del suo vicino e, alla fine, ci rimettiamo tutti», concluse Vittorio.

«Francamente mi sembra un panorama molto triste», osservò Josepha.

«Ma di che t'impicci, Joséphine?» intervenne Virginia che si annoiava quando non si parlava di faccende sentimentali o scandalistiche. «La politica è una questione da uomini. Noi donne abbiamo il vantaggio di poterla ignorare. Dico bene, Corrado?» Si era rivolta all'ospite romano che le faceva gli occhi dolci e lei non era insensibile a questi messaggi. Così soggiunse: «Vado un po' in giardino. Chi vuole seguirmi?» Era un invito al giovane ospite che Josepha non colse e si affrettò a dire: «Ti accompagno io».

Il cognato Alliata la trattenne per un braccio.

«Lasciala andare», sussurrò. «Lei vuole restare sola con Corrado.»

«Perché?» domandò candidamente.

«Perché Virginia forse morirà zitella, ma non vergine», le spiegò con un sorriso divertito.

Josepha ebbe un attimo di perplessità prima di afferrare il significato di quelle parole. In quel momento Enrico, che quella sera era stranamente attento alla conversazione, le disse: «Chiamiamo Saverio e ci facciamo portare in barca. Ti va?»

Mentre attraversavano il giardino, scarsamente illuminato dalle lampade esterne della villa, videro Marianna, la moglie di Alliata, in compagnia di Ciro Ruoppolo, il giornalista del *Mattino*. Erano abbracciati, a ridosso di un oleandro, e ridevano sommessamente.

«Tua sorella tradisce l'Alliata. Vero?» chiese Josepha al marito, mentre salivano sulla barca.

«Soltanto un po'», rispose lui, acuendo lo sconcerto di Josepha.

La barca scivolava lentamente sospinta dai remi che Saverio affondava nell'acqua, con leggerezza.

«Come è possibile tradire qualcuno soltanto un po'?» chiese lei.

«Sono sottigliezze napoletane che non capirai mai. Rassegnati», rispose il marito.

Lei non si rassegnava. Ma era una notte splendida e decise di non rovinarla con un inutile battibecco.

«Sai una cosa, Enrico? Al tramonto, quando tu e gli altri vi riposate, io scendo in spiaggia e faccio il bagno», gli confessò.

«Perché me lo dici come se fosse un segreto?»

«Perché lo è. Non l'ho detto a nessuno prima d'ora.»

«Lo sappiamo tutti», disse lui, spiazzandola.

Josepha lo guardò costernata.

«Mi stai dicendo che qualcuno mi ha vista?»

«Ovviamente», rispose Enrico.

«Ma io faccio il bagno nuda», esclamò.

«E allora?»

«Perché non mi hai detto niente?»

«Perché tutti pensiamo che tu voglia mantenere il segreto.»

«Non vi capirò mai», esclamò, esasperata.

«Se vuoi, darò ordine che nessuno vigili più su di te. Se affogherai, non ne avrò colpa», l'avvertì Enrico.

«Non affogherò. Comunque non voglio essere spiata», dichiarò decisa.

«Nessuno ti sorveglierà più», promise.

«È una promessa vera, o è soltanto un po'?» gli chiese.

«Promessa vera», assicurò lui, divertito.

Il giorno dopo, quando scese sulla spiaggia al tramonto, aveva prudentemente indossato un costume da bagno sotto la vestaglietta che gettò sulle rocce.

All'improvviso, mentre tentava di nuotare, una voce maschile ruppe il silenzio: « Non ho mai visto una ninfa più bella ».

Josepha si spaventò. Si mosse scompostamente nell'acqua che la inghiottì facendola annaspare.

Due braccia forti la sollevarono, traendola in salvo. Respirò affannosamente, aggrappandosi al collo del salvatore. Aprì gli occhi e si trovò di fronte il viso sorridente di Lorenzo Valeschi.

« Ciao », disse lui. « Sono arrivato adesso a Positano. Sono sceso per vedere il mare e ho visto te. »

« Mettimi subito giù », urlò. Avrebbe preferito annegare, piuttosto di essere vista in quello stato.

« Subito », replicò lui, lasciandola cadere di nuovo. Il tonfo sollevò spruzzi d'acqua. Il giovane, completamente vestito, era immerso nell'acqua fino alla cintola.

« Deficiente! Non so nuotare », gridò, mentre si dibatteva cercando di stare a galla.

Lorenzo la riacciuffò immediatamente.

« Non sapevo che tu fossi qui », le disse divertito.

« Non è vero. Sei venuto a spiarmi », reagì furibonda. E aggiunse: « Non sei un gentiluomo ».

Lorenzo la teneva saldamente tra le braccia e uscì dall'acqua. I pantaloni e la camicia erano fradici.

« È vero. Non lo sono. Però tu sei infinitamente bella. »

« Vorrei che un fulmine t'incenerisse. Non ti perdonerò mai per avermi spiata », strillò.

L'ufficiale la teneva stretta a sé e le sorrideva.

« Sei straordinaria, Josepha », le sussurrò.

« Impiccati! Io ti odio », gridò.

« Io, invece, ti amo », disse piano, posando le labbra sulle sue. Fu un bacio dolcissimo.

Josepha, contrastando il desiderio, riuscì a liberarsi dalle sue braccia. In un attimo fu in piedi, afferrò la vestaglietta e corse verso la scala che portava alla villa. Fuggiva da Lorenzo, da se stessa, dalla sensazione magnifica e sconvolgente che aveva provato sfiorando la sua bocca.

Saliva affannata i gradini che si inerpicavano fra le rocce. Era impaurita. La paura si trasformò in panico non appena entrò in casa dove i Castiglia la stavano aspettando in un silenzio attonito.

La suocera le andò incontro e l'abbracciò, senza una parola. Marianna e Virginia fissavano ostinatamente le pieghe dei loro vestiti. Vittorio Alliata posava una mano sulla spalla della moglie. Dalle altre stanze veniva il suono di passi frettolosi e di sussurri. Josepha si sentì gelare:

« Che cos'è successo? » domandò in un soffio.

Il cognato le andò vicino e disse: « Enrico ha avuto un incidente ». Poi si rivolse alla principessa: « Andate a riposare, *maman*. Penseremo noi a Joséphine ».

« Che genere d'incidente? » insistette lei, incapace di muoversi.

A quel punto Marianna cominciò a piangere.

« Si è ucciso con un colpo di rivoltella », disse il cognato.

Napoli - Vicolo della Duchesca
novembre 1911

1

«MATTEO, tua madre ha altri sette figli. Ti sembra giusto continuare a farti carico di lei? I tuoi fratelli e le tue sorelle non se ne sono mai occupati. Perché? » domandò Rosalia Di Giacomo accarezzando i fianchi di Matteo che era sdraiato nel letto, vicino a lei, a godere il tepore della grande trapunta foderata di seta rosa.

« Lei si trovava bene con Rosa. E poi non credere che non si renda utile. Certo, se papà fosse ancora vivo, starebbe con lui e non ci sarebbe il problema », ragionò a voce alta e soggiunse: « Veramente mia madre non è mai stata un problema ».

« Ma adesso lo è. Noi ci sposeremo, tu e i tuoi figli verrete qui. Tua madre dove la mettiamo? » insistette la donna, vellicandogli un braccio con la punta delle dita.

« Rosalì, non ne possiamo parlare un'altra volta? » domandò, ormai in preda a un rinnovato desiderio.

Rosalia lo scostò da sé e sorrise.

« Dobbiamo parlarne adesso, perché tra una settimana ci sposiamo », insistette, tenendolo sulla corda.

« Ma non ne avevi già discusso con Rosa? » Tentava di sottrarsi a una decisione che, da giorni, era nell'aria.

« No. Su donna Lina non è stata detta una parola. Tu lo sai, perché eri presente. »

« Ne discuterò con i miei fratelli. Ma se nessuno la volesse, dovrà per forza venire con noi.» Matteo era affezionato a sua madre e sperava che la futura moglie finisse per accettarla.

«Hai paura dei tuoi fratelli? Guarda che è anche la loro madre, non solo la tua. A me sembra che stiano approfittando troppo della tua generosità», sussurrò con dolcezza. E proseguì: «Capisco e ammiro il tuo senso di responsabilità verso donna Lina. Ma hai fatto più di quanto avresti dovuto. Te lo dico con sincerità. Adesso mi sembra che tu stia esagerando. Lo dico anche per il bene di tua madre. Siamo al quinto piano. Pensi che quella povera donna possa fare cinque rampe di scale, su e giù, chissà quante volte al giorno?»

Matteo fu costretto a sollevare la questione con il fratello maggiore, Nino, che stava a Portalba, faceva il sarto ed era anche custode del palazzo. Di tutti i figli di Lina era quello che se la passava meglio. Nino convocò il resto della famiglia e, a una settimana dalle nozze, dopo baci, abbracci e congratulazioni per quel fortunato matrimonio che avrebbe fatto di Matteo un uomo ricco, venne posta sul tavolo la questione della madre.

«Di solito, una madre vedova va a stare in casa di una figlia», esordì Matteo. E proseguì, guardando le tre sorelle: «Mammà è stata fortunata ad avere una nuora come Rosa. Ora però una di voi ha il dovere di prenderla con sé».

Caterina, la più anziana, parlò anche a nome delle altre due.

«Ti sembra che se una di noi avesse potuto accoglierla quando morì papà, non lo avrebbe fatto? Io sono già costretta a convivere con le mie due cognate. Abbiamo sette figli e viviamo in undici in due stanze. La mia situazione è tragica. Lo stesso discorso vale per Carmelina e Santa», disse, indicando le due sorelle più giovani.

«Mio marito ha la tubercolosi e non lavora più. Soldi a casa non ne arrivano. Zia Assunta sta con noi ed è un peso morto. Ci manca anche mammà. Allora sì che mi butto a mare», concluse Carmelina.

Santa si rinserrò nelle spalle. «Le mie disgrazie le conoscete tutti. Che parlo a fare?»

Aveva il marito in carcere, un figlio poliomielitico, tre piccolissimi ed era prossima a partorire il quinto figlio. Viveva della carità dei vicini e di lavori saltuari. Non poteva nemmeno chiedere soldi a prestito, perché nessuno le faceva credito.

«Lo vedi?» disse Nino a Matteo. «Le nostre sorelle sono messe male. Noi fratelli non stiamo meglio. Per il bene di mammà, devi convincere la tua sposa. È un'eredità che soltanto tu puoi accollarti.»

«Mi state prendendo in giro», s'inalberò Matteo. «Questa riunione è stata fatta per trovare una soluzione. Per tanti anni ho fatto quello che ho potuto senza chiedere niente a nessuno di voi. Adesso ho bisogno del vostro aiuto.»

Alcuni fratelli fecero cenni d'assenso e dichiararono che Matteo aveva ragione, guardando Nino, il maggiore, in modo significativo. Nino, lo sapevano tutti, era il più agiato. Non pagava l'affitto di casa e percepiva due salari: come custode e come sarto. Aveva nove figli, tre dei quali lavoravano già e portavano denaro a casa. Quello di dodici anni faceva il garzone dal fornaio, quello di undici era ragazzo di bottega del barbiere, quella di dieci accudiva i figli di una merlettaia.

Nino si sentì punto sul vivo e cominciò a fare pesanti allusioni all'indirizzo di Rosalia Di Giacomo che prestava soldi a usura, che aveva traffici con la camorra, che probabilmente aveva causato la morte del marito e, quando Matteo gli fosse venuto a noia, avrebbe trovato il modo di restare vedova un'altra volta.

Matteo s'infuriò, vennero a galla vecchi rancori mai sopiti, una sorella accusò un'altra d'averle rubato un materasso, un fratello incolpò un altro della sparizione di un paio di scarpe che erano state del padre. Gli animi si accesero sempre di più, volarono insulti, qualcuno cominciò a menare le mani. In breve, fratelli e sorelle, cognati e cognate si azzuffarono mentre le urla dilagavano e i vicini, intervenuti a placare gli animi, finirono per essere a loro volta coinvolti in una lite memorabile.

Donna Lina, la causa involontaria di tanta animosità, assisteva tremante al grande sconquasso. Sussurrò: «Una madre può mantenere anche dieci figli, ma dieci figli non manterranno mai una madre», deplorò. Dopo di che, disgustata e umiliata per essere all'origine di quella rissa, si allontanò.

Matteo se ne avvide, la rincorse, l'abbracciò piangendo e le chiese perdono. I fratelli e i cognati fecero altrettanto. La lite si spense tra baci e abbracci e, alla fine, decisero che la madre sarebbe stata ospitata a turno da ognuno dei figli. Lei accettò con un sorriso di scherno.

Il matrimonio con Rosalia Di Giacomo venne celebrato con molta discrezione, alle sei del mattino, nella chiesa del Carmine.

Non ci fu un banchetto di nozze. A Rosalia sarebbe piaciuto fare sfoggio del lusso che poteva permettersi, ma intuì che non era il caso. Si consolò pensando che, con quella rinuncia, avrebbe evitato una grossa spesa. Così, dopo la cerimonia religiosa, liquidati i testimoni, lei infilò il braccio sotto quello di Matteo e annunciò: «Andremo in galleria, a prendere il caffè».

Matteo indossava un abito del defunto Di Giacomo, opportunamente adattato alla sua persona. La moglie gli aveva regalato un cappello, la camicia di seta bianca con il colletto inamidato, e le scarpe di coppale. Erano le prime scarpe nuove della sua vita, le aveva sempre comprate usate: costavano poco e facevano lo stesso servizio. Lei sfoggiava un cappotto nero con i bordi di pelliccia e un cappello con la veletta di organza che le copriva gli occhi. Era raggiante. Matteo, invece, era confuso. Quando lei gli infilò in tasca dieci lire per pagare la consumazione al tavolo in quel locale di lusso, arrossì di vergogna. La guardò detestandola e il suo pensiero andò a Rosa. Lei non lo aveva mai messo in difficoltà e, quando gli consegnava il denaro guadagnato con il proprio lavoro, lo faceva con sorridente discrezione e con l'orgoglio di portare un contributo alla famiglia.

Poi pensò ai suoi figli. Mentre lui sedeva al tavolo di quel ritrovo elegante, loro stavano trasferendo nelle stanze della matrigna le poche cose che avevano. Sentiva che quell'appartamento spazioso e confortevole non sarebbe mai stato la loro casa e, forse, neanche la sua. Guardò Rosalia come se la vedesse per la prima volta; e la vide com'era veramente: una donna esuberante nel letto, scaltra nel lavoro, gelida nella vita. Ne ebbe paura.

«Ma perché ti ho sposata?» sussurrò. La domanda era rivolta più a sé che non a lei.

Rosalia stava golosamente assaporando una pralina al cioccolato. La deglutì come se fosse una medicina cattiva. Guardò Matteo con un'espressione livida.

«È un po' tardi per fare questa domanda», osservò.

«Mi sento ridicolo con questi vestiti addosso. Sembro un pagliaccio da circo equestre», proseguì lui, mentre sentiva una rabbia sorda torcergli lo stomaco.

«Parla con rispetto di quello che indossi. È roba di lusso. Roba cara», sibilò lei, decisa a stroncare sul nascere un atteggiamento che non le piaceva.

«È roba cara, carissima. L'ho pagata con l'allontanamento di mia madre», replicò Matteo, odiando se stesso e lei che lo aveva costretto a quella decisione. Si alzò dal tavolo, scostando rumorosamente la sedia, agguantò il denaro che Rosalia gli aveva infilato nella tasca e lo posò con forza sul ripiano di marmo. Poi uscì dal locale, abbandonando la moglie che lo guardava esterrefatta. Doveva assolutamente tornare a casa, dai suoi figli. Ma quale casa? Quella povera stanza, per la quale aveva sempre puntualmente pagato l'affitto, non c'era più. L'altra, quella al quinto piano, stipata di mobilia appariscente e di gingilli costosi, adesso gli sembrava volgare, intollerabile. Ma che cosa ho fatto? si domandò, come se soltanto in quel momento si rendesse conto che nessuna donna avrebbe mai potuto sostituire Rosa. Si liberò della cravatta che gli stringeva il collo come un cappio. Voleva ritornare dai suoi figli. Si mise a correre e, a un certo punto, sedette, disperato, sulla gradinata di una chiesa. Era prigioniero dei rimorsi. Poi, sentì una mano gentile che gli accarezzava la nuca. Era lo stesso tocco, affettuoso e pudico, di sua madre. Alzò lo sguardo. Vicino a lui c'era Teresa. Gli sorrideva.

« Siete elegante come un signore », gli sussurrò sua figlia, ammirata. Matteo chinò il capo e non rispose. « Papà, io ho fame. Anche Peppino e gli altri vogliono mangiare. La dispensa di donna Rosalia è chiusa a chiave. Lina, la domestica, dice che la chiave la tiene la signora. Che cosa facciamo? »

Matteo si alzò, prese per mano la sua bambina e s'avviò verso il vicolo, con passo risoluto. « È semplice. Si scardina la dispensa e si mangia. Donna Rosalia capirà in fretta che, con la famiglia Avigliano, si può convivere soltanto alle nostre condizioni. »

2

Teresa aprì gli occhi, come sempre, ai primi raggi del sole. Si guardò intorno spaesata. Era il primo risveglio nella nuova casa. Rosalia aveva destinato ai figli Avigliano una stanza spaziosa, che si affacciava sulla tromba delle scale, con due grandi letti: uno per lei e Annina e l'altro per i tre fratelli. C'erano una cassapanca, in cui Teresa aveva accuratamente riposto i loro e i propri indumenti, e una tenda, invalicabile, dietro cui erano ammassate le provviste: patate, mele, il barile delle sardine sotto sale, orci colmi d'olio, secchi di farina bianca, di ceci e lenticchie. Non aveva mai visto tanta abbondanza. Le pareti della stanza erano imbiancate a calce. Teresa aveva appeso a un chiodo il rosario della nonna. Le immaginette della Vergine e di altri santi, care a sua madre, le aveva allineate sopra la cassapanca, accanto ai loro piccoli tesori: due biglie di vetro, una bambola di cartapesta e un burattino con una sola gamba.

I fratelli dormivano profondamente. Nel sonno, Annina tossiva. Si era presa un brutto raffreddore e presto avrebbe contagiato tutti. Teresa non sapeva con quali erbe sua madre preparasse certi impacchi bollenti da collocare sul petto per guarire dalle infreddature. Dubitava che donna Rosalia li conoscesse. La nuova moglie di suo padre guardava lei e i suoi fratelli con sussiego e, quando aveva trovato lo sportello scardinato della dispensa, le aveva sibilato: « Sei stata tu, piccola serpe ».

Così Teresa si mosse con estrema cautela. Si alzò dal letto e si vestì, rabbrividendo per il freddo. Indossò la maglia e una sottoveste di lana. Poi si mise un abito grigio che era stato di Rosa; la nonna lo aveva adattato per lei. Infilò le calze, gli zoccoli e andò in cucina dove Lina stava accendendo la stufa.

Il carbone prese fuoco velocemente.

In quel momento comparve suo padre. I capelli ricci e neri, come i suoi, erano scomposti e la barba gli adombrava le guance.

« Come stai? » le sussurrò.

Teresa gli sorrise.

« Mentre vi radete, vi preparo il caffè », disse lei.

« Ci penso io », si offrì la domestica.

« Lascia fare a Teresella », ordinò Matteo.

Lina li lasciò soli. Nella stanza si diffondeva un tepore piacevole. Su un tavolino, sotto la finestra, c'erano uno specchio, la vaschetta del sapone, il pennello da barba, il rasoio e un asciugamano.

« Stamattina c'è caffè vero, quello buono », mormorò la bambina, mentre apparecchiava il tavolo per il padre. Prese una pagnotta dalla credenza e tagliò alcune fette su cui versò un filo d'olio. Avrebbe voluto arricchirle prendendo, da un barattolo di vetro, dei pomodori sott'olio. Ma non osò, nel timore che Rosalia non fosse d'accordo.

Dallo specchio, suo padre la vide guardare il vaso dei pomodori.

« Mangia », le disse.

« Meglio di no », decise.

« Non è così cattiva come pensi », affermò lui, alludendo a Rosalia.

Lei non fece commenti. Versò il caffè nella scodella e lo zuccherò abbondantemente.

Matteo, intanto, si asciugò il viso appena rasato e sedette al tavolo con lei. Bevve un sorso di caffè.

« È davvero buono », commentò, prima di addentare una fetta di pane. Dalla finestra osservarono il sole che si alzava in un cielo sempre più azzurro. Era uno spettacolo nuovo per loro, abituati all'oscurità del basso che avevano lasciato. Per la prima volta vedevano i tetti delle case e i panni stesi ad asciugare sui balconi.

« Se mi date i soldi, vado a comprare il latte per i piccoli », propose Teresa.

Matteo cavò qualche spicciolo dalla tasca dei calzoni, glieli mise in mano, poi infilò le dita a pettine tra i capelli della figlia e glieli scompigliò sorridendole.

« Andrà tutto bene. Te lo garantisco », sussurrò e aggiunse: « Hai visto, ieri, quando abbiamo scardinato la dispensa? Non ha fiatato. Adesso la chiave non serve più. Mangia fin che ti pare. Era questo che voleva tua madre per te e per i tuoi fratelli. E la sua volontà sarà sempre rispettata ».

Teresa uscì e ritornò con la pentola di coccio colma di buon latte di capra. Suo padre era già andato a lavorare. La domestica rassettava la cucina. Lei scaldò il latte sul fuoco e mise sul tavolo scodelle e pane. Dalla camera da letto giunse la voce di Rosalia.

« Lina, il caffè », gridò.

La donna uscì dalla cucina reggendo il vassoio con una tazzina e la zuccheriera.

Teresa svegliò i fratelli e li radunò intorno al tavolo.

« Non fate chiasso. Sapete bene che ora siamo ospiti e dobbiamo comportarci come si deve », si raccomandò.

Anche loro erano intimiditi e mangiarono in silenzio.

Rosalia entrò in cucina. Indossava una gonna di lana verde che sfiorava la caviglia, stivaletti neri con il tacco sottile e una giacca nera, dall'ampio bavero, da cui usciva il colletto alto, arricchito di merletti, della camicetta bianca.

Tra un boccone e l'altro, Annina tossiva e le colava il naso.

Teresa, che sedeva al tavolo con i fratelli e li guardava mangiare, si alzò di scatto. Loro rimasero con i cucchiai a mezz'aria.

« Non sei capace di soffiare il naso con il fazzoletto? » esordì Rosalia, con tono di rimprovero. E soggiunse: « Bisognerà prendere dello sciroppo d'ipecacuana per quella tosse ».

Nessuno sapeva che cosa fosse quel rimedio dal nome difficile, ma la parola sciroppo indicava qualcosa di dolce che indusse Anna al sorriso.

« Non c'è motivo di sorridere », proseguì la donna in tono brusco. « Siete appena arrivati e già bisogna spendere soldi in medicine. E non basta. Nessuno vi ha insegnato che dovete salutarmi quando mi vedete? »

« Buongiorno, donna Rosalia », dissero quasi in coro.

« Dovete chiamarmi mammarella. Da ora faccio le funzioni di vostra madre », spiegò con fare rassegnato.

« Mammarella », esordì Annina. « Mi prendete in braccio? »

La piccola soffriva acutamente per la mancanza della mamma ed era fermamente decisa ad accontentarsi di Rosalia, che le rivolse uno sguardo perplesso.

« Quanti anni hai? » le domandò.

Annina non lo sapeva. Teresa rispose per lei: « Ha sei anni ». Ne dimostrava meno. Era minuta, pallida come un angioletto di cera.

« Mi prendete in braccio, mammarella? » ripeté.

« Devo andare al banco. Non ho tempo per queste stupidaggini. Quanto a voi, perché non andate a scuola? »

« Ma quale scuola? » rispose Peppino. « Ci vogliono i soldi per comprare i vestiti e tutto il resto. E poi, a noi, che cosa ce ne importa? Non si guadagnano soldi andando a scuola. »

Un sorriso trionfante affiorò sulle labbra della donna.

« Sei abbastanza grande per cominciare a lavorare. Dovrò parlarne con tuo padre. Comunque è arrivato il momento di levare il saio. Non voglio monacelli in questa casa », sentenziò e poi si rivolse alla domestica: « Guarda nel baule dei miei ragazzi. Ci sono i loro abiti smessi. Trova qualcosa che gli vada bene », ordinò.

Rosalia aveva ignorato Teresella. La bambina sgusciò silenziosamente fuori dalla cucina e raggiunse la porta di casa. La aprì. La donna le fu addosso come un falco.

« Dove stai andando? » le domandò.

« Esco », rispose lei.

« E dove vai? »

« In giro. »

« Torna subito dentro. Non voglio vagabondi in questa casa », dichiarò con disprezzo, mentre tentava di afferrarla per un braccio. Teresa la scartò e prese a scendere le scale con la velocità di una freccia. Fuori era freddo, ma presto il sole avrebbe scaldato le strade, le piazze, il lungomare. Fuggiva da quella casa, dove si sentiva soffocare, e da donna Rosalia. Voleva essere chiamata « mammarella ». Figuriamoci!

Rosalia sibilò: « Si mette male. Dovrò dare un giro di vite a questi bambini ». Calzò un cappello di velluto verde, posò sulle spalle un grande scialle nero frangiato e uscì a sua volta. Era di pessimo umore. Le cose non stavano andando secondo i suoi piani. Matteo non era così manovrabile come aveva creduto. Avevano osato scardinare la sua dispensa. Non poteva tollerare altre ribellioni ed era necessario correre subito ai ripari, prima di perdere il controllo della situazione. Si avviò verso il mercato con passo deciso, quasi militaresco, rimuginando sugli ultimi avvenimenti. Mezz'ora dopo che l'aveva sposato, Matteo l'aveva abbandonata scandalizzando gli eleganti avventori del caffè in galleria. E quella notte, quando l'aveva abbracciato, lui le aveva detto: « Lascia stare, Rosalia. Non sono dell'umore ».

Uno sgarbo imperdonabile. Lei era la padrona, lui e i suoi figli avrebbero visto i sorci verdi se non si fossero immediatamente piegati al suo volere.

Domenica la domestica sarebbe tornata al paese. Le avrebbe

dato il benservito e le avrebbe detto che non aveva più bisogno di lei. Teresa era abbastanza grande per sostituirla.

Entrò sotto i portici del mercato. Il suo banco del pesce era già allestito in attesa che si aprissero i cancelli e arrivassero i clienti. E che banco! pensò con orgoglio. Matteo aveva fatto sfoggio della propria abilità. Le bastò un'occhiata per controllare anche gli altri tre banchi. I suoi uomini stavano finendo di sistemarli. Il più bello, comunque, era quello preparato dal marito. Notò il giallo intenso dei limoni infilati sul rostro dei pesci spada, le arance sanguigne che davano risalto alle ostriche, il verde tenero delle foglie d'insalata che facevano da corona ai frutti di mare. Superbo, pensò, mentre si avviava verso il fondo dov'erano gli uffici: una gabbia di legno e vetro con un tavolo, una sedia e pile di registri. C'era un vecchio occhialuto che stava appunto consultandone uno.

«Com'è la situazione, ragioniere?» gli domandò, senza salutare.

«È arrivato stanotte un carico di razze. Bellissime. Aspettavo i vostri ordini per farle consegnare», rispose il vecchio.

«Dite a Matteo che le metta sul carro. E prendete nota: due casse al ristorante della stazione, due a Mergellina, tre alla cucina dell'*Excelsior*, quattro per la mensa ufficiali...» Lei non aveva bisogno degli appunti scritti, perché aveva tutto in mente e nulla le sfuggiva.

«Scusate, donna Rosalia. Don Matteo ora è vostro marito. Io pensavo che Girolamo dovesse occuparsi dei carichi e...»

Non lo lasciò finire.

«Voi non dovete pensare, ragioniere. Dovete soltanto tenere i conti», lo ammonì con severità. Lasciò l'ufficio e si avviò con passo marziale verso il banco del marito urlando: «Ehi, Matteo, è dolce la vita? Devi andare immediatamente a consegnare le razze».

Matteo le regalò un sorriso ironico e fece un profondo inchino. «Come donna Rosalia comanda», rispose, imperturbabile.

Merano - Schloss Rundegg
novembre 1910

1

Josepha e la principessa erano sole, nel salotto blu. Il funerale di Enrico Castiglia, principe di Calabria, era stato officiato con tutta la solennità imposta dal rango della famiglia. Ora riposava nel cimitero di Poggioreale.

« Sei proprio decisa? » le domandò la suocera.

La giovane alzò lo sguardo al soffitto affrescato. Le sembrò che i putti dipinti tra i rami in fiore avessero perduto l'espressione minacciosa che l'aveva sempre terrorizzata e la guardassero invece con benevolenza come se la invitassero a salire con loro in quel cielo sereno.

« Non ho più motivi per restare a Napoli », replicò. Il cielo azzurro solcato da nuvolette rosa era quello della sua terra dove voleva tornare.

« Non mi crederai se ti dico che, tra le mie figlie, sei quella che prediligo », disse la principessa. Indossava un abito di crêpe de Chine nero, e alle orecchie portava due preziose perle grigie, identiche a quelle della collana a quattro fili che scendeva fino alla vita.

« La ringrazio, *maman*, per questa dichiarazione d'affetto », sussurrò la ragazza.

Dopo la morte di Enrico, Josepha aveva assunto un'aria più matura. Dalla primavera, quando si era sposata, all'autunno, quand'era rimasta vedova, aveva bruciato tutti i suoi sogni, le sue speranze, le sue illusioni.

« Sei addolorata e delusa. E hai ragione », affermò Carolina. E soggiunse: « Per fortuna sei giovane e avrai tutto il tempo per ritrovare la serenità ».

« Lo crede davvero? È possibile. Ma non qui, in questa casa », replicò con amarezza.

« Mi sento colpevole per averti ingannata », continuò la suocera.

La giovane pensò a Lorenzo Valeschi. Quando era fuggita da lui, dopo che l'aveva baciata sulla spiaggia, non sapeva ancora quello che era accaduto. La famiglia Castiglia le si era stretta attorno per confortarla. Tutti piangevano, qualcuno sussurrava: « Come papà », alludendo alla pazzia che aveva accomunato Enrico al padre.

Josepha allungò un braccio e accarezzò la mano della suocera. « Penso che una madre debba aiutare i figli oltre ogni ragionevolezza. Lei ha sperato che Enrico, sposandomi, potesse guarire. Non è stato così », sospirò. E proseguì: « Avevo tanto desiderato un marito, una famiglia, dei figli. Ho creduto che, un giorno, lui avrebbe potuto darmi tutto questo ».

« Hai voluto crederlo nella tua sconfinata ingenuità e fiducia. No, non avrebbe mai potuto darti quello che desideravi. Ma Lorenzo potrebbe », disse la suocera, guardandola teneramente.

« Lorenzo... » balbettò Josepha, arrossendo.

« È stato qui poco fa. Ti ama, ne sono certa. Posso assicurarti che nel suo caso non ci sono tare ereditarie », commentò con voce spenta.

Non le interessava questa rassicurazione. Non voleva più saperne di uomini, di matrimoni, di italiani. L'Italia l'aveva profondamente ferita, il modo di vivere, di pensare, di agire di questa gente era opposto al suo.

« Sta proponendomi un altro matrimonio? » chiese, tristemente.

« La morte del mio Enrico mi ha svuotata di ogni vanità », rispose la principessa. Disse quel « mio » con un tono di voce che colpì la giovane vedova. In quelle tre lettere era racchiuso tutto l'amore materno che Carolina aveva sempre celato sotto una coltre di rassegnata indifferenza.

Enrico era stato un personaggio scomodo per la famiglia. Dopo la sua morte, tutti si erano sentiti liberati da un incubo. Soltanto Carolina e i domestici soffrivano davvero. Saverio e Sasà erano addolorati come se avessero perduto un figlio.

« Prima di andarmene, vorrei sapere perché avete scelto me, perché avete deciso che sarei stata io la vittima da sacrificare alla follia di Enrico. Perché ero giovane e ingenua? Perché ero straniera? Perché ero povera e mi sarei lasciata abbagliare da tanta ricchezza? » si accalorò Josepha.

La suocera la guardò a lungo, intensamente, poi scosse il capo e rispose: « Da dieci anni Enrico manifestava segni di squilibrio. Ero così spaventata che li negavo. Volevo credere che fosse soltanto un uomo difficile e mi ero convinta che, sposandosi, potesse ritrovare il suo equilibrio. Tu eri giovane, bella, intelligente, mi ero illusa che riuscissi a salvarlo. Forse, con il tempo, mi capirai. »

Poi si alzò, imitata dalla nuora. « Addio, Joséphine. Ti auguro di trovare un po' di serenità », la salutò, abbracciandola.

Josepha viaggiò in treno, da Napoli a Merano, con i cognati Alliata, Marianna e Vittorio. La famiglia Castiglia le aveva manifestato un affetto del tutto inaspettato.

A Merano trovarono il freddo e la neve sulle montagne. Gli alberghi e le ville erano gremiti di ospiti illustri. I concerti, le rappresentazioni teatrali, i ricevimenti animavano la cittadina. Joseph Grossmann, avvertito dell'arrivo per telegramma, era alla stazione a riceverla. Accompagnò lei e i cognati in carrozza al castello, dove Petra, Klara e Toni l'aspettavano con ansia.

Erano state accese tutte le stufe, lucidati i rami e i peltri, profumati gli armadi e i cassetti con i fiori di lavanda. Prepararono un pranzo a base di *Gulasch suppe*, *Knödeln* con speck, consommé di verdure, maialino al forno, trionfi di frittelle, strudel di mele e *Sacher-Torte*.

Alla fine, Josepha Maria Sidonia, signora di Rundegg e Rametz, principessa Castiglia, era di nuovo a casa. Per quanto rattristati dal suo lutto, al castello erano convinti che questo ritorno fosse una benedizione del cielo. Da buoni austriaci, tolleravano gli stranieri perché portavano benessere economico alla città, ma non avevano mai considerato con benevolenza l'unione di Josepha con un italiano.

La morte del principe, ufficialmente, era stata attribuita a un incidente. Parenti e testimoni avevano dichiarato che Enrico, pulendo la pistola di suo padre, aveva involontariamente fatto partire un colpo che l'aveva ucciso. Josepha, per parte sua, non intendeva aggiungere una sola parola a questa versione. Così, durante il pranzo nell'intimità della *Stube*, ricalcò lo schema voluto dai Castiglia a beneficio del suo tutore, con l'approvazione dei cognati. Mentre raccontava la bugia pietosa, riviveva i momenti drammatici di quell'evento e si stupì di considerarlo con tanto distacco. Era come se parlasse di una storia lontana nel tempo, mentre era accaduta soltanto un mese prima. Si sentiva finalmente a suo agio nel castello, dove aveva subito ritrovato le consuetudini care al suo cuore.

Klara servì i dolci. Lei guardò con piacere la *Sacher-Torte* e pensò a Lorenzo Valeschi. A Positano, dopo la tragedia, era andato a farle visita. « Mi dispiace che tu sia tanto infelice », le aveva detto.

« Enrico era pazzo. Lo sapevi? » gli chiese la ragazza.

« Lo sanno tutti. Lo abbiamo sempre saputo », aveva sussurrato. « Soltanto tu sembravi non esserne consapevole. »

« Pensa quello che vuoi. Ormai non ha più importanza », aveva replicato, sbrigativamente.

Prima che si allontanasse, Lorenzo l'aveva afferrata per un

braccio. « Vorrei dirti tante cose, ma capisco che non è questo il momento. Aspetterò un'altra occasione. »

Non c'era stata. Lei aveva lasciato Napoli con un messaggio di Lorenzo che le era venuto dalla suocera: « Ti ama ». La pastosità del cioccolato che si scioglieva lentamente in bocca le ricordò il giovane ufficiale, il suo sorriso, la tenerezza del suo bacio, la sua allegria.

« Sarà il caso che io informi te e il tuo tutore su alcune questioni economiche decise da tua suocera », esordì il cognato. Avevano lasciato la *Stube* e si erano seduti nel salotto.

Petra aveva servito il caffè. Joseph Grossmann aveva acceso la pipa e il principe Alliata si era concesso una sigaretta.

Josepha lo guardò con perplessità. Le questioni economiche non la interessavano.

« È proprio necessario? » domandò. Aveva voglia di indossare scarpe comode e fare una passeggiata lungo il Passirio.

« Noi ripartiremo domani ed è bene che tu conosca l'entità del tuo patrimonio », insistette il principe.

Precisò che, poiché Enrico era morto senza lasciare un testamento, la legge le attribuiva tutti i suoi beni: un quinto della quota delle distillerie, un paio di castelli in Lucania e in Calabria, masserie in Puglia, un palazzo a Caserta e uno a Salerno, due case a Posillipo e le azioni di una società mineraria in Sudamerica.

« Tutti questi beni saranno gestiti, com'è stato finora, dagli amministratori della nostra famiglia. Alla fine di ogni anno riceverai la tua quota di dividendi. La principessa Carolina lascia al signor Grossmann la facoltà di controllare i rendiconti ogni volta che lo desidera. Inoltre ha disposto che tu abbia un appannaggio annuo di duecentomila lire. È esattamente la somma di cui disponeva tuo marito », concluse.

Josepha aveva ereditato una fortuna.

« Che cosa potrò mai fare di tutto questo? » domandò esterrefatta. Quello che aveva le era sempre bastato. L'eredità di un marito, che nei fatti non era mai stato tale, le sembrava un peso e un legame con un passato che voleva dimenticare.

«Quello che vuoi. Puoi tenerlo, venderlo, regalarlo. È tuo», rispose il cognato.

«Non basta semplicemente rifiutarlo?» domandò rivolgendosi al suo tutore.

Il principe Alliata pensò che Josepha fosse stata contagiata dalla follia del marito.

«Credo che Josepha sia stanca. Sarà il caso che ne discutiamo noi due», intervenne il signor Grossmann.

«Non sono affatto stanca, ma decidete voi, come sempre», concluse, rivolta al tutore. E aggiunse: «Adesso ho bisogno di ritrovare le mie montagne». Si alzò e se ne andò, lasciandoli soli a parlare di ville, rendite e dividendi di cui non intendeva occuparsi.

Napoli - Vicolo della Duchesca
dicembre 1910

1

La convivenza dei figli Avigliano con la ricca Rosalia era l'argomento preferito dei vicoli. La nuova famiglia veniva osservata con costante curiosità e bastava un'inezia per fornire spunto alle chiacchiere.

«Ieri sera don Matteo s'è ritirato a mezzanotte. La luce nella camera di donna Rosalia è rimasta accesa a lungo», disse una donna.

«Donna Santa, che ha le finestre di fronte a quelle di donna Rosalia, li ha sentiti litigare tutta la notte. La signora ha trovato pane per i suoi denti», puntualizzò un'altra.

«E quelle povere creature di donna Rosa, che Dio l'abbia in gloria, sono sole tutto il giorno. Teresella li accudisce come può, ma è ancora bambina. Era la perla degli occhi di sua madre e adesso fa la serva al posto di Lina, che è stata licenziata.»

«Mio marito, che è compare d'anello di don Nino, lo spazzino comunale al mercato del pesce, mi ha raccontato che don Nino gli ha detto d'aver sentito don Matteo ordinare al garzone del banco di mettere da parte una cassetta di orate per i figli. Donna Rosalia ha subito dato un ordine contrario. Don Matteo s'è levato il grembiule, ha infilato la giacchetta e se n'è andato per i fatti suoi. Allora donna Rosalia gli è andata appresso scodinzolando. Quello che è successo dopo, don Nino non ha saputo dirlo.»

« Ormai Natale è vicino e i figli di donna Rosalia torneranno dal collegio. Allora, chissà che cosa succederà. »

Queste e altre chiacchiere si intrecciavano tratteggiando una situazione molto vicina alla realtà. Matteo non era così docile come Rosalia avrebbe voluto. Rosa l'aveva incastrata a dovere. Le aveva assicurato che Matteo aveva l'ingenuità di un bambino, che la sua forza stava tutta nel corpo, mentre la sua volontà era debole, invece lui non era né ingenuo, né debole. Inoltre, e questa era stata una sorpresa fastidiosa, si preoccupava molto per i suoi figli, che lei francamente detestava. Presi uno per uno, erano accettabili. Ma tutti e cinque insieme facevano muro contro ogni suo ordine. La maggiore, Teresa, era la più insopportabile. Non parlava mai, non si ribellava, non protestava quando veniva punita, si limitava a guardarla con ironia. Quegli sguardi la mandavano su tutte le furie. Avrebbe voluto avventarsi su di lei e prenderla a schiaffi. Poi ricordava il giuramento fatto a Rosa e le parole della moribonda: « Se non terrete fede, io lo saprò. E non sarò contenta ». Era superstiziosa, come tutti, e temeva la vendetta dei morti.

« Domani andrò a prendere i miei figli in collegio. Li dovrò preparare a questa situazione », annunciò al marito, mentre erano a letto.

« I miei, per fortuna, non hanno bisogno di tanti riguardi », replicò Matteo con un sorriso sprezzante.

« Qualche volta dimentichi che Cenzino e Renato sono i legittimi eredi del mio primo marito », sottolineò Rosalia.

« Come potrei? Me lo ricordi ogni giorno. Ma è anche bene che li informi che ora sono il loro patrigno. A farmi rispettare da loro ci penserò io, così come tu hai provveduto a farti rispettare dai miei figli. E poi, Rosalia, smettila di lamentarti. Teresella fa la serva, Peppiniello è diventato il mio garzone. Gli altri tre non ti danno nessun fastidio. Ti ricordo che avevi promesso di mandarli tutti a scuola », replicò Matteo.

« Lo sai anche tu che la scuola a loro non piace. E anche tu la pensi allo stesso modo. Quanto a Teresa, un giorno mi ringrazierà, perché sta imparando tutto quello che una donna deve saper fare.»

«E tu ti ritrovi la casa pulita, il letto rifatto e il mangiare in tavola, senza spendere una lira, dal momento che è diventata la tua cameriera», le rinfacciò con aria placida.

«Una cameriera che si prende tutta la libertà che vuole. Affida i piccoli alle vicine e se ne va in giro, come sempre», sibilò con perfidia.

Matteo sorrise. «Lei è fatta così. È curiosa, vuole vedere il mondo», commentò soddisfatto.

«Quanto a Peppino, dovresti ringraziarmi perché cerco di insegnargli un mestiere. Anche se, invece di stare dietro al banco, scappa a giocare. Quando lo richiamo, non capisce gli ordini. O finge di non capirli», protestò.

«Ha nove anni. Bisogna dargli tempo», lo giustificò, trattenendo uno sbadiglio. Era stanchissimo e si addormentò immediatamente.

Rosalia, invece, rimase sveglia a lungo a rimuginare su una situazione che le aveva portato un solo vantaggio: avere nel letto un uomo che le piaceva.

Ma, forse perché Matteo era consapevole di questa debolezza, la usava a proprio vantaggio e capitava che facesse finta di ignorare il suo desiderio. Ultimamente le era venuto un sospetto: che il marito se la intendesse con la cuoca del ristorante *Miramare*. Più d'una volta li aveva sorpresi al mercato a farsi gli occhi dolci. Se Matteo non c'era, la cuoca non faceva ordinativi. Le diceva: «Ripasso più tardi». Rosalia si irritava e cominciava a provare la gelosia che un tempo aveva tormentato Rosa. Era diventata inquieta. Si agitava nel sonno e si svegliava più stanca di quando si era coricata. Appena poteva, riversava su Teresa la rabbia repressa. La ragazzina subiva le sue angherie e taceva, anche perché sapeva che la situazione era senza via di scampo.

* * *

La mattina dopo, Rosalia impiegò più tempo del solito per agghindarsi. Teresa dovette frizionarle la schiena e le gambe con olio profumato, lucidare a specchio gli stivaletti neri di coppale, ripassare con il ferro la giacca di alpaca verde e la gonna nera. Venne la pettinatrice a sistemare i riccioli ribelli di Rosalia con il ferro apposito. Teresa ripassò con acqua e aceto la tesa del cappello di panno verde guarnito con pelo di volpe come il bavero del cappotto. Donna Rosalia andava a Salerno a prendere i suoi ragazzi.

« Sarà ora di cena quando ritorneremo. Metti la tovaglia bianca di pizzo, i bicchieri di cristallo e guai a te se ne romperai qualcuno. Cuoci nel forno il pasticcio di maccheroni in modo da servirlo fumante. Passa dalla pasticceria *Sogliano*. Devi ritirare una torta paradiso. È già pagata. Noi mangeremo in sala. Tu e i tuoi fratelli starete buoni in cucina. Avrete anche voi maccheroni e torta. Prima ci serviamo noi e dopo voi », spiegò Rosalia, sul punto di uscire.

« Sissignora », disse Teresa.

« Non ti riesce proprio di chiamarmi mammarella. »

« Non mi riesce, signora », rispose impavida. Rosalia si sbagliava se pensava di umiliarla. A lei premevano i maccheroni e la torta. Si preoccupava che ce ne fossero abbastanza per i fratelli e per sé. Così, appena la donna partì, preparò loro la colazione, li vestì e li mandò nel vicolo a giocare. Rigovernò velocemente la cucina, rifece i letti, raccolse i capelli in un fazzoletto di lana, si buttò uno scialle sulle spalle e uscì di corsa per andare in pasticceria.

« Mi manda donna Rosalia per la torta paradiso », annunciò.

« È pronta. Te la incarto », disse il pasticciere.

« Prima voglio vederla », replicò.

Era bellissima, grande, soffice, dorata come il sole.

C'era una scritta di glassa azzurra guarnita con violette candite. « Che cosa c'è scritto lì sopra? » domandò.

« Non sai leggere? »

« Certo che so leggere. Ho dimenticato gli occhiali », mentì, ripetendo quello che sentiva dire dai vecchi.

« C'è scritto: bentornati, figli dolcissimi », lesse l'uomo.

« E poi? » La scritta le sembrava più lunga e complessa di quelle tre parole.

« E poi dice: 'Non t'impicciare dei fatti altrui' », soggiunse il pasticciere.

« Va bene », replicò Teresa con fare sussiegoso. « Appena trovo gli occhiali leggerò da me quello che c'è scritto. »

Tornò verso casa reggendo la torta con cura. Conosceva bene Cenzino e Renato e dubitava che potessero essere definiti figli dolcissimi. Erano di poco più grandi di lei e li ricordava come una coppia affiatatissima di mariuoli. Donna Rosalia non li rimproverava mai. Era invece sempre pronta a difenderli contro le proteste del sarto che li accusava di avergli rubato un pezzo di stoffa, del ciabattino cui avevano sottratto un barattolo di colla, del panettiere per il furto di un sacco di farina, di alcune madri per le aggressioni alle loro bambine. « Tutte calunnie. Tutta invidia », diceva lei.

La gente non osava insistere, anche perché era sempre, in qualche modo, indebitata con lei, o per via degli affitti, o per certi prestiti in denaro.

« Brutti come il padre e perfidi come la madre », sussurravano i vicini. Ma intanto Rosalia era andata a prenderli in collegio e aveva speso soldi per quella torta bellissima e profumatissima. Nonostante fosse ben avvolta nella carta, Teresa percepiva gli aromi della vaniglia, del limone, del burro. Le venne l'acquolina in bocca mentre si augurava che ne avanzasse abbastanza per sé e i fratelli.

Passò davanti alla chiesa e all'improvviso vide Benedetto. Era seduto sulla gradinata e stava allacciandosi uno scarpone. Il sole gli illuminava una parte del viso segnata da una pallida cicatrice. Gli si parò davanti e lo salutò.

Il giovane levò lo sguardo su di lei e le sorrise.

« Ciao », disse. Aveva tutta l'aria di non riconoscerla.

« Non ti ricordi di me? » domandò delusa.

Lui scosse il capo e si alzò. Era più alto di quanto ricordasse. Si era fatto crescere i baffi che mettevano in risalto la linea sinuosa del labbro superiore. Indossava una giacca di lana ruvida, scura, e una sciarpa rossa, girata più volte intorno al collo.

« Ma certo! Agosto, lo sciopero, la mia ferita », esclamò passando un dito sulla guancia. « Sei Teresa », concluse.

« Meno male che ti ricordi. »

« Sei cresciuta », fu il suo commento.

Lei si dondolava impacciata, ora su un piede, ora sull'altro. Avrebbe voluto parlare con lui, ma non le veniva in mente un'osservazione appropriata.

« Ho qui una torta », disse.

« Sento il profumo. » Sembrava che neanche lui trovasse qualcosa da dirle.

« È per festeggiare il ritorno dal collegio dei figli di donna Rosalia. »

« È la tua padrona? » domandò lui.

« Sì », rispose lei. « Mando avanti la casa. Ma non sono pagata. »

« Questo è sfruttamento del lavoro », dichiarò il giovane. « Devi pretendere un salario equo. »

« Salario equo... ma che cos'è? Quella è la moglie di mio padre. Viviamo tutti in casa sua. Una casa grande e bella. Vuole essere chiamata mammarella. Io non posso chiamarla così. Papà dice che non è cattiva. Secondo me è perfida. Ma perché ti sto raccontando tutte queste cose? » si stupì della sua loquacità.

« Ti accompagno. »

« Non lavori? »

« Mi hanno licenziato. La Ilva di Bagnoli ha licenziato me e altri cento compagni. Quelli stanno facendo accordi con altre imprese siderurgiche per ingrandirsi e sfruttare le agevolazioni fiscali previste dalla legge speciale per Napoli. Ma poiché il costo della forza lavoro è il più basso di tutto il Paese, noi abbiamo protestato. Il risultato lo vedi: sono disoccupato», spiegò.

Benedetto parlava un linguaggio incomprensibile.

«Mi meraviglio che si possa licenziare un dottore come te», commentò. Secondo lei, i dottori possedevano il massimo della sapienza e nelle parole di Benedetto era implicito un grande sapere.

«Ma quale dottore. Ho soltanto la licenza della scuola elementare», sorrise lui, mentre si avviavano verso il vicolo della Duchesca.

«Come vivrai senza lavoro?» si preoccupò.

«I compagni mi aiutano», spiegò.

«Chi sono questi compagni?»

«Quelli che lottano contro i padroni, i socialisti.»

«Oh, Gesù! Ma siete matti. Quelli vi danno il lavoro e voi gli remate contro. Pure se vi pagano poco, qualcosa vi danno. Qualcosa è meglio di niente», ragionò Teresa.

«Ma siamo noi che diamo il nostro lavoro ai padroni. E non viceversa.»

«Questa non l'ho sentita mai», replicò dubbiosa.

Erano arrivati in cima al vicolo.

«È meglio se ci lasciamo qui», decise la ragazzina. Poi aggiunse: «Casomai ti servisse guadagnare qualcosa, potrei parlare con mio padre. Dice che c'è bisogno di scaricatori, al mercato, per via delle Feste. Sono arrivati tanti forestieri. Hanno riempito gli alberghi e i ristoranti. C'è da lavorare per tutti».

«Lo sai che sei diventata carina?» commentò il ragazzo, ignorando la sua proposta.

«Anche tu», balbettò Teresa, un po' confusa per quel complimento. E soggiunse: «Peccato che non ho capito bene tutto quello che mi hai detto».

« Non importa. Sapessi quante sono le cose che neppure io capisco. »

Era alto due spanne più di lei. Avvicinò il viso al suo e le posò un lievissimo bacio sulle labbra.

Teresa si avviò verso casa. Camminava svelta e le sembrava di volare.

2

MATTEO rincasò con i suoi figli. Sembrava una chioccia quando, al tramonto, raggruppa i pulcini e li spinge nella stia.

«Ogni sera vi devo raccattare per il vicolo. Sapete soltanto giocare e mangiare», li rimproverò con voce burbera.

Loro ridevano perché, per quanto il padre si sforzasse di sembrare arrabbiato, in realtà non riusciva a esserlo.

«Che bel calduccio fa in questa casa», disse, spingendo dentro i figli. Tra quelle mura, Matteo portava una ventata d'allegria. Teresa gli era grata per questo. Ma quella sera i suoi pensieri erano altrove. Rincorrevano Benedetto, il suo linguaggio difficile, il bel volto pallido segnato da una cicatrice, il tepore delle labbra che, per un attimo, avevano sfiorato le sue.

«E che buon profumo», soggiunse Matteo, aprendo il forno.

«Pasticcio di maccheroni», lo informò Teresa.

«Già, questa sera arrivano i professori», scherzò l'uomo, alludendo ai figli di Rosalia.

«Papà, come si fa a imparare a leggere?» domandò lei, all'improvviso.

I fratellini facevano chiasso, reclamando qualcosa da mangiare. Matteo li zittì con qualche scappellotto e guardò la figlia con aria perplessa.

« Vorrei saper leggere », proseguì Teresa, guardandolo negli occhi.

« E ti rivolgi a me? Che ne so? Si va a scuola, ecco come si fa. Lì ti insegnano a leggere e a scrivere. Ma che cos'è questa novità? A che ti serve? I numeri li conosci. I denari li capisci. Non ti basta? » obiettò il padre.

Teresa non se la sentiva di andare a scuola, ammesso che donna Rosalia glielo consentisse. Era troppo grande, ormai. Inoltre aveva tanto da fare in casa. Ma, soprattutto, libri e quaderni la intimidivano. Per tutto il giorno, mentre era rimasta sola in casa, si era trastullata con l'idea che, se non fosse stata analfabeta, avrebbe potuto appagare molte curiosità. Quel desiderio glielo aveva fatto nascere Benedetto. Lui sicuramente era in grado di leggere e scrivere. Certamente conosceva molte cose e lei avrebbe voluto condividere il suo sapere.

« Era soltanto un pensiero », rispose al padre. E aggiunse: « Non fateci caso, papà. Non ho nessuna intenzione di montarmi la testa ».

L'uomo sorrise, rassicurato.

« Tra poco arriverà Rosalia con i figli. Non hai ancora messo i piatti in tavola », le ricordò.

« È tutto pronto, invece. Tovaglia fine, bicchieri di cristallo e posate di alpacca. Che cosa sarà mai questa alpacca? » s'interrogò. Erano tantissime quelle posate, allineate dentro una grande scatola foderata di velluto blu. Lei non aveva saputo quali scegliere e alla fine aveva deciso di usare quelle più piccole. Le sembrò che fossero più raffinate. « Ho preparato in sala, per voi quattro, come ha comandato donna Rosalia », soggiunse.

Matteo spalancò la porta della stanza proibita, osservò il tavolo apparecchiato, la stufa che sprigionava calore, la torta sulla credenza. Richiuse l'uscio e tornò in cucina.

« Bambini, avete fame? » domandò. Inutile chiederlo. Erano sempre affamati. « I maccheroni sono pronti? »

Sua figlia annuì.

« Allora si mangia. Tutti a tavola », ordinò scostando la sedia e prendendo posto.

« Papà, non si può fare. Vostra moglie si arrabbierà moltissimo », lo avvertì.

« Ora mi arrabbio io se non mi dai subito la cena », replicò Matteo.

Rosalia rincasò con i figli nel momento in cui Matteo e i piccoli Avigliano stavano ripulendo i piatti con il pane.

Guardò con occhi gelidi le bocche imbrattate di sugo e il marito che sorrideva con aria divertita. Vide quello che restava, su un piatto di portata, dello stupendo trionfo di pasta, sugo e carne che lei aveva preparato con tanta cura. I piccoli, compresa Teresella, guardavano a bocca aperta i due fratellastri vestiti come damerini, la mantella di lana blu che arrivava quasi ai piedi. Vincenzo e Renato scrutavano a loro volta il patrigno e i suoi figli con stupore misto a disprezzo.

« Avete fatto tardi », disse Matteo. « Noi ci siamo già serviti. Ma ce n'è ancora per voi », li avvisò senza scomporsi.

« Ragazzi, salutate papà », disse Rosalia e, attraversando la cucina, sfiorò Teresa. Le allungò un pizzicotto astioso sul fondo schiena, sibilando: « Sei stata tu, piccola serpe ». Poi sorrise al marito che si alzò dalla sedia e la baciò su una guancia.

« Teresella ha preparato una tavola da re, in sala », precisò Matteo, mentre si chinava a baciare sulle guance i due ragazzi.

« Anch'io voglio darvi un bacio », disse Annina. Lei era sempre disponibile e fiduciosa con tutti.

« Quando ti sarai lavata la faccia », ordinò Rosalia. E soggiunse: « Svelti, ragazzi. Spogliamoci e andiamo a tavola ».

Vincenzo guardò Teresa, mentre si slacciava il mantello.

« Ti trovi bene in casa nostra, vero? » domandò mettendo l'accento sulla proprietà della casa.

« Mangiate, mangiate, che tanto qui è tutto gratis », lo incalzò Renato usando il dialetto stretto dei vicoli.

Era una dichiarazione di guerra che nessuno degli Avigliano

raccolse. In cima ai pensieri, adesso, c'era la torta paradiso che tutti avevano visto, ma nessuno aveva osato intaccare, anche perché stava di là, sulla credenza, e la sala era zona invalicabile.

Matteo intuì la golosità dei figli.

« Non fate chiasso. Più tardi avrete il dolce », li rassicurò.

Teresa servì la matrigna e i suoi figli. Matteo, a tavola con loro, li guardò cenare, fumando una sigaretta. I figli di Rosalia non gli piacevano, li giudicava arroganti e bugiardi. Ma fu abbastanza saggio da non lasciar trasparire l'antipatia. Li ascoltò parlare degli studi, degli sport che praticavano, del numero di maglie e camicie necessarie per l'anno nuovo. Rosalia sorrideva, lo sguardo velato dalla commozione.

« Cuori di mammà, cuori di mammà », ripeteva continuamente.

« Cuori di mammà, è tempo di affettare la torta », disse Matteo. E aggiunse: « Prima le signore. È così che vi insegnano in collegio, vero? » li interrogò con serietà, mentre faceva le parti per Rosalia, Teresella e Annina. Poi, tese il coltello alla moglie. « Signora Avigliano, a voi l'onore di servire prima vostro marito, poi i vostri figli e infine quelli che stanno in cucina. » Disse tutto questo con gesti da commediante. L'intenzione era quella di stabilire da subito l'importanza dei ruoli. Ancora una volta, Rosalia masticò amaro, perché quello scaricatore ignorante e bello era riuscito a scombinare i suoi progetti.

Quella sera, Teresa si coricò tardi, perché aveva dovuto lavare piatti, bicchieri, posate, tovaglia e tovaglioli, spazzare la sala e apparecchiarla per la prima colazione del mattino seguente. I suoi fratellini dormivano già quando lei si infilò esausta nel letto.

Prese sonno immediatamente. La svegliò Annina che aveva ricominciato a tossire. Quel brutto catarro non voleva andarsene, nonostante lo sciroppo di ipecacuana. Si placava soltanto quando Teresa le dava lo zucchero caramellato. Ma come poteva prepararlo? La stufa era spenta. Però, se la sorellina avesse continuato a tossire, avrebbe svegliato tutti. Le diede un sorso d'acqua. La situazione non cambiò. « Ti faccio una caramella di zucchero », le sussurrò. « Ma tu, per favore, cerca di non fare chiasso », si raccomandò.

In quella casa spaziosa, l'esistenza era più soffocante che nel basso lasciato da poco. Continuava a sentirsi un'ospite indesiderata e qualche volta non riusciva a trattenere lacrime di sconforto. In cuor suo invocava la madre perché, dal cielo, l'aiutasse a essere forte e ragionevole.

Si coprì con uno scialle e andò in cucina, attenta a non fare rumore. Mise una manciata di paglia nella stufa, vi aggiunse qualche ramo secco e vi buttò sopra uno zolfanello acceso. La paglia prese fuoco immediatamente e incendiò anche i piccoli rami. Allora infilò velocemente un ciocchetto di legno, chiuse lo sportello e aspettò che la piastra si arroventasse. Mise sulla stufa un padellino di ferro e polverizzò sul fondo qualche cucchiaio di zucchero che prese a sfrigolare, assumendo un bel colore ambrato. Bagnò un piatto e vi rovesciò velocemente lo zucchero liquefatto che si rapprese formando un tondo trasparente. Con un coltello, lo staccò dal piatto e lo spezzò in più parti. Poi si chinò sulla stufa per spegnere il fuoco. Fu in quel momento che si sentì afferrare alle spalle. Una mano le premette la bocca per impedirle di gridare e un'altra si insinuò sotto la camicia di fustagno. La voce di Vincenzo le sussurrò all'orecchio: « Sta' buona. Se fiati, dico che sei stata tu a provocarmi ».

Cenzino aveva tredici anni. Era violento e aggressivo come il fratello Renato che era di un anno più giovane. I due, con i loro amici, erano tra quelli che infastidivano le bambine con gesti e parole sconvenienti. Teresa li considerava vili e meschini, anche perché sapevano riversare sugli altri le colpe delle loro malefatte. Fu proprio quella minaccia: « Se fiati, dico che sei stata tu a provocarmi », che le diede la forza di reagire. Di slancio piegò il gomito e lo tese all'indietro, colpendo il ragazzo nella regione molle dello stomaco. Lui non emise neanche un gemito di dolore.

Aveva il fiato mozzo. Allentò la presa e barcollò. Cadde e si rannicchiò al suolo, boccheggiando.

« Adesso vai a dire che ti ho provocato », sussurrò Teresa, con rabbia. Raccolse le caramelle e tornò nella sua camera.

Le diede alla sorellina.

« Tieni. Succhia piano. Vedrai che la tosse passa », la rincuorò accarezzandole il capo. Intanto pensava che in quella casa ormai era di troppo. Vincenzo e Renato non si sarebbero dati per vinti, ma lei non voleva soccombere. Le venne in mente il volto solare di Benedetto. Pensando a lui sorrise e si quietò.

Merano - Schloss Rundegg
dicembre 1911

1

JOSEPHA si svegliò. La camera era gelida e immersa nell'oscurità. A tentoni trovò il bastone ai piedi del letto. Lo afferrò e picchiò tre colpi energici sul pavimento. Subito dopo sentì un tramestio di passi su per le scale, la porta si spalancò e comparve Klara.

«Finalmente!» esordì l'anziana domestica, mentre attraversava la camera e cominciava ad aprire le finestre, spalancando le imposte di legno. «Lo sai che ore sono? Stavo per salire a vedere se eri ancora viva», brontolò, mentre la luce del sole inondava la stanza.

«Ho dormito come un ghiro. Si sta così bene sotto il piumino», disse Josepha, con voce assonnata.

«Alzati, pigrona. Sono già le otto. Le ore del mattino hanno l'oro in bocca», la rimproverò la donna, mentre infilava legna nella stufa di maiolica. E proseguì: «Petra e io non ce la facciamo a star dietro a ogni cosa. Devi ancora preparare la crostata di mirtilli e lo strudel e il pasticcio di castagne per farcire il porcellino. Il borgomastro ti aspetta in municipio per la distribuzione dei doni ai bambini e si presume che tu dia una mano anche a servire il pranzo per i nostri poveri. Come se non bastasse, Rita si è azzoppata e Toni l'ha portata dal maniscalco. Inoltre...»

Josepha era scivolata fuori dal letto, si era infilata una vestaglia imbottita e si era chiusa alle spalle la porta della stanza da bagno. Klara invecchiava e diventava sempre più brontolona. Sapeva benissimo di avere una giornata di lavoro intenso, ma non riteneva di essere così pigra, come sosteneva la domestica. Aveva dedicato la sera a scrivere un'infinità di lettere di auguri ad amici e parenti per le imminenti festività natalizie.

Da Napoli, i Castiglia le inviavano costantemente messaggi affettuosi e doni, che lei ricambiava. Era trascorso ormai un anno dalla morte di Enrico e la famiglia di suo marito era sempre più assidua nel mandarle testimonianze di stima e di affetto. Le spedivano primizie, dolci, liquori, sete preziose, merletti, ninnoli e gioielli per ogni ricorrenza. Il calore di queste attenzioni l'aveva indotta a ricredersi definitivamente su di loro. Era felice di ricambiare con il vino dorato delle sue vigne, i formaggi e i salumi affumicati, i giocattoli intagliati nel legno per i nipotini, i pizzi al tombolo dell'Alta Anaunia, le pitture su vetro di Innsbruck, le tele del pittore meranese Friedrich Wasmann che la principessa Carolina, amante dell'arte, gradiva.

Anche Sofia, con la sua grafia stentata, le scriveva spesso e aveva nostalgia di lei. Nella sua ultima lettera le aveva comunicato: « Rosa Avigliano, la donna del vicolo della Duchesca, è morta di colera l'agosto passato. Il marito ha sposato una vedova ricca e prepotente. Lo so perché, seguendo il vostro desiderio, sono andata a cercare quella povera gente e ho portato, come mi avete chiesto, abiti e cibo. La figlia grande, che ora ha tredici anni, è molto triste. Si chiama Teresa, si ricorda di voi e vi domanda di pregare per lei ».

Allora Josepha aveva scritto alla principessa Carolina, raccomandandole la ragazzina di cui serbava un vago ricordo. « Se le è possibile, cara *maman*, le chiedo di ospitarla a palazzo, incaricandola di qualche mansione. » Era sicura che la suocera avrebbe assecondato questo desiderio.

Il rapporto epistolare con i Castiglia era diventato una piacevole consuetudine.

Il naufragio del matrimonio con Enrico l'aveva aiutata a crescere. Quando aveva lasciato Merano era una ragazza timida e schiva. Ora, a diciott'anni, era una giovane donna elegante e sicura di sé. Per quanto Merano fosse soltanto una minuscola realtà nel vasto Impero d'Austria e Ungheria, lontanissima dai clamori politici e sociali di Vienna, aveva tuttavia una popolazione cosmopolita non priva di interessi culturali.

Le autorità cittadine consideravano Josepha come un punto di riferimento. Responsabile di attività benefiche, era chiamata a far parte dei comitati d'onore per l'accoglienza di ospiti illustri. I capi delle comunità ebree e ortodosse, gli amministratori del teatro, della biblioteca, del museo di storia, si rivolgevano a lei per consigli e aiuti. Era chiamata « la nostra piccola signora » con rispetto e devozione. Il suo tutore era fiero di lei. Tuttavia, ancora una volta, lo angustiava la solitudine della giovane vedova.

Josepha aveva spesso un'ombra di malinconia negli occhi e lui sperava che qualcosa o qualcuno riuscisse a distrarla dai pensieri tristi che lei non palesava.

Era giovane, graziosa, ricca e corteggiata e non si dava arie per questo. Scendeva in città con il calesse che guidava lei stessa, faceva la spesa al mercato, beveva la cioccolata nel caffè sotto i portici, dove si intratteneva a leggere il *Meraner Zeitung* e a commentare eventi politici, scientifici, culturali.

Qualche volta prendeva il treno e andava a Bolzano o a Innsbruck per incontrare le amiche conosciute in collegio, aggiornarsi sulle novità della moda, assistere a qualche spettacolo teatrale. Le ragazze la invidiavano, perché Josepha era una donna libera, mentre loro vivevano ancora sotto la tutela dei genitori, oppure dei mariti, che si ostinavano a considerarle creature fragili da tenere lontane dai pericoli del mondo.

Mentre si lavava nella stanza da bagno, ripensava all'ultima lettera della suocera, alla quale non aveva ancora risposto. La principessa Carolina scriveva, tra l'altro: « Il giovane Lorenzo Valeschi è stato mandato in Libia non per combattere, ma come osservatore, perché si fidano della sua onestà e del suo buon senso. Mi ha chiesto tue notizie. Gli ho detto che stai bene».

Si frizionò con l'acqua di colonia. Lo sguardo ridente di Lorenzo si infilava tra i suoi pensieri sempre più spesso. Carolina, ancora una volta, aveva lanciato un sassolino nello stagno quieto della sua esistenza. Doveva raccoglierlo o ignorarlo? Pensò al giovane Heinrich von Wedel. Si conoscevano da bambini, perché Heinrich, detto Heini, era il fratello maggiore di un'amica carissima, la baronessina Luise Valentine. Aveva vent'anni e militava negli Standschützen al comando del Terzo reggimento, sul confine della Carinzia. Veniva a trovarla ogni volta che gli era possibile e, con foga giovanile, le aveva dichiarato il suo amore.

Josepha, come ogni donna, si sentiva lusingata dalla sua corte assidua. Una volta, durante un ballo, l'aveva persino baciata a tradimento. Lei si era arrabbiata. Non che il bacio le fosse dispiaciuto, ma in quel momento aveva pensato a Lorenzo e avrebbe voluto che al posto di Heini ci fosse lui.

Spesso, quand'era sola, desiderava la presenza di un uomo accanto a sé. Nonostante il fermo proposito formulato dopo la morte di Enrico, sentiva il bisogno di un equilibrio affettivo.

Si pettinò con cura, si vestì e scese nella *Stube* dov'era pronta la colazione. Klara le portò il caffè bollente che lei sorseggiò schiarendolo con un goccio di panna. Mentre spalmava riccioli di burro sul pane nero, decise che avrebbe scritto subito alla suocera un biglietto per spedirlo con la posta di mezzogiorno. In fondo, aggiunse un post scriptum: «Dica a Valeschi che sono felice per l'importante incarico che gli è stato assegnato dal governo italiano. Mi piacerebbe avere notizie dirette, se desidera scrivermi». Ecco, aveva lanciato un sasso anche lei.

Subito dopo andò in cucina. Sopra l'abito di lana soffice di un bel grigio perlato, indossò il grembiulone blu, si rimboccò le maniche e si mise ai fornelli.

Era cominciato un nuovo giorno di frenetica attività. Qualche volta, la sera era così stanca da rimpiangere i lunghi mesi d'ozio passati a Napoli. Prima di addormentarsi pensava: Vorrei soltanto un giorno, uno solamente, tutto per me.

Mancavano due settimane a Natale e il castello venne addobbato. Toni trasportò nella *Stube* un abete verdissimo che Josepha ornò con tanti dolcetti avvolti nella carta colorata, nastrini d'oro e candeline. Quindi rivestì la colonna di pietra del vestibolo con rami di pino intrecciati a nappe rosse. Decorò i davanzali delle finestre e collocò al centro di ognuna le candele da accendere la notte di Natale. Andò a Innsbruck, dalla sartoria Innerhofer, a ritirare il cappotto blu foderato di zibellino. La modista le consegnò il cappello dello stesso pelo. Comprò doni per tutti e, finalmente, la vigilia di Natale, si preparò per la messa solenne di mezzanotte, nel Duomo di Merano.

Venne a prenderla il borgomastro con la carrozza. Le navate gotiche erano gremite di gente. L'organista faceva vibrare le canne sulle note di un preludio di Bach. Lei attraversò la navata sotto gli sguardi ammirati dei concittadini che vedevano in quella giovane signora, sola e riservata, elegante e bella, un modello da portare a esempio. Josepha prese posto nel primo banco, quello che le apparteneva e dov'era inciso il nome dei Paravicini von Riccabona. Era pienamente consapevole dell'ammirazione che la circondava ed era grata a tutte quelle persone perché le comunicavano un senso di calore. Era serena e, pregando, sorrideva.

Nel momento in cui il sacerdote recitò l'inno degli angeli e nella navata risuonò il coro dei fedeli che intonavano il *Gloria in excelsis Deo*, si sentì un suono affrettato di passi che, dal portale, si avvicinavano ai primi banchi. Qualcuno parlò sottovoce con qualcun altro. I fedeli continuarono a pregare ma, questa volta, distrattamente, per seguire il conciliabolo dell'impiegato del telegrafo con il capostazione. Poi i due, seguiti dal segretario comunale, lasciarono la cattedrale.

A questo punto, la curiosità serpeggiò tra la gente e coinvolse anche Josepha. Il sacerdote concluse la messa e tutti si riversarono sul sagrato in cerca di notizie.

Il borgomastro, imperturbabile come sempre, le si avvicinò.

« Ti riaccompagno al castello », disse, aiutandola a salire in carrozza.

« Che cos'è successo? » domandò lei.

« Soltanto un convoglio speciale in arrivo da Bolzano », spiegò.

« Una visita importante? » insistette lei, mentre la carrozza saliva verso il ponte romano.

« Non ne ho idea. Sarà qualcuno di quei pazzi Standschützen che ha deciso di passare il Natale a casa », minimizzò, liquidando l'argomento.

I domestici avevano acceso le torce davanti all'ingresso del castello. Le candele illuminavano i vetri delle finestre. Il vecchio Toni, sul portone, la stava aspettando.

« Grazie, Herr Grossmann. Buon Natale », disse lei. E aggiunse: « L'aspetto domani, a pranzo ».

« Ci sarò », promise e le diede un pacchettino. « È il mio regalo per te. »

Nel vestibolo l'accolsero un tepore piacevole e l'aroma della cioccolata calda. Porse a Klara il cappello, i guanti e il cappotto. Poi sedette sulla panca e tolse gli stivaletti foderati di pelliccia. La domestica l'aiutò a calzare scarpine di velluto.

« Vai a dormire », le disse Josepha. « Sei stanca e sei rimasta in piedi troppo a lungo. »

« Grazie, bambina », disse la donna. E soggiunse: « Nella *Stube* troverai la cioccolata e c'è anche qualcuno che ti aspetta ».

La giovane le rivolse uno sguardo interrogativo. La domestica si rinserrò nelle spalle e si allontanò brontolando: « Italiani. Sempre italiani ».

Josepha spalancò la porta. Lorenzo Valeschi era lì e le sorrise.

2

Lorenzo allargò le braccia e Josepha si rifugiò sul suo petto, senza esitazioni.

« Così, sei tu il misterioso viaggiatore arrivato con un treno speciale », esclamò felice.

« Buon Natale, amore mio », sussurrò lui al suo orecchio.

« Buon Natale anche a te », replicò.

« Non ne avrò mai uno migliore », disse Lorenzo.

« Ti va una tazza di cioccolata? » gli domandò, sciogliendosi dal suo abbraccio.

« Sono sei minuti e dodici secondi che aspetto di poterla avere », precisò, guardando l'orologio.

« Raccontami tutto », lo esortò, invitandolo ad accomodarsi sul divanetto accanto alla stufa. Lorenzo era abbronzato. Indossava un maglione ruvido, a collo alto, bianco e grigio, e pantaloni neri di fustagno pesante. I capelli cortissimi e i baffi sottili erano ancora più biondi di come li ricordava.

Versò nelle tazze la cioccolata e gli porse un piatto di biscotti.

« Sono partito da Tripoli pochi giorni fa. Ho viaggiato in aeroplano fino a Roma. Ho presentato una relazione al ministro della Guerra e subito dopo ho preso il treno per il Brennero. A Bolzano, naturalmente, era troppo tardi per acciuffare la coincidenza per Merano. Ho avuto una lunga discussione con il capostazione che non capisce una parola di italiano e meno ancora il mio pessimo tedesco. Allora gli ho mostrato le credenziali. Non era in grado di leggerle, per fortuna, ma ha visto lo stemma del Regno e ha immaginato che fossi chissà chi. Si è dato da fare perché potessi ripartire immediatamente. Ed eccomi qui », spiegò.

Schloss Rundegg era immerso nel silenzio. L'atmosfera ovattata della *Stube* conciliava l'intimità.

« Adesso dimmi di te », la sollecitò.

« Sono terribilmente emozionata », confessò, portandosi una mano al petto, quasi volesse placare il ritmo troppo veloce del suo cuore.

« Lo sono anch'io. Da quando hai lasciato Napoli, ti ho pensata sempre. Mi è sembrata una fortuna essere spedito in Africa, perché speravo di dimenticarti. È stato anche peggio. Scrivevo a tua suocera quasi ogni giorno, sperando di ricevere da lei tue notizie. Finalmente è arrivata una lettera in cui mi riferiva il tuo invito a scriverti. Mi è bastato per decidere di correre subito da te. Ho inventato una bugia di cui mi vergogno. Ho raccontato che mia madre non stava bene. Sai, come fanno i bambini quando non hanno studiato. Mi hanno messo subito a disposizione un aereo. Ho mentito anche con il ministro. Insomma, Josepha, hai davanti a te un ragazzo infame », concluse.

« E hai fatto tutto questo per me », sussurrò sorpresa.

« L'ho fatto per me. Non sopportavo più il pensiero di saperti qui, da sola, tentata da chissà quanti corteggiatori. »

« Moltissimi, in effetti », scherzò lei.

« La gelosia ha le sue regole. Io sono geloso. »

« È un lusso che non puoi ancora concederti. Non c'è nulla, tra noi. »

« C'è tutto, Josepha. Tutto quello che dev'esserci tra un uomo e una donna che si amano », disse con voce ferma. Posò la tazza sul tavolo, le andò vicino, l'abbracciò.

Josepha chiuse gli occhi e pensò che la sua vita di donna incominciava in quel momento fra le braccia di Lorenzo che la teneva stretta a sé sussurrandole: « Sono perdutamente innamorato di te ».

« Vieni », disse, sciogliendosi dalle sue braccia. Lo prese per mano e lo guidò fuori dalla stanza.

« Cerchiamo di non fare rumore », bisbigliò, mentre lo precedeva lungo la scala che portava al primo piano.

Socchiuse con cautela la porta della camera da letto. Li accolse il calore della stufa, mentre la luce tremula delle candele proiettava lunghe ombre sulle pareti impreziosite da due antichi arazzi napoletani, dono della principessa Carolina.

« C'è un buon profumo qui », osservò Lorenzo.

Josepha sedette sul grande letto di cirmolo scolpito. Alzò una gamba mostrando la scarpina di velluto rosso e un polpaccio fasciato da una calza nera di seta pesante.

« Sei il primo uomo della mia vita », disse dolcemente.

Lorenzo posò un ginocchio a terra, le sfilò la scarpa e, lentamente, sollevò la gonna fino a trovare l'elastico che reggeva la calza. Denudò la gamba e la baciò.

Si amarono appassionatamente e poi rimasero a lungo abbracciati, in silenzio, assaporando la loro felicità.

« Voglio aiutarti a dimenticare », le disse Lorenzo.

« Lo hai già fatto, in questa notte di Natale », rispose lei. E aggiunse: « Il passato non esiste più per me. Ormai ci sei solo tu ».

« Allora dobbiamo festeggiare », decise Lorenzo. Si alzò dal letto, si infilò i pantaloni, il maglione, avvolse il corpo nudo di Josepha dentro il piumino e la prese in braccio.

« Ti porto giù, nella *Stube*. Voglio mangiare qualcosa e voglio che parliamo a lungo. »

« Abbassa la voce, prepotente », protestò lei, ridendo sommessamente. E chiese: « Sei sempre così? »

« Così, come? »

« Vuoi mangiare, vuoi parlare, vuoi ogni cosa? »

« Voglio solo te », dichiarò mentre scendeva le scale.

«Non fare rumore. Petra e Klara finiranno per scoprirci», lo ammonì.

«Le due vecchiette hanno già capito tutto, prima ancora che tu arrivassi dalla messa. Mi hanno guardato storto e le loro espressioni erano molto più eloquenti delle parole.»

Lorenzo adagiò Josepha sul divanetto e le mise tra le labbra un biscotto.

«Vai in cucina. Troverai sulla credenza una *Sacher-Torte*. Portala qui», ordinò lei.

Mangiarono avvolti nello stesso piumino, ridendo e scherzando come due ragazzini.

«Raccontami di Tripoli. Com'è? Che cosa fa la gente? Lo sai che non ho mai visto un africano?» domandò Josepha.

«È una colonia. Fa caldo, ci sono mosche grosse come fagioli. I negri si assomigliano tutti. Alcuni sono molto belli e allora si distinguono dagli altri. Ci sono parecchi ufficiali. Alcuni mantengono le loro negre, altri si portano in casa i ragazzini, pronti a tutto per un piatto di minestra. Ci sono italiani che si arricchiscono in barba alle leggi perché la corruzione è l'unica legge non scritta che funziona a meraviglia. Le violenze, i soprusi, le crudeltà, la miseria, le malattie, sono la regola. Eppure, lì trovi tutto: profumi francesi, abiti inglesi, oro, pietre preziose, cocaina. Tutto ha un prezzo, per tutto si trovano i soldi che il nostro governo ha destinato agli aiuti e che finiscono nelle tasche dei trafficanti. L'Africa non ti piacerebbe, come non piace a me», concluse.

«È per scoprire questo che ti hanno spedito laggiù?» gli chiese Josepha, sconcertata da quella terribile sintesi.

«Assolutamente no. Non ho scoperto nulla che in Italia non si sappia. Però il governo, che ha sempre bisogno di salvarsi l'anima, manda me e altri nelle colonie per osservare e riferire. Credo che non leggano neppure i nostri rapporti. Finché non prenderanno dei provvedimenti le cose continueranno così. Però, amore mio, vorrei che parlassimo d'altro. È la notte di Natale. Io ti tengo tra le braccia e sono il più felice degli uomini.»

« Guarda, sta nevicando », esclamò Josepha, puntando un dito verso le finestre.

« Andiamo fuori », propose lui, di slancio.

Josepha si avvolse nel piumino e uscirono insieme.

La neve cadeva fitta e silenziosa. Aveva già imbiancato il giardino. Loro si misero a ballare sul ritmo immaginario di un valzer travolgente. La neve fresca e asciutta crocchiava sotto i loro piedi, imbiancava i capelli, le spalle e si scioglieva sul viso.

« Ti amo », mormorò Josepha. Aveva imparato, soffrendo, a guardare meglio in se stessa. Lorenzo Valeschi era l'uomo della sua vita.

« Finalmente me lo hai detto. Devo crederti? » le domandò.

Lei si chinò al suolo e con l'indice scrisse sulla neve: «*Ich liebe dich*».

« Non potrai più strappare questo foglio », scherzò lui, imprigionandola tra le braccia. E mormorò: « Io so perché ti amo. Ma non so perché tu ami me ».

« Perché mi diverti. L'amore, per nutrirsi, ha bisogno di allegria », dichiarò.

« Allora sposami. »

Per tutta risposta, Josepha si sciolse dal suo abbraccio, piegò indietro la testa e spalancò la bocca per assaporare i fiocchi gelati.

« No », rispose infine.

« Ho compromesso il tuo onore. La legge dice che è necessario un matrimonio riparatore », obiettò Lorenzo.

« Altrimenti? »

« Potrei finire in prigione. »

« Allora ti sposo. »

« Quando? »

« Non lo so. Tra un anno, tra due, tra dieci. Che fretta c'è? »

« Ma io domani devo tornare a Roma. »

« Così presto? » sussurrò delusa. Poi tornò a sorridere: « Allora torniamo a letto. Subito. Devo fare provvista d'amore per quando non ci sarai », decise trascinandolo in casa.

Napoli - Vicolo della Duchesca
gennaio 1912

1

«LA principessa Josepha mi ha chiesto di portare ancora qualche piccolo aiuto a Teresa Avigliano e ai suoi fratelli», esordì Sofia, rivolgendosi alla principessa Carolina.

« Ha scritto anche a me a proposito di quella ragazzina. Se ti sembra che sia in difficoltà, dille di venire da noi », ordinò la principessa. E aggiunse: « Ti servono soldi? »

« Niente denaro. Solo qualche indumento. Pensavo di cercare tra le cose che abbiamo nella 'fetta di eternità', se la signora permette », replicò la cameriera.

La « fetta di eternità », nel lessico famigliare, era la soffitta.

Tutti i Castiglia avevano la mania degli acquisti. Quando uscivano, tornavano carichi di pacchi. Le mostre d'arte e le aste erano un pretesto per accaparrarsi argenti, sculture, tele, mobili. Molto spesso gli acquisti finivano in soffitta, ma non venivano dimenticati. Quando era necessario fare un regalo, più o meno importante, la principessa Carolina saliva in soffitta, con qualche domestico. Si guardava intorno, apriva armadi e bauli, e intanto sussurrava: « Vediamo un po' di che cosa disponiamo ».

Considerava un paesaggio di scuola inglese del diciottesimo secolo, un servizio cinese da tè, una Diana d'alabastro, una pendola Luigi Filippo in bronzo dorato, una collezione di cioccolatiere inglesi Regina Vittoria, un tappeto cinese, una serie infinita di scatole e ninnoli in argento, pietra dura, avorio, corallo. Osservava gli oggetti con aria pensosa, chiedendosi perché mai lei e i figli comprassero tante cose.

« Forse, per assicurarci una fetta di eternità », concludeva ogni volta, a voce alta.

Nella « fetta di eternità », Sofia aveva trovato maglie di lana, guanti, berretti, scarpe nuove, scialli e mantelline. Scelse i capi migliori, di taglia infantile. Li sistemò in una cesta di vimini. Dalla dispensa prelevò qualche stecca di cioccolata, due barattoli di caffè, alcuni vasi di miele, un sacco di farina bianca, legumi secchi, marmellate e conserve di pomodoro.

Chiuse la cesta e chiese l'aiuto di Saverio per trasportarla fino al vicolo della Duchesca.

Il vecchio Sasà era morto e Saverio era passato al servizio della principessa. Nell'appartamento in cui avevano abitato Enrico e Josepha si era installata Virginia. Sua madre non aveva gradito questa iniziativa, ma di fronte alle bizze della giovane aveva deciso di sorvolare. Ora, Sofia si occupava di lei. Non era facile assecondarla. La povera donna faceva del suo meglio, ma riceveva soltanto rimbrotti. Così rimpiangeva i tempi in cui era stata al servizio di Josepha. Virginia era spesso sgarbata e sempre molto capricciosa. Quando capiva di avere passato il segno, si scusava facendole un regalo, che Sofia accettava per non dispiacerle. Una collana d'ambra o uno scialle di seta erano cose superflue che riponeva da qualche parte, dimenticandole. Sofia sentiva moltissimo la mancanza della principessa austriaca e sperava sempre che un miracolo la riconducesse a Napoli. Ma, intanto, la signora aveva espresso un desiderio. Lei l'avrebbe accontentata.

Con Saverio raggiunse in carrozza il vicolo della Duchesca.

A dispetto dell'aria gelida che soffiava dal mare, una prostituta discinta era seduta sui gradini della sua casa, all'imbocco del vicolo. Rivolse a Saverio complimenti grevi e poiché Sofia lasciò la cesta per un rapido segno di croce, la donna la coprì d'invettive.

I ragazzi del vicolo si misero a schiamazzare. Sofia, per niente intimorita, rispose con parole minacciose.

« Saverio, da' una bella spazzolata a questi delinquenti », ordinò, gonfia di collera.

« Fossi scemo. Quelli cercano la lite per impossessarsi della nostra cesta », disse lui. E soggiunse: « Tu mi metti in mezzo ogni volta. Io non volevo tornare in questi vicoli fetenti ».

« Ma sei proprio uno... » replicò indignata, sul punto di pronunciare un epiteto sconveniente. Si trattenne, anche perché due donne, avvolte negli scialli, presero a scapaccioni i ragazzini, che si dispersero velocemente.

« Da chi state andando? » s'informarono subito dopo.

« Dai figli di Rosa Avigliano », rispose Sofia.

« Vi riconosco, siete già stati qui », intervenne una vicina, uscendo dalla porta del suo basso. « Siete dei benefattori. Non è così? » insistette, con una punta d'invidia nella voce.

« Femmine, fatevi gli affari vostri », le riprese un vecchio. Sedeva su uno sgabello, addossato al muro. Il volto scavato, la barba incolta, un berretto che gli scendeva sugli occhi, fumava un sigaro umido e tossiva.

In quel momento Sofia vide Teresella che si avvicinava tenendo per mano una bambina che tossiva in continuazione. Erano entrambe infagottate negli scialli.

Anche Teresa vide i due domestici e li riconobbe. Avrebbe dovuto sorridere, sapendo che le portavano regali. Invece ebbe una smorfia di contrarietà. Le dispiaceva richiamare su di sé l'attenzione della gente del vicolo. Inoltre donna Rosalia non voleva che lei e i suoi fratelli godessero della generosità dei Castiglia.

« Vi siete presi troppo disturbo », disse con fare scontroso.

« La persona che mi manda vuole che festeggiate la Befana come si conviene », disse Sofia.

« I doni! Che bello! » esultò Annina.

« Vi ringrazio », disse Teresa, strattonando la sorellina. « Ma non ci serve niente. » Passò quasi di prepotenza tra le donne che facevano barriera, trascinando con sé la sorellina recalcitrante.

« Voglio i doni! » strillò la bambina, sul punto di piangere.

« Sofia, andiamocene », decise Saverio. Veniva dalla campagna e ricordava bene la miseria in cui era vissuto. In città, tuttavia, i poveri sembravano più cattivi. In campagna, il divario tra ricchezza e povertà non era così evidente. I signori se ne stavano isolati all'interno dei loro giardini e la domenica, quando andavano a messa, distribuivano monete a tutti. In città, invece, il confronto era continuo, inevitabile. « Dammi retta, torniamo a palazzo », insistette.

« Avete sentito? A Teresella non serve niente. Donna Rosalia è ricca. Lasciate piuttosto a noi quello che avete portato », intervenne un'altra donna.

Ora anche Sofia temette che gli abitanti del vicolo potessero avventarsi su di loro per carpire la cesta.

« Non farmi perdere tempo. Andiamo di sopra », tagliò corto Sofia, rivolgendosi a Teresa con tono autorevole.

La ragazzina li precedette su per le scale, di malavoglia, fino all'appartamento della matrigna.

« Qualunque cosa abbiate portato, la moglie di mio padre se ne approprierà come ha fatto l'ultima volta », li avvertì Teresa, nel momento in cui i due posarono finalmente il cesto nell'ingresso.

Annina lo aprì e individuò subito una stecca di cioccolato. La scartò e vi affondò i dentini.

« Chi c'è di là? » domandò Saverio, indicando una porta socchiusa. Aveva intravisto una figura che li spiava e che si era immediatamente ritratta.

« I figli di donna Rosalia », rispose la ragazzina.

« E sono malamente assai », interloquì Annina, la bocca piena di cioccolato.

D'impulso, Sofia aprì la porta. Si trovò di fronte due ragazzi in maglietta e mutande. Sedevano sui letti sfatti, il viso ancora gonfio di sonno, e ridevano sommessamente, guardandola con aria di sfida. Provò un'avversione istintiva per loro non tanto a causa del commento di Annina, quanto per la loro espressione supponente e ambigua. Osservò la camera ingombra di giochi, impreziosita da un bel tappeto morbido che copriva il pavimento.

« Guai a voi se toccherete una sola cosa di quanto abbiamo portato per le creature di Rosa Avigliano », li ammonì, guardandoli con severità.

I due continuarono a ridere, scambiandosi gomitate d'intesa. Lei richiuse la porta con decisione. Era evidente che i piccoli Avigliano erano vittime di quei due ragazzini viziati.

« Ascoltami bene », disse rivolgendosi a Teresa. « La principessa Castiglia in persona s'interessa a te. Tu sai dov'è il palazzo? Vieni quando vuoi. »

« Ho quattro fratelli che hanno bisogno di me », disse piano la ragazzina.

« Non è vero. Loro se la caveranno meglio senza di te. Tu devi lasciare questa casa, per sempre », replicò Sofia, sul punto di andarsene.

2

ANNINA si era acciambellata sul suo letto per gustare in pace il cioccolato.

« Non puoi mangiare tutta questa roba », disse Teresa, strappandoglielo dalle mani.

La sorellina si mise a strillare.

« È mio. Lo voglio! »

« Ti farà male. Ne hai già avuto abbastanza », replicò pazientemente Teresella.

« Invece mi fa benissimo. Mi è passata la tosse », protestò, in lacrime. E subito dopo riprese a tossire.

« Lo vedi? Il catarro non se ne va e dovremo portarti all'ospedale se non la smetterai con tutto questo cioccolato. »

Annina prese a saltare sul letto, strillando.

« Ospedale no, cioccolato sì. »

La ragazzina staccò un quadratino dalla stecca e con quello le chiuse la bocca.

« Il resto lo nascondo qui, sotto il materasso, e nessuno lo toccherà. Dico sul serio, Annina. Ti ammalerai tantissimo se non mi darai retta. »

La bambina si calmò.

« Va bene. Posso andare giù a giocare? »

« Ricorda che non devi correre e non devi sudare », disse Teresa mentre la riavvolgeva nello scialle e le calcava sulla testa un berretto di lana.

Annina era generosa, affettuosa, spontanea e facilmente accontentabile. Il padre stravedeva per lei.

« Tu sei un angelo », le diceva. « Se ti lancio per aria, ti metti a volare. »

Lei rideva e agitava le braccia nel tentativo di spiccare il volo. « Non sono ancora pronta. Mi devo esercitare », replicava.

Nel vicolo, il suo gioco preferito era quello di prendere la rincorsa e spiccare un gran balzo, sperando di sollevarsi da terra. Spesso cadeva, qualche volta si faceva male, ma non abbandonava la speranza di volare.

Teresa tornò nel vestibolo. La cesta era sparita. Sapeva che i fratelli Di Giacomo se ne erano impadroniti. Attraverso la porta chiusa della loro camera, li sentiva rovistare. Spalancò l'uscio. Il cesto era stato rovesciato, il contenuto era sparso sul pavimento e i due fratelli stavano curiosando tra provviste e indumenti.

« Rimettete tutto a posto », disse, sforzandosi di apparire calma.

Renato diede di gomito al fratello maggiore.

« Ha parlato la padrona di casa », ironizzò.

« Allora dobbiamo ubbidire. Sembra che la signorina tenga amicizie in alto loco », replicò Vincenzo, scimmiottando il linguaggio aulico degli insegnanti del collegio.

Era passato un anno dall'ultimo tristissimo Natale trascorso in casa della matrigna, durante il quale aveva rintuzzato le molestie di Vincenzo con le poche risorse di cui disponeva. A Pasqua i due fratelli erano stati trattenuti in collegio per scarso rendimento. E, sempre a causa del pessimo profitto scolastico, erano stati costretti a studiare anche durante le vacanze estive.

« Li scorticherò come fecero con San Sebastiano, ma devono diventare dottori i figli miei », diceva donna Rosalia, con la caparbietà di chi ha in mente un traguardo al quale non vuole rinunciare. Intanto spediva al rettore, settimanalmente, cassette di pesce fresco e altre prelibatezze per accrescere la benevolenza nei confronti dei suoi ragazzi.

Matteo aveva l'accortezza di non intervenire mai sull'argomento, anche quando la moglie sollecitava la sua opinione.

« Quelli sono figli tuoi », diceva. « Soltanto tu sai quello che è bene e quello che è male per loro. »

Rosalia sapeva che se il loro padre fosse stato ancora vivo, li avrebbe costretti a lavorare al mercato, con lui. « Lo studio », le dicevano gli insegnanti, « non è un diritto, ma un dovere. I suoi ragazzi, questo dovere non lo sentono. Meglio che li mandi a lavorare. »

Quando sentiva queste parole, Rosalia impallidiva, come se avesse ricevuto uno schiaffo in pieno viso, perché subiva come un'offesa personale la scarsa considerazione verso i suoi figli. Più si sentiva umiliata, più si ostinava a voler fare di loro due dottori. Per quanto avara, avrebbe dato tutti i suoi soldi pur di realizzare il suo sogno. Sfogava la rabbia sui piccoli Avigliano che considerava « mangiapane a tradimento ».

Misurava loro il cibo, protestava con il marito perché tutti quei figli la mandavano in rovina. Matteo era stanco di ascoltare le sue querimonie e la trascurava, sottraendosi sempre più spesso ai suoi doveri coniugali. Lei si stizziva e faceva scenatacce.

Intanto Vincenzo e Renato, a forza di rimbrotti e di regali, erano passati, rispettivamente, in quarta e in terza ginnasio. Ma non erano migliorati. Dopo un anno di lontananza erano tornati a casa ancora più aggressivi e bugiardi.

Ora, guardavano Teresa con aria di scherno.

Vincenzo aveva in mano una gonna di lana blu che sembrava fatta su misura per lei. Era bellissima. Sul bordo erano ricamati papaveri rossi, spighe gialle, fiordalisi azzurri. Erano realizzati a punto pieno, con fili di seta lucida, e brillavano sul blu opaco del tessuto. D'istinto, la ragazzina allungò una mano per prenderla. Il fratellastro fu più svelto di lei e gliela sottrasse.

«Se la vuoi, devi mostrarmi le cosce», disse con un sorriso che suscitò il disgusto di Teresa.

Sapeva di non poter chiedere aiuto a nessuno. Soltanto suo padre l'avrebbe soccorsa, ma era al lavoro. Inoltre Teresa era troppo orgogliosa per coinvolgere Matteo nelle tante sevizie di Rosalia e dei suoi figli. Da mesi sopravviveva con le sue sole forze e non sarebbe stata la perdita di quei doni inattesi a farle rompere il silenzio.

«Mi fai schifo», ribatté. «Mi fai così schifo che farò una fattura contro di te. Sono la figlia di Rosa Avigliano e quello che prometto mantengo», soggiunse, con aria gelida.

Il ragazzo le lanciò contro la gonna. Aveva paura delle fatture, come tutti. E poiché conosceva, per sentito dire, le arti magiche di Rosa Avigliano, fu sicuro che anche Teresa le possedesse. A quel punto prese a tremare per la collera e la paura. Guardò il fratello, come se da lui potesse venirgli un aiuto.

«Fatti rispettare», gli disse Renato, sottovoce.

«Traccerò la tua figura con gli spilli su un limone, e poi lo infilzerò in uno spiedo e lo brucerò nel fuoco, ripetendo il tuo nome fino a quando non cadrai stecchito», replicò lei, mentre si affannava a riporre nel cesto i regali sparsi per la stanza. Non avrebbe mai voluto né saputo fare una fattura, ma era terrorizzata da quelle due canaglie e sperò che la minaccia funzionasse. Con un gesto risoluto richiuse il coperchio, afferrò un manico della cesta e, trascinandola, s'avviò verso la porta. Se fosse riuscita a barricarsi nella camera sarebbe stata in salvo, almeno per il momento.

Ci era quasi riuscita quando Vincenzo le piombò addosso con tutto il suo peso, mentre Renato chiudeva la porta della stanza. Il bisogno di umiliarla aveva prevalso sulla paura di un maleficio. Questa volta erano in due a tenerla schiacciata contro il pavimento. Era impossibile opporsi alle forze congiunte dei due adolescenti, animati dalla frustrazione, dalla cattiveria e dalla viltà. Teresa avrebbe potuto urlare, ma le sue grida non avrebbero smosso i vicini dall'antica filosofia secondo la quale, prima di impicciarsi dei fatti altrui, è necessario pensarci due volte. Lo sapeva da un pezzo che sarebbe finita così, con Renato che le imprigionava le braccia e Vincenzo che le aveva rialzato la gonna e con una spinta decisa era entrato nel suo grembo acerbo e ora si dimenava come un forsennato alla ricerca di un piacere che tardava ad arrivare. Teresa piangeva sommessamente, non tanto per il dolore, quanto per l'umiliazione e l'assoluta impossibilità di difendersi.

« Voglio provare anch'io », disse il fratello minore che continuava a ridere come un idiota.

« Piantala. Non vedi che non ho ancora finito? » si stizzì l'altro che non riusciva a concludere.

In quel momento la porta si aprì e Teresa vide la matrigna che guardò lei e i suoi figli per un breve istante. Quindi richiuse senza un commento e andò verso la cucina. I suoi occhi avevano visto qualcosa di ripugnante che lei voleva ignorare.

Posò i gomiti sul davanzale della finestra e guardò sotto. Pensò che i suoi figli avevano fatto una porcheria che non era poi così terribile, considerando che Teresa doveva averci messo del suo per provocarli. Le seccava invece dover affrontare Matteo quando la figlia gliene avesse parlato. Doveva trovare una giustificazione molto plausibile perché Matteo sarebbe stato capace di massacrare di botte i suoi ragazzi. A quel punto ne sarebbe nato un putiferio. Tutto il vicolo e l'intero quartiere avrebbero saputo. Il matrimonio si sarebbe sfasciato e la colpa sarebbe ricaduta su di lei.

Non poteva permettere che accadesse tutto questo. Ma non sarebbe accaduto, perché Vincenzo e Renato avrebbero negato. Lei stessa si sarebbe schierata dalla loro parte, sostenendo che Teresa era una bugiarda. Dopotutto non era successo niente di irreparabile. La ragazzina non era ancora mestruata e non ci sarebbero state conseguenze. Infine non era necessario dare un peso eccessivo a un episodio che era la regola tra gli adolescenti, che giocavano a imitare gli adulti così, senza malizia. Lei stessa, da bambina, aveva subìto gli assalti di altri bambini e, qualche volta, le era piaciuto. Insomma avrebbe preferito non vedere per non sapere. Ma poiché aveva visto e saputo, l'unica soluzione era ignorare.

In quel momento Rosalia vide la mano di Teresa che appoggiava sul davanzale una immaginetta della Vergine.

« L'ho trovata per terra, sotto il tavolino della vostra camera », disse la ragazza.

Rosalia guardò l'immagine e non replicò.

« Mammà mi aveva detto di consegnarla a voi, l'estate di due anni fa, per ricordarvi una certa promessa, casomai ve ne foste dimenticata », proseguì la ragazzina.

« Ne', ma tu, che vuoi? » sbottò la donna che rifiutava di farsi aggredire dai sensi di colpa.

« Io? Niente. Chiedetevi piuttosto che cosa volete voi, donna Rosalia », ribatté Teresa.

Uscì di casa, raggiunse di corsa il quartiere elegante di corso Umberto e suonò alla porta di servizio di palazzo Castiglia.

Le aprì una domestica.

« Cerco Sofia », sussurrò la ragazzina.

« Tu chi sei? » domandò la donna.

« Sono Teresa Avigliano. »

« Sei Teresella, la figlia di Rosa. Vieni dentro. Sofia ti aspettava. Hai una faccia brutta assai, poverina. »

Napoli - Palazzo Castiglia
gennaio 1913 - aprile 1914

1

TERESELLA ricordò il giorno in cui il padre era venuto a trovarla a Palazzo Castiglia...

« Teresella, perché sei fuggita? »

Matteo Avigliano era sulla soglia della cucina. Teneva in mano il cappello della festa e ne tormentava la tesa mentre guardava sua figlia con aria smarrita.

Teresa avrebbe voluto invitarlo a entrare, ma non ne ebbe il coraggio. Osservò suo padre e fu come se lo vedesse per la prima volta. Lo aveva sempre considerato un uomo spavaldo e forte. Una sola volta lo aveva visto piangere, raggomitolato su se stesso come un bambino. Era accaduto quando Rosa stava morendo. Ora notò il viso segnato dalla sofferenza, lo sguardo intimidito.

Indossava una giacchetta lisa che non era della sua misura e stava abbottonata per forza, una camicia dal collo consunto, pantaloni sformati. Le fece tenerezza.

« Buongiorno, papà », disse. E domandò: « Come avete saputo? »

« In un modo o nell'altro, un padre riesce sempre a trovare i suoi figli », replicò, quasi volesse scusarsi di quell'intrusione. E soggiunse: « Non era più vita in casa di Rosalia, vero? Ti capisco. Però qualcosa potevi dire ». Non era un rimprovero.

« Non era più vita », confermò lei. E proseguì: « Non volevo complicarvi l'esistenza ».

Se gli avesse raccontato la verità che cosa ne sarebbe stato di suo padre e dei suoi fratelli? Matteo sarebbe stato costretto ad abbandonare la casa della moglie. Ma non aveva un altro rifugio per la famiglia. Per schierarsi con lei, sarebbero finiti tutti sulla strada.

« Quella, me la sono complicata da solo », sussurrò lui. Le sorrise.

« Senza di me, vostra moglie sarà più buona con i ragazzi », ragionò lei.

« Annina ha bisogno di te », disse Matteo.

« Mi date un dolore », mormorò Teresa.

« Qui ti rispettano? » domandò lui.

« La servitù mi vuole bene. I signori mi proteggono », spiegò.

« Posso fare qualcosa per te? »

« Avete fatto molto. Siete venuto fin qui. Tornate ancora, se volete. »

Matteo mosse un passo all'indietro. Sua figlia lo aveva congedato.

A quel punto gli occhi della ragazzina si riempirono di lacrime. Ricordò il loro basso umido e soffocante d'estate, gelido e inospitale in inverno. Eppure, in quella povera stanza lei era stata felice. Ricordò le risate schiette di suo padre, i corpicini teneri dei suoi fratelli, i lumini che ardevano davanti alle immaginette dei santi, il profumo dei maccheroni mescolati alla scapece che si mangiavano nei giorni di festa, la mano forte di Matteo che le scompigliava i capelli e lo sguardo tenero di Rosa che la guardava crescere con amore. Era tutto finito. Restava solo il ricordo di quei momenti felici.

Di slancio buttò le braccia al collo di suo padre e singhiozzò sulla sua spalla. Anche Matteo pianse senza ritegno, abbracciandola.

« Vi porto nel mio cuore. Tutti », confessò Teresa.

« Anch'io ti porto nel mio cuore, Teresella », replicò Matteo. E aggiunse: « Hai avuto buon senso. È bene che ora tu stia qui ».

Teresa si asciugò gli occhi e gli porse una caramella. Sofia gliene dava una ogni giorno e lei la conservava per la sera, quando si coricava e la nostalgia per la famiglia diventava più acuta e struggente. Allora metteva in bocca la caramella e la dolcezza dello zucchero, liquefacendosi, la consolava.

« Questo si chiama *bonbon*. Datelo ad Annina, per me », disse.

Quel giorno Teresa Avigliano diventò donna. Si rese conto d'avere reciso il cordone che la teneva legata alla famiglia. Ora la sua vita dipendeva solo da lei. I suoi vagabondaggi per la città avevano finalmente una meta precisa. Si aggirava nei pressi del suo vicolo o del mercato del pesce. Si confondeva tra la folla per passare inosservata e osservare suo padre, che faticava più di un mulo, Peppiniello, che lo imitava, Annina, che tossiva sempre e giocava con i fratelli e i loro compagni, donna Rosalia che sembrava aver perduto la grinta di un tempo, e aveva spesso lo sguardo buio e molti fili bianchi tra i capelli.

Sofia conosceva l'obiettivo di quelle sue fughe. E non osava rimproverarla. Le muoveva rabbuffi soltanto quando faceva pasticci sul lavoro. Ma dentro di sé la scusava per la giovane età e le amarezze che si portava nel cuore.

A palazzo Castiglia non aveva compiti precisi. Sofia la definiva « la mia assistente ». Le insegnava a togliere le macchie di vino, di caffè, di sugo dalle tovaglie e dai tovaglioli. Le mostrava come e quando usare l'olio di lino, l'olio rosso, la cera d'api, la paraffina. Le faceva rilevare la differenza tra una salvietta ben stirata e una semplicemente ripassata con il ferro. L'aiutava a distinguere la porcellana dalla ceramica, l'argento dall'alpacca, il bisso di lino da quello di cotone. La portava nell'orto, oltre la *basse-cour*, e le mostrava come andavano cimate le piantine di basilico perché crescessero più rigogliose, o come recidere i fiori da mettere nei vasi e raccogliere i semi dei pomodori e farli essiccare per la prossima semina.

In capo a un anno Teresa aveva imparato a conoscere tutti i meccanismi che regolavano la vita delle due uniche abitanti del palazzo: la principessa Carolina e la figlia Virginia. E si era resa conto che la pulizia, l'ordine, l'efficienza richiedevano il lavoro e l'attenzione di tanta servitù, che era sempre a disposizione, di giorno e di notte, non solamente delle due signore, ma di tutto uno stuolo di ospiti che si alternavano a ritmo continuo, quasi non si trattasse di una residenza privata, ma di un grande albergo di lusso.

Qualche volta le capitava di incrociare la principessa. Allora lei si faceva piccola piccola, nel tentativo di annullarsi. La signora le puntava contro il bastone.

« Tu chi sei? » le chiedeva ogni volta.

« Teresa, per servirla », rispondeva, così come Sofia le aveva insegnato.

« Ah, sì, Teresa. Sei la *protégée* di mia nuora. Bene, molto bene », diceva e le labbra si schiudevano in un sorriso appena accennato, mentre si infilava sul naso gli occhialini per osservarla meglio.

La ragazzina avvampava e il suo cuore accelerava i battiti.

« E dimmi, ti trattano bene? » si informava.

« Sissignora, per servirla », balbettava lei.

« Ti danno abbastanza da mangiare? »

« Sissignora, per servirla », ripeteva, sperando che l'esame finisse al più presto.

« Molto bene. Molto bene », annuiva Carolina, soddisfatta. Poi toglieva la *lorgnette*, la chiudeva con uno scatto e si allontanava.

Sofia aveva confezionato per Teresa gonne e camicette, grembiuloni bianchi e fazzoletti per coprire i capelli, mutande di tela e camiciole ricavate dagli avanzi di tanti tessuti stipati nei bauli della soffitta.

Erano indumenti semplici, ma Teresa li considerava preziosi, dal momento che erano nuovi.

Dormiva su una brandina ai piedi del letto di Sofia, nella stanzetta al primo piano del palazzo, che aveva la finestra sulla *basse-cour*. La sera, quando si ritiravano, Sofia recitava il rosario e Teresa salmodiava con lei una serie infinita di «*ora pro nobis*».

Ogni settimana riceveva qualche soldo dal ragioniere che occupava un ufficio al piano terreno e amministrava tutte le spese di casa. Si gonfiava d'orgoglio per quelle poche monete e le chiudeva in un barattolo di latta riposto tra i suoi indumenti, in un cassettone. Prima di addormentarsi, ringraziava il Signore e sua madre che, ne era sicura, aveva interceduto presso di Lui per sistemarla in casa Castiglia dove nessuno la tiranneggiava.

Di sera non usciva mai, a meno che non ci fosse qualche processione. Allora era felice di mescolarsi ai fedeli, coprendosi il capo con il tulle bianco che scendeva fino alle caviglie, un nastro azzurro infilato al collo dove pendeva la medaglia della Madonna, il cero in mano, la voce spiegata a cantare: « Mira il tuo popolo, o bella Signora, che pien di giubilo, oggi ti onora... » A dicembre partecipava alla novena di Natale e all'allestimento del presepe nel vestibolo dell'appartamento della principessa. La capanna era grandissima, così come le statue di porcellana della Sacra Famiglia con il bue, l'asino e i pastori. Saverio sapeva montare fondali di cartapesta colorata e inventare cascatelle d'acqua e fonti luminose che rendevano suggestivo il paesaggio. Monsignor Jaconis veniva a benedire personalmente il presepe, come pure le stanze del palazzo e i suoi abitanti, compresa la servitù. Poi tutti riprendevano il lavoro e la principessa, con gli ospiti, cenava nella sala da pranzo. A mezzanotte erano tutti in chiesa per la messa grande che concludeva la novena.

Teresa aveva compiuto sedici anni quando, la notte di Natale di quell'anno, rivide Benedetto.

Era inginocchiato sull'ultima panca, all'imbocco della navata. Lo riconobbe anche se esibiva un paio di folti baffi ed era avvolto in una grande sciarpa rossa. Gli batté lievemente su una spalla. Il ragazzo alzò su di lei uno sguardo sospettoso, poi le sorrise. Anche lui l'aveva riconosciuta.

« Buon Natale, Teresella », le sussurrò.

Sofia la tirava per un braccio.

« Buon Natale te lo dico quando la messa sarà finita », replicò lei, prima di inoltrarsi lungo la navata, verso i banchi riservati ai Castiglia e alla servitù.

Recitava a voce alta le preghiere, ma i suoi pensieri erano per quel ragazzo che ormai era diventato un uomo. Sperava che lui l'avesse sentita e l'aspettasse all'uscita della chiesa. La funzione sembrava interminabile. Per tutto il tempo, le mani giunte e il capo chino, Teresa ripeteva mentalmente: Bambinello santo, tu che sai e tutto puoi, fa' che Benedetto aspetti perché voglio dirgli buon Natale.

Le preghiere, i canti e la musica solenne dell'organo tacquero. La messa di Natale era finita. Il Bambinello in legno scolpito e dipinto, con un'aureola d'oro tempestata di pietre preziose, venne deposto ai piedi dell'altare, dentro una mangiatoia foderata di broccato lucente. I fedeli lasciarono il passo alla principessa Castiglia, a tutti i famigliari e al seguito, perché si inginocchiassero davanti al Bambino Gesù e potessero quindi avviarsi, per primi, lungo la navata e fuori dalla chiesa.

Benedetto era accanto alla pila dell'acqua santa. La vide arrivare, ma non si mosse.

« Sofia, fammi stare un momento con lui », disse Teresa, in un sussurro, all'orecchio della donna.

« Ti aspetto sul sagrato », sospirò, rassegnata.

La ragazza si avvicinò al giovane.

« Buon Natale, Benedetto. Mi ha fatto piacere vederti in chiesa. Dovresti venire più spesso. Io ci sono tutte le domeniche, per la messa cantata », disse.

« Allora, se voglio rivederti, so dove e quando trovarti », replicò lui con noncuranza.

« Proprio così », convenne Teresa con un breve cenno del capo.

« Vedrò se avrò il tempo », le rispose.

« Quanto sei antipatico. Forse verrò alla prima messa, per non rischiare di incontrarti », concluse lei girando sui tacchi e uscì sul sagrato dove trovò Sofia.

« Chi è quel ragazzo? » le domandò, con fare sospettoso.

« È un buon cristiano, anche se lui non lo sa », ragionò Teresa, avviandosi con lei verso casa.

« Non mi avevi detto d'avere l'innamorato », la rimproverò.

« Vorrei tanto che lo fosse. Invece temo che abbia già una fidanzata. Bello com'è, figurati, chissà quante ragazze se lo mangiano con gli occhi. Ma forse lui non le vede. Almeno lo spero. Forse non vede neanche me. Questo mi dispiace. Lui è socialista e scappa sempre da qualcosa o da qualcuno. Avevo dodici anni quando l'ho visto la prima volta. Poi l'ho rivisto a tredici. Ora ho sedici anni e lui ne ha ventitré. Sa leggere, ti rendi conto? Non capisco quello che dice, ma mi piace ascoltarlo quando parla. Mia madre sapeva come fare per avere l'amore di un uomo. Io non lo so. Però potrei... »

Sofia la scrollò per un braccio.

« Ma quanto parli. Mi hai fatto una testa così. Questa è la notte santa e tu pensi all'amore. Vergogna! »

« Credi davvero che il Bambinello si offenda se penso a Benedetto? Io dico di no. Lui mi piace molto e questo non è un sentimento cattivo. »

Parlavano sottovoce, per non essere ascoltate dagli altri domestici che camminavano davanti a loro.

« Devi raccontare tutto a monsignor Jaconis. Lui s'informerà sul giovane e, se tutto sarà in regola, potrai fidanzarti », decise Sofia.

« Non costringermi a fare questo. Non si è neppure dichiarato. Anzi, è stato proprio antipatico. »

« Chi disprezza, compra », brontolò la donna, temendo per Teresa, che era in un'età difficile.

« Magari. Non so neppure se lo rivedrò », tagliò corto Teresa.

Lo rivide, la domenica successiva, alla messa grande. Benedetto l'aspettava accanto alla pila dell'acqua benedetta e gliela offrì, sfiorandole i polpastrelli.

« Così sei venuto », commentò con un sorriso felice.

« Passavo di qui, per caso », minimizzò Benedetto.

« Ma quanto sei scemo! » esclamò Teresa che, invece, avrebbe voluto dirgli: « Io ti amo ».

2

PER alcuni mesi giocarono a rimpiattino. Quando Benedetto sembrava disponibile, Teresa si ritraeva, per fargli dispetto. Poi correva da Sofia a raccontarle quant'era bello il suo innamorato quando la guardava con gli occhi torvi perché era arrabbiato.

« Attenta, Teresella. Chi scherza con il fuoco, si brucia », l'ammoniva, in ansia per lei.

« Sofia, io gli voglio bene », replicava accalorandosi.

« Ma lui, te ne vuole? »

« Tantissimo », garantiva la ragazza, portandosi le mani al petto e alzando lo sguardo al cielo, in un'ingenua imitazione delle attrici dei pochi film che aveva visto.

« Gli uomini non pensano mai a noi. Loro hanno altre cose per la testa. Le donne, per loro, sono soltanto un trastullo. Ho visto tante ragazze soffrire per amore. »

« Io sento che lui mi vuole bene davvero », s'intestardiva Teresa.

Venne marzo. La principessa, le figlie, il genero e i nipoti andarono a Capri per la Pasqua. La villa di Positano era stata chiusa dopo la morte di Enrico. Carolina l'aveva messa in vendita, ma non si trovavano acquirenti. I ricchi napoletani, superstiziosi com'erano, rifiutavano quella splendida dimora a causa della morte violenta del giovane principe. Alla fine arrivò un nobile lombardo, proprietario di un setificio, che s'innamorò del luogo e acquistò la villa.

I Castiglia respirarono di sollievo. Il capitolo della follia di Enrico era definitivamente chiuso.

Sofia si trattenne a Napoli con il maggiordomo per sovraintendere alle pulizie generali del palazzo. Teresa rimase con lei.

Era un lavoro lungo e impegnativo che richiedeva la presenza di domestici fidati e la collaborazione di personale specializzato.

Lavorarono tutti insieme per un'intera settimana, dal mattino alla sera. La domenica, giorno di riposo, Teresa ebbe da Sofia il permesso di incontrarsi con Benedetto.

Lui venne a prenderla alla porta di servizio e le offrì un mazzolino di violette. Lei volle portarle al cimitero e le mise sulla tomba di sua madre, che era sempre nei suoi pensieri.

Poi scesero alla Marina. Benedetto le offrì una piovra cotta sulla brace e insaporita con olio e limone che i pescatori preparavano all'istante sulla spiaggia. Teresa ascoltava affascinata la voce del giovane che le raccontava del piccolo paese in cui era nato, sul pendio dei monti Lattari, della vita difficile di una famiglia numerosa che su quella terra aspra lavorava, sudava, si sfiancava e moriva, dovendo pagare i tributi al padrone, comunque fosse andato il raccolto. Aveva dieci anni quando in paese arrivarono due giovani che venivano dal Nord. Giulio, un piemontese, e Marisa, una toscana.

« Dissero: 'Qui non c'è scuola, né ambulatorio medico. Noi vi aiuteremo'. Immagina la nostra diffidenza », raccontò Benedetto. E proseguì: « Erano ricchi e istruiti. Quando mai i ricchi si erano occupati di noi? Nella stalla di mio padre improvvisarono una scuola che era anche ambulatorio medico. Lei ci vaccinò, ci insegnò a lavarci e a lavare tutto quello che mangiavamo. Marisa e Giulio ci raccontarono la vita delle grandi città e i fermenti che le percorrevano. Ci parlavano di democrazia e di socialismo. Ci spiegarono che eravamo ancora sprofondati nel Medio Evo, noi che neppure sapevamo che cosa fosse. Dal paese vicino arrivò il parroco a maltrattare loro, che seminavano zizzania, e noi, che stavamo a sentirli. Perché li ascoltavamo con lo stesso desiderio di chi ha sete e gli viene finalmente offerta l'acqua. Tutti, vecchi, donne, bambini, imparavamo a leggere e a scrivere. Loro ci davano i quaderni e le matite che bagnavamo con la lingua. Quante lingue nere di lapis copiativo e inchiostro e quanta fatica per noi che tornavamo esausti dai campi e ci riunivamo nella stalla a studiare! Giulio e Marisa aprivano le nostre menti. Cominciammo a renderci conto di essere dimenticati da tutti i governi, da secoli. Un inverno di dieci anni fa decisi di andare a Napoli. Avevo bisogno di misurarmi con il mondo, quello vero, dove nascono le idee, dove puoi fare il confronto tra chi ha in mano il potere e chi lo subisce. Teresella, mi ascolti?»

Camminavano sulla spiaggia, a piedi nudi, mano nella mano.

«Certo che ti ascolto», lo rassicurò.

«Ma mi capisci?»

«Non sempre. Però mi interessa molto quello che mi stai raccontando», dichiarò con serietà.

D'impulso, Benedetto le sorrise, l'abbracciò e la baciò con trasporto.

«Ti sto assordando con le mie chiacchiere, anche perché non trovo le parole per dirti che ti voglio bene», si scusò lui.

«Lo hai detto», osservò lei.

«Mi sembra che per una dichiarazione come questa occorrano altre parole.»

«Per esempio?» lo stuzzicò.

«Per esempio vorrei dirti che, quando ti vedo, mi sento in petto uno sciame di farfalle che volano leggere», disse lui, con fare scherzoso.

Teresa invece lo guardò sgranando gli occhi per lo stupore.

«Come sei intelligente, Benedetto. Ma sei proprio sicuro di voler bene a una scema come me?»

«Tu hai una mente pronta e un cuore luminoso. E dispettoso», insinuò.

« Come il tuo. Mi piace tanto quando mi fai i dispetti », disse. Poi in un sussurrò proseguì: « E quando mi baci ».

« Hai mai fatto all'amore? » le domandò.

Teresa pensò ai due figli di Rosalia che l'avevano violentata. Era una storia che non voleva raccontare. Così scosse il capo.

« E tu? » s'incuriosì.

« Durante la leva, in una città del Nord, sono andato in una di quelle case. Tutti i soldati ci andavano. Non è stato divertente, anche perché lei puzzava di cipolla e aveva gli occhi tinti di nero. Ho avuto schifo e paura. Tu non puoi capire », affermò lui.

« Invece posso. Mi è successa la stessa cosa », finì per ammettere e ricordò lo schifo e la paura. E gli raccontò tutto.

« Vuoi venire nella mia reggia? » propose Benedetto, circondandole le spalle in un gesto protettivo.

La condusse ai piedi di Castel dell'Ovo, dove, di fronte al mare, si allineavano le case dei pescatori. Cani randagi e gatti scheletriti si aggiravano tra i bambini abbronzati dal sole, che giocavano facendo un gran chiasso. Le case, su due piani, erano scrostate dalla salsedine. In una di queste, Benedetto occupava una stanza che divideva con un compagno.

Era una camera quadrata, con una finestra che si apriva sul mare. C'erano due letti, un catino e una brocca d'acqua, una cassapanca, un cassettone e un tavolo ingombro di libri e di giornali. Il pavimento era di cemento, il soffitto a travi. Teresa varcò la soglia di quella stanza con passo esitante e il suo primo pensiero fu che ci sarebbe voluta la mano di una donna per creare una parvenza di ordine e di pulizia. La intenerì un barattolo di latta, sul davanzale della finestra, che conteneva alcuni ciuffetti di petunie.

« Così, questa è la tua reggia », commentò, avvicinandosi alla finestra. Il mare accarezzava la spiaggia. Due barche si allontanavano dalla riva e, più lontano, la sirena di una nave lacerava l'aria.

« L'hai detto. Io sono un re. Del resto, ogni reggia ha il re che si merita. Qui non ci sono arazzi, stucchi o affreschi. Non c'è neanche da mangiare. Ma ci sono i miei sogni, le speranze, la voglia di vivere e di vincere, il piacere di leggere, discutere con i compagni e abbracciare Teresa. È una reggia piena di cose che non puoi comprare, perché non sono in vendita», dichiarò, attirandola con dolcezza vicino a sé. Slegò il nodo del fazzoletto di cotone che Teresa portava al collo e le accarezzò la nuca con mano lieve.

Si muovevano intimiditi e impacciati. Li guidò la determinazione di conoscersi intimamente e il desiderio reciproco dettò i loro gesti conducendoli lungo un percorso di gioiose scoperte che sfociò in un piacere infinito. Poi si addormentarono stremati.

Il sole si spense. Nel cielo brillò la prima stella. L'uscio della stanza si spalancò. Benedetto e Teresa si drizzarono a sedere sul letto. C'era un uomo, sulla soglia. Reggeva un pacco piuttosto voluminoso. D'istinto, Benedetto si protese in avanti per nascondere Teresa.

«Nessuno ti ha insegnato a bussare?» sbottò rivolgendosi al visitatore.

«Come facevo a sapere che eri in casa? Il tuo turno è cominciato da un'ora», replicò l'altro, mentre posava il pacco sul tavolo.

«Porca miseria! Mi sono addormentato», imprecò Benedetto, mettendo i piedi fuori dal letto.

«Posso sapere che cosa sta succedendo?» intervenne Teresa, con tono autorevole.

Benedetto valutò la comicità della situazione e scoppiò a ridere. Il nuovo venuto e Teresa lo imitarono.

«Mi presenterò al lavoro con due ore di ritardo, pagherò la multa, riceverò un'ammonizione e, al prossimo sgarro, verrò licenziato», rispose, scosso dalle risa, e proseguì: «Teresa, questo è Pietro, il mio compagno di stanza. E adesso che abbiamo fatto le presentazioni, girati dall'altra parte, perché la mia fidanzata si deve rivestire», concluse.

Teresa benedisse l'oscurità appena sfumata della luna d'aprile che impedì a Benedetto di vederla arrossire. Era stata definita «fidanzata». Quelle parole erano una promessa, un'investitura ufficiale. Le conferivano un ruolo, il primo della sua vita.

Benedetto l'aiutò a rivestirsi. Poi, posò le labbra sulle sue e le sussurrò: «Ti voglio tanto bene».

«Adesso puoi accendere il lume», disse a voce alta, rivolgendosi a Pietro.

«No», implorò Teresa. «Non per questa volta.» Era troppo imbarazzata per conoscere l'uomo che l'aveva sorpresa a letto con il suo innamorato.

«Vi conoscerete la prossima volta», decise Benedetto, calcandosi in testa il berretto.

«Guarda che sul tavolo ho messo i volantini che ho appena ritirato dal tipografo. Devi distribuirli alla fine del turno», l'ammonì Pietro. Il ragazzo prese il pacco e guidò Teresa fuori dalla stanza. Scesero nel vicolo mentre le campane della chiesa battevano nove rintocchi.

«Ti accompagno a casa», decise, prendendola sottobraccio.

«Ma sei già in ritardo. Conosco la strada meglio di te», protestò lei.

«Da questa notte, non te ne andrai più in giro da sola», dichiarò.

«Che cosa vuol dire che devi distribuire i volantini alla fine del turno?» s'incuriosì, mentre risalivano il vicolo.

«È per lo sciopero della prossima settimana. Finalmente Giolitti si è dimesso. Ora vogliamo Salandra, ma alle nostre condizioni, e dobbiamo insistere su alcuni punti in vista del congresso socialista di Ancona», spiegò succintamente.

«Ma tu, non potresti lavorare e basta? Perché vai sempre a metterti tra le gambe del diavolo?» osservò Teresa, che non capiva nulla di politica, ma temeva che Benedetto si mettesse nei guai.

«Certo che le tue sono più belle», disse lui. E commentò: «È una battuta stupida. Però neanche tanto. Hai gambe bellissime, Teresa. Mi ero dimenticato di dirtelo ».

La lasciò sul retro del palazzo Castiglia, davanti alla porta di servizio. Videro Sofia che li stava guardando da una finestra della lavanderia. Sembrava un cane da guardia in agguato.

« Io, questa ragazza, la sposo », disse Benedetto ad alta voce, rivolgendosi a Sofia.

Teresa entrò e chiuse l'uscio. Sapeva che non sarebbe passato un giorno e lo avrebbe rivisto.

« Hai fatto l'amore », l'aggredì Sofia, che era stata in ansia per lei tutto il giorno.

Teresa annuì.

« Lui mi sposa. Hai sentito? » precisò, in preda alla gioia.

« Le parole sono farfalle. Vanno e vengono. Intanto, se resti incinta, che cosa ne sarà di te? » l'ammonì.

Merano - Schloss Rundegg
marzo-giugno 1914

1

JOSEPHA scrisse una lunga lettera alla principessa Carolina per raccontarle, a cuore aperto, i sentimenti che la legavano a Lorenzo Valeschi. Tra l'altro confessò: « Ho riflettuto a lungo sull'opportunità di questa scelta, anche perché avevo giurato a me stessa che mai e poi mai mi sarei risposata e, tanto meno, con uno straniero. Evidentemente, l'Italia mi è entrata nel sangue. Negli ultimi tre anni ho avvertito il peso della solitudine e i miei propositi sono stati travolti dalla carica vitale di Lorenzo per il quale, lo so bene, lei nutre simpatia e stima. Avrei deciso di accettare la sua domanda di matrimonio e vorrei sapere che cosa ne pensa in proposito. Consideri, cara *maman*, che da tre anni Lorenzo e io ci vediamo raramente ma, ogni volta, è una festa per i nostri cuori. Inoltre, ormai ho vent'anni e desidero avere un marito e dei figli, se Dio vorrà. Ma consideri anche il fatto che, sposandomi, perderò il cognome dei Castiglia per assumere quello dei Valeschi. In questo senso, la sua approvazione sarebbe molto importante per me. Aspetto con ansia la sua risposta e sappia che sarò sempre la sua devota Joséphine ».

Questo piccolo capolavoro di diplomazia le era costato una lunga riflessione, poiché conteneva alcuni messaggi molto precisi. Intanto Josepha ribadiva che era stata proprio Carolina a mettere Lorenzo sulla sua strada, poi sottolineava il bisogno di avere finalmente i figli che Enrico non le aveva dato, infine precisava che, almeno da parte sua, avrebbe voluto continuare i rapporti con i Castiglia, anche se ne perdeva il cognome. Il tutto era stato formulato con un'eleganza che la principessa avrebbe apprezzato.

Dopo due giorni, a Schloss Rundegg, squillò il telefono. Josepha si era decisa a farlo installare per permettere a Lorenzo di chiamarla quando non riusciva a strappare all'esercito licenze o permessi.

A Merano, le visite del bell'ufficiale italiano non passavano mai inosservate. Gli amici e i conoscenti, tuttavia, avevano il buon gusto di non fare commenti. Continuavano a chiamarla « la nostra piccola signora », anche perché Josepha stava alle regole e riusciva sempre a salvare le apparenze. Ufficialmente, Lorenzo Valeschi era un ospite, come tanti altri che si avvicendavano al castello. Il fatto che fosse italiano non disturbava più di tanto, essendo l'Austria e l'Italia nazioni amiche, legate da un patto di alleanza. Era stato invece il giovane ufficiale degli Standschützen, Heinrich von Wedel, a reagire con violenza di fronte all'assiduità di Lorenzo.

Informato da alcuni compagni d'armi, era sceso dalla Carinzia e aveva affrontato Josepha nel momento in cui prendeva il tè, nel giardino del castello, con le signore della comunità ebraica.

Lei aveva liquidato velocemente, profondendosi in scuse, le sue ospiti e poi lo aveva guardato con severità.

« Barone, sono queste le buone maniere che vi insegnano nel vostro battaglione? » aveva detto dandogli scherzosamente del voi.

« Le buone maniere non servono quando è in gioco l'onore », aveva risposto il giovane.

« Il vostro onore, barone? »

« Il vostro, signora. »

Josepha aveva trattenuto un sorriso. Quel ragazzo irruento e innamorato la inteneriva. In coscienza sapeva di non avere mai fatto nulla per incoraggiare i suoi sentimenti, ma sapeva pure che i von Wedel consideravano benevolmente la passione del giovane Heini per lei.

Decise quindi, di chiarire la situazione.

« Caro Heini, ti posso assicurare che le voci su una mia *liaison* con l'ufficiale italiano sono assolutamente frutto della fantasia dei tuoi informatori. Ma... »

Non l'aveva lasciata finire.

« Dici sul serio, Josepha? Allora posso continuare a sperare? »

« Ma non è escluso che un giorno io possa risposarmi. »

« Con me. Sarà con me, vero? »

« No. Ti considero un buon amico. Questo non basta per sposare un uomo. Non sono innamorata di te. Lo hai sempre saputo. Da uomo onesto, quale sei, devi ammettere che non ti ho mai illuso. »

Era la verità e Heini non poté contraddirla.

« Con il tempo, magari potresti cambiare idea », tentò ancora, prendendo tra le sue la mano della giovane e baciandola con devozione.

Con astuzia tutta femminile, Josepha giocò un'altra carta per liberarsi di lui.

« Guardami bene, Heini. Io sono una vedova. Tu hai bisogno di una fanciulla che ti ami, che sia docile e penda dalle tue labbra. Io non ho neppure un buon carattere. Questo lo sai. Insomma, meriti qualcosa di meglio. Questa è la mia opinione sincera. Quindi, non voglio più averti tra i piedi fino al giorno in cui mi presenterai la tua fidanzata. E non ci vorrà molto tempo. »

Finalmente lo aveva liquidato. E, per evitare nuovi pettegolezzi e il pericolo di un ritorno di fiamma da parte del giovane amico, aveva deciso che fosse ormai il tempo di sposare Lorenzo.

Dunque, due giorni dopo aver inviato la lettera a sua suocera, squillò il telefono. Lei corse a rispondere, pensando a Lorenzo. Era la principessa Carolina.

« Sei proprio una montanara cocciuta », esordì la donna, con il tono burbero che ormai non la spaventava più. « Credevo che avessi rinunciato a dire sì a quel povero ragazzo che langue d'amore. Non potrei mai negarti la mia benedizione. Sono sicura che tu e Lorenzo siate fatti l'una per l'altro. »

« Grazie, *maman*. Grazie di cuore », sussurrò Josepha, emozionata e riconoscente.

« Aspetta a ringraziarmi. Ti pongo una condizione. Dovrai tornare a Napoli, in autunno. Ti voglio qui, per qualche mese. Non ti vedo da tre anni e tu sai che sono troppo vecchia e stanca per raggiungerti », si lamentò.

« Verrò volentieri. Anch'io ho tanta voglia di riabbracciarla », replicò con sincerità.

« Chiedimi ancora se voglio sposarti », disse più tardi, quando Lorenzo le telefonò.

« Vuoi sposarmi? » ripeté lui.

« La mia risposta è sì. Subito », dichiarò. E poiché ci fu un lungo silenzio dopo la sua affermazione, soggiunse: « A meno che tu non abbia qualche obiezione. Tutto sommato, finora siamo stati bene anche senza matrimonio. Insomma... voglio dire... ignora questa domanda stupida e riprendiamo da dove eravamo rimasti ».

« Smettila, Giuseppina », sbottò lui. La chiamava così ogni volta che si spazientiva.

« D'accordo, taccio. »

« Sarà meglio. Mi avevi appena dato una risposta sensata e ti sei affrettata a rimangiartela. Ero senza fiato. Non riuscivo a credere che ti fossi finalmente decisa, amore mio. Vengo a prenderti. Dobbiamo andare a Milano. I miei vogliono conoscerti da un pezzo e adesso sarai costretta a passare l'esame. »

« È quello che temo », mormorò lei.

Lorenzo arrivò quattro giorni dopo a bordo di una Graf Stift color argento.

Questa volta, Petra e Klara affrontarono insieme Josepha.

« Così te ne vai un'altra volta », disse la prima.

« Di nuovo con un italiano », ribadì l'altra.

« Vi prego, lasciate che sia felice », le supplicò lei.

Petra pianse e Klara s'infuriò.

« Non credere che non sapessimo che lo accoglievi nel tuo letto. Speravamo che questa storia finisse. Invece adesso vuoi sposarlo. Io sono troppo vecchia per restare qui a fare la guardiana del tuo castello. Torno al mio paese. I miei parenti hanno ancora bisogno di me », decise. I fratelli e i nipoti di Klara vivevano in un maso a Naturno. Ogni tanto venivano a trovarla. Qualche volta lei andava da loro. Tuttavia era sempre vissuta lì, al castello. Aveva servito i genitori di Josepha. L'aveva vista crescere.

« E tu, Petra? Vuoi lasciarmi anche tu? » domandò Josepha inasprita.

« Sei tu che ci lasci », si lamentò la fedele domestica, tra un singhiozzo e l'altro. Le due povere donne soffrivano di solitudine ed erano spaventate al pensiero che lei si allontanasse per sempre.

Le abbracciò e si commosse con loro. « Tornerò presto. È una promessa. E non vi lascerò neppure quando sarò sposata. Amo quanto voi questa città, questa casa, queste montagne. Forse avrò dei figli e voglio che siate voi a crescerli, come avete fatto con me. »

Partì per Milano. Non ci era mai stata e la confortò constatare che non era caotica come Napoli.

Era la fine di maggio. Il clima mite, il cielo sereno, le strade pulite, i fiori sui balconi e sui davanzali delle finestre, le facciate austere dei palazzi, l'eleganza sobria delle persone le rendevano meno estranea questa nuova realtà.

I Valeschi abitavano in un palazzo ottocentesco di tre piani, con un grande giardino. I genitori di Lorenzo avevano altri sei figli, oltre lui. Tre femmine, maggiori di Lorenzo, erano già sposate. Mentre due maschi e Liliana, l'ultimogenita, vivevano ancora in famiglia. Nella stessa casa stavano anche due zii, fratelli del padre Valeschi, e zia Clara, sorella della madre.

Inoltre c'erano dieci domestici con varie mansioni e un giardiniere che era anche *chauffeur*. Tra ospiti fissi e amici di passaggio, il palazzo era gremito di gente. In mezzo a tutti loro arrivò Josepha, accolta subito con benevolenza.

I Valeschi conoscevano la sua storia perché la principessa Carolina e Lorenzo avevano parlato a lungo di lei.

« Sei esattamente come avevamo immaginato », disse Vezia, la futura suocera, con aria compiaciuta.

« Una crucca di tutto rispetto », soggiunse il padre di Lorenzo. Il termine « crucco », per i lombardi non voleva essere dispregiativo, ma si riferiva a un'etnia che andava dal Tirolo al Mare del Nord, e comprendeva tutti i popoli di lingua tedesca, fossero prussiani, bavaresi, austriaci o tirolesi. Luigi Valeschi era un uomo semplice. Ignorava volentieri il suo titolo di conte Colonna, era ancorato a solidi princìpi di stampo ottocentesco e gli piaceva la buona cucina. Le sorelle di Lorenzo travolsero Josepha con mille attenzioni e tanta curiosità per i suoi vestiti, gli accessori, i gioielli. Quando sedettero a tavola erano in venti e c'erano tre camerieri a servirli. Un pranzo ricchissimo, con fagianella affumicata per antipasto, risotto giallo con gli *oss büss* come prima portata, carré di maiale con mele al forno e riso pilaf come secondo, trota di lago con maionese e patate lesse come piatto di mezzo, seguito da *crudités* con acciughe sminuzzate e uova sode e, per finire, un dolce al cucchiaio a base di caffè e mascarpone. Il pranzo durò due ore. Si intrecciarono chiacchiere vivaci e commenti su storie attuali e passate.

« Mi dica, principessa, quanti anni ha il suo Cecco Beppe? » s'informò il padre Valeschi.

Josepha sorrise. Sapeva bene che gli italiani chiamavano così l'imperatore d'Austria.

« Ottantaquattro, che Dio lo conservi », rispose lei.

Cresciuta nel culto degli Asburgo, non riusciva a capire perché gli italiani non nutrissero un sentimento analogo verso i Savoia, a cui dovevano, sia pure soltanto in parte, il merito dell'unità nazionale.

« Quando le truppe austriache furono definitivamente cacciate dalla Lombardia, sa che cosa disse il suo imperatore? 'Mi sono liberato di una seccatura. Questi lombardi non sono mai stati sudditi facilmente governabili.' Ma questo accadeva più di cinquant'anni fa, quando io ero ancora un bambino e della dominazione austriaca non ho ricordi », spiegò con l'aria di divertirsi molto.

« L'imperatore ha avuto una vita difficile con i lombardi. Ora immagino che abbia gli stessi problemi con gli slavi. Nemmeno loro sono facilmente governabili », replicò lei.

« I Balcani sono una fucina di lotte intestine da sempre. La Bosnia-Erzegovina è un Paese complesso. Una brutta gatta da pelare per l'Austria », osservò Lorenzo.

« Abbandoniamo la politica e veniamo a cose più serie », intervenne la signora Valeschi, « ho qualche progetto da sottoporre a Josepha per i prossimi giorni. »

Venne coinvolta in un turbine di mondanità: l'opera, il teatro, il cinematografo, i ricevimenti, le gite sui laghi, le corse dei cavalli, le visite ai musei. Raramente riusciva a stare da sola con Lorenzo. Meno che mai di notte, perché divideva la camera con Liliana.

« Senti, ti riporto a Merano », decise Lorenzo, dopo una settimana. E soggiunse: « Qui non c'è verso di stare insieme ».

« Ho promesso che sarei andata in campagna con le tue sorelle », osservò lei.

« Chi preferisci? Me o loro? »

« Mi stai ricattando? »

Erano miracolosamente soli, in uno studiolo al piano terreno del palazzo, davanti alla portafinestra che dava sul giardino da cui veniva il profumo delle rose bianche e di quelle muschiate in piena fioritura.

« Voglio soltanto fare l'amore con te. Qui non è assolutamente possibile. Mia madre ha in mente una festa di fidanzamento in piena regola per la fine di giugno e tu sai bene che cosa implica tutto questo », spiegò Lorenzo.

Lo sapeva e non le piaceva.

« Sei tu l'uomo. Sta a te decidere », dichiarò. Quindi soggiunse: « Comunque sappi che prima ci sposiamo e meglio sarà. Sono incinta ».

2

«E TU, Josepha Sidonia Paravicini von Riccabona accetti di sposare il qui presente Lorenzo Filippo Maria Valeschi conte Colonna? »

Josepha rispose con un « sì » limpido che la navata della piccola chiesa di San Giorgio, a Maia Alta, amplificò.

Testimone della sposa era il borgomastro della città. Il principe Vittorio Alliata era stato imposto da Carolina come testimone per Lorenzo. In questo modo, la principessa Castiglia aveva voluto sottolineare una continuità con la vedova di suo figlio. Josepha indossava un *Dirndl* in broccato di lino azzurro e argento. Era al termine del secondo mese di gravidanza e poteva ancora permettersi di stringere i lacci del corsetto per dare risalto all'armonia della figura. All'anulare portava un anello *contrarié* formato da due perle, una bianca e una grigia, montate su un pavé di brillanti. Era il dono di Lorenzo. L'anello apparteneva ai Valeschi da oltre un secolo.

Lei aveva ricambiato il regalo con un puledro dal mantello baio e dal pedigree illustre. Glielo aveva fatto trovare nella scuderia della villa che i Valeschi possedevano a Cernusco sul Naviglio, dov'erano andati per un paio di giorni, prima che Josepha tornasse a Merano. Lorenzo era riuscito a convincere la famiglia a evitare clamori intorno alla fidanzata.

« Ha già avuto un matrimonio in pompa magna. Quello che entrambi vogliamo è soltanto una cerimonia semplice, con i parenti più stretti. Credete che sia tanto grave rinunciare ai festeggiamenti? »

Vezia e Luigi Valeschi avevano abbastanza senso pratico per accettare la situazione. Al matrimonio, c'erano loro due soli in rappresentanza di tutta la famiglia, così come da Napoli erano arrivati unicamente il principe Vittorio Alliata con la moglie Marianna.

Ora, il « sì » pronunciato dalla sposa fu l'espressione di un convincimento profondo, maturato negli anni e cementato da una reciproca attrazione che non conosceva momenti di stanchezza.

Era il 28 giugno 1914. La chiesa era addobbata di fiori e sul sagrato, tra le aiuole di gerani e nasturzi, sostava la gente del posto, incuriosita dalle automobili parcheggiate sulla strada. Una bambina aveva raccontato che nella chiesa si stava svolgendo una funzione.

« Mi sembra che la piccola signora di Rundegg si stia sposando con un italiano », aveva riferito la bimba alla madre, che l'aveva mandata in avanscoperta. « Padre Klaus sta officiando in italiano », aveva spiegato.

« Ancora un italiano. Ecco perché hanno fatto tutto in gran segreto », era stato il commento della madre all'amica che si era fermata con lei davanti alla chiesa, attratta dal suono dell'organo in quell'ora insolita di un giorno feriale.

« Se ha deciso così, avrà le sue ragioni », commentò la donna. Quando gli sposi e i testimoni uscirono dalla chiesa, sul sagrato si era formata una piccola folla di donne, massaie e contadine, che volevano vedere la sposa.

Erano volti noti a Josepha che, al braccio di Lorenzo, sorrise e salutò tutti. Alcuni bambini si fecero avanti porgendole mazzetti di fiori di campo appena colti. Josepha li ringraziò e si chinò a baciarli uno dopo l'altro. Alle sue spalle, il borgomastro, il principe Alliata con la moglie, i suoceri e padre Klaus assaporavano quel momento di gioia e si preparavano a tornare al castello dov'era stato allestito un semplice ricevimento. Il vecchio Toni aveva inforcato la bicicletta per correre a casa ad annunciare l'arrivo degli sposi. In quel momento si fece avanti, ansante e rosso in viso, il direttore dell'Ufficio Postale. Guardò il sindaco, ma era chiaro che ciò che stava per dire era diretto a tutti.

« L'arciduca Francesco Ferdinando è stato assassinato a Sarajevo. »

In quella dolce sera di giugno, accarezzata da una tiepida aria primaverile, si spensero i sorrisi e si fece silenzio. Lorenzo rafforzò la presa intorno al braccio di sua moglie. Gli uomini si levarono i cappelli, le donne si fecero un segno di croce.

« Anche l'arciduchessa Sofia è morta sotto i colpi di pistola del serbo Gavrilo Princip », proseguì l'addetto al telegrafo. E concluse, trattenendo un singhiozzo: « Gli irredentisti slavi hanno privato il nostro imperatore di un erede ».

Da tempo, in Austria come in Italia, si era diffuso un clima di tensione preoccupante dopo anni di relativa serenità. In Italia, con la nascita delle prime grandi industrie, i lavoratori si organizzavano per far sentire la loro voce. Il partito socialista e il movimento cattolico raccoglievano le loro proteste e le sostenevano.

Il governo era riuscito a ridare al Paese una parvenza di equilibrio approvando una serie di riforme in senso liberale. Aveva spento gli incendi, ma non le braci.

In Austria, la situazione non era migliore. Da tempo gli Asburgo dovevano fronteggiare i movimenti operai che coglievano impreparata una vecchia aristocrazia, incapace di tenere il passo con una società in evoluzione.

« Hanno colpito al cuore il nostro imperatore », sussurrò Josepha.

« Torniamo a casa », decise suo marito, circondandole le spalle con aria protettiva.

Le automobili si avviarono verso il castello. «Quale altra catastrofe si abbatterà su di noi?» chiese Josepha, angosciata.

«Calmati, Josephine», ordinò il principe Alliata che era sulla loro automobile. «Non sarà una sera di gioia, ma non devi trasformare in un banchetto funebre la tua festa di nozze.»

«Tu sei italiano. Non puoi capire», protestò lei. E soggiunse: «So bene che il nostro non è il migliore dei governi possibili. Ma so che ad armare la mano di questo serbo è un'organizzazione di fanatici. Oggi hanno colpito noi, domani potrebbero colpire voi e l'intera Europa».

«Adesso calmati, amore mio», la esortò Lorenzo, pur sapendo che l'assassinio di Sarajevo era una provocazione gravissima anche per l'Italia che, con l'Austria, aveva stretto un patto d'alleanza.

Fu un ricevimento tranquillo. Gli uomini ragionarono tra loro sulle conseguenze dell'attentato.

«Credo che mi revocheranno la licenza», disse Lorenzo.

«Il telegrafo e il telefono sono fra le peggiori calamità dei nostri tempi. Le notizie volano e non ci si salva più», commentò il principe Alliata.

Le donne, riunite nella *gute-Stube*, parlavano fra loro. «Il governo darà un nuovo giro di vite. I primi a farne le spese saranno gli operai», deplorò Josepha.

«Francamente non ti capisco», intervenne Marianna Alliata. «Piangi per l'imperatore e sposi le cause dei rivoltosi.»

Più d'una volta, nel corso degli ultimi anni, Josepha aveva chiesto ai Castiglia di accogliere a Napoli alcune famiglie di muratori, con mogli e figli a carico, licenziati dai padroni perché avevano promosso mozioni per la giornata lavorativa di otto ore, o per l'assistenza medica obbligatoria. I Castiglia avevano sempre assecondato le sue richieste per farle piacere.

«La casa regnante non ha nulla da spartire con l'ottusità dei nostri politici. Se anche noi fossimo nati poveri, se avessimo dovuto lottare per sopravvivere, non credi che avremmo cercato in tutti i modi di godere dei diritti più elementari? » dichiarò.

« Ma certo, cara. Tu fai benissimo ad adoperarti per i bisognosi. Tutti noi lo facciamo. Ma lasciamo agli uomini le questioni politiche », intervenne la suocera.

Più tardi, quando Josepha e Lorenzo si ritrovarono soli nella camera da letto, si guardarono a lungo negli occhi, incapaci di esprimere i pensieri che li turbavano.

« Tornerai a Napoli molto presto », ragionò lei.

« Non mi hanno ancora convocato », disse lui.

« Potrebbero farlo anche questa notte », osservò la moglie.

« Non sono così importante. Il potere è molto lontano dalla mia caserma. »

« Arriverà un fonogramma. Me lo sento », profetizzò Josepha.

« È la nostra prima notte di nozze. Avrei voluto che fosse speciale », replicò Lorenzo, accarezzando il grembo di sua moglie. E soggiunse: « Come sta il nostro bambino? »

« Lui non sa nulla. Dunque sta bene », lo rassicurò.

« Se dovrò partire, verrai con me », disse Lorenzo.

« Preferirei che ci rifugiassimo in una malga sperduta dove nessuno ci troverebbe. Dimmi che è una buona idea. »

« Calmati, tesoro. La Serbia farà ammenda del gesto di un folle e tutto tornerà come prima. Gli Asburgo troveranno un altro erede al trono. »

« Tu credi? » sussurrò lei, aggrappandosi a questa speranza.

« Lo spero. »

« Lorenzo, dimmi una cosa. Continuerai a stare nell'esercito? » gli domandò a bruciapelo.

« Che cosa c'entra l'esercito? » replicò disorientato.

« Non lo so, ma qualcosa c'entra, visto che te lo sto chiedendo. »

Erano seduti sul canapè, ai piedi del letto. Le finestre, spalancate sulla notte, lasciavano entrare nella camera refoli d'aria tiepida.

Lorenzo si alzò, prese una sigaretta, l'accese, si avvicinò alla finestra e tirò una lunga boccata di fumo.

« È la nostra prima notte di nozze. Dovremmo parlare d'amore », ripeté e nella sua voce c'era una nota di rimprovero.

« Una moglie ha il diritto di conoscere i progetti del marito. »

« Ma di quali progetti parli? » disse seccato, girandosi a guardarla.

« Non arrabbiarti », reagì lei.

« D'accordo. Ti chiedo scusa. » Lorenzo spense la sigaretta e le tornò vicino. « Il fatto è che, all'improvviso, mi sembra di non conoscerti più. Eravamo sul sagrato della chiesa, io ero l'uomo più felice del mondo. Poi arriva la notizia dell'assassinio di Francesco Ferdinando e tutto cambia. Io cerco di confortarti e tu mi guardi con ostilità, quasi te lo avessi ammazzato io il tuo erede al trono. Poi te ne esci con un interrogativo senza senso. Così, di punto in bianco, vuoi sapere se continuerò a fare il soldato. Ma che senso ha? Io sono un militare. Mi hai conosciuto in divisa. L'argomento non è mai stato messo in discussione. Aspetti la notte delle nozze per reclamare il tuo diritto a indagare sulle mie intenzioni. Mi consenti di essere un po' disorientato? »

« Non c'è motivo di irritarsi », s'inalberò Josepha.

« Davvero? Ho come l'impressione che qualcosa sia cambiato tra noi, e non so perché. »

« Ma qualcosa è cambiato davvero. Io sono in ansia per la mia gente, per la mia terra, per i nostri nemici », balbettò lei.

« Giuseppina, per carità, non dire sciocchezze. Io sono la tua gente e la tua terra. Io non ho nemici, dunque tu non ne hai. Tu non sei l'Austria. Sei soltanto mia moglie. O no? »

« Sei molto riduttivo. Questa notte non mi diverti. »

« Neanche tu mi stai divertendo », replicò Lorenzo. Spalancò la porta della camera e uscì. Prima di richiuderla disse: « Vado a dormire nella *Stube*. Domattina tornerò a Napoli. Mentre rifletti sui tuoi diritti di moglie, rifletti anche su quello che vuoi fare.

Puoi scegliere di venire con me. Ma puoi anche decidere di stare tra la tua gente, nella tua terra, alle prese con i tuoi nemici ».

Era una lite in piena regola. Il loro primo diverbio dopo anni di intesa perfetta. E, a provocarlo, era stata lei. Era furibonda con se stessa. Sentì i passi del marito sull'impiantito di legno del vestibolo. Spalancò la porta della camera. Lui stava scendendo le scale.

« A nostro figlio, non ci pensi? » urlò Josepha, decisa a non lasciarsi sopraffare.

« Stai facendo tutto da sola. E lo stai facendo male », replicò lui, prima di sbattere con violenza l'uscio della *Stube*.

Dalla loro stanza, Petra e Klara avevano sentito i toni alti della discussione e gli usci che sbattevano.

« Che cosa le avevamo detto? Lei non ci ha mai volute ascoltare. Sempre con questi italiani », deplorò Petra.

« Povera ragazza », la commiserò Klara. « Se non altro, ci siamo noi a vegliare su di lei. »

Napoli - Palazzo Castiglia
luglio 1914

1

NEL giardino di palazzo Castiglia, i nipoti Alliata con i loro cugini giocavano alla guerra.

Sotto l'ombra di un gazebo rivestito di una rigogliosa passiflora dai fiori violetti, Josepha cuciva con minuscoli punti un merletto di pizzo intorno all'orlo di una camiciola. Era per il suo bambino che sarebbe nato, secondo i suoi calcoli, alla fine di dicembre.

Era la fine del mese. Tra qualche giorno tutta la famiglia si sarebbe trasferita a Capri. Josepha, che era ospite dei Castiglia con il marito da alcune settimane, sarebbe rimasta a Napoli e sarebbe andata a vivere nell'appartamento che Lorenzo aveva affittato a Posillipo. Le ex cognate, Marianna e Virginia, si erano prodigate per aiutare gli sposi ad arredarlo. L'appartamento era quasi pronto.

L'isolamento dorato tra le mura di palazzo Castiglia le era di conforto soprattutto a causa dei frequenti spostamenti del marito che faceva la spola tra Napoli e Roma.

Il litigio, subito dopo il matrimonio, si era concluso con un'appassionata riappacificazione nel corso della stessa notte.

Josepha aveva recitato l'atto di contrizione, confessando il timore di una guerra e la paura di vedervi coinvolto il marito, poiché Austria, Germania e Italia erano legate da un patto di alleanza. Avrebbe preferito che Lorenzo lasciasse l'esercito e si trasferisse a Milano per lavorare con il padre.

« So fare soltanto il soldato », aveva detto lui. « Non sono un uomo d'affari e non potrei diventarlo, anche se volessi compiacerti. Ti sembra una prospettiva così terribile? »

« Spero che non scoppi una guerra », aveva bisbigliato lei, abbracciandolo.

« Spero che scoppino altri litigi, se questo è il prezzo della riconciliazione », aveva scherzato lui, coprendola di baci.

Dopo qualche giorno, erano partiti per Napoli e avevano accettato l'ospitalità della principessa Carolina.

L'Austria aveva dichiarato guerra alla Serbia il 28 luglio. Il 1° agosto, era entrata in guerra la Germania contro la Russia. L'Italia, per il momento, si manteneva neutrale.

Quando i Castiglia, gli Alliata e i Valeschi si riunivano per la cena, la guerra era l'argomento inevitabile. Ognuno diceva la sua. Tutti chiedevano lumi a Lorenzo che frequentava gli alti gradi dell'esercito e ne conosceva gli umori.

« È tutta colpa del Kaiser. È un fanatico, un uomo assetato di potere. È riuscito a inimicarsi Russia e Gran Bretagna e a tirare dalla sua il vecchio Francesco Giuseppe », aveva spiegato, riferendo sostanzialmente un'opinione comune a molti.

In quella mattina d'agosto, mentre suo marito era a Roma e i nipotini giocavano sereni, lei ripensava alle notizie riportate dalla stampa e, per quanto si sforzasse di guardare al futuro con ottimismo, non trovava appigli rassicuranti.

I giornali parlavano di grandi dispiegamenti di forze. La Germania aveva armato cinque milioni di soldati, quattro milioni erano i combattenti francesi e così via. Quella che, un mese prima, era sembrata una piccola schermaglia sul confine serbo, era diventata una guerra che stava coinvolgendo tutta l'Europa.

« Giusto te, cercavo », esordì Marianna con voce affannata. « Ho tentato di chiamarti al telefono, ma Teresella mi ha detto che non eri in casa. »

La cognata stava salendo i gradini del gazebo e si abbandonò su una poltroncina di vimini, agitando nervosamente il ventaglio.

Indossava un abito di lino bianco leggerissimo, stretto in vita da una fascia di seta blu. Le guance erano arrossate dal caldo, dal belletto e dall'affanno. Subito si diffuse l'aroma lieve del suo profumo.

« Teresella ha eseguito i miei ordini. Le ho raccomandato di non disturbarmi », replicò Josepha in difesa della ragazzina che prestava servizio in casa Castiglia.

« Spero di non essere tra le persone cui ti volevi negare, dal momento che non sto più nella pelle se non ti racconto tutto », disse Marianna.

Josepha sorrise e ripose la camiciola nel cestino da lavoro.

« Volevo difendermi dall'invadenza del principe Dentice. Mi manda fiori, biglietti e telefona in continuazione », si giustificò. Lo aveva conosciuto a una cena in casa Alliata. Era un giovane alto, bruno, dal viso un po' cavallino, i modi aristocratici e l'eloquio irrefrenabile. Le aveva subito confidato l'amarezza per la sua ultima disavventura sentimentale raccontandole con voce accorata la fine di un amore che aveva creduto eterno. I suoi grandi occhi azzurri si erano riempiti di lacrime. Josepha lo aveva ascoltato con pazienza, senza immaginare che il giovane intendesse corteggiarla. Appena se n'era resa conto, aveva deciso di chiudere ogni rapporto.

« Ma è proprio di lui che devo parlarti. È venuto a trovarmi stamattina prestissimo. Quel povero ragazzo muore dalla voglia di rivederti. Saresti così crudele da negargli un incontro? » domandò Marianna.

« Ma certo. Lui sa bene che sono felicemente sposata. »

« Questo non c'entra. Un tenero flirt non ha mai intaccato la felicità di un matrimonio », sentenziò l'altra con aria lieve.

« Marianna! Pensa se mio marito fosse qui a sentirti », protestò.

« I mariti! Per carità! Gli uomini sono tutti splendidi fino a quando sono amanti o fidanzati. Quando diventano mariti si trasformano e una povera donna si ritrova tra le lenzuola uno sconosciuto noioso, pieno di pretese, che vorrebbe da te quello che lui non sa più offrirti », deplorò la nobildonna.

Josepha si stava divertendo. Ormai conosceva da un pezzo la mentalità di Marianna e di tante altre giovani signore annoiate. Non si scandalizzava, ma non voleva neppure assomigliare a loro.

« So di darti una delusione, ma devo dirti con franchezza che Lorenzo non è uno sconosciuto noioso tra le mie lenzuola. Il matrimonio non ha cambiato il nostro rapporto. Io ho occhi solamente per Lorenzo e i miei pensieri sono per lui e per il nostro bambino. Il tuo giovane amico in cerca di consolazione dovrà trovare un'altra spalla su cui piangere. »

« Temo che la tua sia una malattia cronica. Secondo me dipende dal fatto che sei austriaca. Fossi stata francese o inglese o russa, conosceresti bene la leggerezza della vita. Ma sei 'crucca'. Per te tutto deve essere preciso, ordinato, senza sbavature. E poi ti meravigli che questi Paesi si siano schierati contro i prussiani e gli austriaci. È uno scontro fra mentalità diverse », ragionò Marianna.

« Io, comunque, non mi scontrerò con te », garantì Josepha, divertita.

« Ma non collabori con i miei piccoli intrighi amorosi. Ora che Ruoppolo mi ha lasciata, mi sento così sola », si lamentò Marianna.

La defezione del brillante giornalista Ciro Ruoppolo l'aveva rattristata, suscitando anche commenti più o meno velenosi in molti salotti napoletani. Il principe Alliata si era prodigato in tutti i modi per consolare la moglie afflitta. L'aveva persino portata con sé a Parigi nel tentativo di risollevarla dalla depressione in cui era precipitata dopo che l'amante era stato chiamato a Roma, a lavorare al *Messaggero*. Naturalmente il nuovo incarico era stato sollecitato dalla moglie di un senatore del Regno che proprio Marianna gli aveva presentato, più giovane di lei e altrettanto bella. Il giornalista aveva sfoderato il suo fascino partenopeo e aveva salito un altro gradino, dimenticando da un giorno all'altro la sua amante e benefattrice. Ora mirava più in alto. A Roma, con l'appoggio influente della « signora senatrice », aveva fatto il suo ingresso nel grande mondo della politica.

« Perché non ti proponi tu come consolatrice del principe Dentice? » suggerì maliziosamente Josepha.

« Non sono più una ragazzina, mia cara Joséphine. Dovrò rassegnarmi a fare la moglie sottomessa e la madre. È tempo che mi occupi dei miei figli », affermò malinconicamente. « Guardali là. Il più grande ha dieci anni e ancora gioca con i più piccoli. Mia madre li vizia troppo questi nipoti. »

« Eccola che arriva », osservò Josepha. La principessa Carolina si profilò all'imbocco del viale.

Vestiva un abito di seta leggera di un azzurro intenso che sfumava nel pervinca. I capelli ramati, raccolti in una morbida crocchia, erano nascosti da un cappello dalla tesa larga di leggerissima organza inamidata, azzurro come l'abito. Per camminare si appoggiava a un bastone. Era invecchiata, negli ultimi quattro anni. Dopo la morte del figlio, era andata in Svizzera per assistere, in solitudine, alla morte del marito.

Probabilmente, al capezzale del principe aveva tracciato un bilancio della sua vita. La conseguenza era stata un attaccamento ancora maggiore ai nipoti e alla vedova di suo figlio. Soffriva di dolori all'anca che si placavano soltanto quand'era seduta o sdraiata. Ma non si era lasciata sopraffare dalle malinconie. Insisteva a tingere i capelli e a vestire abiti sgargianti. Per evitare la calura era uscita a fare acquisti di buon'ora. Ora lo *chauffeur* la scortava reggendo una pila di scatole e pacchetti.

I bambini la videro e le corsero incontro festosi.

« Nonna, nonna, le caramelle », gridarono.

«Niente *bonbons* se non rispettate le regole della buona educazione», li ammonì con il solito cipiglio.

«*Bonjour, grand-maman.* Possiamo avere i *bonbons*?» recitarono in coro accennando prima un inchino e poi tendendo le mani.

«Così va meglio», sorrise lei. Aprì la borsetta, pescò una manciata di dolci avvolti nella carta stagnola e li distribuì. Lo *chauffeur* posò i pacchi su una panca di pietra, all'ombra di una grande magnolia. La figlia e la nuora scesero dal gazebo per salutarla.

«Io devo scappare. Ho un appuntamento dalla modista», annunciò Marianna, rammaricandosi che l'arrivo della madre avesse interrotto le sue confessioni. «*Maman*, per favore, non trattenga i bambini a pranzo. Li voglio a casa con me», si raccomandò prima di allontanarsi.

«Vedi, è bastato che quel giornalista la lasciasse per far scattare il suo senso materno», commentò la principessa. E soggiunse: «Finché dura, naturalmente». Si appoggiò al braccio della giovane e proseguì: «Ho fatto acquisti per il tuo bambino. E anche per te».

«Mi sta viziando troppo. La ringrazio infinitamente», disse la ragazza.

«Allora avvicinami una poltrona e sbrigati ad aprire queste scatole. Il piacere di fare regali sta tutto nel leggere in viso la gioia di chi li riceve.»

Josepha l'aiutò a sedersi e incominciò a slegare fiocchi e nastri. Dai pacchi uscirono sonagli di latta smaltata, carillon nascosti all'interno di animaletti di legno, lenzuolini ricamati, cuffiette e golfini rigorosamente bianchi. Per lei c'erano camicie da notte di seta e pianelle in nappa guarnite con piume di struzzo.

Erano indumenti di estrema eleganza che Josepha non avrebbe mai acquistato.

«Potrò mai ringraziarla, cara *maman*, per tutto questo?» le disse, abbracciandola con affetto.

« Sì che puoi. Vai a cercare qualcuno e di' che mi portino un buon caffè », la pregò, e prese a lamentarsi perché, da quando era morto Sasà, non aveva più un domestico in grado di sostituirlo.

La giovane percorse il viale ed entrò in casa.

Teresa stava scendendo le scale e reggeva una borsa di tela che sembrava molto pesante.

« Lascia tutto e vai subito a preparare un caffè per la principessa. Servilo in giardino », le ordinò Josepha.

« Non posso », disse la ragazza con aria cupa. « Me ne sto andando. »

« Non capisco », si stupì lei.

« Vi ringrazio di tutto, signora. Il fatto è che non posso più restare qui », insisté Teresa, tristemente.

« Sei stata cacciata? »

« Lo sarò presto. Sono incinta e non ho marito », sussurrò.

« Raccontami », la invitò Josepha. E aggiunse: « Non si vede che sei incinta ».

« Ho tirato al massimo i lacci del busto », rispose Teresa.

« Non fa bene al tuo bambino », osservò.

« Appena esco da qui, lo butto. »

« Prego? » domandò inorridita.

« Butto via il busto. »

« Quando nasce? »

« A novembre. »

« E lui non ti sposa. È così? »

« Non può. Sta in carcere », confessò. « Non ho avuto il coraggio di parlarne neppure con Sofia. So che la deluderei, perché ha fatto tanto per me e tante volte mi ha messa sull'avviso. Ma chi se lo immaginava che lo rinchiudessero al San Francesco? »

« Ha rubato? Ha ammazzato qualcuno? » s'informò Josepha.

« È stato coinvolto in una rissa tra politicanti e ha dato un pugno a un dirigente socialista che lo ha denunciato », spiegò Teresa. E proseguì: « Dovevamo sposarci a maggio. Ancora non sapevo d'essere incinta. Lui, Benedetto, ha questo chiodo della politica, della giustizia. Mio padre diceva: 'Siamo nati miserabili e così moriremo'. Benedetto sostiene: 'Siamo nati miserabili e dobbiamo lottare per avere giustizia'. Il risultato è che ora me ne devo andare, perché una domestica gravida viene cacciata, com'è giusto».

«Levati quel busto e torna a fare il tuo lavoro. Il tuo bambino nascerà qui e io gli farò da madrina», affermò Josepha.

Teresa si asciugò le lacrime e la guardò esitante. Poi disse: «Grazie. Non posso accettare». Chinò lo sguardo e aggiunse: «Da voi, dalla principessa, da Sofia ho ricevuto molto. Non è giusto che approfitti oltre il lecito della vostra generosità».

«Dove andrai?» si preoccupò Josepha.

«Al paese di Benedetto. Sua madre e le sue sorelle mi aspettano. Fuori c'è Pietro, un amico di Benedetto, che mi accompagnerà nel viaggio. Dite a Sofia che le voglio bene e la ringrazio», concluse. Prese la sua borsa e si avviò verso l'uscita.

«Teresella!» Josepha gridò il suo nome, tendendole una mano.

La ragazza si voltò verso di lei.

Josepha avrebbe voluto rassicurarla che, se le fosse servito un aiuto, lei sarebbe stata sempre disponibile. Invece disse: «Potrei avere bisogno di te». Non capì che cosa l'avesse spinta a pronunciare quelle parole. Forse era stata la dignità di quella giovane popolana a suggerirgliele.

«In quel caso, io ci sarò», promise Teresa prima di chiudersi l'uscio alle spalle.

Monti Lattari
luglio 1914

1

BELLO Fiore era il nome del minuscolo paese arroccato sui monti Lattari in prossimità della Punta della Campanella, di fronte a Capri. Teresa era seduta su un carretto trainato da un asinello che Pietro si era procurato chissà come. La strada s'inerpicava lungo la costa rocciosa e, salendo, l'aria diventava più fresca.

« Non devi temere per te e il bambino. Noi compagni ci siamo quotati e questi sono i denari che abbiamo raccolto », disse Pietro, consegnandole un fazzoletto pieno di soldi. « E altri ce ne saranno, quando ne avrai bisogno. »

Teresa li accettò e li infilò nella tasca della gonna.

Non si era mai allontanata da Napoli e non avrebbe mai immaginato né desiderato salire su quei monti per unirsi a una famiglia che non conosceva. La lettera che Benedetto le aveva scritto in proposito non bastava a rassicurarla. Infilò una mano in tasca, pescò un foglio ripiegato e lo tese a Pietro.

« Leggi di nuovo, per favore », chiese.

« Teresa, tu devi imparare a leggere », sospirò l'uomo, rassegnato a ripetere le parole di Benedetto che la ragazza non si stancava di ascoltare.

« Lo farò. Giuro che lo farò », promise. Era umiliante dover ricorrere ad altri per comunicare con il suo innamorato. « A Bello

Fiore c'è la scuola. Ci andrò», decise. E soggiunse: «Intanto leggi».

«Dice la lettera: 'Teresella mia, mi hai fatto un dono che più grande non si può. I miei giorni di carcerato sono meno pesanti sapendo che diventerò padre. Non devi angustiarti a causa mia e del bambino che deve nascere'.»

«Ripetimi cosa vuol dire 'angustiarti'», lo sollecitò.

«Significa che non ti devi preoccupare», si spazientì Pietro.

«Appunto. Lo sapevo. Però se avesse scritto: 'Non preoccuparti', sarebbe stato più chiaro. O no?»

«Allora, cosa faccio? Continuo a leggere o preferisci discutere sulle parole?»

«Leggi, leggi. Benedetto è un letterato, su questo non si discute. Ma i fatti della vita non li conosce. Io sono incinta e lui scrive che per questo i suoi giorni sono meno pesanti. Ti sembra possibile?»

«Teresella, ma tu che vuoi da me?» Pietro era avaro di parole e, soprattutto, era convinto che Teresa avesse ragione.

«Niente, ridammi la lettera», decise lei.

Tanto, la conosceva a memoria. Benedetto le scriveva che i suoi genitori, le sorelle, i cognati, l'avrebbero accolta come una figlia. Nella sua semplicità, Teresa non smetteva di domandarsi perché Benedetto, che era scappato da Bello Fiore, imponesse a lei di andarci a vivere. Ne aveva dedotto che quello fosse il suo modo per aiutarla. Ma lei avrebbe preferito rimanere a Napoli e andare a vivere nella stanza di Benedetto alla Marina. Quella sarebbe stata una soluzione più giusta, perché avrebbe dormito nel letto del suo uomo e si sarebbe sentita meno sola. Sarebbe stato come averlo vicino. Forse sarebbe riuscita a ottenere un permesso per andare al San Francesco a trovarlo. Invece lui aveva deciso di mandarla lassù. Perché?

«Sei un po' nervosa», osservò Pietro.

«Sono disperata», dichiarò scoppiando in lacrime.

Pietro si tolse il berretto e passò un fazzoletto sulla fronte e sul collo imperlati di sudore. Quando il viottolo usciva dalla zona d'ombra, il sole di luglio spezzava il respiro.

«L'ho capito che sei disperata. Tieni, bevi questa che è fresca e ti fa bene», disse offrendole una fiasca d'acqua. E proseguì: «Io non sono capace di consolare le persone. Se continui a piangere ti lascio l'asino e il carretto e me ne torno a piedi. Accidenti a me e a quel pazzo di Benedetto che mi mette sempre in mezzo».

«Lascia stare Benedetto. Lui sa sempre quello che fa e che dice», lo rimproverò Teresa, smettendo immediatamente di piangere.

«Se la pensi così, perché ti lamenti?» s'irritò Pietro.

Si guardarono negli occhi, un lampo brillò nei loro sguardi ed esplosero insieme in una risata liberatoria. Poi videro sulla destra una cascina diroccata e, superata una curva, si profilarono le sagome bianche di alcune case. Entrarono nel paese. Si sentirono voci di bambini. Un contadino che spingeva una carriola colma di foraggio attraversò la strada e si fermò a guardarli incuriosito.

«È questo Bello Fiore?» gli domandò Pietro.

«Sì. Che cosa volete?» domandò l'uomo, diffidente.

«Cerco la casa di Benedetto Zicrì», disse il giovane.

«Perché? Che ha fatto?» domandò il contadino con voce stridula.

«Lui si fa gli affari suoi», ribatté Teresa, seccata.

«Che sono anche i miei», replicò l'uomo. E urlò: «Carmela, Innocenza, Delfina, Giacomo! È arrivata la ragazza! E ha lingua lunga».

«L'ho detta grossa», esclamò Teresa, scendendo dal carro.

«Lo hai spaventato. Ha chiesto l'aiuto delle donne», le sussurrò Pietro con l'aria di divertirsi.

Il piccolo paese si rianimò. Le donne si affacciarono sulle porte e alle finestre per osservare Teresa che avanzava lentamente portando una borsa che conteneva tutto il suo guardaroba.

Così, quello era il posto da cui Benedetto era fuggito. Non era diverso da come glielo aveva descritto. E non le piacque. Forse era ancora in tempo per risalire sul carro e tornarsene a Napoli. Pensò a Benedetto, alle sue parole. Decise che doveva essere forte, perché era sola a fronteggiare l'intera famiglia Zicrì e tutto il paese che la scrutava, la valutava e certamente conosceva la sua storia.

Contò le donne, gli uomini e i bambini che si erano raggruppati davanti a una specie di grande casolare, sotto uno sperone di roccia. Erano diciannove. Posò a terra la borsa, si liberò del fazzoletto che le copriva i capelli e si ricordò d'essere la figlia di Rosa Avigliano, una donna forte e mai sottomessa.

« Sono Teresa », disse con voce sicura. « La fidanzata di Benedetto », soggiunse.

Sostenne i loro sguardi e a sua volta valutò a uno a uno quei visi senza espressione, cotti dal sole. Capì che doveva dire ancora qualcosa. « Benedetto mi ha ordinato di venire da voi. Non sono qui a mani vuote », proseguì. Prese dalla tasca il fazzoletto con il denaro che Pietro le aveva consegnato e mosse due passi verso la donna più anziana, che assomigliava a Benedetto. « Questo è da parte di vostro figlio. Per i bisogni di tutti », concluse, consegnandole il fazzoletto.

La donna lo infilò velocemente nella scollatura della camicia, poi allargò le braccia.

« Qui, qui sul mio petto, figlia mia! » esclamò.

Allora tutta la famiglia si raggruppò intorno a lei e ognuno volle abbracciarla. I bambini si nascosero dietro le sottane delle donne e Teresa trasse un sospiro di sollievo. Presentò Pietro, che subito si appartò a parlare con gli uomini, ma prima riuscì a sussurrarle: « Ce l'hai fatta. Vedrai che non sarà così terribile ».

Napoli - Studio legale
luglio 1914

1

LANGUIDAMENTE abbandonata sui cuscini del canapè, Virginia fumava una sigaretta e ascoltava senza interesse le parole di Franco Fasulo, il suo nuovo amante.

« Virginia, mi senti? » domandò lui che aveva appena terminato di esporle un discorso da pronunciare al consiglio provinciale.

« Come no! Ho ventisette anni e non sono ancora diventata sorda », replicò.

« Allora, che cosa ho detto? » la spronò l'uomo. Era un giovane avvocato, bello e di buona famiglia, che sperava di conquistare una poltrona in parlamento. Era assolutamente convinto che Virginia conoscesse bene l'attuale situazione politica. Così, quando doveva fare un intervento importante, chiedeva il suo parere. Lei buttava lì un'osservazione, una critica, un consenso che gli erano di aiuto.

« Secondo me », esordì Virginia prendendo tempo, perché della sua lunga esposizione non aveva colto nemmeno una parola, « secondo me, in questo momento è meglio non tenere discorsi impegnativi. Dammi retta, Franco. Pensa invece a divertirti e a fare l'amore un po' più spesso », lo consigliò.

« Ho capito. Il mio discorso è un fiasco. Non ti piace », concluse lui, infilando una mano sotto la sua gonna e accarezzandole una gamba.

Virginia lo aveva raggiunto nella sua casa di piazza Plebiscito e lo aveva trovato alla scrivania, in maniche di camicia, a lavorare. Si era sdraiata sul canapè aspettando pazientemente che lui finisse. Per un po' aveva sfogliato i quotidiani, senza trovare notizie interessanti, se non quella di un chirurgo francese che aveva compiuto con successo un intervento sul cuore di un cane.

Alla fine si era accesa una sigaretta e, osservando il fumo che ondeggiava su una lama di sole, aveva acutamente avvertito tutta l'infelicità che le pesava sul cuore. Virginia Castiglia, principessa di Calabria, era vittima di una madre autoritaria, schiava dell'ozio, incapace di fare qualunque cosa, perfino di decidere della propria vita. Si vendicava disprezzando tutti e prendendosi per amanti uomini sposati, per il gusto di fare un dispetto alle loro mogli. Ma alla fine non traeva alcun piacere da queste cattiverie. Anzi, si sentiva ancora più infelice.

Sua madre, quando parlava di lei, emetteva un sospiro di rassegnazione. Sua sorella Marianna la trattava con condiscendenza. Suo cognato e gli altri parenti la consideravano una zitella capricciosa. I domestici la detestavano. Soltanto Josepha, la « crucca », le dimostrava un briciolo di attenzione. Qualche volta le chiedeva un suggerimento o un aiuto. Virginia avrebbe voluto esserle grata per questa considerazione, ma un demone che non riusciva a controllare la spingeva a reagire sgarbatamente. Dopo si pentiva, si scusava e infine ricominciava a detestare tutti. Più d'una volta aveva riversato sulla madre la propria scontentezza, rinfacciandole l'incerta paternità.

« Verrà mai il giorno in cui ammetterai che non sono figlia di mio padre? La storia del tuo amore per quel gufo orribile la sanno tutti », le rinfacciava con astio, riferendosi all'attempato direttore delle distillerie di famiglia.

Sua madre le accarezzava una guancia e accompagnava il gesto con un sorriso. Il « gufo orribile » era un uomo onesto e intraprendente che nel corso degli anni aveva trasformato un'impresa artigianale in un'industria redditizia. Carolina lo aveva amato per la sua intelligenza, per la modestia e, soprattutto, per la totale dedizione a lei e al lavoro. Diversamente da Enrico e Marianna, concepiti per dovere, Virginia era stata il frutto di un grande amore che soltanto il trascorrere del tempo aveva stemperato in un'affettuosa amicizia. Ma lei non avrebbe mai ammesso, neppure nel segreto del confessionale, la vera paternità di questa figlia. Lasciava spazio ai sussurri e ai pettegolezzi, senza darsene pensiero.

Pertanto le rispondeva pacatamente: « Tu sei una Castiglia e non mi farai mai ammettere una verità diversa che non esiste. Anzi, sarai proprio tu ad assistermi nella mia vecchiaia ».

Fino a un certo punto, questa strategia aveva retto. Virginia sembrava aver accettato il ruolo di figlia devota, sacrificata all'egoismo materno. Poi aveva cominciato a ribellarsi. Era accaduto quando Enrico si era ucciso e Josepha era tornata a vivere in Austria. Uno scrittore squattrinato aveva messo gli occhi su di lei e l'aveva chiesta in moglie.

« Se la prenda », aveva detto Carolina. « Ma sappia che non sposerà il suo patrimonio. Mia figlia porterà in dote soltanto se stessa. »

L'uomo era scomparso con la velocità di una lepre.

« Avrei voluto evitarti questa umiliazione », aveva detto in seguito a Virginia. « Lo so che sei infelice, ma lo saresti stata ancora di più sposando quel finto innamorato che, peraltro, non ami affatto. »

Virginia aveva preteso un risarcimento.

« Voglio abitare da sola. L'appartamento di Enrico sarà mio e riceverò chi mi pare. »

Aveva avuto alcuni amanti distratti e rigorosamente sposati per evitare ulteriori delusioni. L'avvocato Franco Fasulo era il più recente. Il disincanto, pagato a caro prezzo, piaceva agli uomini abituati alle commedie femminili giocate sui toni della ritrosia, dei sottintesi, del falso pudore. Virginia era acuta e spietata nei rapporti con loro. Questa caratteristica li induceva a dimenticare la sua scarsa avvenenza.

Ora, di fronte all'uomo che elemosinava un suo giudizio, Virginia sorrise.

«Il tuo discorso è un fiasco, perché tu sei un fiasco», disse con il piacere sadico di pronunciare una verità e di alleviare il proprio scontento.

L'uomo ebbe un sussulto, come se avesse ricevuto uno schiaffo. Lei gli sorrise e addolcì la pillola.

«Politicamente parlando, s'intende», precisò. E soggiunse: «Devi liberarti delle tue idee socialiste. Te lo ripeto, Franco: taci. Almeno per qualche tempo. Dopo potrai schierarti con i repubblicani. Intanto, perché non ti distrai un po'?» propose in un sussurro, mentre con un gesto lieve disfaceva il nodo della sua cravatta.

L'avvocato incassò il colpo che poteva anche essere un avvertimento prezioso.

«Mi proponi di tradire i compagni», ragionò, perché aveva bisogno di tempo per assimilare il consiglio di Virginia e valutarlo.

«Ma li hai già traditi. Hai mandato al San Francesco un poveretto che ha avuto il torto di tirarti un pugno meritatissimo», disse lei, ricordando adesso una richiesta di Josepha.

La sua ex cognata, qualche giorno prima, le aveva chiesto un piacere.

«Si tratta del fidanzato di Teresa. Ha colpito, durante una rissa, l'avvocato Fasulo. Teresa è incinta e se ne è andata. Lui è in carcere. Sofia mi ha spiegato che è stata una lite tra compagni, perché sono tutti socialisti. Se Fasulo ritira la denuncia, quel poveretto esce e sposa la ragazza», le aveva spiegato.

«Vedrò cosa posso fare», le aveva promesso. E se ne era subito dimenticata. Se ne ricordò soltanto adesso.

«Stai parlando di quella testa calda di Zicrì», disse l'uomo.

«Proprio lui. Era davvero il caso di denunciarlo?»

« Mi stai chiedendo un favore », constatò lui, con aria soddisfatta.

« Proprio così », annuì Virginia.

« E io te lo faccio con piacere. Potrei mai negarti qualcosa? »

Virginia pensò che le negava una dedizione totale. Ma quella non l'aveva mai avuta da nessuno.

I suoi amanti pensavano raramente a lei. Virginia aveva capito da un pezzo che la distrazione era una caratteristica comune agli uomini. Aveva conosciuto soltanto un uomo capace di dedizione totale. Era Lorenzo Valeschi, il marito di Josepha. Era perdutamente innamorato di sua moglie e, quando era costretto a lasciarla sola per qualche giorno, la tempestava di telegrammi, telefonate e fiori.

L'avvocato Fasulo dimenticò la promessa fatta, travolto da altre preoccupazioni. Se ne ricordò per caso soltanto dopo un paio di mesi. Allora corse in tribunale, allungò mance un po' a tutti per ritrovare velocemente il fascicolo che riguardava Benedetto Zicrì e si adoperò per farlo liberare al più presto.

Monti Lattari
novembre 1914

1

Era come se una forza maligna le dilaniasse le viscere. I dolori erano cominciati durante il sonno, con una piccola stilettata che l'aveva costretta a svegliarsi. Poi si erano fatti sempre più frequenti e intensi, erano proseguiti durante tutto il giorno e ora, a notte fonda, Teresa lanciò un urlo.

Carmela, una cognata quasi trentenne che aveva sfornato dieci figli, cinque ancora viventi, le infilò in bocca un pezzo di legno. « Mordilo e il dolore passa », promise.

Era nella stanza al piano terreno, su un pagliericcio improvvisato, accanto al fuoco dove le donne scaldavano pentole d'acqua. Una parete di assi separava in due la stanza. Dall'altra parte c'era la stalla per la vacca, l'asino, le capre e le galline.

Fino a due giorni prima il tempo era stato buono e all'improvviso, la notte del travaglio, era sceso da nord un gran vento di tramontana che fischiava attraverso gli infissi sconnessi e innervosiva gli animali. Gli uomini e i bambini erano nelle stanze superiori. I piccoli dormivano. Le donne erano tutte di sotto, affannate e partecipi. Ognuna diceva la sua per ingannare il tempo e la paura. Il parto non era mai un evento semplice. Mai come in quell'occasione, la vita e la morte erano strettamente connesse. Quando la vita prevaleva, era un miracolo. Quando vinceva la morte, era una fatalità accettata. In casa era arrivata Filomena, una vecchia che curava tutte le malattie, assisteva le partorienti e i moribondi. Era senza denti e il suo viso era un reticolo di rughe. Di tanto in tanto, a intervalli regolari, massaggiava il ventre nudo e gonfio di Teresa con un olio che ricavava da certe erbe e che sembrava alleviare il dolore.

Erano stati accesi lumini davanti all'immagine della Madonna del parto. Le donne, a turno, si inginocchiavano e pregavano, perché l'aiuto di Filomena non sarebbe stato efficace senza le preghiere.

Teresa affondò i denti nel legno. Dal suo grembo uscì un fiotto di sangue rosato nel momento in cui Filomena, con l'aiuto di un lume, stava verificando la situazione. La vecchia sorrise soddisfatta.

« Adesso devi respirare poco e in fretta e intanto devi pensare a una cosa che ti piace molto. Così tuo figlio entrerà in questo mondo di buonumore », ordinò alla ragazza.

Teresa era debolissima. Un giorno e due notti di travaglio l'avevano stremata. Se Benedetto fosse stato lì, ad accarezzarle il ventre, se il bambino avesse sentito la mano forte e ferma del padre, invece di quella secca e rugosa di Filomena, forse si sarebbe deciso a venir fuori.

Nei quattro mesi trascorsi su quella montagna aspra, Teresa aveva appreso a scrivere per amor suo. Lei sola sapeva quanta fatica le era costato imparare a tenere in mano la penna, a guidarla con dita lievi su un foglio, facendo attenzione a dosare l'inchiostro, a non andare né in su né in giù, ma a seguire la riga pazientemente tracciata dal maestro che, a ogni errore, calava un colpo di bacchetta sulle mani. Non era semplice tradurre in lettere i suoni di ogni parola. « Gna-gni-scià-sci-ca-chi-gliò-gli, li devi scrivere così », diceva l'uomo che era anche sacrestano della chiesa di Sant'Angelo.

Teresa aveva riempito un quaderno con quei segni che riproducevano i suoni della voce. Ogni foglio era costellato da macchie d'inchiostro, buchi di cancellature e poi non ricordava quando serviva la lettera maiuscola e quando la minuscola, quando occorreva l'acca e quando non ci voleva. La punteggiatura era un mistero insondabile, così come le « doppie », la coniugazione dei verbi, la scelta degli articoli, gli apostrofi e gli accenti.

« Perché è tanto facile parlare, mentre scrivere diventa un dramma? » domandava al maestro. « Chi è quel disgraziato che ha inventato la scrittura? Non ditemelo, signor maestro, tanto lo so. È uno che mi odia assai, mentre io non gli ho fatto niente. »

« È uno che ti vuole bene e ti dice: 'Teresella, tuo marito è in carcere. Anche se siete lontani, ti insegno una magia per stargli vicino. Allora, impara a scrivere e a leggere così non dovrai ricorrere a me per decifrare le lettere di Benedetto'. »

Era stata una fatica di settimane. Alla fine, però, Teresa era riuscita a mandare a Benedetto la sua prima lettera. L'aveva consegnata lei stessa al portalettere che passava da Bello Fiore ogni settimana. Poi aveva contato i giorni che la separavano dalla risposta. Il portalettere viaggiava su un carro carico di provviste da distribuire lungo il percorso. Era un personaggio rispettato da tutti anche perché, oltre a consegnare le lettere, le leggeva e scriveva le risposte. Annunciava il suo arrivo con una trombetta d'ottone lucente e conosceva tutti su quelle montagne.

Teresa non stava più in sé dalla gioia quando il portalettere le consegnò la busta.

« Vuoi tenerla in petto per un po' o vuoi che te la legga subito? » le aveva domandato l'uomo.

« Dio vi benedica, don Ignazio. La leggerò da sola, questa volta », aveva risposto con fierezza.

Si era seduta su una pietra, al limite della strada, e aveva cominciato a sillabare le parole scritte sulla busta: « Alla gentil signorina Avigliano Teresa, presso famiglia Zicrì, Bello Fiore ».

Questa era la magia di cui le aveva parlato il maestro. Per la prima volta non doveva spartire con altri le parole del suo uomo.

Aveva lacerato la busta e aperto il foglio ripiegato. Benedetto esordiva così: « Teresella mia, ho pianto di gioia. Hai imparato a scrivere e so che l'hai fatto per amore... »

Non aveva tenuto conto degli infiniti errori, della mancanza di punteggiatura, delle maiuscole seminate a caso qua e là per il piacere di tratteggiarle, dell'incapacità di seguire le righe. Non una parola di tutto questo. Soltanto la commozione per quella incredibile prova d'amore. Con infinita pazienza Teresa era riuscita a leggere l'intera lettera che conteneva una notizia importante. « È incredibile, Teresella mia, ma è successo un miracolo. Il compagno socialista che avevo malmenato ha ritirato la denuncia. Ora ho la certezza che non vedrò più il sole a scacchi. » Seguivano cinque righe cancellate dalla censura del carcere. La lettera si concludeva così: « Aspettami, perché ci rivedremo presto. Benedetto ».

La giovane ripeté sommessamente: « Ora ho la certezza che non vedrò più il sole a scacchi ». Che cosa aveva voluto dire con quelle parole? Lei conosceva il « sole a picco », il « mezzo sole », il « sole di luglio ». Infilò nel petto la lettera e, con l'andatura appesantita dall'imminenza del parto, raggiunse la scuola.

Spalancò la porta dell'aula, trottò tra i banchi degli scolari e si avvicinò all'insegnante seduto in cattedra.

« Che cosa vuoi, Teresella? »

« Che cos'è il sole a scacchi? » domandò sottovoce.

« Non c'è bisogno di bisbigliare. È un'espressione che tutti possono sentire e imparare. Il sole a scacchi è quello che entra nel carcere », rispose.

Questa spiegazione la confuse ancora di più.

« Ma che cosa c'entra il sole con gli scacchi? » s'impuntò.

« Teresella, sveglia! La finestra di una prigione ha le sbarre. Hai presente? » si spazientì il maestro. « I raggi del sole, attraverso le inferriate, proiettano sul muro tanti quadrati e formano una scacchiera. »

Allora capì e si arrabbiò.

« Lui è quello di sempre. Poteva scrivere: 'Ho la certezza che uscirò di prigione'. Oh, Signore Gesù, Benedetto ritorna libero», gridò lasciando velocemente l'aula e corse a casa, dalla suocera, a raccontare la bella notizia. Era arrivata allora la prima contrazione. Lei non se n'era quasi accorta.

Ora Filomena la spronava a pensare a una cosa che le facesse piacere. L'immagine più bella che le venne in mente fu Benedetto sull'uscio di casa. Una folata di vento gelido entrò nella stanza.

Teresa sputò il legno che serrava tra i denti, lanciò un urlo e pianse di gioia mentre il suo bambino, con un guizzo, usciva dal suo ventre. Benedetto era lì ad accoglierlo.

Teresa spalancò le braccia e strinse a sé il figlio e il suo uomo.

Napoli - Casa sul mare
dicembre 1914

1

Finalmente ritornava a Napoli con Benedetto e il loro bambino. L'aveva chiamato Giuseppe, in onore della bella principessa austriaca. Lo teneva stretto tra le braccia, avvolto negli scialli di lana; e paragonava la malinconia del viaggio verso Bello Fiore con la gioia di questo rientro nella sua città dove l'aspettava la casa dei pescatori e la speranza di un futuro da vivere insieme.

Aveva partorito da tre giorni e si sentiva ancora un po' debole. Benedetto aveva timidamente osservato che sarebbe stato meglio restare a Bello Fiore ancora per qualche tempo. Teresa non aveva voluto sentire ragioni.

« Sono venuta qui per obbedienza e per necessità. Ma non voglio restare un giorno di più », gli aveva detto, in un raro momento in cui erano riusciti a essere soli.

« Ti sei trovata tanto male? » le aveva domandato.

« Soltanto perché non c'eri tu. E un po' perché mi sono mancate le strade di Napoli, il chiasso dei mercati, i palazzi e le chiese. Sono nata pezzente, ma cittadina. Mi capisci? » aveva tentato di spiegare.

Benedetto l'aveva capita benissimo. Aveva imballato le loro cose e attaccato il somaro al carretto che la famiglia Zicrì aveva riempito di legna da ardere, mele cotogne, olive al forno, farina di grano, formaggi, pomodori secchi, uova fresche, pannicelli e fasce per il piccolo Pinuccio. A Teresa avevano regalato un quaderno nuovissimo e un astuccio in legno che conteneva matite, penna e pennini.

Questi doni l'avevano riempita d'orgoglio.

Benedetto aveva raccontato a lei e a tutti il miracolo dell'improvvisa scarcerazione. L'uomo, che lui aveva colpito e da cui era stato denunciato, l'aveva aspettato all'uscita del carcere, gli aveva stretto la mano e gli aveva detto: « Non ringraziare me. È tutto merito della principessa Virginia Castiglia ».

Ora Teresa disse: « Dovrai andare a ringraziarla ».

« L'ho già fatto tramite l'avvocato Fasulo », replicò lui.

« Non basta. Dovrai dirle grazie di persona », insistette Teresa. « E lo farai subito, appena arriviamo a casa. »

« Appena arriviamo dovrò cercare un lavoro, altrimenti non avremo di che vivere », obiettò, perché il pensiero di presentarsi a palazzo Castiglia lo metteva a disagio.

Ma Benedetto conosceva la sua giovane compagna. Sapeva quanto fosse testarda. Non gli avrebbe dato pace fino a quando non l'avesse assecondata.

Nella stanza che lui aveva occupato con Pietro trovarono una decina di compagni, con mogli, fidanzate e figli, che li aspettavano per festeggiare il loro ritorno. Offrirono fasce e magliette per Pinuccio, uno scialle per Teresa, bottiglie di vino e pignatte di maccheroni che nuotavano in un sugo ricco di carne.

Teresa pianse, un po' per la commozione e un po' perché il parto l'aveva indebolita.

I due letti, che erano stati di Benedetto e Pietro, erano accostati e le spalliere di ferro erano legate con nastri bianchi di tulle. Quando gli amici se ne andarono, Teresa e Benedetto improvvisarono una culla per il bambino unendo due sedie. Ci misero sopra un cuscino e vi adagiarono Pinuccio. Teresa, esausta, si sdraiò sul letto dopo aver posato sul tavolo il denaro che aveva portato alla suocera e che le era stato restituito al momento della partenza. « Tienilo. Potresti averne bisogno. Mio figlio è istruito ma non è furbo. Ora che vi sposerete, vedi se riesci a cambiargli la testa », si era raccomandata la donna.

Benedetto, quella notte, fu prodigo di attenzioni per lei e il loro piccolo.

« Domani lo iscrivo all'anagrafe e dico che è nato a Napoli », disse.

« Dirai che è nato a Bello Fiore », lo corresse Teresa.

« Non è un buon posto per nascere », obiettò Benedetto.

« Per lui lo è stato. Se cominciamo con una bugia, tutta la sua vita sarà una menzogna », sentenziò. E proseguì: « Poi dobbiamo sposarci. Ma, prima di tutto, devi andare a ringraziare la principessa ».

Non c'era verso di averla vinta su di lei.

Il mattino dopo, Teresa si alzò presto. Allattò il piccolo e poi preparò il caffè. Lo versò lentamente in una tazza, lo addolcì e sedette sul letto.

« Amore, svegliati », sussurrò, sfiorando con un bacio le labbra di Benedetto. Lui aprì gli occhi e sorrise.

« Che buon profumo di caffè », constatò con voce assonnata.

« Bevi, finché è caldo », disse lei.

« Non sento Pinuccio », si allarmò.

« Dorme. Lui ha già mangiato », lo rassicurò.

Benedetto vuotò la tazza quasi d'un fiato, la posò per terra e attirò la ragazza su di sé, stringendola tra le braccia.

« Sei mesi al San Francesco e avevo dimenticato com'è dolce abbracciare una donna », mormorò, desiderandola.

« Io non sono una donna. Sono la tua donna. Vi siete espresso male, professore », lo stuzzicò. « Comunque, adesso vai a fare il tuo dovere », ordinò.

« Ubbidisco, signora maestra », scherzò Benedetto.

Più tardi, suonò alla porta di servizio di palazzo Castiglia. Gli aprì Saverio.

« Cerco Sofia », disse.

« Tu chi sei? » domandò il cameriere.

« Il fidanzato di Teresella », si presentò togliendosi il berretto. L'uomo che gli stava di fronte era un proletario come lui, eppure sembrava un privilegiato. Si vedeva subito che non aveva mai saltato un pasto, aveva certamente un letto confortevole, indossava un vestito su misura, anche se era una divisa da cameriere.

« Sofia non c'è più », disse Saverio.

« È morta? » domandò sgomento.

« Come se lo fosse. È andata lassù, in Austria, con la principessa Josepha », replicò, e aggiunse: « Teresella come sta? »

« Sta bene e dice che devo ringraziare di persona la principessa Virginia », spiegò Benedetto.

A questo punto, Saverio gli avrebbe fatto volentieri qualche domanda, ma non voleva apparire pettegolo.

« Scrivi un biglietto. La principessa lo leggerà », gli suggerì.

Era un buon consiglio. Non aveva voglia di trovarsi di fronte a un'altezzosa signora che, quasi certamente, era l'amante di quel Fasulo che lo aveva spedito in galera. Comunque, poiché con certe persone è sempre meglio essere prudenti, decise di mentire.

« Non so scrivere », affermò.

« Aspetta qui », ordinò Saverio con un'aria di sufficienza.

Tornò presto. « Seguimi. La principessa ti riceve », annunciò.

Lo accompagnò nel vestibolo dell'appartamento al primo piano. La giovane principessa sembrava sul punto di uscire. Indossava un cappotto celeste dall'ampio collo sciallato e intorno a lei aleggiava un intenso profumo di gelsomino.

Benedetto rimase sull'attenti, senza riuscire a pronunciare una sola parola. Teresa gli aveva raccontato che Virginia aveva un bel corpo ma un brutto viso. Lui, invece, lo giudicò strano e severo, come quello di una regina.

« Così tu saresti l'innamorato di Teresa », disse lei con voce limpida, valutandolo dalla testa ai piedi.

Benedetto arrossì. Pensò che una donna perbene non guarda gli uomini in quel modo. Forse le nobildonne potevano permetterselo.

«Per servirvi, signora», replicò. E soggiunse: «Sono venuto a ringraziarvi perché mi è stato detto che la mia scarcerazione è dipesa da voi». Subito dopo mosse un passo a ritroso. Aveva assolto il suo dovere, aveva ubbidito a Teresella, adesso voleva soltanto andarsene via.

«Teresa si è trovata un gran bel ragazzo», commentò Virginia, gelida. E soggiunse: «Immagino che adesso vi sposerete».

Benedetto annuì.

«Abbiamo un figlio.»

«Di' alla tua fidanzata che può tornare da noi, se vuole. E tu, ce l'hai un lavoro?» l'interrogò.

Benedetto si sentiva sulle braci. Tutto quel profumo, quello sguardo inquisitore, quelle domande incalzanti senza l'ombra d'un sorriso lo mettevano a disagio.

«Non ancora. Lo devo cercare.» Indietreggiò di un altro passo, pronto a darsi alla fuga.

A quel punto, Virginia sorrise in un modo strano.

«Sembra che io ti faccia paura», sussurrò. Gli andò vicino, gli sfiorò la guancia rasata di fresco con la punta delle dita.

«Si capisce che sai il fatto tuo. Ma mi hai mentito. So che hai fatto le scuole e non sei uno sciocco. Alla distilleria stanno cercando un bravo meccanico. Sai, quelle macchine imbottigliatrici si guastano sempre. Vai dal direttore, a nome mio. Avrai una buona paga.» Gli alitò in viso questa offerta. Poi posò le sue labbra su quelle di lui e lo baciò. «E non essere così nervoso», disse. Aprì la porta del vestibolo e se ne andò.

Benedetto rimase lì, frastornato. Non capiva quello che stava succedendo.

Merano - Schloss Rundegg
gennaio 1915

1

SOFIA entrò nella *gute-Stube* sospingendo il carrello del tè. Era di nuovo al servizio di Josepha. Seguendola a Merano, aveva rinunciato alla sua divisa abituale. Il *Dirndl* era un costume che le piaceva molto di più, perché era severo ma aggraziato. Josepha gliene aveva regalati due, corredati di grembiulini a fiori e giacche di lana cotta.

Questa volta, il suo arrivo era stato accolto con un senso di sollievo da Petra e Klara che accusavano sempre di più il peso degli anni. Le due domestiche si occupavano solamente della cucina. Lei, con l'aiuto di una donna del luogo, provvedeva a tutto il resto.

Josepha sedeva al pianoforte con la giovane Irmgard Kessler e suonavano a quattro mani un valzer di Strauss per la gioia dei due uomini che le ascoltavano: Lorenzo e Heinrich von Wedel.

Alla fine, il focoso innamorato di Josepha si era fidanzato, proprio come lei aveva pronosticato. Il giovane ufficiale degli Standschützen aveva incontrato la bella Irmgard che era da poco entrata in società dopo tre anni trascorsi a Firenze, nel collegio di Poggio Imperiale. Si erano conosciuti durante una festa nel palazzo dei Kessler Mengele a Bolzano, si erano innamorati e avevano deciso di sposarsi.

Heinrich aveva voluto che Josepha conoscesse la futura sposa e le due giovani avevano subito simpatizzato.

Anche Heinrich e Lorenzo erano diventati amici.

Sofia indugiò un istante sulla soglia della *gute-Stube* chiedendosi se dovesse aspettare a servire il tè. Josepha si limitò a un impercettibile cenno del capo. La domestica accostò il carrello al tavolo e vi posò un vassoio colmo di Teegebäck ricoperti di glassa zuccherata. Le due ragazze conclusero il valzer, i loro compagni applaudirono e Lorenzo tese una mano alla moglie mentre si alzava dalla sedia. Non che lei avesse bisogno di aiuto, anche se ormai si muoveva con la lentezza di una donna prossima al parto, ma il marito la considerava fragile e bisognosa di premure.

Sofia servì il tè, mentre i giovani riprendevano una pacata conversazione sui temi più cari alle donne: il corredo di Irmgard confezionato in Italia dalle « Manifatture Fiorentine », il riassetto di un castello dei Kessler Mengele in Val Pusteria che sarebbe diventato la residenza degli sposi, la descrizione del corredino per il piccolo Valeschi che sarebbe nato a giorni.

« Lo preferiresti maschio o femmina? » domandò Irmgard.

Quante volte si era sentita porre quella domanda per la quale non aveva risposta.

« Sofia dice che sarà femmina, perché ho il ventre appuntito. Ho vissuto abbastanza a Napoli per sapere che c'è sempre una piccola verità alla base di tante credenze popolari », spiegò Josepha.

Per rispetto verso Lorenzo che conosceva poco la lingua tedesca e si rifiutava ostinatamente di impararla, tutti parlavano in italiano.

« Sarà una bambina, perché io voglio che sia così. Assomiglierà a sua madre, la donna più incantevole che abbia mai conosciuto, e si chiamerà Dorothea, perché a mia moglie piace ricordare la nonna von Rost », dichiarò Lorenzo. Avrebbe voluto aggiungere: « Spero che non sia caparbia come Josepha, che mi costringe a continui spostamenti dall'Italia al Tirolo perché preferisce queste valli austriache al mio bellissimo Paese ». Non lo disse, ma alla moglie bastò uno sguardo per capirlo.

Posò una mano sulla sua e gli sorrise.

« Grazie, Lorenzo », sussurrò. Anche lei avrebbe voluto aggiungere: « Sai bene quanto ti amo, ma sai anche quanto mi sento profondamente austriaca. Amo la mia terra e questa casa e voglio un nido sicuro per nostro figlio ».

Fino a quel momento, tutti e quattro avevano accuratamente evitato di accennare alla guerra e alla politica. Le notizie che arrivavano giornalmente erano terribili. Sul fronte occidentale i tedeschi erano stati sconfitti dai francesi nella battaglia della Marna, in compenso avevano vinto sul fronte orientale contro i russi nella battaglia dei laghi Masuri. Però Austria e Germania ora si trovavano contro anche la Turchia. Era una guerra spaventosa e migliaia di uomini morivano su fronti contrapposti. Il governo italiano si ostinava a tenersi fuori dal conflitto, soprattutto per ripicca nei confronti dell'Austria che, al momento dell'ultimatum alla Serbia, non l'aveva interpellato. Ma in Italia c'erano forti tensioni e il movimento interventista si faceva sentire con sempre maggiore insistenza. Nella quiete della *gute-Stube* a Schloss Rundegg, l'allegria dei quattro giovani, che si erano incontrati per il piacere di stare insieme, si spense non appena si arrivò a parlare della guerra.

« Da soldato a soldato, come giudichi la nostra situazione? » chiese Heinrich a Lorenzo, che non aveva nessuna intenzione di pronunciarsi. Così eluse platealmente la domanda.

« La migliore che ci potesse capitare », rispose. « Abbiamo trovato due compagne straordinarie che non ci fanno pesare la nostra goffaggine di militari, non chiedono di essere accompagnate a feste e a ricevimenti e sopportano pazientemente le nostre lunghe assenze. »

Heinrich von Wedel sbottò in una risata liberatoria, allungò una pacca sulla spalla di Lorenzo e annuì.

Qualunque cosa il futuro avesse in serbo per i loro destini, avrebbero salvato l'amicizia e la lealtà.

« Sta nevicando », annunciò Irmgard, lo sguardo rivolto alla grande finestra del salotto.

Tutti e quattro si alzarono, posarono i gomiti sul cuscino del davanzale, il naso premuto contro i vetri a guardare i fiocchi di neve. In quel momento il vecchio Toni, il berretto di lana calato sugli occhi e il grembiule blu che sfiorava gli stivali, attraversava il cortiletto spingendo la carriola piena di foraggio per i conigli.

Vide quei volti giovani e ridenti e si chiese quanto ancora sarebbe durata la serenità in quella casa. In quel momento Josepha avvertì una fitta alle reni. Ma non disse nulla.

« Dobbiamo ripartire subito, o resteremo bloccati qui per tutta la notte », annunciò Heinrich.

« Lorenzo vi accompagnerà alla stazione », decise Josepha. Nel dubbio di un travaglio imminente, preferiva non avere ospiti. « Il treno per Bolzano parte tra mezz'ora. »

Mentre si stavano congedando, accostò le labbra all'orecchio del marito. « Tornando, passa dal dottor Capello e portalo qui », bisbigliò.

Dietmar Capello era un giovane medico nativo della Val Stubai. Il padre aveva girato l'Europa vendendo le sculture lignee che intagliava durante l'inverno e aveva messo da parte abbastanza denaro per mantenere agli studi l'unico figlio maschio, che si era laureato in medicina a Innsbruck e si era specializzato a Vienna in ostetricia. Era arrivato a Merano fresco di laurea e aveva aperto uno studio in piazza Teatro. Il garbo e la competenza avevano decretato il suo successo. Era diventato un professionista ricco che non dimenticava l'umiltà delle sue origini e curava gratuitamente le donne più povere.

« Tutto bene? » sussurrò Lorenzo, preoccupato dalla richiesta della moglie.

Josepha annuì e nascose dietro il sorriso il dolore procurato da una seconda fitta.

Appena fu sola, spalancò la porta della cucina dove le tre domestiche stavano preparando la cena.

« Sono incominciati i dolori », annunciò. E soggiunse: « Salgo nella mia camera ».

Era impaurita, come tutte le donne in prossimità del parto, ma si sforzò di apparire calma mentre Sofia l'aiutava a spogliarsi e a indossare una lunga camicia da notte. Intanto Klara riempiva di legna la stufa di maiolica per scaldare al massimo la camera. Petra, che aveva già assistito altre partorienti, le suggerì: « Cammina avanti e indietro, così il travaglio si accorcia ».

Josepha percorse la stanza in lungo e in largo, finché entrò il dottore che chiuse in faccia a Lorenzo la porta della camera.

« Si distenda subito sul letto », le ordinò. « Non deve stancarsi », precisò, contraddicendo il consiglio della domestica. « Avrà bisogno di tutte le sue forze quando il bambino nascerà. »

Josepha ubbidì. L'uomo contò le pulsazioni del polso controllandole con il suo orologio da tasca.

« Molto bene », disse. E, dopo aver ascoltato il battito cardiaco del bambino, soggiunse: « Molto bene anche per il piccolo. Ha un cuoricino forte ».

« Sto tanto male », si lamentò lei, per niente rincuorata dall'ottimismo del dottore. « E ho una gran nausea. Forse ho esagerato con i Teegebäck. »

Il tempo passava e le contrazioni si facevano sempre più ravvicinate. Un paio d'ore più tardi Josepha lanciò un grido e, pochi istanti dopo, nacque il suo bambino.

« È una femmina », annunciò il dottore che l'aveva afferrata per i piedi e la faceva penzolare a testa in giù mentre recideva il cordone ombelicale. La bambina emise un vagito. Josepha, esausta, sorrise.

« Benvenuta, Dorothea », mormorò. E in quel momento le venne in mente Teresella. Chissà se aveva avuto un maschio o una femmina.

Napoli - Casa sul mare
febbraio 1915

1

SEDEVA su una barca in secca. Lo scialle nero di lana morbida avvolgeva lei e il bambino che succhiava il latte dal suo seno immenso, bianchissimo, solcato da un reticolo di piccole vene azzurre. A volte Teresa si chiedeva da dove venisse tutto quel latte che le inzuppava la camicia. Le capitava di attaccare al seno altri piccoli di giovani madri che non avevano abbastanza latte per le loro creature. « A buon rendere, Teresella. Che Dio ti benedica », la ringraziavano quando prendevano dalle sue braccia il loro piccolo finalmente sazio.

Il sole di febbraio era ancora debole, ma sufficiente a intiepidire l'aria del primo pomeriggio. Le giornate incominciavano ad allungarsi in prossimità della primavera. Pinuccio aveva compiuto tre mesi e diventava sempre più bello. Succhiava e dormiva. Cullandolo, Teresa gli parlava di Rosa, che riposava lassù sulla collina, di Benedetto, che era un padre tenero e un marito gentile, di nonno Matteo, che intristiva accanto a una moglie arida e cattiva, di zia Annina che era morta perché aveva creduto di poter volare.

« Era troppo buona per vivere in questo mondo », le aveva detto Matteo piangendo, quando era andata a trovarlo al mercato. « Annina era un angelo. Con quella sua tosse che non guariva mai, cresceva a stento. Era leggera e soffice come un uccellino. È salita sulla finestra annunciando ai bambini che la guardavano dal vicolo: 'Guardatemi, ora volerò'. Un balzo, e poi il tonfo. »

« Adesso ha messo davvero le ali. È diventata un angelo », aveva commentato lei, e aveva sentito uno strappo nel suo cuore. La disgrazia era accaduta in novembre, quando lei era in preda alle doglie, a Bello Fiore.

Una mano gentile si posò sulla sua spalla. Teresa ebbe un sussulto, il capezzolo sfuggì dalle labbra di Pinuccio che corrugò la fronte e si mise a piangere.

Era Benedetto che si chinò su di loro avvolgendoli in uno sguardo tenero, colmo d'amore.

« Ma che ci fai qui, a quest'ora? » si stupì Teresa. Riattaccò al seno il bambino. Matteo sedette sulla barca, accanto a loro.

« Avevo bisogno di stare con voi », disse lui, sommessamente.

« E lasci il lavoro così, per un capriccio? »

« Non un capriccio, una necessità. »

Solo allora Teresa notò che il marito aveva gli occhi umidi di pianto. « Che cosa ti succede? »

« Sono passato da casa. Non c'eravate. Allora sono sceso al mare e vi ho visti. Tu non immagini quanta bellezza e poesia riescano a esprimere una madre e il suo bambino. Io vi guardo e mi commuovo », sussurrò.

« Tu dici sempre cose bellissime. Diventi ogni giorno più istruito, mentre io affogo nel mare dell'ignoranza », replicò Teresa, grata al marito per tanta dolcezza. Ma il suo senso pratico ebbe il sopravvento.

« Ti licenzieranno, per questo », ribadì.

« Non c'è pericolo. Hanno bisogno di me. I padroni, finché sei utile, non ti cacciano », commentò aspramente.

« Non è vero. I Castiglia mi hanno accolto nella loro casa per pietà. Non avevano bisogno di me », si ribellò.

Pinuccio, ormai sazio, si staccò dal seno. Lei riabbottonò la camicia e scese dalla barca. Pinuccio si era addormentato e, tenendolo tra le braccia, si avviò verso casa seguita dal marito.

«Questo è quello che ti piace pensare. In realtà, i padroni non danno mai niente per niente», s'intestardì Benedetto.

«Non capisco. Ti fanno lavorare con una paga da operaio del Nord. E adesso non dirmi che sei tu che permetti a loro di produrre, perché le conosco le tue teorie. Buone soltanto a metterti nei guai e farti finire in prigione. Non ti capisco davvero. Del resto io sono ignorante. Però alcune cose le vedo. Vedo che sono finite le riunioni con i compagni, per esempio. Li eviti. Quando Pietro viene a trovarci, sembra che tu non abbia più argomenti per lui. C'è qualcosa che non va. Ma non so che cosa sia», disse tutto d'un fiato, mentre salivano le scale di casa.

La stanza era fredda. Per risparmiare, Teresa aveva lasciato che la stufa si spegnesse. Adagiò il bimbo sul letto, lo coprì con il suo scialle e cominciò a mettere legna nella stufa.

Benedetto si sdraiò sul letto, accanto al bambino.

«Pinuccio è bagnato», annunciò.

«Lo so. Non posso cambiarlo se prima non scaldo la stanza. E levati le scarpe quando ti butti sul letto», lo ammonì mentre soffiava sulla fiamma. E proseguì: «Già che siamo in argomento, vorrei anche sapere dov'è finito il ragazzo del quale mi ero innamorata. Non so se è stato il carcere a cambiarti, o se c'è un altro motivo. Da tempo parli poco, quasi niente. Poi ritorni a casa, quando dovresti essere in fabbrica, e ti metti a piangere. Posso sapere perché?»

Teresa era arrabbiata anche per un'altra ragione che non osò esporre: suo marito si sottraeva troppo spesso al dovere coniugale. Quand'erano a letto, lui la teneva stretta a sé e le diceva: «Ti voglio tanto bene, Teresella. Sei pura e fresca e buona come l'acqua del Serino», poi le dava le spalle e s'addormentava. Doveva essere lei a prendere l'iniziativa. Allora Benedetto l'assecondava.

«Ho i miei pensieri», disse lui.

«Perché non me ne parli?» gli chiese. La legna aveva preso fuoco e lei mise sulla stufa una pentola d'acqua per preparare la cena.

« Non so bene neppure io », brontolò lui. Levò le scarpe e anche i calzoni. Restò in mutande. Erano di flanella pesante, grigie, gli coprivano le gambe fino alle caviglie.

Teresa lo osservò e rise.

« Sei buffo », commentò.

« Che cos'è che ti fa ridere? » s'adombrò.

« Gli uomini in mutande sono buffi. »

« Perché? Quanti altri ne hai visti? » domandò, infilandosi sotto le coperte.

« Tanti », scherzò, e prese tra le braccia Pinuccio per lavarlo e cambiarlo.

« Vado alla fontana a fare il bucato », disse al marito, dopo aver sistemato il bambino.

« È quasi notte. Non puoi farlo domani? » osservò Benedetto.

« Le fasce non bastano mai. Faccio presto. Tu bada a Pinuccio », gli raccomandò prima di uscire.

Quando tornò, Benedetto e il piccolo si erano addormentati e lei sorrise, guardandoli. Ma fu un sorriso triste. C'era qualcosa che non funzionava in quel marito tenero e affettuoso. Gli andò vicino e pensò che avrebbe voluto entrare nella sua mente per sapere che cosa lo turbava. Gli sfiorò la fronte e Benedetto spalancò gli occhi, guardandola spaventato.

« Stai calmo, sono io », lo rassicurò.

« Scusami », disse lui. Si alzò, si rivestì e sedette al tavolo.

Lei riempì due piatti di pasta condita con aglio, olio e sale. Mangiarono in silenzio. Teresa scrutava il marito di tanto in tanto, perché sapeva che Benedetto voleva dirle qualcosa, ma non si decideva a parlare.

« Stanotte ho sognato che mi regalavi un uovo », disse lei.

« Dovrei regalartene cento, di cioccolato e pasta di mandorle », rispose lui.

« Porta male sognare il marito che ti regala un uovo », mormorò. « Significa che lui ti darà un dispiacere. »

Benedetto vuotò il piatto senza fare commenti.

« Ma tu non mi darai dispiaceri. Vero? » insistette.

« E basta con queste superstizioni. Siamo nel ventesimo secolo e tu ancora credi a queste leggende », sbottò.

Il bambino si svegliò e si mise a piangere. Teresa lo prese in braccio, si sedette sul letto e lo cullò.

« Benedetto, la stai facendo lunga. Di' quello che devi e finiamola. »

Per tutta risposta Benedetto si inginocchiò ai suoi piedi, le abbracciò le ginocchia e si mise a singhiozzare come un ragazzino disperato.

« Ti sei fatto l'amante », commentò Teresa, con voce spenta. Non sapeva da dove le fossero uscite quelle parole, ma nel momento in cui le pronunciò, seppe che erano vere.

2

Ezio Burgio, il direttore delle Distillerie di Santa Rosalia, era siciliano come la marchesa Carolina Mortillaro, sposata Castiglia. Era nato nel quartiere povero della Zisa, a Palermo, e aveva incominciato a lavorare come garzone, alle dipendenze del marchese Mortillaro, quando la distilleria era una piccola impresa artigianale. Aveva dieci anni ed era un bambino gracile e denutrito, ma intelligente e volonteroso.

Qualche volta, la giovane Carolina andava nella distilleria con il padre che le aveva segnalato quel ragazzino pieno d'ingegno e di voglia di lavorare.

« Mi sembra che abbia soprattutto bisogno di mangiare », aveva osservato lei che aveva quindici anni, era un fiore che stava sbocciando e si faceva notare per la capigliatura folta e ramata che le veniva dalla madre, Isadora Fitzgerald, un'irlandese arrivata in Sicilia per una vacanza. Si era innamorata dell'isola e del marchese e lì era rimasta per sempre.

Il marchese Mortillaro aveva accolto in casa sua il ragazzino. Mangiava e dormiva con la servitù. Non c'era voluto molto perché, con una buona alimentazione, il suo fisico si trasformasse. Divenne un ragazzo alto, robusto e forte. Lavorava il doppio degli altri e a quindici anni aveva già imparato perfettamente le procedure della distillazione e della vendita dell'elisir. Da garzone era diventato un collaboratore prezioso.

Qualche volta incrociava la marchesina che era stata promessa al principe di Calabria. La guardava come se fosse una visione celeste. L'adorava. La rabbia e la determinazione con cui affrontava il lavoro e la vita svanivano. Si sentiva debole, indifeso, si vergognava del suo viso senza attrattive, balbettava un saluto e fuggiva.

Era stato lui a convincere il marchese ad acquistare una nuova macchina, prodotta in Germania, per imbottigliare l'elisir e a disegnare una nuova etichetta dai colori sgargianti per le bottiglie. Aveva spiegato alle operaie, che osteggiavano la meccanizzazione perché temevano che le avrebbe private del lavoro, il valore di quella novità che alleggeriva la fatica, consentiva una produzione maggiore e quindi nuove assunzioni di personale. Aveva avuto l'idea di diffondere il prodotto su scala nazionale e incrementare la produzione diversificandola. All'elisir si erano aggiunti altri liquori.

Carolina si sposò e si trasferì a Napoli. Lui accarezzò l'idea di impiantare una fabbrica nel continente e ne parlò al marchese.

« È un grosso investimento. Potrebbe risolversi in una forte perdita », osservò il padrone.

Ezio Burgio preparò un progetto che prevedeva i costi al centesimo, compresi l'acquisto di nuove macchine e l'ampliamento della fabbrica, una rete di vendita adeguata e la reclamizzazione commerciale. Glielo sottopose. Il marchese Mortillaro pensò che l'amore può creare imprese sublimi. Ma non fece alcun commento in questo senso. Non sapeva e non voleva sapere che cosa ci fosse tra quel giovane dipendente e Carolina, ammesso che tra i due ci fosse qualcosa. Sapeva però che Ezio Burgio voleva quello stabilimento a Napoli per essere più vicino a sua figlia. Approvò il progetto, perché vedeva le premesse per un'ottima riuscita. Lo nominò direttore della nuova distilleria e gli garantì un salario elevato. Nel suo testamento assegnò a Carolina l'impresa di famiglia. Quando morì, Virginia era nata da poco. Vide la piccola e commentò: « Assomiglia molto a suo padre ». Carolina sussurrò: « Spero che sia altrettanto buona e intelligente ».

Gli anni passarono e Virginia si fece donna. Era sicuramente intelligente, ma il carattere ombroso e difficile non consentiva di capire se fosse anche buona.

Il giorno dopo averla conosciuta a palazzo Castiglia, Benedetto si presentò al direttore delle distillerie.

Impiegò un'ora per arrivare. Lo impressionarono l'imponenza degli impianti e l'odore acre che veniva dal settore della rettificazione dell'alcol. Ma soprattutto lo colpì il direttore, una specie di gigante dal volto squadrato con un naso imponente, a becco. Assomigliava alla principessa Virginia.

« La signorina Virginia », esordì il direttore, « mi assicura che sei un bravo meccanico. Lo vedremo. I turni di lavoro sono di dodici ore, con un intervallo di mezz'ora ogni quattro. La paga è doppia, rispetto a quelle correnti, ma qui non vogliamo operai sindacalizzati. Quando un dipendente ha una necessità, viene da me e ne parla. Troviamo sempre una soluzione. Nessuno viene licenziato, a meno che non si sia macchiato di una colpa grave. Se farai il tuo dovere ti troverai bene », concluse. Poi lo affidò al vicedirettore dello stabilimento perché gli illustrasse tutte le fasi della lavorazione dei distillati.

La sera, quando tornò a casa, Benedetto raccontò tutto a Teresa.

« Se voglio tenermi il posto, devo rinunciare alla lotta politica », annunciò.

« Sarebbe ora che lo facessi. Siamo una famiglia e dobbiamo pensare a Pinuccio », ragionò lei.

« Sai che cosa significa per me? » le domandò Benedetto.

« Certo che lo so. Significa che ti rendi conto delle tue responsabilità, che non sarò costretta ad andare a servizio affidando ad altri il nostro bambino, che potremo mettere da parte qualche soldo e qualche volta mi porterai al cinematografo che mi piace tanto. Si vede che da lassù mia madre ci aiuta e ci protegge», si infervorò lei.

Benedetto non le disse che quella era la fine delle sue speranze in un mondo migliore. Teresella lo sapeva benissimo.

Dopo una settimana di lavoro, uscendo a mezzanotte dalla distilleria, trovò Virginia che lo stava aspettando.

«Ti accompagno a casa», gli disse, scendendo da un'automobile per andargli incontro.

Benedetto fu avvolto dal suo profumo di gelsomino.

«Non è il caso, principessa», si ritrasse. Pensò che una signorina perbene, a quell'ora, avrebbe dovuto starsene in casa, invece di andare in giro con l'autista a stuzzicare un poveruomo affaticato da dodici ore di lavoro che desiderava soltanto ritornare a casa.

«Mi dispiace. Sono stanco. Perdonatemi», soggiunse.

Lei lo agguantò per un braccio. Era una presa forte e dolce. Il profumo di Virginia lo stordì.

Finirono in una casa sul porto, nell'ufficio di Enrico Castiglia che, dopo la sua morte, nessuno aveva più abitato né si era curato di smantellare. Soltanto Virginia vi si rinchiudeva, di tanto in tanto, in solitudine. Rovistava tra le carte del fratello e studiava i suoi disegni.

Non sapeva bene che cosa cercasse, ma le sembrava che lì dentro potesse esserci una soluzione allo scontento che la tormentava. Quella sera aveva deciso di portarci un uomo.

Che cosa ci faccio qui? si chiese Benedetto, mentre Virginia, che si era tolta il cappotto, osservava dalla finestra le navi nel porto.

C'era un'atmosfera inquietante nella grande stanza dove si diffondeva il profumo di Virginia.

«Mio fratello è morto pazzo. Lo sapevi?» disse la donna.

«Perché me lo raccontate?» chiese accostandosi a lei.

«Se fossimo stati figli dello stesso padre, penserei di essere pazza anch'io.» E proseguì: «La follia è ereditaria. È terribile non sapere chi è il proprio padre. Oppure saperlo, come nel mio caso, e dover fingere di ignorarlo».

«Nella vita ci sono cose peggiori.»

«Le inquietudini della mente sono gravi quanto quelle del corpo», sentenziò lei.

«Noi poveretti non abbiamo tempo per questo tipo di problemi. Per noi è già un successo riuscire a mangiare due volte al giorno», replicò Benedetto.

Virginia si voltò verso di lui e gli sorrise.

«Dimenticavo di avere di fronte un paladino dei diritti del proletariato. La differenza tra noi non è che tu sei uomo e io donna, né che tu sei povero e io ricca. È che tu non mi capisci, mentre io ti capisco perfettamente», affermò Virginia. Avvicinò il viso a quello di Benedetto e lo baciò a lungo, con passione, vincendo le sue resistenze.

Lui l'afferrò per la vita e la adagiò su un divano. Si amarono con la foga e il desiderio di chi fa l'amore per la prima volta. Lui scoprì quanto Virginia fosse dolce, arrendevole, avvolgente, sublime. Il profumo e il calore del suo corpo lo stordivano.

Quando tornò a casa, Teresa sedeva vicino alla stufa e allattava Pinuccio. Una candela, al centro del tavolo, rischiarava appena la stanza. Sulla stufa c'erano i suoi maccheroni tenuti in caldo. Nell'aria aleggiavano i profumi consueti dei pannolini lavati, stesi ad asciugare, della legna che bruciava piano piano.

«Ti voglio tanto bene, Teresella», sussurrò, baciandola sui capelli. Si sentiva colpevole.

«Mangia, amore mio», disse lei. «E vai subito a dormire. Sarai stanchissimo.»

Virginia prese l'abitudine di raggiungerlo a mezzanotte. Quando non la vedeva, si preoccupava. Non era innamorato, ma affascinato da quella donna singolare che non aveva niente da spartire con la sua vita. L'ufficio sul porto era diventato il luogo dei loro incontri d'amore. Ogni volta Benedetto si riprometteva di chiudere quel rapporto che lo metteva a disagio. Ogni volta rimandava a un'altra occasione. Con Virginia era aspro, violento, quasi volesse scaricare i suoi sensi di colpa su di lei. La viveva come un'ossessione di cui era incapace di liberarsi.

« Ma tu, che cosa vuoi da me? » la interrogava, a volte, scrollandola con rabbia.

Lei rispondeva con dolce ironia: « Tu sei un uomo vero, senza troppe complicazioni ».

« Non è esatto, principessa. Ci hai pensato tu a complicarmi la vita. »

Benedetto era confuso. Si era sposato con Teresa perché l'amava. Sua moglie era bella, onesta e semplice. Virginia era l'esatto contrario. Ma proprio per questo c'era qualcosa di misterioso che lo attraeva. Si dibatteva tra le due donne sapendo che Teresa rappresentava la solidità, mentre la principessa sarebbe sparita da un giorno all'altro.

« Se ti garantissi una rendita per Teresa e per vostro figlio, vivresti con me? » gli domandò lei, una sera.

« Tu non puoi garantire niente a nessuno, neppure a te stessa. Per te, sono un esperimento da laboratorio », constatò lui.

« Pensaci, Benedetto. Credo di averti fatto una proposta onesta », insistette.

Ora, Teresa gli aveva appena detto: « Ti sei fatto l'amante ». Avrebbe voluto negare, ma sarebbe stato un insulto alla dignità di sua moglie. Teresa non meritava bugie.

« Ti voglio bene », ripeté.

« Deve essere una donna ricca. Ti porti sempre addosso il suo profumo che è molto costoso. È quello che usa la principessa Virginia », osservò Teresa, con voce pacata.

« Taci », le ordinò. Si sdraiò sul letto, gli occhi fissi al soffitto.

« Perché? Sono settimane che muori dalla voglia di confessarmelo. »

Pinuccio si era riaddormentato e lei lo adagiò sulle due sedie che gli facevano da culla.

« È vero », sussurrò il marito.

Teresa si svestì, indossò la camicia da notte e s'infilò nel letto accanto a lui. « Povero marito mio », mormorò con tenerezza. « Dovrei farti una scenata di gelosia, dovrei ricoprirti d'insulti. Non lo farò. Mia madre ha fatto tante scenatacce a mio padre quando s'incapricciava di una donna. Non è servito a niente. Poi è morta. Ma io non morirò come lei. Ho intenzione di vivere a lungo perché nostro figlio ha bisogno di me. Ma tu, Benedetto, sei davvero nei guai e io non posso aiutarti. Non so come potrai venirne fuori da solo. E adesso dormi, perché domani dovrai recuperare le ore di lavoro che non hai fatto oggi. Possono licenziarti quando vogliono. Lo sai? Certo che lo sai. Buonanotte, povero marito mio », concluse. Allungò una mano fuori dalla coperta e la posò sul capo del suo bambino.

Benedetto fu svegliato da un silenzio insolito. La stanza era fredda, la finestra ancora chiusa. Teresella non c'era. Non c'era neppure il bambino. La cassapanca che conteneva gli indumenti di sua moglie e di Pinuccio era vuota.

Sul tavolo trovò un foglio di quaderno su cui Teresa aveva scritto: « Caro Benedetto, non sei più un buon marito, né un buon padre per il nostro bambino che adesso è solamente mio. Ti lascio e porto Pinuccio con me. Vado in Austria perché la principessa Josepha ha bisogno di una balia. Non voglio più vederti. Mi hai fatto troppo male al cuore ».

Da Napoli a Merano
febbraio 1915

1

«RAGAZZINA, hai sbagliato carrozza. I vagoni di terza classe sono laggiù », disse il capotreno, che era un ometto segaligno con un paio di baffi così folti e grandi da nascondergli il viso.

« Guarda che io so leggere », replicò Teresa con piglio energico. « Qui sta scritto: prima classe, signora Zicrì e figlio », soggiunse mostrando il biglietto ferroviario e il piccolo che teneva tra le braccia.

L'ometto baffuto guardò prima il biglietto e poi lei con diffidenza.

« Ce l'hai un documento di identità? » domandò.

« Dopo te lo mostro. Adesso fammi salire in carrozza », decise.

« Nossignora. Me lo devi mostrare subito », insistette lui.

« E allora, reggi qua », disse con stizza, mettendogli in braccio il bambino che si mise a strillare. Aprì la sacca in cui aveva riposto gli indumenti, trovò il documento e glielo consegnò. « Controlla e poi occupati della mia borsa. Che ti credi? Non sono una pezzente, io. »

Si riappropriò del bambino e salì sulla carrozza. Il capotreno la seguì portandole la borsa.

« Scusate tanto, signora », farfugliò e spalancò la porta dello scompartimento. Sembrava un piccolo salotto. C'erano due divani di velluto rosso cremisi, con centrini bianchi di pizzo sullo schienale e sui braccioli, un tappeto rosso, tendine al finestrino e un tavolino di legno con una bottiglia d'acqua fresca e bicchieri. Teresa si guardò intorno intimidita.

« Accomodatevi, signora », disse il capotreno. « Il convoglio parte tra un quarto d'ora. Per qualunque necessità suonate questo campanello. L'addetto al servizio si occuperà di voi. » Fece un mezzo inchino, uscì e richiuse la porta.

Teresa quasi non osava sedersi. Si sentiva inadeguata a quel salotto confortevole. Vide passare nel corridoio persone eleganti che chiacchieravano e sperò che nessuna occupasse gli altri posti liberi dello scompartimento. Aveva già abbastanza guai e non se la sentiva di affrontare il sarcasmo e il disprezzo dei signori per l'umiltà del suo abbigliamento. Temeva inoltre che i vagiti di Pinuccio potessero disturbare gli altri passeggeri. Fosse dipeso da lei, avrebbe viaggiato in terza classe. Anzi, non si sarebbe neppure messa in viaggio. Non aveva alcun desiderio di lasciare la sua città per andare lassù, in un luogo che non conosceva, tra gente che non parlava la sua lingua. Ma questa volta Benedetto aveva combinato un grosso guaio. L'aveva ferita e umiliata.

Ora, però, si chiese se questa fuga fosse la soluzione migliore. Sua madre non avrebbe mai agito così. Fosse stata ancora in vita, le avrebbe detto: « Lascia perdere, Teresella. Gli passerà e tornerà da te, prima di quanto tu creda ». Ma Rosa non c'era più e lei stava soffrendo troppo per quell'affronto. Era scappata lontano da un uomo che lei aveva idealizzato, considerandolo sincero, solido, onesto, generoso. Invece, Benedetto era esattamente come tutti gli altri uomini: infantile, debole, egoista. Per settimane aveva soffocato i sospetti. Quando aveva ricevuto una lettera di Sofia che le chiedeva di raggiungerla in Austria perché Josepha non aveva abbastanza latte per la bambina, Teresa le aveva risposto che non poteva lasciare suo marito. Poi, era arrivata una lettera di Josepha. « Mi avevi detto che se avessi avuto bisogno di te mi avresti aiutata. Ora la mia piccola Dorothea ha bisogno del tuo latte. Vieni con il tuo bambino, ti prego. Sarai nutrita e alloggiata nel migliore dei modi.» Aveva accluso del denaro e il biglietto del treno.

Teresa non ne aveva parlato con il marito, perché era fermamente decisa a rifiutare l'invito. Ma non sapeva come formulare una risposta cortese. Prima o poi le sarebbero venute in mente le parole giuste. Così erano passati alcuni giorni e, quella notte, seppe d'aver fatto bene a temporeggiare. Dalla stazione aveva spedito un telegramma a Merano per annunciare il suo arrivo.

Forse, se non avesse avuto quella possibilità, non se ne sarebbe andata. Invece, nel cassetto del tavolo c'erano la lettera di Josepha, il biglietto del treno, il denaro. Aveva agito d'impulso.

Ora risuonò il fischio che annunciava la partenza del lungo convoglio diretto al Nord. A Bello Fiore il maestro le aveva mostrato una cartina geografica dell'Europa. Così aveva imparato che l'Italia aveva la forma di uno stivale, era una penisola stretta e lunga, e lassù, dove lo stivale si apriva come un ventaglio, c'erano i confini con le altre nazioni: la Francia a ovest, la Svizzera nel mezzo, l'Austria a est. Il Sudtirolo non era molto lontano dal confine con l'Italia. Restavano tuttavia centinaia di chilometri da percorrere. Sarebbe arrivata a Merano il giorno seguente. Chissà se il pane e il formaggio che si era portata da casa sarebbero stati sufficienti per il lungo viaggio! Tuttavia, non seppe che cosa rispondere al cameriere che si presentò, di lì a poco, per domandarle se voleva recarsi al vagone ristorante dove sarebbe stata servita la prima colazione. Lei stava allattando il piccolo, si coprì velocemente il seno con lo scialle e la prima risposta che le venne in mente fu: «Non mi serve niente, grazie».

Il treno correva veloce lungo campagne desolate, boschi, prati. Cullava Pinuccio mentre, dal finestrino, vedeva scorrere paesi a ridosso della massicciata e altri arroccati sulle cime dei monti.

Accarezzava il bimbo e il pensiero andava a Benedetto che forse stava disperandosi per averla perduta. Si augurò che l'amante dal profumo costoso non riuscisse a consolarlo, perché lui non lo meritava. Lo odiava profondamente per averla costretta a fuggire. Lo amava perché era il solo uomo che avesse conosciuto, perché doveva a lui se aveva imparato a leggere e a scrivere, perché era il padre di Pinuccio, perché le aveva insegnato a credere in un mondo migliore.

Il bambino si mise a piangere e lei pianse con lui.

«Le lacrime inacidiranno il vostro latte», disse l'uomo dai grandi baffi, affacciandosi alla porta del suo scompartimento. E soggiunse: «Voi dovete ridere, perché così farete buon sangue e buon latte. E dovete anche nutrirvi. Ho detto allo chef che vi faccia mandare qui un pasto completo e farò anche in modo che non vengano altri passeggeri in questo scompartimento».

Fu un lungo viaggio. Il treno si fermava nelle stazioni di grandi città di cui Teresa non conosceva neppure il nome. Arrivavano i facchini con un carretto tirato a mano a prelevare bagagli o a consegnarli. Ai viaggiatori, che si affacciavano dai finestrini, venivano offerti giornali, cuscini, cestini da viaggio. Sembrava che il treno non dovesse più ripartire. All'improvviso si sentiva un fischio acuto e la locomotiva si rimetteva lentamente in moto. Fu così per tutto il giorno e parte della notte. Teresa sentiva passi lungo il corridoio, ordini impartiti, lamentele di passeggeri perché lo scompartimento era troppo freddo o troppo caldo. Pinuccio a volte piangeva e, per farlo tacere, gli offriva il seno. Era quasi l'alba quando il capotreno le annunciò che stavano arrivando al confine. Lì il convoglio si sarebbe fermato per un'ora, il personale italiano sarebbe sceso per dare il cambio a quello austriaco. Una guardia di frontiera volle vedere il suo biglietto, i documenti e poi, in un italiano che assomigliava molto a quello di Josepha, le disse che doveva scendere a *Bozen*. Nacque una piccola disputa, perché Teresa sapeva di dover scendere a Bolzano. Infine capì che *Bozen* era il nome tedesco di Bolzano dove avrebbe trovato qualcuno ad attenderla.

Infatti c'era Sofia che le andò incontro, l'abbracciò e le mise sulle spalle un mantello perché faceva un gran freddo. C'era anche un vecchio, vestito in modo buffo. Portava calzoni di cuoio, una giacchetta con i bottoni d'argento e un cappello guarnito con un pennacchio. Era Toni.

Salirono su un altro treno che aveva soltanto due carrozze: una di prima classe e una di terza.

« Tra due ore saremo a casa », annunciò Sofia. Il treno costeggiava l'argine di un fiume. Teresa, dal finestrino, vedeva scorrere piccole case di legno scuro dai tetti aguzzi e, a ogni fermata, sentiva la voce stentorea di un ferroviere che annunciava nomi strani: Burgstall, Postal, Gargazon.

La stazione di Merano era minuscola. C'era un calesse che li aspettava. Il cavallo mangiava la biada dentro un sacco che gli pendeva dal collo. Toni lo accarezzò sul muso, lo liberò del sacco e slegò le redini. Le donne salirono sul calesse mentre Toni prese posto a cassetta. Il cavallo si mosse e attraversarono la città.

Teresa vide i monti coperti di neve, le botteghe di cui non riusciva a leggere le scritte, le persone che camminavano per strada vestite in un modo strano.

« Che cosa ne sarà di me e del bambino? » s'interrogò sottovoce. Si sentì proiettata in un mondo sconosciuto.

« Avremo tempo per parlare », disse Sofia. « Non avrei insistito per farti venire se non fossi stata sicura che questa fosse una buona soluzione anche per te. »

Merano - Schloss Rundegg
febbraio 1915

1

La notizia era arrivata fino a Merano. La storia tra la principessa Virginia Castiglia e l'operaio Benedetto Zicrì era nota a tutti, tranne che a Teresa.

Ezio Burgio, il direttore della distilleria, si era sentito in dovere di informare Carolina, perché quella faccenda gli sembrava molto sconveniente.

Carolina andava a trovare Burgio ogni settimana, quasi sempre il sabato mattina, a Posillipo, nella casa a due piani dove abitava da molti anni. Vi si accedeva da un piccolo giardino tenuto con cura e ricco di fiori. Sotto il pergolato, che correva lungo la facciata della casa, c'erano un tavolo rotondo, con il piano in marmi policromi, e poltrone in vimini su cui la principessa sedeva, anche d'inverno, purché ci fosse un po' di sole ad accarezzarla.

Ezio le andava incontro a metà giardino, le baciava la mano e la guidava lungo un piccolo viale pavimentato in cotto, fino al pergolato. Gli incontri del sabato mattina erano un rito che si ripeteva da oltre vent'anni, da quando Virginia era ancora bambina e loro avevano smesso di vedersi di nascosto. Non appena si sedevano al tavolo, uscivano da casa le due domestiche, una anziana, che era la governante e serviva Ezio da trent'anni, e l'altra giovane, che era la donna « tuttofare ».

Portavano cuscini, bevande fredde o calde a seconda della stagione e, non appena rientravano in casa, la principessa e il direttore cominciavano a discorrere quietamente. Parlavano dell'azienda, della famiglia, di investimenti, di politica economica, si scambiavano pettegolezzi sulle persone più in vista della città.

In dicembre, poco prima delle festività natalizie, Ezio aveva rivelato alla principessa della nuova relazione di Virginia.

« Abbiamo un problema, Carolina », aveva esordito l'uomo.

« Devo esserne informata? » si era difesa lei, sperando di evitare un cruccio.

« Sì, poiché si tratta di Virginia », aveva replicato Ezio. E le aveva raccontato la storia con Benedetto Zicrì.

« Li ho seguiti. Vanno sul porto, nello studio di Enrico. Naturalmente è stata lei a cercarlo. Lui è un bravo operaio. È intelligente e curioso, com'ero io alla sua età. Ma è anche un bel ragazzo, diversamente da me. Avevo persino considerato la possibilità di fargli seguire un corso di chimica. Sul lavoro, quando ti capita un elemento prezioso, bisogna sempre favorirlo. Avrei voluto investire su di lui, anche perché è onesto. »

« Licenzialo », aveva detto lei.

« Non servirebbe. E tu lo sai meglio di me. »

« Virginia non può perdersi con un operaio », aveva protestato la principessa.

« E sei proprio tu a dirlo? »

« È colpa mia. Sono sempre stata molto gelosa di questa ragazza. Ha il fuoco nelle vene. »

« Come noi, quand'eravamo giovani. »

« Come te. Io sono tranquilla da un pezzo », puntualizzò lei.

« Anch'io. Non preoccuparti. Ho passato i sessant'anni e, quando mi corico, ho soltanto bisogno di dormire. »

« Siamo diventati vecchi, Ezio », aveva commentato Carolina, con un sospiro di rassegnazione.

« Mandala a fare un viaggio e che sia lontano », aveva suggerito l'uomo.

« Credi che possa manovrarla così facilmente? »

«È ingovernabile. Lo so.»

«C'è soltanto da sperare che si stanchi presto, come ha fatto con altri.»

«Questo non accadrà, perché lui la sfugge. Credo che voglia bene a sua moglie», ragionò Ezio.

«Non sapevo che fosse sposato», commentò la principessa.

«Avevo dimenticato di dirtelo. La moglie è una giovane che vi siete presi in casa da piccola. È rimasta incinta e se ne è andata, com'era giusto.»

Il viso di Carolina s'illuminò.

«La piccola *protégée* di Joséphine!» esclamò. «Si chiama Teresa. Ha avuto un figlio. E Joséphine ha poco latte. Va immediatamente spedita in Austria. Se il marito le vuole bene, la seguirà», concluse con un sospiro di sollievo.

Aveva fretta di tornare a palazzo. Doveva telefonare immediatamente a Josepha per segnalarle l'opportunità di prendere Teresella come balia, e di sistemare anche il marito, se l'avesse raggiunta.

Quando Teresa fece il suo ingresso nel castello, tutti l'accolsero festosamente.

Le era stata destinata una camera nella torre, che avrebbe diviso con Pinuccio e Dorothea.

Nella stanza da bagno trovò una tinozza già piena d'acqua calda. Il bagno attenuò la stanchezza del lungo viaggio e Sofia l'aiutò a lavarsi i capelli.

«La nostra signora, come sai, ama la pulizia. Dovrai fare il bagno ogni giorno. E lo farai anche a Pinuccio», l'informò.

Per lei erano pronti biancheria e abiti nuovi, tanto diversi dagli indumenti a cui era abituata. Era troppo confusa e infelice per apprezzare quelle piacevoli novità. L'unica consolazione le venne da Sofia con la quale poteva parlare la stessa lingua e alla quale raccontò, singhiozzando, il tradimento del marito.

« Benedetto meritava questa punizione », commentò la domestica, che le tacque il fatto di sapere già tutto. « Presto capirà d'aver sbagliato e verrà a cercarti. »

« Tu non capisci, Sofia. Io gli voglio bene, ma non lo stimo più. Anche se venisse davanti a me in ginocchio, io non potrei perdonarlo », disse amareggiata.

« Lascia tempo al tempo. Le cose si aggiusteranno », replicò Sofia senza crederle, poiché Teresa era caparbia quanto l'amante di Benedetto, ma era generosa e sapeva perdonare.

Intanto, per distrarla dalla malinconia, le diede istruzioni sulle incombenze che avrebbe dovuto svolgere. Ogni giorno doveva fare il bagno ai bambini, lavare fasce, magliette e pannicelli e stirarli, tenere pulita e arieggiata la camera, rifare i letti sprimacciando i cuscini e rigirando i materassi.

« Non dovrai preoccuparti per i pasti. Pranzo e cena saranno sempre pronti per te. Così come tu dovrai essere sempre pronta a portare alla signora la piccola Dorothea, ogni volta che lei te lo chiederà. Sappi che la bambina è la luce dei suoi occhi. Comportati di conseguenza », l'ammonì.

La chiamavano Thea, aveva due mesi e Teresa la paragonò alla statua in cera di Maria Bambina che riposava in una culla d'oro, avvolta nella seta e nei merletti, nella chiesa dell'Immacolata Concezione. Ebbe timore di prenderla in braccio.

« Com'è bella! » sussurrò rapita.

« Aspetta di sentirla quando strilla. Ed è sul punto di farlo, perché ha molta fame », le disse Josepha.

Gliel'aveva portata nella sua camera e la teneva tra le braccia, mentre si guardava intorno per controllare che tutto fosse in ordine. La piccola spalancò la boccuccia dalle labbra sottili e rosee, sbadigliò e cominciò a piagnucolare agitando le braccia. Pinuccio, che dormiva nella sua culla, si svegliò e incominciò anche lui a piangere.

Teresa agì d'istinto. Si impossessò della bambina, si slacciò il corpetto e le offrì il seno. Poi, sedette su uno sgabello e con un piede prese a dondolare la culla di suo figlio. Tacquero entrambi. Josepha le sorrise.

« Molto bene », commentò. E continuò: « Ora io sto qui e aspetto che Thea finisca di poppare. Poi la pesiamo », indicandole una bilancia smaltata di bianco che era su un cassettone. « La bambina finora non ha mai preso più di ottanta grammi di latte. Il dottore dice che dovrebbe prenderne almeno il doppio. Vediamo quanto riesce a succhiarne da te ». La pesò quando Thea mostrò di essere sazia.

« Molto bene », ripeté la signora. « Ha preso centoquaranta grammi ».

« Che sarebbero venti in meno di quanto le spetta », si scusò Teresa.

Prima di allora non aveva idea che si dovessero pesare i bambini per sapere quanto avevano mangiato.

« È giusto così », decise Josepha. « Andrà meglio con il prossimo pasto. Ora puoi badare a tuo figlio. Ricorda che adesso hai due bimbi da nutrire e dovrai mangiare molto. »

« Sì, signora », rispose lei, intimidita.

« Dalla pure a me. Te la riporterò fra tre ore. »

Teresa prese in braccio il suo bambino e pianse. Le sembrava di averlo defraudato di una parte di sé.

« Povero piccolino », sussurrò. « Senza padre e con mezza madre. Che cosa ne sarà di te? » La consolò soltanto il fatto che suo figlio, finalmente, dormiva in una culla invece che su due sedie accostate. Ma lei si sentì come un animale da latte sradicato dalla propria stalla e confinato in un pascolo ricco, ma estraneo.

2

ERA al castello da cinque giorni quando arrivò Benedetto.

« È giù in cucina. È arrivato a mezzogiorno quando tu riposavi. La signora non ha voluto che fossi disturbata. Adesso puoi scendere da lui », le disse Sofia.

Benedetto era pallido. Aveva gli occhi segnati dalla stanchezza.

« Buongiorno, Teresa », le disse, alzandosi dalla panca dov'era stato confinato per un paio d'ore.

Lei non riuscì a rispondergli. Chinò il capo.

Petra disse qualcosa in tedesco a Sofia che tradusse: « Potete uscire in giardino, se volete ».

Teresa si avvolse nello scialle e lo precedette lungo il viale che conduceva al fienile. Notò gli scarponi infangati, il mantello stropicciato e il cappello gualcito. Pensò che avesse fatto un brutto viaggio. Il sole scomparve dietro la montagna. Entrarono nel fienile e Teresa lo invitò a sedere su un tronco d'albero, pronto per essere segato e fatto a pezzi.

« Il bambino dov'è? » domandò lui, con voce stanca.

« Lassù. » Teresa indicò con l'indice la torre del castello.

Benedetto vide una luce fioca che veniva da due finestrelle sotto un tetto alto e spiovente.

« Come vi trattano? » chiese lui.

Teresa non si curò di rispondergli.

« Come sei arrivato fin qui? » s'informò.

« Come tutti quelli che non hanno un lasciapassare. Dal confine ho attraversato le montagne a piedi. Sono venuto per riportarti a casa », rispose lui.

« Se ti trovano, finisci un'altra volta in prigione », ragionò Teresa. E subito dopo l'incalzò: « Che cos'ha quell'altra di speciale? »

Finalmente era riuscita a formulare la domanda, che l'assillava da giorni. Benedetto era un uomo leale, intelligente e coraggioso, non avrebbe mai potuto trascurare la sua famiglia per una donna qualsiasi. Nella sua immaginazione, l'altra era una specie di creatura divina con la quale non sarebbe mai riuscita a confrontarsi.

« Niente », sussurrò il marito.

Teresa si alzò e lo guardò dall'alto in basso.

« Che cosa vuoi dire? » chiese.

« Che non ti assomiglia neppure in un capello. E una donna che non ti assomiglia, per me è niente », precisò lui.

Non si aspettava il manrovescio che lo colpì tra occhio e orecchio, improvviso e violento. Perse l'equilibrio e da seduto che era, si ritrovò a terra, stordito e dolente.

« E tu hai distrutto la tua famiglia per una donna che è niente? Allora sei proprio un idiota », disse Teresa, con disprezzo. E aggiunse: « Non venirmi mai più tra i piedi ». Si girò e se ne andò. Ma avrebbe voluto rifugiarsi tra le braccia di quell'uomo che amava e ricostruire la loro famiglia. Desiderava ritornare nella piccola stanza, sotto il Castel dell'Ovo, vedere sopra di sé il cielo della sua città, sentire le voci della sua gente, dividere il letto con suo marito.

Benedetto la raggiunse, la imprigionò tra le braccia e la baciò. Fu un bacio infinito, più eloquente di qualsiasi spiegazione.

« Adesso che cosa faccio? » sussurrò Teresa.

« Ascolta soltanto il tuo cuore, Teresella », disse lui.

« Devo andare dai bambini. Chiederò che ti diano qualcosa da mangiare e un posto dove dormire. Questo mi dice il mio cuore », mormorò.

Tornò di corsa al castello. Josepha la stava aspettando nel vestibolo.

« Vieni, ti devo parlare », le disse, aprendo la porta della *Stube*.

Teresa, che era già inquieta, prese a tremare. Forse avevano denunciato Benedetto, oppure qualcuno li aveva visti mentre si baciavano e ora la mandavano via.

« È l'ora della poppata », si difese, senza muoversi dalla soglia della *Stube*.

« Aspetteranno per qualche minuto. C'è Sofia con loro », insisté Josepha.

Teresa, vinta e rassegnata, s'inoltrò nella stanza.

« Lo sai in quale guaio si è messo tuo marito entrando in questo Paese senza permesso, vero? » esordì la signora.

Non volendo guardarla negli occhi, Teresa fissò la piccola spilla rotonda, fatta di foglioline d'oro e ciclamini di smalto colorato, che chiudeva il fiocco della camicetta d'organza di Josepha. Si limitò ad annuire.

« Ne ho già parlato con il colonnello », proseguì la signora, riferendosi al marito che era stato promosso di grado. « Si è attivato per sistemare la sua posizione », concluse.

« In che senso? » domandò Teresa, sommessamente.

« Avrà presto tutti i documenti in regola. Potrà vivere qui, come cittadino straniero. Alloggerà con Toni, nella stanza dietro il fienile, e gli darà una mano. Toni ha bisogno d'aiuto. Adesso puoi andare », la congedò, sorridendole.

Teresa salì le scale di corsa e raggiunse la stanza nella torre dove Pinuccio e Dorothea strillavano, perché avevano fame.

Lei allattò prima la bambina. Poi l'affidò a Sofia e si dedicò a Pinuccio.

« Papà è tornato », gli sussurrò. « Domani lo vedrai. Mangia, tesoro. »

Né Teresa, né Benedetto avrebbero mai potuto immaginare quale parte avesse avuto la principessa Carolina in quella loro nuova sistemazione. Se Benedetto fosse stato arrestato alla frontiera, probabilmente non avrebbe potuto salvarlo. Ma poiché era riuscito ad arrivare fino a Merano, si era data da fare perché restasse lì, lontano da sua figlia, il più a lungo possibile.

Teresa portava sempre il bambino con sé, quando incontrava il marito. Potevano vedersi una volta al giorno, prima di cena. Si arrampicavano sul fienile, si isolavano su quell'immenso letto profumato, parlavano, vezzeggiavano il bambino, e se Pinuccio si addormentava, facevano l'amore. Giorno dopo giorno Benedetto imparò da Toni il dialetto del Sudtirolo, mentre Teresa si rifiutava di pronunciare una sola parola di quella lingua difficile.

« Io sono soltanto la balia. L'unico linguaggio che i bambini conoscono è quello dell'amore. Io li amo e li nutro. Con loro parlo in napoletano e mi capiscono benissimo », sosteneva.

Dopo anni di contestazione, Benedetto aveva ritrovato a Merano le sue origini contadine. Spaccava la legna, vangava la terra, accudiva gli animali. Lavorava dall'alba al tramonto e lo faceva con gioia. Per lui c'erano sempre una minestra calda e carne ben cucinata. C'era anche la guerra, ma nessuno sembrava accorgersene, tranne le famiglie i cui uomini erano al fronte a combattere. La vita, in quella piccola città, conservava i soliti ritmi. Il sole nasceva e tramontava, la terra offriva foraggio e frutti, le vacche figliavano e davano latte. Le assenze del colonnello Valeschi, invece, diventavano sempre più lunghe e Josepha era spesso triste.

Dopo un mese di permanenza al castello, la signora chiamò Teresella nella *Stube*. Le tese una scatolina di velluto.

« È per te, balia », disse.

Teresa l'aprì e vide una catenella e un paio di orecchini d'oro e granati.

« Per me? » chiese stupita.

« Thea è aumentata di otto etti. Hai diritto a questo dono. Puoi metterli subito, se lo desideri», spiegò Josepha. E proseguì: «A fine baliatico, oltre al denaro che ti spetta, avrai la spilla d'oro e l'anello».

Teresa non sapeva come ringraziarla. Arrossì di piacere e abbassò lo sguardo. Sulla panca, accanto alla stufa, sopra i giornali in lingua tedesca, ce n'era uno italiano con un grande titolo: «La guerra è decisa e imminente. Trieste si solleva gridando: 'Morte all'imperatore'».

«A questo siamo arrivati!» mormorò.

«Se non succede un miracolo, mio marito dovrà combattere contro di noi», sussurrò Josepha, e gli occhi le si riempirono di lacrime.

«Com'è possibile che gli italiani si siano messi contro l'Austria?» chiese Teresa, e capì, in quel momento, di non essere più ospite in un Paese amico.

Josepha le sorrise tristemente.

«Non tutti gli italiani la pensano come te. Mio marito andrà in guerra e ci andrà anche il tuo.»

«Io non sarò mai vostra nemica, signora», affermò la balia.

«Come io non potrò mai considerare mio marito come un nemico. Ma le guerre non tengono conto dei sentimenti.»

«Non potrò più restare qui», sussurrò Teresa.

«Oh, sì. Non puoi tornare a Napoli con il bambino. Sareste soli, perché tuo marito ha già ricevuto un invito a lasciare questo Paese. È stato richiamato. Andrà a combattere», la informò la signora.

«Ma per chi? Per che cosa?» chiese Teresa, disperata.

«Non farti troppe domande, balia. Non serve a niente. Dobbiamo soltanto avere fiducia.»

«In che cosa, signora?»

«In Dio, nella sorte, in un miracolo. Comunque, non dobbiamo disperare. Non c'è ancora stata la dichiarazione di guerra», tentò di consolarla, sebbene sapesse che le sue erano parole vuote.

Quella sera, nel fienile, Teresa e Benedetto non ebbero tempo per le solite effusioni.

« La signora dice che, siccome la dichiarazione di guerra ancora non c'è stata, può darsi che non succeda niente. » Teresa si aggrappava a questa speranza.

« Teresella, non farti illusioni. Comunque, io devo ritornare in Italia. »

« Lo so. Voglio venire con te. »

« No. Qui, anche senza di me, non ti mancherà niente. A Napoli saresti completamente sola. »

« I soldati hanno le licenze. Qualche volta potremmo rivederci. Se resto qui, in un Paese nemico, non sarà possibile neppure scriverci. »

« Non sarà per molto. La guerra dura già da un anno. Se noi italiani daremo manforte ai francesi e agli inglesi, tutto potrebbe concludersi in pochi mesi. »

« Sei sicuro? »

« Ti stanno bene questi orecchini », osservò Benedetto, per non risponderle.

Teresa se ne levò uno e glielo mise in mano.

« Portalo con te. Me lo restituirai quando ritornerai. »

« Giuro che te lo riporterò », promise lui, abbracciandola.

Il 24 maggio le truppe italiane varcarono il confine sul Piave. Benedetto Zicrì era tra queste. Il suo comandante era Lorenzo Valeschi.

Merano - Schloss Rundegg
agosto 1915

1

Pinuccio compì nove mesi. Thea ne compì sette. I due piccoli crescevano bene e richiedevano continue attenzioni che impedivano alle loro madri di abbandonarsi troppo spesso alla preoccupazione per la sorte dei loro mariti.

Dal fronte sull'Isonzo arrivavano poche notizie. I giornali pubblicavano bollettini confusi e contrastanti. Ogni giorno sembrava che la guerra fosse sul punto di concludersi a favore di uno schieramento o dell'altro.

Josepha e Teresa si confidavano le loro angosce.

« Siamo milioni di mogli, di madri, di sorelle in ansia per i nostri uomini, senza distinzioni di confini e di ceti sociali », disse Josepha, « eppure la mia situazione è ancora più terribile perché Lorenzo è andato a combattere per il suo Paese, contro il mio. »

Teresa non capiva l'ostinazione di Josepha nel considerarsi suddita austriaca. Dopo tutto aveva sposato un italiano e la sua bambina si chiamava Valeschi. Era italiana. Perché non si decideva a stare da una parte solamente? Non osava, tuttavia, esternare queste considerazioni.

« Che bisogno c'è di scannarsi, quando basterebbe mettersi insieme, discutere e trovare un accordo? » osservò Teresa.

« Vedi, balia », rispose Josepha, « le soluzioni si trovano sempre. Molto spesso si presentano da sole. Ma prima ognuno vuole imporsi con la forza. Vengono fuori vecchi rancori, tornano a galla questioni insolute, si scatena l'aggressività. So che il nostro imperatore non voleva la guerra, ma il re di Prussia sì. Non la volevano tutti gli italiani, ma molti di loro sì. La voleva lo zar, per recuperare credibilità con la sua gente, e la Francia per pareggiare un vecchio debito con l'Austria. E così via. Un giorno, fra qualche mese o qualche anno, la guerra finirà e i veri sconfitti saranno i soldati di ogni nazione che sono morti. Voglia il Signore che tuo marito e il mio non siano tra questi.»

Arrivò Sofia, di corsa.

«Una telefonata per lei, signora», annunciò affannata.

Josepha si precipitò a rispondere. Una voce maschile che non conosceva le disse di prendere il treno di mezzogiorno.

«Il capostazione ha una busta per lei. Segua le istruzioni», ordinò l'interlocutore che si era espresso in tedesco.

Lei si portò le mani al viso. Era allarmata e confusa. Pensò al marito. Si domandò se quell'ordine misterioso potesse avere qualche attinenza con lui.

«Lei chi è?» domandò.

La comunicazione si interruppe.

Josepha uscì in giardino e chiamò Toni.

«Attacca il cavallo. Devi portarmi immediatamente alla stazione», annunciò.

Poi abbracciò la sua bambina.

«Devo partire. Abbi cura di Thea», si raccomandò a Teresa.

Prese la piccola borsa da viaggio che aveva sempre pronta per ogni evenienza. Salì sul calesse. Arrivò in stazione quando mancavano pochi minuti alla partenza del treno per Bolzano. Il capostazione la vide e le andò incontro. Si levò il berretto in segno di ossequio e le tese una busta.

«Qualcuno l'ha consegnata al macchinista che partiva da Bolzano con il treno delle otto. Era un militare. Si è raccomandato di consegnarla a voi», spiegò.

Josepha conosceva il capostazione fin da quando era bambina. Prima che la ferrovia arrivasse a Merano, faceva il droghiere. Quando andava nella sua bottega con la mamma, lui apriva un grande barattolo di vetro pieno di caramelle all'anice, lei infilava la mano nel barattolo e ne prendeva una.

« Una sola? » domandava lui. Josepha ne prendeva un'altra e diceva: *« Danke, Herr Pretzel »*. La sua drogheria c'era ancora. La gestivano i suoi figli.

« Danke, Herr Pretzel », disse, prima di salire sul treno.

C'erano altri passeggeri nello scompartimento. Li conosceva di vista. Si salutarono. Lei aprì la busta.

« Hotel Greif », lesse. Non c'era altro.

L'albergo *Greif* era in piazza Walther, a Bolzano. Non sapeva chi la stesse cercando, né perché. Tuttavia, era evidente che si trattava di un incontro con qualcuno che aveva qualcosa di importante da dirle. Pregò perché fosse una buona notizia.

La piazza Walther era vicinissima alla stazione. Appena scesa dal treno fece la strada quasi di corsa. Mentre stava per avvicinarsi al portiere dell'albergo, si sentì chiamare. Si voltò. Vide un giovane militare che scattò sull'attenti.

« Se vuole seguirmi », le disse.

C'era un'automobile in sosta. Il giovane aprì la portiera posteriore.

« Si accomodi, signora », la invitò.

Josepha si chinò per guardare dentro la vettura.

« Heini! » esclamò.

« Sali. Dobbiamo partire », ordinò lui.

« Un momento. Fammi capire », disse lei, senza decidersi a salire in macchina.

Il barone Heinrich von Wedel era vestito come un montanaro: camicia di cotone scozzese, calzoni di cuoio, scarponi e cappello con il pennacchio.

« Sali. Dopo ti spiegherò », ripeté il giovane.

Il militare richiuse la portiera, sedette al volante e la macchina partì seguendo la strada che percorreva la valle dell'Adige.

« Devo portarti sul confine italiano », rivelò l'amico.

« Ma è impossibile », obiettò lei.

Le frontiere erano state chiuse il 23 maggio. Lei non poteva più entrare in Italia, così come nessun italiano poteva entrare in territorio austriaco.

« Tuo marito vuole vederti. Niente è impossibile per un uomo innamorato. »

« Tu che cosa c'entri in tutto questo? Combattete su fronti opposti », tentò di capire.

« Non posso dirti come e perché ci siamo incontrati tre giorni fa. Mi ha chiesto di portarti da lui. L'amicizia se ne infischia della guerra. Rischio la corte marziale, perché ho imbastito una serie di bugie per venire a prenderti. Ma è una questione d'onore. Gliel'ho promesso. »

Josepha non sapeva se ridere o piangere. Lungo la strada che si snodava sul fondovalle c'era movimento di truppe austriache e tedesche. Ma c'erano anche carri di contadini colmi di fieno e, ai piedi delle montagne, i frutteti venivano curati come sempre.

« Come sta la tua fidanzata? » domandò lei.

« Non la vedo da mesi. Ci scriviamo. »

« Pensi che la guerra finirà presto? »

« No, purtroppo. Sull'Isonzo è appena incominciata. Ed è uno schifo come i nostri riescano ad ammazzare gli italiani. Li hanno mandati al fronte senza armi o quasi. A volte non spariamo contro di loro per pietà », rivelò con amarezza.

Era il tramonto quando videro dall'alto la distesa del lago di Garda.

La macchina rallentò, lasciò la strada principale e imboccò una stradina secondaria che s'inoltrava in un bosco.

« Fermati qui », disse Heini all'attendente.

« Che cosa facciamo? » chiese lei.

« Aspettiamo che venga buio, poi scendiamo a piedi fino al lago. »

L'attendente estrasse dal bagagliaio una grande cesta da picnic. Bevvero tè caldo e mangiarono pane e speck aspettando il buio. Poi indossarono dei maglioni e cominciarono a scendere verso il lago. Non c'erano luci. Soltanto la luna che, riflettendosi nell'acqua, disegnava scie d'argento. Sedettero sulla riva sassosa. Arrivò, silenziosa, una barca a remi.

« Vai », disse Heini.

« Dove? » domandò lei.

« Il barcaiolo sa dove portarti. Ti aspetterò qui fino alle quattro. Se a quell'ora non sarai ritornata, io dovrò comunque ripartire. »

« Ci sarò », promise e lo abbracciò. Poi afferrò la mano del barcaiolo che l'aiutò a salire.

Quel piccolo legno largo e piatto scivolava senza rumore sul pelo dell'acqua. Una nuvola coprì la luna. L'uomo vogò per un tempo che a Josepha parve infinito. Infine, raggiunsero la riva.

« L'aspetterò qui, signora », disse il barcaiolo. « Alle tre e mezzo », precisò. Cominciò a piovere. Lei salì su un piccolo pontile traballante. Lorenzo era lì ad accoglierla.

Si nascose tra le sue braccia e si mise a singhiozzare.

2

«QUESTO è il massimo che posso offrirti», disse Lorenzo. Erano in una specie di cascinale a ridosso di un dirupo. C'era odore di legna bruciata e di lardo rancido. Il lume a petrolio illuminava la stanza con un tavolo, qualche sedia impagliata, una credenza, un camino spento, una rastrelliera che sosteneva qualche pentola e indumenti appesi ai chiodi lungo le pareti annerite.

«Dove siamo?» domandò Josepha.

«Fra Torbole e Malcesine. Siamo in Italia. Non siamo soli. È la casa del barcaiolo, la sua famiglia è di sopra. Stanno dormendo. Almeno lo spero», spiegò Lorenzo. Scostò una sedia per lei e una per sé, dall'altro lato del tavolo.

«Hai fatto una pazzia», disse lei.

«Piccola», precisò il marito. «La pazzia più grande l'hai fatta tu, con la tua ostinazione. Se due mesi fa fossi venuta in Italia, non saremmo ridotti a questo.»

Era un rimprovero che lei subì chinando lo sguardo senza replicare. Avrebbe potuto dirgli che, un anno prima, la sera delle loro nozze, lei lo aveva quasi implorato di lasciare l'esercito. Per questo avevano litigato. Se Lorenzo si fosse deciso a lavorare con il padre, non sarebbe neppure stato chiamato sotto le armi. Si sarebbero stabiliti a Milano, con la piccola Thea. Ma non disse nulla. Quello era il momento di tacere.

Lorenzo le accarezzò una mano.

« Come sta la bambina? » le domandò.

« Cresce bene e ormai tenta di gattonare sul prato. Dice: 'Apu' e ride. »

« Che cosa significa 'apu'? »

« È un segreto che per il momento non vuole rivelare », disse lei, e soggiunse: « Come stai? »

« Ho conosciuto momenti migliori. A volte è come se non riuscissi a respirare. Mi manchi tu e mi sento soffocare. »

« Come sta andando sul fronte? »

« Un disastro. Tra giugno e luglio sono morti più di centomila dei nostri. Queste notizie non le leggi sui giornali, che raccontano invece la nostra inesorabile avanzata che in realtà è di pochi chilometri », si sfogò Lorenzo.

Josepha si alzò, si avvicinò al marito, gli circondò le spalle e lo baciò teneramente sui capelli. Erano ispidi.

« Non voglio perderti », sussurrò.

Lui si girò, l'afferrò per la vita e la fece sedere sulle sue ginocchia. La baciò a lungo.

« Vorrei fare l'amore », disse sommessamente.

« Usciamo da questa stanza », propose lei.

Era notte fonda. Non c'erano stelle. Oltre il prato, davanti al cascinale, era posteggiato il camioncino dell'esercito con cui Lorenzo era arrivato fin lì.

Entrarono. Lui stese una coperta sui sedili posteriori.

« Non è una sistemazione lussuosa », si scusò il marito.

« Sono felice di essere con te », replicò lei, commossa.

« Josepha, ti amo come non potrò mai amare nessuno », mormorò lui, accarezzandola.

Entrò in lei con tutta la dolcezza di cui era capace.

Piansero e risero insieme. Per pochi momenti dimenticarono la guerra, l'appartenenza a due popoli nemici, l'angoscia di un futuro imprevedibile. Erano soltanto un uomo e una donna innamorati.

« Non lasciarmi più », la supplicò Lorenzo. « Non tornare a Merano. »

« E la bambina? A lei non pensi? » La domanda era un richiamo anche per sé. Tra le braccia del marito aveva dimenticato la piccola Thea.

Lui accese un fiammifero e guardò l'orologio.

« Devo riportarti al pontile », disse.

Si avviarono sotto la pioggia. Videro la sagoma scura del barcaiolo che aspettava al riparo di una tettoia di legno.

Lorenzo infilò la mano nella tasca della giacca ed estrasse una bustina ripiegata. Gliela diede.

« Che cos'è? » domandò Josepha.

« Una rosa selvatica. È cresciuta, Dio sa come, su una pietraia del fiume. L'ho raccolta per te. »

« Quando ti rivedrò? » chiese, abbracciandolo. La prossima volta, pensò, porterò con me la bambina e resteremo insieme, non ritornerò più in Austria. Era straziante doverlo lasciare e affrontare le estenuanti attese di notizie.

« La fortuna assiste gli incoscienti, come noi », rispose lui, aiutandola a salire sulla barca.

« Quando ti rivedrò? » ripeté.

« Non ne ho idea. Questa volta ci ha aiutato Heini. La prossima volta dipenderà dal caso. »

« Fai in modo che il signor Caso ci dia una mano », si raccomandò lei.

Lorenzo consegnò del denaro al barcaiolo. Poi rimase lì sul pontile a guardare Josepha che si allontanava sulla barca.

Heini l'aspettava sulla spiaggetta sassosa. La pioggia era cessata e c'era di nuovo la luna.

« Leviamoci in fretta da qui », l'accolse nervoso.

« Che cosa succede? » domandò lei.

« I nostri sono irrequieti. Stanno pattugliando la zona. »

Raggiunsero la macchina e il guidatore uscì dal bosco a fari spenti. Li riaccese soltanto quando furono sulla strada dell'Adige.

« Ho un grosso debito con te », affermò Josepha.

« A guerra finita troveremo un modo per saldare il conto », scherzò lui.

Ormai erano in Austria e Heini si sentiva più sicuro. « Ti riporto a Bolzano. Poi proseguo per la Val Passiria. Consegna questa lettera a Irmgard, prima di ritornare a Merano », le disse, affidandole una busta.

« Non sei riuscito a vederla per colpa mia. Mi dispiace », si scusò lei.

C'era movimento di truppe lungo il percorso. Nessuno si occupò di loro.

« Guardali. Sembrano tutti matti. Io non so che cosa stia succedendo. Questa guerra che si combatte su tanti fronti, dalla Russia all'Atlantico, ha in sé qualcosa di spaventoso. Ho cercato inutilmente una spiegazione a tutto questo. Mi è rimasta un'unica sicurezza: l'amicizia. Dunque, non sentirti in debito con me », affermò lui.

Josepha arrivò al castello quand'era giorno inoltrato. Dal giardino arrivavano le voci della balia, di Sofia, dei bambini. Toni portava in cucina un secchio di latte appena munto. Klara batteva un tappeto sul balcone. Petra le andò incontro con la faccia scura.

« Si può sapere dove sei stata? » domandò. « Eravamo tutti in pensiero per te. Il capostazione ti ha vista partire per Bolzano. Ieri, naturalmente. E dopo? Io dico che sei diventata matta », la rimproverò.

Josepha non l'ascoltava. Dieci ore prima era tra le braccia di suo marito. Ora, sul prato, la sua bambina tendeva verso di lei le piccole braccia ed emetteva strilli gioiosi.

Josepha la sollevò, la strinse a sé e le sussurrò: « Sono stata a trovare il tuo papà. È un segreto per noi due solamente ».

Thea la guardò sorridendo e disse: « A-pu ».

Merano - Schloss Rundegg
novembre 1918

1

CHINA sul lavabo, aiutata da Sofia, Josepha si stava lavando i capelli con poche scaglie di sapone.

Era un periodo difficile. Non si trovava più carbone, la legna da ardere scarseggiava. Spesso mancava l'elettricità e il telefono funzionava a singhiozzo. Non c'era farina, lo zucchero era una rarità. Orzo, patate, cavoli arrivavano sul mercato con il contagocce e sparivano subito.

I militari che si aggiravano nelle valli razziavano tutto. Alcuni contadini, esasperati, li avevano messi in fuga a fucilate. Ma loro erano come le formiche: cacciati da una parte, ricomparivano dall'altra.

A castel Rundegg Josepha riusciva ancora a distribuire ai poveri latte, uova e un po' di frutta.

Sofia non condivideva questa generosità e glielo diceva. Ora, mentre le sciacquava i capelli, approfittò per raccomandarle ancora una volta di non regalare le poche provviste di cui disponevano.

« La fame è uguale per tutti », rispose Josepha.

Sofia non osò insistere. Le strofinò energicamente i capelli con una salvietta per asciugarli.

Poi, l'aiutò a pettinarsi e a vestirsi. Josepha si guardò allo specchio.

« Sto invecchiando », disse, rivolgendosi a Sofia.

« Ma cosa dite, signora? Avete appena venticinque anni. Cosa dovrei dire io che ne ho quarantacinque? »

Josepha non replicò. Non aveva voglia di spiegarle che non si riferiva al trascorrere del tempo, ma alla fatica di vivere e al crollo di tante illusioni.

Era il novembre del 1918. La guerra era finita e gli italiani ne erano usciti vincitori. Gli austriaci erano così stremati che non gli importava di aver perduto la guerra.

Josepha vedeva intorno a sé un mondo in disfacimento. I valori in cui aveva sempre creduto non esistevano più.

La vecchia Petra era morta l'anno prima, alla fine di ottobre, lasciando un gran vuoto nel suo cuore già lacerato dall'ansia per Lorenzo.

Nei tre anni di guerra, durante i quali i confini italoaustriaci si spostavano continuamente in su e in giù di poche centinaia di metri, era riuscita a incontrarlo diverse volte e a ricevere e spedire lettere.

In una di queste, subito dopo la disfatta di Caporetto, il marito le aveva scritto: « La nostra ritirata non è stato un atto di viltà, ma il crollo di un esercito messo in ginocchio da una disciplina assurda ».

In quegli ultimi mesi del 1918, i giornali avevano pubblicato notizie spesso in contraddizione. Si erano diffuse voci del tutto infondate. Si diceva anche che tutto il Sudtirolo fosse stato devastato. Per fortuna non era così. Soprattutto a Merano l'atmosfera era relativamente tranquilla, anche se mancava cibo per i civili, per le truppe in ritirata e per i prigionieri di ogni nazionalità, soprattutto russi, che si aggiravano affamati e disorientati.

Josepha stava riordinando la sua camera e sussultò. Un improvviso colpo di vento aveva chiuso le imposte di legno delle finestre. Tentò di assicurare l'imposta al gancio, ma la forza del vento glielo impedì. Si spalancò la porta e comparve Thea.

« Servus, Mutti », disse.

«*Servus*, Thea», rispose Josepha, chinandosi su di lei per baciarla.

Quando vedeva sua figlia, l'angoscia si scioglieva nella tenerezza. La piccola aveva quasi quattro anni, gli occhi ridenti erano quelli di Lorenzo. L'incarnato, di un candore quasi trasparente; era quello dei Paravicini. Josepha, come ogni madre, stravedeva per lei e la considerava particolarmente intelligente.

« La balia dice che la colazione è pronta », annunciò.

« Allora scendiamo subito, prima che si raffreddi », decise Josepha, prendendo per mano la sua bambina.

Il tavolo della *Stube* era apparecchiato con la cura di sempre: una tovaglia di lino grezzo con i bordi ricamati, i piatti e le tazzine di porcellana, le stoviglie d'argento, il bricco del latte e quello del caffè d'orzo. Il caffè vero, come il tè, erano spariti da un pezzo dalla loro tavola, come da quella di tutte le altre famiglie. Però c'erano ancora il pane cotto nel forno di casa, la marmellata di frutti di bosco, il miele prodotto dalle loro api e il burro che la balia preparava con la zangola.

Madre e figlia mangiavano sempre da sole. Di solito era Sofia che serviva i pasti, mentre la balia si occupava della cucina. Da quando Petra era morta, Klara solitamente sedeva accanto alla stufa su una seggiolina ricoperta di velluto rosso e impartiva ordini, consigli e suggerimenti alla giovane napoletana.

Thea si sedette al tavolo accanto alla mamma.

Il vento s'insinuava fischiando dalle fessure delle finestre.

«*Mutti*, da dove viene il vento? » domandò la bambina, mentre inzuppava nel latte un pezzo di pane imburrato.

« Questo viene dal Nord. Senti com'è gelido? »

« Sembra che abbia dentro gli spilli », osservò Thea. « A che cosa serve il vento? » chiese.

« A ripulire i tetti e a spogliare gli alberi », spiegò pazientemente sua madre, indicandole, di là dai vetri, i mulinelli di polvere e foglie che il vento creava.

« Ma questo è un vento fortissimo. Mi sembra arrabbiato. Non mi piace », affermò Thea.

« Anche a me non piace. Passerà », disse, per calmarla.

La bambina posò la tazza del latte, congiunse le mani e, chinando lo sguardo, sussurrò: *« Oh, Signore, facite buon tempo, quanto busca denari papà. Poi accattammo nu ciucciariello e mettimmo a cavallo mammà ».*

Josepha la guardò divertita.

« Che cosa stai dicendo? »

« È una preghiera per far cessare il vento. Me l'ha insegnata la balia. Funzionerà, vedrai. La balia sa tante cose magiche », spiegò.

« La balia ne sa sempre una più del diavolo, ma non sarebbe male se tu imparassi a parlare anche il tedesco, oltre al dialetto napoletano. E adesso copriti bene e vai in giardino con Pinuccio. *Schnell*», ordinò, apprestandosi a sparecchiare.

« Prima posso andare a trovare Klara? » domandò la piccola.

Klara era a letto da un paio di giorni, afflitta da una fastidiosa bronchite. Il dottore, che era venuto a visitarla, aveva consigliato impiastri di semi di lino e senape sul petto per sciogliere il catarro. Thea la trovò rannicchiata sotto il piumino, la testa coperta da una cuffia di lana. Tremava. Le andò vicino e le accarezzò una guancia.

« Perché tremi? » domandò.

« Non lo senti il vecchio? Mi fa tanta paura », disse la donna.

« Bernhardus? » sussurrò la bambina.

« Proprio lui. È lì fuori che ulula come un demonio. Brutto segno, Thea, quando il vecchio si arrabbia così. »

La piccola sapeva che Klara aveva paura del conte Bernhardus, ma la mamma le aveva spiegato che era solo suggestione.

« Ho detto una preghiera per far cessare il vento. Così anche il conte si calmerà. Adesso dormi. Io devo andare a giocare », disse la bambina. Mentre scendeva le scale sentì gli squilli insistenti del telefono. Non se ne curò. Si buttò sulle spalle la mantellina di lana e uscì, mentre Josepha rispondeva alla chiamata.

Pinuccio stava giocando con i cani, un bassotto e un sanbernardo, che smisero immediatamente di rincorrerlo non appena videro Thea. Il sanbernardo la travolse uggiolando per farle festa e il bassotto prese a frustare l'aria con la sua coda a spadino, abbaiando per avere le sue attenzioni.

Willy uscì dalla stalla e richiamò i cani all'ordine. Era un giovane capitato al castello per caso e lì era rimasto. Aveva sostituito il vecchio Toni che da oltre un anno si era ritirato nel ricovero per gli anziani a Maia Bassa. Josepha andava a trovarlo ogni settimana e gli portava indumenti puliti e cibo. Toni la ringraziava commosso fino alle lacrime e poi le diceva: « Non perda tempo con me. Ha tante cose da fare al castello ».

Cani e bambini si quietarono perché Willy non era così arrendevole come il vecchio Toni. Pinuccio e Thea lo temevano. Il giovane era un tipo silenzioso. Non sorrideva mai, non temeva il caldo né il freddo. Anche ora, nonostante il vento gelido che soffiava nella valle, vestiva i pantaloni di cuoio e una camicia di flanella. Si alzava quando il sole non si era ancora levato e lavorava tutto il giorno senza sosta. A volte andava sulle montagne e tornava con la gerla piena di funghi, bacche, radici di arnica ed erbe officinali con cui curava se stesso, gli animali e le piante. Non parlava il dialetto del posto, ma un linguaggio con inflessioni strane.

« Secondo me è un disertore dell'armata russa », sussurrava Josepha.

Non aveva documenti e dichiarava di non averne mai avuti. Non voleva neppure essere pagato.

« Willy non vuole soldi. Solo fieno per dormire e pane da mangiare », diceva. Quando tornava dai suoi giri sulle montagne, consegnava a Josepha quello che aveva raccolto. Lei lo ringraziava e allora il suo sguardo cupo si addolciva e, arrossendo, le regalava un sorriso infantile.

« Io raccolgo fiori per il mio papà », decise Thea, chinandosi su un gran cespuglio di iris stilosa che fioriva da novembre a febbraio.

« Anch'io », la imitò Pinuccio.

Nella *gute-Stube*, sopra il pianoforte e nella camera da letto di Josepha, c'erano fotografie di Lorenzo. Thea, seguendo l'insegnamento materno, raccoglieva fiori da mettere accanto ai ritratti di quell'uomo sorridente, con i baffetti lucidi e la divisa militare, che non conosceva ma che sapeva essere il suo papà.

Anche Pinuccio non ricordava il padre e Teresa non aveva fotografie da mostrargli. Tuttavia, se Thea aveva deciso di cogliere fiori per il padre, lui avrebbe fatto altrettanto. Pinuccio la imitava in tutto e lei gli faceva fare tutto quello che voleva. Esercitava sul fratello di latte una sorta di tirannia che Josepha non approvava, ma che nella realtà rendeva felice il bambino della balia.

« C'è dell'erica bianca, laggiù. Prendi quella », ordinò Thea con fare magnanimo.

Tornarono in casa con i mazzolini di fiori.

« Il mio è più bello », disse Thea.

« Il mio è più grande », si consolò Pinuccio.

Josepha era nel vestibolo e parlava al telefono. Anzi, gridava.

« Non sento niente. È tutta la mattina che questo dannatissimo telefono suona e sento soltanto gracchiare. »

Era arrabbiata. I bambini sedettero compunti sul primo gradino della scala. Lei non si accorse della loro presenza. Riagganciò il ricevitore e nuovi squilli lacerarono il silenzio.

« Pronto! » ripeté.

Finalmente le giunse ben distinta una voce che conosceva.

« Tesoro, sto venendo da te », annunciò Lorenzo.

Il volto della donna s'illuminò.

« Lorenzo! Sei proprio tu? Stai bene? Parlami ancora, ti prego. »

« Tutto bene, Josepha. Anch'io sento malissimo. Il borgomastro ti dirà. Aspettami questa sera », disse lui. Poi la comunicazione si interruppe.

Lei infilò di nuovo la cornetta nel gancio e solo allora notò la presenza di sua figlia e di Pinuccio.

« Tuo padre torna dalla guerra », sussurrò, gli occhi bagnati di pianto.

« E il mio? » domandò Pinuccio.

« Tornerà anche lui », lo rassicurò, abbracciandoli tutti e due.

2

PINUCCIO sembrò deluso. Si divincolò dalle braccia di Josepha e corse su per le scale chiamando sua madre.

Thea non disse nulla.

« Non sei felice, bambina mia? » domandò Josepha che stava piangendo per la gioia di rivedere il marito.

« Perché papà torna? » chiese incuriosita.

« Perché è finita la guerra e i soldati rientrano a casa. Tuo padre è un soldato, lo sai. »

« Tornano anche quelli che sono morti? » volle sapere. Aveva un'amichetta che abitava in un castello vicino. Suo padre era morto in battaglia.

« Quelli no, purtroppo », rispose Josepha. « Ma il tuo sarà qui, questa notte. E potrà finalmente vederti e stringerti tra le braccia, come sto facendo io. »

« Abbraccerà anche te? » l'interrogò.

« Sì, lo farà. Sono felice per te e per me. Papà è un uomo meraviglioso e io lo amo infinitamente », disse. E proseguì: « Devo andare dal borgomastro. Ma prima voglio addobbare il castello per festeggiare il suo ritorno ».

Josepha chiamò Sofia che, dalla cucina, aveva sentito tutto, ma aspettava di essere convocata.

Quella mattina era scesa presto in città. C'era grande agitazione nelle strade. Qualcuno distribuiva volantini, firmati dal borgomastro, che annunciavano l'arrivo degli italiani. Carri e camion venivano fatti rotolare lungo il greto del Passirio. Armi e cannoni venivano gettati dai ponti.

Facendosi piccola, per non essere notata, Sofia era tornata velocemente al castello. A Schloss Rundegg, protetto dalle alte mura di recinzione, si sentiva al sicuro. Comunque, si era spaventata e aveva raccomandato a Willy di stare all'erta.

Ora, sentendo che il colonnello Valeschi stava per arrivare, si sentì più tranquilla.

« In soffitta c'è il baule degli addobbi. Dobbiamo ornare a festa l'ingresso e la *Stube*. Porta tutto giù », ordinò Josepha.

Tentò di telefonare in municipio, ma la linea era di nuovo saltata. Non sapeva perché Lorenzo le avesse chiesto di mettersi in contatto con Herr Grossmann, ma non dubitava che dovesse esserci una ragione valida. Sarebbe stata costretta a scendere in città, se non fosse riuscita a parlargli.

« Balia! » urlò.

Era agitata e aveva fretta di impartire gli ordini.

Teresa si presentò con gli occhi rossi di pianto.

« Comandate, signora », disse.

« Devi occuparti della cucina. Prepara verdure, stufato d'agnello, torta di mele. Il colonnello Valeschi arriva questa sera », la informò tutto d'un fiato. Poi si rese conto che la donna stava soffrendo. « Tornerà anche tuo marito, vedrai. Se gli fosse successo qualcosa lo avresti già saputo », tentò di confortarla.

« E come? Non so più niente di lui da quando è partito per il fronte. »

« Le brutte notizie non conoscono impicci. Benedetto arriverà presto. Non preoccuparti. Intanto, rallegrati pensando che i miei hanno perso la guerra e i tuoi l'hanno vinta. Anche se siamo tutti 'inguaiati', come dici tu. »

« È una medicina amara », mormorò Teresa.

« Dobbiamo ingoiarla, ci piaccia o no », concluse. E proseguì: « Devo prepararmi per uscire. Tu bada ai bambini ».

Si guardò intorno cercando la figlia.

« Dov'è la piccola? Un attimo fa era qui. »

Teresa la trovò in cucina. Le raccomandò di stare buona, si infilò un grembiule e incominciò ad armeggiare intorno ai fornelli.

« Oh, Signore, vi supplico, restituitemi il marito. Poi non vi domanderò altro », pregò, afferrando un tegame.

Thea uscì silenziosamente dalla stanza e salì le scale fino alla torre. Entrò nella sua camera, spinse uno sgabello sotto una finestra, vi si inerpicò e stette lì, dietro i vetri, a guardare il cielo.

Il vento si era calmato e splendeva un timido sole invernale. Sulla cresta frastagliata del monte San Zeno vide un'aquila. Planava lenta in grandi cerchi verso le cime di un bosco di abeti.

« Der Adler fängt keine Mücken », sussurrò, ripetendo un modo di dire di sua madre. L'aquila non prende insetti. Forse si era avventata su un agnello.

Willy, in fondo al giardino, spaccava la legna.

Vide sua madre, che percorreva il viale quasi correndo.

« Schnell, schnell », disse Thea, indispettita. Non le aveva neppure chiesto di accompagnarla. La detestò. Tornò a guardare in fondo al giardino, Willy non c'era più. Lo vide che seguiva sua madre, da lontano, come un cane da guardia. Camminava con un'andatura lieve e dondolante. Ogni tanto si girava per guardarsi alle spalle.

Thea scese dallo sgabello, sgusciò fuori dalla camera e andò nella stanza di Klara.

La domestica si stava vestendo.

« Hai visto, Klara? La mia formula magica ha calmato il vento », annunciò soddisfatta.

« Hai fatto bene », la assecondò Klara che aveva indossato una gonna nera annodata in vita. « Dammi quel golfino », ordinò alla bambina, indicandole un giacchino nero, di lana cotta, accuratamente ripiegato e adagiato sulla spalliera del letto. Thea glielo tese e volle aiutarla ad allacciare i grossi bottoni d'argento che lo chiudevano fino al collo. La vecchia calzò pantofole di feltro, si liberò della cuffia e si ravviò i capelli.

Poi si accomodò su una piccola sedia ai piedi del letto.

« Vai giù a prendere il giornale », le disse.

Ogni mattina, il portalettere consegnava al castello il quotidiano cittadino, il *Meraner Zeitung*. Josepha lo leggeva e poi lo lasciava sulla cassapanca, nel vestibolo. Un tempo Klara lo scorreva con Petra e, insieme, commentavano le notizie. Era un momento importante della loro giornata. Ora che Petra non c'era più, Klara lo leggeva a Thea, quando era disponibile.

La bambina arrivò con il giornale che la donna, dopo aver infilato gli occhiali, incominciò a sfogliare. La piccola sedette sul bordo del letto pronta ad ascoltare. Intanto rimirava il bordo della sua gonna rossa che riproduceva una serie di bambini stilizzati, un maschietto e una femmina, che si tenevano per mano, come se giocassero a girotondo.

Ringelreihen, pensò. Giocava a *Ringelreihen* con Pinuccio e altri compagni che, di tanto in tanto, capitavano al castello.

Klara lesse a voce alta: « Accogliamo con dignitosa fermezza gli italiani che stanno per entrare in città. Sappiamo di aver combattuto con fierezza. Questo i nemici ce lo devono riconoscere ». Ripiegò il giornale, lo posò sul letto, soffiò rumorosamente il naso e si asciugò una lacrima.

« Ho visto un'aquila sul monte San Zeno. Forse attaccava un agnello », disse la bambina.

« C'è stato un tempo in cui noi eravamo aquile. Adesso siamo agnelli », constatò tristemente Klara.

« I nemici sono le aquile? » domandò Thea.

« I nemici sono gli italiani. Non so se siano aquile », ragionò la vecchia domestica.

« Questa sera arriva mio padre. Lui è italiano. È tuo nemico? » s'incuriosì. In realtà non aveva ben chiaro il concetto di nemico, mentre sapeva che l'amico era una persona da amare.

La donna guardò la bambina con tenerezza.

« Sei tale e quale tua madre. Anche lei, quando era piccola, mi faceva tante domande alle quali non sapevo rispondere. Però, posso dirti di sicuro che devi essere contenta che il buon Dio abbia risparmiato il tuo papà. Lo conoscerai e vi vorrete molto bene. »

Thea scese dal letto, si avvicinò a Klara e le chiese: « Mamma è tirolese. Papà è italiano. Io che cosa sono? »

« Tu sei un piccolo mulo: metà cavallo e metà asino », la liquidò.

« Non ho capito niente », concluse la bambina, indispettita.

3

JOSEPHA aveva avuto una giornata frenetica e Thea aveva fatto del suo meglio per renderla ancora più difficile. Aveva strappato i festoni che ornavano la colonna del vestibolo, aveva rotto due piatti e quando era stata sgridata, aveva urlato: « Mamma brutta e cattiva ». Poi era sparita e avevano dovuto cercarla a lungo prima di trovarla nella legnaia dove si era nascosta. A sconvolgerla, Josepha lo sapeva, era la notizia dell'arrivo di suo padre. Alla fine ci aveva pensato la balia a calmarla. A sera, finalmente, si era addormentata.

Il borgomastro venne a prendere Josepha per accompagnarla alla stazione. Lungo il tragitto la mise al corrente sugli ultimi sviluppi della situazione: Lorenzo Valeschi era partito in treno da Spondigna con trecento alpini. Sarebbe arrivato a Merano alle nove e mezzo di sera.

« È proprio finita, mia piccola Josepha », disse, dandole un colpetto sulla mano, come faceva quando lei era una ragazzina e lui non trovava le parole giuste per spiegarle qualcosa.

« Mi dispiace che gli italiani abbiano vinto questa guerra. Mi sarebbe dispiaciuto anche se l'avessero persa. Sono più di tre anni che non so da che parte stare. Non ho voluto lasciare la mia città, correndo tutti i rischi che lei conosce. Ora non so bene se sto andando incontro a mio marito o a un vincitore», sussurrò lei.

«Noi non saremo mai italiani, Josepha. Dovremo soltanto far buon viso, e non ti costerà molto, perché ami Lorenzo.»

«Questo è un momento molto difficile per me. Le sono grata ancora una volta per avermi voluta vicino a lei.»

Il borgomastro fermò l'automobile sul piazzale della stazione da cui defluivano le truppe austriache. Il comando italiano aveva telegrafato al maggiore Tietze e al dottor Grossmann per ordinare lo sgombero della stazione. I militari vi si erano accampati da ore aspettando un treno che li riportasse al di là dei nuovi confini. Il maggiore Tietze, che Josepha non conosceva, la salutò con un compito baciamano.

«La prego di restare sull'auto, signora Valeschi», disse. «In questo momento il treno è fermo a Postal. Lungo i binari, i sopravvissuti degli Standschützen hanno acceso fuochi per scaldarsi e bivaccare. Ci vorrà un po' di tempo prima che sfollino e il convoglio con i nemici possa ripartire.»

I nemici. Ecco com'erano considerati gli italiani. Poteva dargli torto?

«Aspetta qui, Josepha», intervenne il borgomastro, scendendo dall'auto. E soggiunse, rivolto al maggiore Tietze: «Il colonnello Valeschi è nostro buon amico e viene a riabbracciare la sua famiglia che vive qui».

Il maggiore scattò sull'attenti e si allontanò. Josepha non riusciva a restare ferma dentro l'auto. Era snervata dalla lunga giornata d'attesa, era ansiosa di riabbracciare il marito, era preoccupata per l'ostilità che si sentiva nell'aria.

I soldati austriaci avevano lasciato la stazione che, adesso, era deserta e immersa nel silenzio. Vide il maggiore e il borgomastro dirigersi verso i binari. Scese dall'auto e li seguì.

C'era un gran buio intorno. I militari accampati a un centinaio di metri formavano un'immensa macchia nera. Faceva freddo. Di tanto in tanto si vedeva la brace di una sigaretta, si sentiva un colpo di tosse. Poi un fischio e la campanella della stazione, con il suo tintinnio, segnalarono l'arrivo del convoglio.

C'era un'atmosfera surreale sulla pensilina deserta. I fregi liberty che correvano lungo la tettoia sembravano trine impolverate.

I fari della locomotiva illuminarono l'oscurità opaca. Il treno sembrava un mostro dai grandi occhi lucenti che sputava fumo e vapore. A Josepha tornò in mente il sottomarino di Enrico Castiglia, il suo primo marito. Ne fu atterrita e provò un incontenibile desiderio di fuggire. Mosse alcuni passi a ritroso mentre il convoglio si fermava con uno stridio di freni. Il suo tutore le afferrò saldamente il braccio.

« Tranquilla, bambina mia », la rassicurò.

Dalla prima carrozza scesero quattro ufficiali. Indossavano i cappotti grigioverdi dell'esercito italiano. Josepha riconobbe immediatamente suo marito. Il maggiore Tietze, il borgomastro e lei non si mossero. I quattro arrivarono di fronte a loro e li salutarono militarmente. Lorenzo guardava lei sola. Josepha aveva sognato un incontro diverso, ma quello fu un momento di grande commozione.

« Sono il generale di brigata Ponzi », si presentò l'ufficiale più alto in carica. E soggiunse: « Soltanto il colonnello Valeschi parla il tedesco. Dunque sarà lui a esporre la situazione ».

« Sono Friedrich Grossmann, borgomastro di questa città. Il maggiore Tietze, comandante del nostro esercito, la signora Josepha Valeschi, moglie del colonnello Valeschi », recitò l'uomo con ostentata freddezza. Quindi proseguì: « Con quale diritto l'esercito italiano sta per occupare Merano? »

« È il diritto dei vincitori », rispose Lorenzo, con voce stanca. Poi, con rammarico, soggiunse: « Sono veramente amareggiato, Herr Grossmann. Avrei voluto tornare da amico ».

« I miei concittadini si comporteranno disciplinatamente », affermò il borgomastro.

« Conosco la vostra correttezza e mi scuso fin d'ora se qualcuno dei nostri si comporterà in modo arrogante. In realtà siamo sfiniti e non siamo responsabili delle decisioni dei governi. Faremo del nostro meglio per non interferire nelle sue decisioni e lei, signor borgomastro, potrà continuare a esercitare le sue funzioni, come prima», replicò Lorenzo, dando voce ai propri sentimenti più che a quelli del generale Ponzi.

«Colonnello Valeschi, dica al suo superiore che gli sarei grato se, almeno per il momento, rinunciasse a far issare la bandiera italiana sul municipio. Non vorrei dovermi scusare per qualche gesto inconsulto dei miei cittadini», lo pregò il borgomastro.

Lorenzo parlò brevemente con i tre ufficiali. Alla fine si rivolse a Herr Grossmann, e Josepha colse uno scintillio nel suo sguardo.

«Sarà accontentato. Devo confessarle che non abbiamo con noi un tricolore.»

Tietze e il borgomastro gli sorrisero. Josepha piangeva silenziosamente.

«I suoi uomini», concluse il borgomastro, «per questa notte potranno accamparsi nelle sale al piano terreno dell'hotel *Andreas Hofer*. Gli ufficiali saranno alloggiati all'*Hausbergerhof*».

Lorenzo pensò all'ironia della sorte. Andreas Hofer era il simbolo del Tirolo, l'uomo che si era battuto ed era morto per l'indipendenza della sua terra. A Merano, per ricordarlo, c'erano una strada, un monumento e un albergo dove avrebbero dormito i vincitori.

Scattò sull'attenti e impartì le direttive.

Era quasi mezzanotte quando i vagoni del treno si aprirono per far scendere gli alpini che, stremati e spaesati, dilagarono fuori dalla stazione. Li colpirono il silenzio e il buio che avvolgevano la città.

«Vi riaccompagno al castello», disse ancora il borgomastro, precedendo Lorenzo e Josepha verso la sua automobile.

«Non siamo soli», li informò Lorenzo. «Ho con me un soldato di fanteria che alloggerà a Rundegg.»

Josepha quasi non riconobbe Benedetto Zicrì, che si era staccato dal gruppo degli alpini e veniva verso di loro.

« Come hai fatto a portarlo fin qui? » domandò stupita.

« Domanda a lui come ha fatto a trovarmi e a presentarsi alla stazione di Spondigna. La nostra sola forza, in questa guerra spaventosa, sono stati il coraggio e la fantasia degli italiani », rispose Lorenzo.

4

KLARA sedeva vicino alla stufa. Teneva in mano una scodella colma di minestra d'orzo, arricchita con speck e patate. Di tanto in tanto mangiava un boccone e guardava quegli italiani che sedevano al tavolo su cui, per anni, aveva consumato i pasti con Petra e Toni. Erano Teresa, suo marito e Pinuccio. Tre persone che le erano state care e che ora guardava con occhi diversi.

L'ostilità di Klara era ampiamente condivisa dai suoi concittadini, dopo che l'esercito italiano aveva preso possesso di Merano. Teresa se ne rendeva conto e decise che era arrivato il momento di partire.

« Stamattina sono andata alla stazione. Tornare a Napoli sarà un'impresa », annunciò. « C'è un solo treno per i civili da Merano a Bolzano. Parte alle dieci della mattina. La linea ferroviaria è interrotta da Bolzano a Trento, e quindi c'è un servizio di carro da trasporto. »

« Si chiama camion », interloquì Benedetto.

« Scema non sono. L'impiegato allo sportello, che è italiano, ha detto 'carro da trasporto'. Dunque c'è questo carro che parte nel pomeriggio e arriva a Trento in serata. Lì non si sa bene che cosa succederà. Ma, avendo pazienza, troveremo un treno fino a Verona. A Verona si cambia e si prende un altro treno per Bologna. Da Bologna a Napoli è una passeggiata. Se tutto va bene, in tre giorni saremo a casa », spiegò Teresa.

« Viene anche Thea con noi? » s'intromise Pinuccio.

« Thea starà qui, con i suoi genitori », tagliò corto.

« Non è vero. Mi ha detto che va a Napoli anche lei », protestò il bambino.

« Allora vuol dire che la rivedrai », accondiscese sua madre.

« Quando vuoi partire? » domandò Benedetto.

« Domani mattina, se sei d'accordo. »

Pinuccio si accostò a Klara, posò le mani sulle sue ginocchia e disse: « Noi, *morgen, abreisen nach Napoli*. Capito? »

Klara gli accarezzò il capo con la sua mano ossuta. «*Ja*, capito », rispose. Scosse il capo e sorrise. Poi disse: « Sono soltanto una vecchia brontolona. Non riesco ad adattarmi a questi cambiamenti. Vorrei che il mondo fosse com'era vent'anni fa. Capisco che non è possibile. Così voi ve ne andate. La mia signora se ne andrà anche lei con l'italiano e la piccola Thea. Io raggiungerò i miei parenti. Schloss Rundegg verrà chiuso. È finita un'epoca ». Lo disse in tedesco. Loro non capirono tutte le parole ma colsero la sua malinconia.

Teresa passò la giornata a raccogliere le sue cose: indumenti, piccoli regali, una scorta di viveri per tre giorni. Riposò, per l'ultima volta, nella stanza accanto a quella dove Thea dormiva da quando aveva due anni. Pensò che la notte seguente la piccola Valeschi sarebbe stata proprio sola. Sapeva che su questo punto Josepha sarebbe stata irremovibile. Dipendeva tutto dai punti di vista e dall'educazione ricevuta. Teresella era abituata alla promiscuità e la solitudine le faceva paura.

Al mattino, aiutò suo figlio a rivestirsi.

« Adesso vai in cucina e avvisa tuo padre che scendo subito a preparare la colazione », disse. Poi entrò nella stanza di Thea.

La bambina, inerpicata su una sedia, si stava pettinando davanti allo specchio.

« Ma cosa ti viene in mente? Oggi è venerdì. Non puoi rifarti le trecce », l'ammonì, sorridendo.

« Maladitta chitta trizza, ca da venniri s'intrizza », recitò la bambina. Poi abbassò la voce e soggiunse: « Io non sapevo che fosse venerdì. E poi mamma dice che non devo credere a queste cose ».

« Tua madre ha ragione. Però, non si sa mai. È sempre meglio stare accorti. Anche perché, uomo avvisato... »

« Mezzo salvato », concluse Thea ridendo, e proseguì: « Però io non sono un uomo ».

Teresa la prese in braccio e sedette con lei sul letto.

« Adesso ascoltami bene. Ci dobbiamo salutare, perché me ne torno a Napoli », le spiegò.

« Lo so. Me lo ha detto mamma. Perché? Qui non stai bene? »

Teresa avrebbe voluto dirle che ora si sentiva di troppo. Che presto Thea sarebbe stata affidata alle cure di una bambinaia inglese. Che a Merano per lei e Benedetto non c'era un futuro. Che voleva tornare tra la sua gente e avere una casa « pittata rosa » tutta per sé. Ma Thea non avrebbe capito tutto questo. Così rispose: « Napoli è una città bellissima. È la mia città. È in Italia, capisci? »

« Anche questa è Italia, adesso », puntualizzò Thea.

Teresella storse la bocca.

« Per modo di dire. Perché così hanno deciso i governi. Ma questa non è Italia. Non lo sarà mai, credo. »

« Anche noi andiamo a Napoli, con papà », disse Thea.

« Così ci rivedremo presto », rispose, pur sapendo che il suo compito in quella famiglia si era concluso. I Valeschi non avevano più bisogno di lei. Thea l'avrebbe presto dimenticata. Lei invece l'avrebbe portata nel suo cuore per sempre. L'aveva nutrita con il suo latte, l'aveva cullata, vegliata, consolata e vezzeggiata, curata quand'era malata e incoraggiata nei primi apprendimenti. « Adesso lasciami andare, perché Benedetto e Pinuccio mi aspettano. »

« Discorriamo ancora un po' », cercò di trattenerla la bambina, stringendole le braccia intorno al collo.

« I discorsi *so' come 'e cerase, una esce e l'altra trase*», replicò Teresa sorridendo.

« Questa non la sapevo. Cosa vuol dire? »

« Che non serve parlare più del necessario. »

« Cercherò di ricordarlo », disse la bambina. Era sul punto di piangere. Anche Teresa aveva gli occhi lucidi.

In quel momento Lorenzo comparve sulla soglia della camera.

« Vai pure, Teresella », disse. « Io e questa bella bambina dobbiamo fare una cosa urgente », soggiunse, prendendo sua figlia dalle braccia della balia.

Teresa rassettò velocemente, per l'ultima volta, la camera da letto di Thea. Sentì Lorenzo scendere le scale e la voce della bambina che diceva: « Sono molto arrabbiata. Anzi, sono arrabbiatissima ».

Lorenzo la portò nel bosco. Non voleva che la piccola vedesse partire la sua balia.

Josepha, invece, l'aspettava sul calesse. Avrebbe accompagnato la famiglia Zicrì alla stazione. Sofia bagnò di lacrime un fazzoletto. Inaspettatamente, la vecchia Klara consegnò alla balia con fare solenne una trapunta che lei stessa aveva confezionato tanti anni prima, quand'era ragazza, pensando che avrebbe avuto un marito. « È per la tua nuova casa », le disse in italiano, e soggiunse: « Pittata rosa ». Non sapeva che cosa significasse, ma era sicura che quelle due parole sarebbero piaciute a Teresa.

Quando furono alla stazione, Josepha le consegnò del denaro. Teresa arrossì.

« Prendilo. Ne avrai bisogno. »

« Ma questo è troppo », replicò la donna.

« Sei stata una buona balia. Non ti dimenticherò mai. »

Teresa ricordò tutto quello che Josepha aveva fatto per lei fin da quando era una bambina lacera e viveva nel vicolo della Duchesca.

Non sapeva come esprimerle la propria gratitudine.

«Un giorno, se potrò, vorrei ricambiare tanta generosità», disse semplicemente.

Josepha li vide salire sul treno e li salutò sventolando un fazzolettino. Sapeva che presto anche lei sarebbe partita con Lorenzo e la loro bambina per tornare a Napoli. Questa volta non avrebbe avuto rimpianti. La sua terra occupata dagli italiani non le apparteneva più. Era arrivato il momento di considerarsi italiana e di vivere in Italia, quella vera.

In viaggio - Nord-Sud
novembre 1918

1

A BOLZANO, fuori dalla stazione, c'era una lunga fila di camion militari trasformati dalla necessità in mezzi di trasporto per i civili. Gli autocarri non avevano un telone per proteggere i viaggiatori, ma gli autisti offrivano coperte militari di pessima lana e dubbia pulizia. Teresa rifiutò. Si sarebbero avvolti, tutti e tre, nella bella trapunta regalata da Klara. Il pianale del camion era stato ricoperto di paglia asciutta. I pacchi che i passeggeri avevano con sé servivano da sedili.

A dispetto del freddo e dei disagi, i camion erano pieni di viaggiatori.

Benedetto, Teresa e il loro bambino si rifugiarono in un angolo, alle spalle del conducente. Accanto a loro si sistemò una contadina. Era scesa dal Renon dove una bomba le aveva distrutto il maso. Andava a Rovereto dalla figlia che aveva sposato un farmacista. Raccontò questo in un italiano stentato, mentre piangeva la morte di due figli maschi, caduti in battaglia sul Montello. C'era un rappresentante di saponi disinfettanti, che aveva raccolto ordinativi in tutte le valli e sosteneva che il suo prodotto era un rimedio sovrano contro ogni tipo di malattia. C'era un cappellano militare che tornava alla sua diocesi, in un paese in provincia di Brescia. C'erano degli orchestrali, con i loro strumenti. Avevano allietato alcuni momenti delle truppe italiane impegnate sui vari fronti e adesso andavano a Milano in cerca di nuovi ingaggi. C'erano due donne. Erano le cantanti della compagnia. Una si chiamava Lulù Landi e l'altra Marisette. Lulù era giovane, aveva grandi occhi neri bistrati e piccole labbra scarlatte. Marisette, a dispetto del nome, era un donnone sulla trentina, che respirava a fatica e da due giorni aveva la febbre. «Tutta colpa degli spifferi dei teatri», spiegò. Il camion si mise in moto. Sarebbe stato un viaggio faticoso. Teresa ricordò il percorso inverso, quattro anni prima, in uno scompartimento di prima classe, quando era fuggita da suo marito che la tradiva.

Non aveva mai voluto sapere chi fosse la donna che Benedetto le aveva preferito. Negli anni della guerra aveva persino dimenticato questa infedeltà. Il ricordo si ripresentò adesso, mentre viaggiavano verso Napoli. E la sfiorò il timore che il marito potesse ritrovare quella persona. Lo guardò. Lui teneva in braccio il bambino e si preoccupava che l'aria fredda di quel fine novembre non penetrasse attraverso la trapunta che li avvolgeva tutti e tre. Ebbe uno slancio di tenerezza per lui. Tese una mano per accarezzargli il viso. Poi si trattenne. I figli e i mariti si baciano soltanto quando dormono, pensò. Ricordò, del suo viaggio di andata, la quieta serenità dei paesaggi che aveva visto scorrere dal finestrino del treno. Ora, attraversavano zone sconvolte dalla guerra. Si vedevano case bombardate, ponti crollati, paesi distrutti, colonne di soldati vestiti di stracci che marciavano disordinatamente verso chissà quali mete. Quanto orrore e quanta pena nei volti delle persone disperate che arrancavano a piedi, lungo i margini delle strade, portando a spalle quello che erano riuscite a salvare: una culla, un materasso, una batteria di pentole, una sedia sfondata. Eppure Teresa era percorsa, a tratti, da lampi di felicità. Suo marito era con lei, la teneva stretta a sé e lei sentiva il battito regolare del suo cuore. Pinuccio le dormiva in grembo. Insieme si sarebbero costruiti una nuova vita.

Qualcuno intonò la canzone del Piave. Non l'aveva mai sentita prima. Si commosse.

« Sono contenta di tornare a Napoli », disse al marito.

« Anch'io », sussurrò lui, rafforzando l'abbraccio.

« Pinuccio deve imparare la nostra bella lingua. Lo senti come parla, poverino? »

« I bambini imparano presto. »

« Lui deve studiare. Non farà fatica, perché è intelligente come te. »

« Tra noi due, quella più intelligente sei tu, Teresella. »

« Io ho grandi speranze, Benedetto. Sento che tu troverai un buon lavoro, che avremo altri figli, che ci ameremo per sempre. »

Cominciò a piovere. Il camion non aveva un telone di protezione. Qualcuno aprì gli ombrelli. Altri si protessero con le coperte. Ma dopo mezz'ora erano tutti fradici. Il camion si fermò sotto la tettoia di una piccola stazione di posta abbandonata.

« Dove siamo? » domandò Teresa.

« Non chiederlo a me. Non riesco a leggere i loro cartelli », rispose il marito.

Scesero tutti dal camion. La pioggia non smetteva. Faceva freddo, la valle dell'Adige si presentava con le sue montagne scabre, le nuvole basse, l'umidità che pungeva le ossa.

« Siamo vicini a Neumarkt », annunciò il conducente. « Laggiù c'è Trento. »

« Devo cambiare il bambino. Ha i vestiti umidi », disse Teresa.

« Vi conviene ripararvi qui dentro », suggerì il conducente, indicando la stazione. « Non è il grand hotel, ma si sta all'asciutto. »

Entrarono. C'era stata altra gente, prima di loro, che aveva lasciato un odore acre di sporcizia.

« Ma è uno schifo », protestò Lulù, liberandosi di un lungo scialle che la copriva dalla testa ai piedi. Indossava un abito a giacca di lana grigia e portava un boa rosso, di piume di struzzo, intorno al collo.

« Lascia perdere », ribatté l'amica Marisette. « Dammi un'altra coperta. Ho freddo.» Si abbandonò stremata su un mucchio di fieno sporco.

«Porta pazienza, Marisette. Appena arriviamo a Trento ti sistemiamo in un albergo», disse uno degli orchestrali.

«E avrai una tisana calda. Ti farai una gran dormita e domani starai benone», promise Lulù.

«Devo tornare a Milano con voi. Non posso perdere un nuovo ingaggio», obiettò lei, con un filo di voce.

La presenza di quella donna malata rendeva più amaro l'orribile viaggio.

«Forse avremmo dovuto aspettare giorni migliori, prima di lasciare il castello», sussurrò Benedetto.

«Non ci pensare. Pensa al sole di Napoli, piuttosto, e ai tuoi compagni che ci aspettano. Abbiamo abbastanza denaro per pagare un anno di pigione in una bella casa, tutta per noi. Io non vedo l'ora di tornare laggiù», replicò lei.

«Mamma, ho sete», piagnucolò Pinuccio.

Teresa pescò dalla borsa delle provviste un thermos pieno di latte caldo. Gliene diede un bicchiere. Il bambino bevve due sorsi, poi lo rifiutò.

«Non mi va», decise.

«Vuoi un biscotto, anima mia?» propose lei.

«Mi fa male la testa», annunciò Pinuccio.

Teresa posò una mano sulla sua fronte.

«Per fortuna non hai febbre», constatò. «Sei sicuro di avere male alla testa?»

Il piccolo annuì.

«Sono dispiaceri», sorrise lei. «Ti manca la tua sorellina di latte. Forse anche tu le manchi. Quando saremo a Napoli, tempo qualche giorno, la ritroverai», lo consolò. Poi gli tolse la mantella perché le sembrava un po' umida e lo avvolse in uno scialle di morbida lana.

«A me sembra un po' pallido», le sussurrò il marito.

«Sai come sono le creature. Un momento stanno male e un

momento dopo stanno bene. Speriamo che smetta questa pioggia, così ripartiremo subito. In treno staremo molto meglio », lo rassicurò.

A quel punto, dalle borse dei viaggiatori, spuntarono pezzi di pane, cartocci che contenevano formaggio, salsicce, speck, fiaschi di vino, frittate, uova sode.

Ognuno si fece premura di offrire agli altri. Mangiarono tutti, tranne Marisette, che si lamentava e tossiva. E Pinuccio, che si era addormentato tra le braccia di sua madre. Alcuni viaggiatori erano più loquaci di altri. Il rappresentante di sapone e un anziano suonatore di violino raccontarono storie di guerra e di bombardamenti dai quali erano usciti illesi.

Benedetto, che aveva vissuto in prima persona queste e altre esperienze, tacque. Preferiva tenere per sé quello che aveva visto e patito.

« Lo sapete che gli austriaci hanno bombardato perfino Napoli? » rivelò un altro musicista.

Teresa e Benedetto si incuriosirono immediatamente.

« Un dirigibile, carico di munizioni, è arrivato fino alle pendici del Vesuvio e ha scaricato bombe in via Santa Brigida. Quaranta feriti e sedici morti », raccontò.

« Oh, Gesù! E quand'è successo? » domandò Teresa.

« Come, voi siete napoletani e non ne sapete niente? È successo l'anno passato, in luglio. Ne hanno parlato tutti i giornali », spiegò.

Lei si fece un segno di croce. Pensò a suo padre, ai fratelli e a tutti gli altri parenti dei quali non aveva più avuto notizie.

Alla fine spiovve. Il conducente e alcuni viaggiatori asciugarono alla meglio il pianale del camion. Prelevarono dallo stallazzo alcune bracciate di fieno asciutto e lo seminarono sul fondo. Risalirono tutti a bordo e ripartirono.

L'artista di varietà stava sempre peggio.

« Credo che abbia un febbrone da cavallo », disse l'amica.

Il rappresentante le offrì una compressa di chinino.

«Ne porto sempre con me, per ogni evenienza», spiegò. «È un toccasana per la febbre.»

Lulù costrinse l'amica a ingoiare quel confettino rosa con un sorso d'acqua.

«Speriamo che serva. Secondo me, questa poverina sta morendo», sussurrò. In poche ore, la donna era molto peggiorata. I viaggiatori si guardarono tra loro e ognuno pensò a una malattia che in quel periodo dilagava ovunque: l'influenza spagnola.

Nei giorni che avevano preceduto la loro partenza da Merano, si diceva che l'ospedale Piseck per le malattie infettive fosse sovraccarico di malati con questa febbre maligna. Erano soprattutto militari, ma sembrava che anche molti civili ne fossero stati contagiati. Tanti morivano. Istintivamente Teresa si portò una mano alla fronte. Non scottava. Pinuccio, invece, le sembrò un po' caldo. Forse lo aveva infagottato troppo.

«Come stai?» domandò al marito.

«Smettila di preoccuparti», disse Benedetto.

«Questa povera donna va portata subito in ospedale», intervenne la signora anziana che viaggiava con loro.

«Perderemo il treno», protestò un passeggero. «Prima la pioggia, adesso questa che sta male.»

«Un po' di carità cristiana», intervenne Benedetto.

«Non ci sono ospedali fino a Trento», gridò l'autista che era stanco e aveva fretta di scaricare tutta quella gente.

Il camion procedeva tra scossoni e sobbalzi nel buio della valle dell'Adige. Erano in prossimità di Salorno.

«C'è una locanda, dopo questa curva», li informò il rappresentante, che conosceva tutta la zona. «Possiamo fermarci lì e farla scendere.»

Furono tutti d'accordo.

L'autocarro rallentò. Seguendo le indicazioni del rappresentante, l'autista raggiunse un edificio a due piani che aveva un'insegna a bandiera di legno dipinto con la scritta GASTHOF SPRINGEL.

La donna venne sollevata di peso e portata all'interno della locanda. « Io rimango con lei », decise Lulù.

Il camion ripartì e lei salutò dalla soglia, con un gesto della mano. Il boa rosso di struzzo spuntava come una nota stonata dal lungo scialle nero. Teresa provò una stretta al cuore.

« Povere creature », sussurrò. E cominciò a pregare. Era triste e inquieta. « Quanto ci vuole da qui a Trento? » s'informò.

« Se va tutto bene, arriviamo entro un'ora », le rispose il rappresentante.

Quando finalmente arrivarono alla stazione di Trento, il treno per Verona era sul punto di partire.

I viaggiatori si affrettarono lungo il binario. Benedetto era carico di bagagli. Teresa teneva in braccio il bambino. Avevano pagato i biglietti per una vettura di seconda classe, per viaggiare più comodamente.

« Svelti, svelti », li incitò il capotreno.

Teresa si fermò.

« Allora? » chiese Benedetto, con fare spazientito.

« Pinuccio sta male », sussurrò lei.

« Sei sicura? »

Era scesa la sera. Sotto la pensilina della stazione il vento pungeva la pelle.

« Dobbiamo andare in ospedale », decise Teresa e si sforzò di nascondere il tremore che l'aveva assalita.

Pinuccio morì di spagnola mentre Teresa, ricoverata nella corsia delle donne, delirava a causa della febbre. Il suo bambino se ne andò nel giorno del suo quarto compleanno.

Palermo - Monastero di Santa Brigida novembre 1918

1

ISADORA spingeva sull'erba un bastone rosso alla cui estremità c'era un rullo che girando diffondeva le note di un carillon. La bambina rideva felice e rinvigoriva la spinta correndo più velocemente intorno al chiostro ottagonale, delimitato da un portico ad archi sostenuti da coppie di esili colonne rivestite di maiolica dipinta. Calzava scarpine di vernice nera, calze di cotone bianco e indossava un abitino di lana rossa che le copriva le ginocchia. La treccia di capelli nerissimi si era sciolta e il fiocco di seta che la legava era caduto a terra.

« *Regardez moi, grand-maman* », gridava con la vocina affannata, aumentando ulteriormente la spinta.

« Ti vedo. Sei bravissima », si complimentò Carolina, sorridendole.

Seduta sotto il portico, la principessa Castiglia era una nonna paziente e affettuosa. Da tempo aveva smesso di tingere i capelli che adesso spuntavano in ciocche candide dalla falda del cappello.

Il sole inondava il chiostro del convento di Santa Brigida. Dall'interno della cappella veniva il canto di un inno al Signore.

« Attenta a non cadere », si raccomandò Ezio Burgio, che sedeva sul basamento del pozzo al centro del chiostro.

Vestiva, come sempre, di grigio scuro e l'ala del cappello schermava lo sguardo dal sole novembrino.

Isadora smise di spingere il suo rullo, gli si avvicinò e gli tese il bastone.

« Vuoi giocare un po' tu, *grand-papa*? » gli chiese.

« Grazie, piccola Dodò », le sorrise Ezio. « Sono troppo vecchio per imitarti. E le mie gambe sono stanche. »

« Suor Crocefissa mi ha detto che, fuori dal convento, ci sono altre bambine che giocherebbero volentieri con me », rivelò la bambina.

« È proprio così », convenne lui. Poi si rivolse alla principessa e soggiunse: « Fino a quando dobbiamo tenerla reclusa? »

Carolina si alzò dalla panca e, appoggiandosi al bastone, raggiunse Isadora. Posò una mano sotto il mento della piccola e alzò il suo viso verso di lei.

« Sei una bimba bellissima », le disse.

« Già. Ha preso dal padre », sussurrò Ezio.

« Le femmine prendono sempre dal padre », convenne la principessa con un sospiro rassegnato.

«*Maman* dice che papà è volato in cielo e da lassù ci guarda tutte e due », affermò la bambina. « Un giorno prenderemo un bastimento grande grande e andremo in America. »

« Se lo dice tua madre, è senz'altro così », replicò Carolina, con voce rassegnata.

Il canto nella cappella si spense sugli ultimi accordi dell'organo. Una fila di suore vestite di bianco uscì dalla chiesa e attraversò il chiostro. Con loro c'era Virginia. Salutò sua madre, baciandola sulle gote. Fece lo stesso con Ezio Burgio. Isadora s'aggrappò alla sua gonna e volle essere presa in braccio.

« I nonni mi hanno portato un giocattolo che suona », le disse, mostrandoglielo con orgoglio.

« Fammi subito vedere come funziona », propose Virginia, rimettendo a terra sua figlia.

La bambina ricominciò a correre, facendo ruotare sull'erba il cilindro musicale. Lei applaudì sorridendo.

Carolina osservò pensosa sua figlia. Virginia era profondamente cambiata. Tutto in lei esprimeva serenità e compostezza. Era diventata quasi bella. Indossava un abito semplice di flanella grigio argento, ravvivato da un collettino a scialle di piquet bianco, che dava risalto alla figura snella. Stava per compiere trent'anni e non era mai stata tanto felice. Sembrava una ragazzina. La principessa non avrebbe mai immaginato che fosse nata per essere madre.

« Suor Crocefissa ci ha preparato la colazione », annunciò Virginia.

« Andate avanti. Io voglio godere un po' di questo sole », si defilò la principessa.

In realtà non aveva fame. Li guardò allontanarsi sotto il colonnato. Isadora, che aveva due anni e mezzo, dava una mano alla madre e l'altra a Ezio. « Padre, figlia e nipotina », sussurrò lei e sorrise. C'erano voluti anni e tante sofferenze per ritrovare un po' di verità e di equilibrio.

Ezio aveva lasciato il soprabito sul basamento di marmo del pozzo. Carolina lo ripiegò e ne fece un cuscino. Sedette sul gradino e si levò il cappello. Offrì il viso al sole del mattino, chiudendo gli occhi. Così come li aveva chiusi tre anni prima, nel giardino di palazzo Castiglia, sotto il sole di febbraio, quando Virginia le aveva annunciato: « Sono incinta ». Allora aveva chiuso gli occhi per non guardarla. Se non l'avesse vista, forse avrebbe potuto cancellare quella tremenda dichiarazione. Poi, aveva affrontato la realtà.

« È la prima confidenza che ricevo da te », aveva replicato.

Era riuscita ad allontanare da Napoli Teresa Avigliano e, per fortuna, suo marito l'aveva raggiunta.

Con l'aiuto di Josepha, aveva ottenuto che i due sposi non tornassero a Napoli. Lo scoppio della guerra aveva fatto il resto. Così aveva creduto di mettere Virginia al riparo da altre sciocchezze.

« Non ti facevo così sprovveduta », aveva soggiunto e già immaginava lo scandalo che ne sarebbe derivato. La principessa sosteneva che i Castiglia erano al di sopra di ogni pettegolezzo. Ma c'era un limite oltre il quale lo scandalo era inevitabile. « È inammissibile », aveva detto. E si era subito resa conto dell'inutilità di queste parole.

Virginia si era seduta di fronte a lei.

«*Maman*, per favore, guardami », l'aveva implorata, dandole insolitamente del tu.

Lentamente aveva posato su di lei uno sguardo triste.

« Vedo che sei disperata », aveva sussurrato.

« Lui è sparito nel nulla. L'ho tanto cercato, perché lo amo. Ho ventisette anni e, per la prima volta, sono davvero innamorata. Credevo fosse un gioco che potevo dominare. E sono rimasta impigliata come una farfalla nella ragnatela. Lui è solo un operaio. Eppure non bastano cento dei nostri amici per eguagliarlo. Con lui ho capito quanto vuoto ci sia nel nostro mondo, fatto di uomini annoiati, spesso inutili, e di donne superficiali, capaci soltanto di imbastire tresche amorose e chiacchiere da salotto. Ho incontrato un uomo vero, onesto, intelligente, e l'ho perduto », aveva concluso Virginia, con una foga che sua madre non le conosceva.

« Non capisco, però, come mai questo raro esempio d'onestà abbia potuto tradire la moglie. » L'osservazione le era sfuggita e adesso doveva andare fino in fondo in questo gioco della verità.

« Come sai che è sposato? » aveva chiesto Virginia, stupita.

« Ti hanno vista tutti. Sembra proprio che tu non abbia fatto niente per nascondere questa storia. »

« Te lo ha detto Burgio. »

La principessa aveva annuito.

« Ezio Burgio, l'amico adamantino. L'uomo integerrimo con cui mi hai concepita e che non ha mai mosso un dito per ristabilire la verità », si era ribellata.

« Smettila di trinciare giudizi su ciò che non sai. »

« E tu non mettere in discussione l'onestà di Benedetto Zicrì. »

« Lo sa che sei incinta? » aveva indagato Carolina.

« No, naturalmente », aveva sussurrato. « Come potrebbe, se tu e Burgio lo avete fatto scomparire? »

« Abbiamo soltanto fatto in modo che lui potesse restare con la sua famiglia. Alla fine, ti avrebbe comunque lasciata. Tu lo avevi abbagliato, raggirato, usato. Pare che sia davvero un giovane intelligente. Si sarebbe presto sciolto dai tuoi lacci. Questo lo sai molto bene », aveva osservato Carolina.

Virginia non aveva avuto argomenti da contrapporre. Sapeva che sua madre aveva ragione.

« Che cosa devo fare? » aveva domandato, dopo un lungo silenzio.

« Sono stanca e incomincio ad avere freddo. Riaccompagnami di sopra. Intanto ci penserò. Ricorda che nella vita c'è una soluzione per ogni problema. A tutto c'è rimedio », aveva tentato di confortarla.

Quella sera, contravvenendo a una consuetudine consolidata negli anni, si era fatta accompagnare a Posillipo, a casa di Ezio Burgio. L'uomo stava consumando una cena solitaria e frugale, com'era nelle sue abitudini.

« Perché non mi hai avvertito del tuo arrivo? Avrei fatto preparare qualcosa di speciale », aveva esordito, alzandosi da tavola per riceverla.

Carolina si era seduta di fianco a lui, mentre Sarina le metteva davanti piatti e posate. La principessa l'aveva ringraziata e, con un gesto, le aveva fatto intendere di allontanarsi, chiudendo la porta della sala da pranzo.

Era una stanza austera, impreziosita da due tele settecentesche di un ignoto pittore napoletano. Riproducevano due marine: una burrascosa, l'altra solare.

« Qual è il guaio, questa volta? » aveva esordito Ezio.

« Le colpe dei padri ricadono inevitabilmente sui figli », aveva sentenziato lei, prendendo delle alici sott'olio.

« Questa l'ho già sentita », aveva replicato Ezio.

« Allora aspetta di sentire il seguito. C'è un bebè in arrivo. »

« E non c'è un fidanzato che la sposi immediatamente », aveva proseguito il vecchio. Era chiaro che Carolina stava parlando di Virginia.

« Spero non voglia sbarazzarsi del bambino », aveva aggiunto lui.

« Mi ha chiesto di aiutarla. »

« Che cos'hai in mente? »

« È escluso lo scandalo, ovviamente. »

Carolina aveva spezzato in due una piccola forma di pane e la fragranza dell'impasto, fatto in casa, le aveva procurato un lampo di piacere.

« In casa mia non riesco ad avere un pane così buono », aveva osservato.

« È l'acqua del Serino e l'aria di Posillipo. Perché non vieni a vivere qui? »

Per Carolina fu come uno squarcio di luce. Ezio era l'uomo più importante della sua vita ed era stanca di nasconderlo a se stessa e al resto del mondo. Si immalinconiva sempre di più in quell'antico palazzo che richiedeva un esercito di domestici e continue cure. Era stanca dell'andirivieni di ospiti che, da anni, non la divertivano più. Aveva chiuso il suo salotto e raramente frequentava quelli altrui. Intorno a lei tutto stava cambiando rapidamente. Le persone meno fortunate chiedevano verità e giustizia. Anche lei, ormai, non voleva più mentire.

« Che ne diresti se ci sposassimo? » Carolina aveva buttato lì la domanda prima di riflettere e, nell'istante in cui l'aveva formulata, aveva capito che quella era la decisione più giusta.

« Forse siamo un po' troppo vecchi per farlo », aveva osservato Ezio, sommessamente.

« Finalmente Virginia avrebbe un padre e il suo bambino un nonno. Nostra figlia ha bisogno di verità. Le abbiamo mentito per troppo tempo. »

Allora Ezio le aveva preso la mano e si era chinato per baciarla. Poi aveva suonato il campanello e Sarina aveva schiuso la porta della sala da pranzo.

«Porta una bottiglia di champagne», le aveva ordinato Ezio.

«Mi piacerebbe che mio nipote nascesse in Sicilia», aveva detto più tardi, mentre accompagnava la principessa, lungo il viale, verso l'automobile che l'avrebbe ricondotta a palazzo Castiglia.

Era stata Virginia a chiedere di trascorrere il periodo della gravidanza nel monastero del loro feudo di Santa Brigida. Era un convento di clausura in provincia di Palermo. Da più di cent'anni prosperava grazie agli aiuti della famiglia di Carolina, i cui membri erano i soli a poterne varcare la soglia. La principessa disponeva di un appartamento privato all'interno delle mura. Nessuno lo aveva mai usato. Virginia aveva partorito lì dentro una bambina che aveva voluto chiamare Isadora per ricordare la nonna materna, ma quel nome importante era stato subito abbreviato in Dodò. Aveva avuto il cognome Burgio, lo stesso assunto da Virginia. Dodò ora aveva due anni e mezzo e sua madre non si era ancora decisa a lasciare il convento.

La principessa ricordò tutto questo. E pensò: Poteva andare peggio. Prese il cappello, si alzò, posò sul braccio il soprabito di suo marito e attraversò il chiostro avvolta dal profumo delle rose rampicanti che continuavano a fiorire generosamente. Entrò nel vestibolo dell'appartamento di Virginia. Posò il soprabito, il cappello e la borsetta su un divano. Le arrivarono le voci della piccola Dodò e del nonno, che recitavano insieme delle filastrocche.

«Hai sentito, *maman*, che cosa insegna Ezio a mia figlia?» disse Virginia, vedendo comparire Carolina.

La principessa sedette accanto alla nipotina.

«Soltanto il vecchio Sasà poteva apparecchiare una tavola come questa», osservò, ammirata. La tovaglia dai ricami preziosi, i fiori freschi disposti con sapienza, la brillantezza delle stoviglie, l'aroma del caffè e il profumo delicato dei dolci alle mandorle erano opera di suor Crocefissa che amava l'arte del decoro quanto le preghiere. Poi si rivolse alla figlia: « La guerra è appena finita ed è cominciato un nuovo flagello, la 'spagnola'. Le notizie che riceviamo da Napoli sono terrificanti. Come non bastasse, colera e tubercolosi fanno il resto. È tutto un fuggi fuggi verso la campagna, dove si pensa che queste malattie non possano arrivare. Gli Alliata si sono rifugiati con i figli e altri parenti nel castello di Putignano. I Valeschi hanno lasciato Merano e si sono isolati in una malga di montagna con la piccola Thea. Tuo padre e io abbiamo deciso di non lasciare il feudo, almeno per il momento. Perché non vieni in villa con noi? »

« Adesso più che mai mi sento al sicuro tra queste mura. Mi domando invece perché voi due non restiate qui. L'isolamento è totale. Il solo rapporto con il mondo esterno ci viene dai giornali. Per il momento mi sembra più che sufficiente. E poi c'è il telefono. Sono riuscita a ottenere una linea, vincendo l'ostilità della badessa. Ezio potrebbe lavorare con quello », propose Virginia. Raccontò di avere letto, sulle riviste americane, che il telefono ormai aveva rivoluzionato il mondo del lavoro. Ezio Burgio, senza avere letto i giornali americani, se ne serviva da un pezzo sia negli uffici di Napoli sia in quelli di Palermo. Ma non lo disse. A trent'anni, Virginia stava facendo le sue scoperte tra le mura di un convento. Andava bene così. Lo preoccupava, invece, l'isolamento della nipotina.

« Dodò ha bisogno di avvicinare altri bambini », disse.

« Questa epidemia non si esaurirà tanto presto. Non siamo i soli a esserne colpiti. È una calamità mondiale.

« In America e in Inghilterra cospargono le strade di disinfettanti. Pare che serva a tranquillizzare la gente. Dunque, in questo momento ci sono delle priorità da rispettare. Lasceremo il monastero quando la vita sarà diventata più sicura », annunciò Virginia.

« E andremo in America, su un piroscafo grande grande », disse la bambina.

« Che cos'è questa storia che tua figlia va ripetendo? » domandò la principessa.

« È un progetto concreto. Voglio che Dodò cresca in un mondo nuovo e, per molti aspetti, affascinante. Ho preso contatti con un giornale di New York, il *Globe*. Mi occuperò della vita degli immigrati italiani. Farò la giornalista. Insomma, lavorerò. »

« Nella storia dei Castiglia, saresti la prima donna che lavora », si stupì Carolina.

« Ma io non sono una Castiglia, *maman*. Sono una Burgio. I Burgio hanno sempre lavorato », replicò Virginia, guardando il padre con tenerezza.

Napoli - Vicolo della Duchesca
gennaio 1919

1

TERESA e Benedetto erano tornati a Napoli nel gennaio del 1919. Nel lungo viaggio da nord a sud erano stati accompagnati dallo spettro della miseria. Avevano visto campagne incolte, contadini ridotti alla fame, città sovvertite da disordini. La spagnola, la tisi, il morbillo, la malnutrizione inghiottivano le vite che la guerra aveva risparmiato. Lo strazio per la perdita del loro bambino, che ora riposava in un piccolo cimitero di Trento, si stemperava di fronte alle sciagure da cui erano circondati.

A Napoli non c'era più la loro piccola casa sul mare. Pietro, l'amico di sempre, li accolse nella sua famiglia. Si era sposato, era tornato dal fronte senza una gamba e il governo gli aveva concesso una pensione di invalidità. Con quella e un banchetto di *suvenirdenapolì*, fuori della stazione ferroviaria, campava con la moglie, un figlio e un secondo in arrivo, due sorelle e i genitori. Abitavano in tre stanze senza servizi né luce elettrica.

«Dove viviamo in sette, possiamo vivere in nove», aveva detto ai due amici, che si erano installati in casa sua mentre cercavano un alloggio.

Di notte, quando i bambini, i vecchi e le donne dormivano, Pietro e Benedetto trovavano il coraggio di confessarsi il loro sgomento di uomini sconfitti.

« Quanti sogni alimentavano le nostre speranze », mormorava Pietro.

« Io credo ancora a quei sogni », replicava Benedetto.

« Lo dici perché hai ancora tutte e due le gambe per scappare se le brigate nere ti aggrediscono. »

« Ho perso mio figlio e, forse, anche la moglie. Teresa non si è più avvicinata a me. Mi guarda come se la colpa di tutto fosse mia. »

« Passerà. Il tempo aggiusta tante cose. Non la mia gamba, sfortunatamente. Mi vergogno di fare il venditore di *suvenirdenapolì*. 'Accattatevi nu bello cuorno, signurì. Anzi due. Fanno coppia e scacciano la malasorte.' Che tristezza, Benedetto! Mi sono battuto contro queste superstizioni, contro il folclore di questa città. Ho rischiato la vita per salvare la mia dignità e quella dei miei compagni. Ho creduto in Marx e nel socialismo. Mi hanno mandato a combattere una guerra per la Patria e per il re. Ma loro che cosa hanno fatto per me? Quando sto a letto con mia moglie, mi vergogno a mostrare questo moncherino. A volte, nel sonno, sogno d'avere ancora la mia gamba. Quando mi sveglio, piango come un ragazzino. Te le ricordi le sere, le notti passate a leggere, a discutere, a studiare i testi del socialismo e gli atti dei congressi? Le discussioni, i litigi e poi la speranza nel 'sol dell'avvenir'. Eccolo qui il sole dell'avvenire. E loro, i nostri capi, che ci dicevano: 'Dobbiamo fare così e così. Ci riscatteremo dallo sfruttamento, dalla sudditanza, dal servilismo in cui hanno confinato il nostro Sud'. Io ci ho creduto. Che idiota! »

« Io ci credo ancora. Ci ricompatteremo e torneremo a combattere. Non per la Patria e per il re, ma per noi che siamo milioni, per le nostre mogli, per i nostri figli, per avere lavoro e dignità. Perché i nostri bambini possano andare a scuola invece che a lavorare, perché possiamo avere case in cui vivere da esseri umani, salari giusti, un'assistenza sanitaria adeguata. Io ci credo ancora, Pietro », insisteva Benedetto.

* * *

Teresa era andata a cercare suo padre al mercato del pesce. Non l'aveva trovato. Non vide neppure suo fratello Peppino. Al banco più bello, quello di donna Rosalia, c'era gente nuova. Riconobbe invece il vecchio ragioniere nell'ufficio a vetri. Bussò ed entrò.

« Avete visto Matteo Avigliano? » chiese.

Il vecchio sollevò lo sguardo da una montagna di carte. La riconobbe.

« Teresella! Quanti anni sono che non ti vedo? »

« Tanti, signor ragioniere. Cerco mio padre », tagliò corto. « Non riconosco più nessuno in questo mercato. »

« La guerra si è presa i più forti, la spagnola i più deboli, i più furbi se ne sono andati. Donna Rosalia è morta sotto le bombe. Tuo padre ha cambiato mestiere. Così dicono. Io non l'ho più visto. »

« Grazie per l'informazione. Statemi bene », disse lei.

Il vecchio notò il suo scialle consumato, la faccia pallida. Scrisse qualcosa su un foglietto e glielo tese.

« Vai a quel banco, laggiù. Fatti dare una bella orata. Consegna questo foglietto ed è già pagata. »

Teresa lo ringraziò. Poi si avviò verso il vicolo della Duchesca. Tutto si sarebbe aspettata, anche di sentirsi dire che suo padre era morto. Invece non avrebbe mai immaginato che la morte si fosse portata via quella donna forte, vitale, energica. Ma sarà poi vero? s'interrogò incredula.

Alcune donne del vicolo la riconobbero. Non aveva voglia di affrontarle. « Avete visto Matteo? » chiese semplicemente.

Le dissero che era in casa, lassù dove lei aveva abitato prima di fuggire. Fece i gradini a due a due, senza rispondere alle loro domande incalzanti.

Quando arrivò all'ultimo piano, sul ballatoio dov'era la porta d'ingresso, ebbe un istante di esitazione. Erano anni che non tornava in quella casa. Ricordò la violenza di Cenzino e Renato, i figli di donna Rosalia. Brutti ricordi che non l'avrebbero mai abbandonata, come non avrebbe mai rimosso i soprusi subiti dalla matrigna, il volto angelico della sorella Annina e la rassegnazione di suo padre. Bussò. Non ebbe risposta. Abbassò la maniglia e la porta si aprì. C'era silenzio, un gran disordine ovunque e tanta sporcizia. Nella stanza che era stata occupata da lei e dai fratelli c'erano letti sfatti, lenzuola sporche, indumenti sparsi ovunque. La cucina era impraticabile. La porta della stanza più bella, la sala, era chiusa. Aprì. Tutto era rimasto come ricordava, coperto da uno strato di polvere. Anche la camera che la matrigna aveva diviso con suo padre era intatta, come se non fosse stata usata da anni. Sentendo il cuore in gola si fermò davanti alla camera dei fratellastri. La porta era socchiusa. Le imposte serrate.

« Entra », disse la voce di suo padre.

Lei esitò.

« Apri la finestra », disse ancora l'uomo.

Era sdraiato su uno dei letti gemelli. Era completamente vestito. Non si era nemmeno levato le scarpe. Nell'aria ristagnava il fumo delle sigarette. Il pavimento era cosparso di mozziconi.

Teresa spalancò i vetri e socchiuse le persiane. Poi si girò verso di lui e gli sorrise. Non si vedevano da prima della guerra. L'ultima volta era andata a trovarlo al mercato e teneva tra le braccia Pinuccio. Suo padre le aveva regalato un cartoccio di vongole e scampi.

Matteo la guardò a lungo, senza muoversi. Poi si alzò dal letto, le andò vicino e l'abbracciò. Non si dissero nulla.

Teresa si staccò da suo padre e gli propose: « Ho un'orata bella grossa. Adesso sistemo la cucina e poi la cuocio ».

Lavorò due ore per dare una parvenza di ordine e cucinare il pesce. Poi sedettero insieme al tavolo di cucina. Dopo aver mangiato, sorseggiarono il caffè.

« Quanti anni avete, papà? » gli domandò.

« Quarantanove. Sono vecchio », rispose.

«Dove sono i miei fratelli?»

«Lavorano tutti e tre. Peppino ha un buon posto nelle cucine dell'*Hotel Excelsior*. È stato fortunato. Ha fatto il soldato per un anno, nelle retrovie, come vivandiere. Si può dire che non ha neppure visto la guerra, l'ha sentita solamente. Adesso è cuoco. Porta dalle cucine gli avanzi di cibo: cose buone, sopraffine. Ha anche una fidanzata che fa la guantaia. Si chiama Marisella Liguoro. Non è bella, ma è molto gentile», spiegò Matteo.

«Che cosa mi dite degli altri fratelli?» indagò Teresa.

«Quelli sono meccanici. Lavorano insieme, al Vomero, in una grande officina. Vogliono andare al Nord. Hanno saputo che lassù si guadagna meglio. Chissà se è vero.»

Matteo aveva l'aria stanca e infelice. Era magro. Il volto ombreggiato da una barba di molti giorni. Le ricordò nonna Lina. Gli mancavano alcuni denti.

«Voi non lavorate più?»

«Sono vecchio», ripeté. «Mi è passata la voglia di lavorare, ma ci sono costretto. Quella vipera di Rosalia è schiattata sotto una bomba e non ho più avuto una ragione per vivere.»

«L'amavate tanto?»

«La odiavo tanto. L'amore, se mai c'era stato, se n'era andato da un bel pezzo. L'astio era diventato una ragione di vita per lei e per me. Ci accusavamo a vicenda della nostra infelicità. Erano scenatacce. Volavano schiaffi e insulti. Però lei non ha mai avuto il coraggio di mettere alla porta me e i tuoi fratelli. E io non ho mai trovato la forza di andarmene. Anche perché non avremmo più potuto morderci come cani rognosi», confessò il padre.

«Quando sono scappata da casa, non mi sembrava che te la cavassi tanto male con lei e i suoi figli», osservò Teresa.

«Ti dico una cosa, Teresella: Rosalia era bugiarda. Tutte le donne lo sono, ma hanno imparato a mentire per difendersi. Lei, invece, mentiva per attaccare, per ferire, per sbranare», ragionò.

Teresa annuì. «Lei voleva te solamente. Era gelosa del tuo amore per noi», disse.

« E cieca verso i suoi figli », continuò Matteo. « Due sciagurati. L'hanno spogliata di tutto. Voleva farne due dottori e sono diventati due delinquenti. »

Non le raccontò neppure come Rosalia si fosse ridotta sul lastrico per mantenerli, avendo venduto via via le terre, le case, gli ori, i banchi del pesce. Non studiavano né lavoravano, spendevano solo a piene mani i soldi della madre che aveva perfino corrotto qualcuno perché fossero esentati dalla chiamata alle armi. Prima di morire, Rosalia aveva venduto anche la casa nel vicolo. Da padrona, era diventata affittuaria dell'appartamento in cui viveva con Matteo.

« Due mesi fa, Cenzino è stato ammazzato. Scannato come un pollo nei pressi del Lavinaio. Pare che non avesse onorato certi debiti di gioco. Renato s'è messo con quelli che prendono a manganellate gli scioperanti. Ha ammazzato un povero ferroviere, a Porta Capuana. Ha fatto due giorni di carcere ed è tornato libero e più prepotente di prima. C'è gente nuova, in giro. Brutti ceffi che godono di protezioni. »

Come tutti, Teresa sapeva di queste nuove bande che castigavano i socialisti. Si chiamavano « camicie nere » e si definivano difensori dell'ordine. Avevano dalla loro parte padroni e politici. Ora che Benedetto aveva trovato un lavoro e si era di nuovo iscritto al sindacato, lei tremava al pensiero che questa gente potesse ammazzarlo.

« Non ci pensate, papà », disse. « Quei due sono sempre stati delinquenti. Uno se n'è andato. L'altro... »

« Non tarderà a seguirlo », concluse Matteo.

« Non auguro la morte a nessuno », disse lei. « Piuttosto pensate un po' a voi e a questa casa disordinata e sporca. »

« Manca la mano di una donna », sussurrò pensando a Rosa. E soggiunse: « Vado sempre al cimitero a parlare con tua madre, con Annina e con il piccolino morto di colera ».

« E la tomba di donna Rosalia? Non la cercate? » indagò.

« A lei non ho più niente da dire. E non voglio più ascoltare le sue bugie», tagliò corto. «Non sono neppure più entrato nella sua camera.»

«Anche il mio Pinuccio è volato in cielo. Se l'è preso la spagnola quand'eravamo lassù, al Nord. Invece ha risparmiato me», raccontò con un filo di voce.

Matteo annuì con aria grave.

«Avrai altri figli», disse.

«Non ne voglio altri. Ho tanto amato Pinuccio e la sua morte mi ha straziato il cuore. Mi sono stancata di soffrire.»

«Sarebbe come dire che ti sei stancata di vivere.»

«Come volete, papà.»

«Non è giusto che tu dica queste cose. Hai appena vent'anni. Vieni a stare qui, con tuo marito. La casa è grande e luminosa. L'affitto lo pago io. Lavoro di notte. Il posto me lo ha procurato Peppino, all'*Hotel Excelsior*. Pulisco le cucine e certe pentole grandi come pozzi. E lucido anche le scarpe degli ospiti. File e file di scarpe lungo i corridoi. Davanti a ogni porta ce ne sono uno o due paia. Ho scoperto un mondo. Quante cose raccontano le scarpe! Dalle scarpe capisco le persone, anche se non le vedo mai. Ci sono quelle di marca straniera, robuste e leggere come un guanto. Ci sono quelle italiane: hanno forme belle, ma si rovinano subito. Ci sono quelle appuntite, con il tacchetto curvo e fibbie graziose... Allora so che le indossa una donna giovane e snella. Altre sono allargate come barche e la suola è consumata. La loro proprietaria è certamente una donna grassa, con le caviglie gonfie, e camminare le costa fatica, poveretta. Qualcuno ci infila degli spiccioli. È la mia mancia. Mi serve per comprare le sigarette.»

Il giorno seguente, Teresa e suo marito si trasferirono in casa di Matteo. Lei non volle saperne di dormire nel letto della matrigna, che venne smontato e accatastato in un angolo della sala con gli altri mobili che erano appartenuti a Rosalia.

Due mesi dopo, Teresa era di nuovo incinta. Ne fu quasi felice.

Napoli - Vicolo della Duchesca
1919-1922

1

ERA il tramonto di una bella domenica d'aprile. Napoli sembrava una grande madre rassicurante dalle braccia immense e dolci che cingevano il golfo e la città, i palazzi e le catapecchie, i viali, i giardini, i vicoli e tutti gli abitanti. Dal mare venivano profumi dolcissimi. Allora, chissà come, in tanta bellezza, il rumore assordante del traffico si spegneva, si placavano le liti, l'abbaiare dei cani e gli strilli dei bambini. Nasceva il sorriso anche sulle labbra più dure e la gente si sentiva migliore. Erano momenti di pace assoluta.

Una sola volta la settimana, la domenica sera, la famiglia Avigliano si riuniva per la cena. Con gli avanzi che Peppino portava dalla cucina dell'albergo, Teresa preparava una grande marmitta di ragù per condire i maccheroni e mescolava il tutto in una zuppiera di terracotta che metteva al centro del tavolo. Ognuno si serviva, mentre lei faceva il giro dei commensali versando il vino nei loro bicchieri. Poi sedeva a tavola, accanto al marito, e osservava soddisfatta i suoi uomini che si erano tirati a lucido e discorrevano pacatamente. Quella sera, guardandoli, si sentì sfiorata da un brivido di felicità. In quella casa, da ragazzina, aveva passato momenti di terrore. Ora le sembrava purificata dagli odi e dalle violenze che vi si erano annidati. Non si stancava mai di ripulire le stanze, riordinare i letti, lavare la biancheria, cucinare, stirare, aggiustare. Non era costretta a lavorare. Lo faceva per il piacere di accudire i suoi cinque uomini: il marito, il padre, i tre fratelli, che la rispettavano e avevano per lei piccoli gesti di gratitudine.

Le finestre e la porta di casa erano spalancate per accogliere l'aria fresca della sera. E, all'improvviso, sulla soglia comparve Renato Di Giacomo. Teresa fu la prima a vederlo. Quasi non lo riconobbe tanto era grasso, i capelli neri luccicanti di brillantina, una mano che stringeva il manganello. Quando realizzò chi fosse, deglutì lentamente il boccone.

Il ricordo della violenza subita riaffiorò terrorizzandola.

A quel punto anche i suoi lo videro e scese il silenzio. Non era solo. C'erano altri due uomini con lui. Gli Avigliano non si scomposero. Si limitarono a fissarli con freddezza. Teresa si chinò per sussurrare all'orecchio del marito: « È uno dei due Di Giacomo ». Vide la mano di Benedetto chiudersi a pugno e la bocca del fratellastro schiudersi in un sorriso di scherno.

« Vedo che ve la passate bene, in casa mia », disse. E proseguì: « Mangiate nei miei piatti, sedete al mio tavolo, dormite nei miei letti ». Poi si rivolse ai due amici che gli stavano alle spalle: « Gli Avigliano sono come le piattole: ti si attaccano addosso e succhiano fin che c'è sangue ».

I due risero. Lui no. Osservava quei cinque uomini con aria disgustata. Poi posò uno sguardo lascivo su Teresa. Lei, istintivamente, si aggrappò al braccio di Benedetto e sentì che suo marito era teso come un animale che sta per scattare e avventarsi sulla preda.

« Me l'avevano detto che eri tornata. Uno di questi giorni vengo a prenderti e andiamo a divertirci un po'. Vedo che fai ancora la serva. Ti ci vuole qualche svago e qualche bel vestito. C'è più gusto a spogliare una donna vestita di seta. Tu mi capisci, vero? » Era una provocazione. Cercava un pretesto per scatenare la rissa. I suoi compagni risero e, questa volta, rise anche lui, mentre faceva oscillare il manganello con aria minacciosa. Gli uomini di casa, che fino a quel momento erano rimasti seduti al tavolo, scattarono in piedi tutti insieme. I compagni di Renato mossero due passi e lo affiancarono impugnando i manganelli e battendoli minacciosamente sul palmo della mano.

« Avrei dovuto ammazzare te e tuo fratello tanti anni fa. Chiedi scusa a mia figlia per quello che le hai detto », ordinò Matteo Avigliano con voce ferma.

Era ormai un uomo debole, ma armato della propria onestà e del bisogno incontenibile di fare giustizia.

Renato Di Giacomo avrebbe potuto stenderlo con una sola mano. Guardò il patrigno e i volti impassibili degli Avigliano. Impallidì. Si rese conto che quei cinque uomini avrebbero avuto il sopravvento sui loro manganelli.

« Chiedi scusa a mia figlia », ripeté Matteo, minaccioso.

Il giovane abbassò lo sguardo.

Aveva bisogno di affermarsi con la prepotenza. Gli piaceva schiacciare i deboli, tormentare i disperati e atterrarli a colpi di bastone.

Ora, gli Avigliano erano più forti di lui.

« Perdonami, Teresella », balbettò a denti stretti.

I suoi amici arretrarono e uscirono dall'appartamento.

« Vattene. Non presentarti mai più in questa casa. Vuoi la mobilia di tua madre? L'avrai subito », decise Matteo. Si rivolse ai figli e al genero: « Buttate fuori dalla finestra tutte le cose di Rosalia ».

Peppino, sporgendosi dalla finestra, gridò alla gente del vicolo: « Scansatevi, che scendono le cose di Rosalia buonanima ». La testiera del letto volò nel vuoto.

« Adesso scendi e raccatta la tua roba », gli ordinò Matteo.

« Non finisce qui », gridò lui, cercando con lo sguardo gli amici che se ne erano andati. « Vi farò pentire d'essere nati. A te, per primo », soggiunse, puntando l'indice verso Benedetto Zicrì. « Sei un sovversivo. Ti conosco. »

La casa venne svuotata di tutto quello che era appartenuto a Rosalia.

Finì tutto nel vicolo, comprese le tovaglie, i piatti, i bicchieri.

« Adesso è veramente casa nostra », commentò Matteo, con voce stanca.

« E cominceranno i guai », profetizzò Benedetto.

La bellezza assoluta di quella sera di aprile si spense in una notte di cupi presagi.

Passarono i mesi. Teresa partorì una bambina che chiamò Rosa, per ricordare la figura indimenticabile di Rosa Avigliano.

Peppino sposò la fidanzata, che era già incinta di quattro mesi. Andò ad abitare con i suoceri e in casa non arrivarono più gli scarti della cucina dell'*Hotel Excelsior*.

Gli altri due fratelli presero un treno diretto al Nord. Dissero che andavano a cercare un lavoro migliore.

Trascorsero gli anni e Teresa ebbe altri due figli: un maschietto, che venne chiamato Pinuccio, per ricordare il fratello morto, e una femmina che chiamò Iosefa, per ricordare la donna che l'aveva tanto aiutata.

In città tutto era cambiato. Non c'erano più scioperi, né disordini, né manifestazioni. Adesso comandavano i fascisti. Lo facevano usando il terrore, infiltrando le spie nelle fabbriche, rimangiandosi tante promesse fatte alla gente che aveva creduto di vedere in loro una forza capace di risolvere finalmente i gravi problemi economici e di ordine pubblico ereditati dai precedenti governi.

Era finita la libertà di stampa, di parola, di pensiero. Benedetto venne arrestato nel corso di una riunione segreta, processato e spedito al confino, in Sardegna.

Teresa rimase sola con i suoi tre figli e il padre che, adesso, era davvero vecchio e malato.

Da Sud a Nord
maggio 1931

1

IL TRENO viaggiava nella notte, verso il Nord. Nella carrozza del wagon-lit i passeggeri dormivano. Josepha ascoltava da ore il monotono sferragliare delle ruote sui binari e non riusciva a prendere sonno. Da tempo era inquieta e, soprattutto la notte, l'assalivano l'ansia del presente e la paura per il futuro.

Dopo il tragico epilogo del suo matrimonio con Enrico Castiglia, aveva sposato Lorenzo che le aveva fatto dimenticare tante amarezze. Aveva creduto di poter finalmente vivere con lui giorni sereni costruendo una famiglia che per lei, figlia unica e orfana di genitori, era sinonimo di amore, di tenerezza, di calore. La guerra l'aveva separata dal marito ed erano cominciate le ansie e i timori per il domani.

Aveva assistito allo sfascio del suo Paese, al crollo degli ideali di cui si era nutrita. In Tirolo, che ora si chiamava Alto Adige, tornava raramente. Qualche volta andava in Austria, nella speranza di ritrovare l'atmosfera della sua infanzia. Era tutto cambiato. A Merano, la gente era scontenta e gli italiani facevano del loro meglio per rendersi odiosi.

Il governo fascista aveva imposto la censura e proibito la lettura dei giornali tedeschi, arrivando a pretendere l'italianizzazione dei cognomi austriaci persino sulle epigrafi funerarie. L'italiano era diventata lingua ufficiale e i bambini erano costretti a imparare di nascosto la lingua dei loro padri. Una volta Josepha era andata all'anagrafe di Merano per richiedere un documento e aveva scoperto che il suo luogo di nascita non era più Schloss Rundegg, ma Castel Angolotondo. Quel giorno aveva definitivamente chiuso il castello ed era tornata a Napoli.

Con il tempo si era rassegnata a questi come ad altri cambiamenti. Dopo tutto aveva un marito che l'amava e due figli da crescere. Voleva essere soprattutto una buona moglie e una buona madre.

Evitava di frequentare i nuovi salotti, così diversi da quelli che le erano stati familiari quando era giovane. Il fascismo aveva creato una classe dirigente spesso volgare e ignorante.

Un giorno era stata costretta a portare i suoi figli in un palazzo romano per una merenda con i figli di alti funzionari. Fu un tormento.

« Hanno offerto una merenda schifosissima. E quei ragazzi sono assolutamente maleducati », si era lamentata con Lorenzo.

Il marito la rabboniva con il sorriso disarmante e le solite parole che lei sapeva a memoria: « Dopo la guerra, avevamo un governo incapace di affrontare qualsiasi problema. Gli scioperi impedivano ogni attività. Rischiavamo la paralisi. Ora, in Europa, stiamo meglio noi di altri Paesi. Non devi preoccuparti per le piccole cose ».

Non le piaceva vedere i suoi figli in divisa nera che si esibivano nel saluto romano, e la preoccupavano i capricci di Thea che si rifiutava di studiare e voleva soltanto andare a cavallo, perché nutriva una irragionevole passione per il suo istruttore, un ignaro ufficiale di ordinanza che aveva trent'anni più di lei, una moglie e sette figli.

Josepha perdeva il sonno e si stizziva con Lorenzo che sembrava non accorgersi di quanto succedeva dentro e fuori dalla sua famiglia.

« Lorenzo, tu sei un sognatore. Passi la vita tra caserme e ministeri e non ti accorgi di quello che succede intorno a noi. Ti garantisco che la miseria, a Napoli, è peggiore di quella di un tempo. E poi, che cos'è questa storia di fare figli a tutti i costi? Non c'è cibo a sufficienza, non c'è lavoro, la mano d'opera è sottopagata. Inoltre, chi osa reclamare viene mandato al confino. Chiedilo alla povera balia. Lei ne sa qualcosa. Ha tre figli e Benedetto è stato relegato in Sardegna per le sue idee da cosiddetto sovversivo. Come puoi accettare un regime che ti impedisce persino di pensare? »

Erano parole gettate al vento. Ogni volta, il marito sorrideva, l'abbracciava e le diceva: « Adesso calmati. Le cose andranno meglio in futuro. Io ci credo e devi crederci anche tu ».

Josepha guardava i suoi figli e si chiedeva che cosa il futuro avesse in serbo per loro. Giovanni, subito chiamato Nino, aveva appena dodici anni. Giocava a fare il « figlio della Lupa », ma non aveva lo spirito del combattente. Era riflessivo, timido e temeva la violenza. Thea, a sedici anni compiuti, pensava soltanto all'amore e scriveva biglietti sdolcinati al suo istruttore. In uno di questi gli aveva proposto di fuggire insieme, abbandonando tutto e tutti. Josepha lo aveva intercettato e ne era scaturito il finimondo.

Ora erano in viaggio per Milano, dove suo marito avrebbe ufficialmente assunto l'incarico di generale di Corpo d'Armata di Milano, Bergamo e Brescia. Josepha non si era particolarmente rallegrata per il nuovo incarico del marito, ma era stata felice di andare via da Napoli dove non aveva più legami affettivi, tranne quello con la famiglia Alliata. La principessa Carolina si era spenta dopo una lunga malattia, accudita fino all'ultimo istante dal secondo marito. Virginia viveva negli Stati Uniti con la figlia Isadora e lavorava con successo a New York per il *Globe*. I numerosi amici dei Castiglia, in parte, si erano integrati con il nuovo regime, altri erano andati all'estero, altri ancora si erano ritirati nelle ville di campagna, lasciando il posto ai nuovi padroni del Paese.

Non tornerò mai più a Napoli, promise a se stessa, mentre il treno procedeva nella notte e lei non riusciva a prendere sonno.

Accese la piccola luce sulla testiera del letto, infilò una mano nella bustina che conteneva spazzola, pettine, sapone, creme e profumo e individuò al tatto la boccetta della valeriana. La prese, poi scivolò fuori dal letto. Si mosse con cautela per non svegliare il marito che dormiva nel letto sopra il suo. Sul tavolino trovò la bottiglia dell'acqua e il bicchiere. Contò venti gocce di valeriana, vi aggiunse un po' d'acqua e bevve con una smorfia di disgusto perché quel medicinale aveva un sapore pessimo. Glielo aveva prescritto il medico quando gli aveva parlato dell'insonnia.

«Il sonno è indispensabile all'organismo. Lei deve assolutamente dormire. Prenda venti gocce di valeriana ogni sera, prima di coricarsi», aveva prescritto il dottore.

Josepha non amava le medicine e vi faceva ricorso soltanto quando le sembrava indispensabile. Il treno sarebbe arrivato a Milano alle otto del mattino. Doveva assolutamente dormire perché l'aspettava una giornata faticosa.

Avrebbero abitato nella sede del Comando di Corpo d'Armata. Sofia era già a Milano da dieci giorni e ogni sera le aveva telefonato per aggiornarla sulle condizioni della nuova residenza. Aveva assoldato degli aiuti per ripulire le stanze da cima a fondo e renderle abitabili all'arrivo della famiglia. Ma c'erano compiti che spettavano soltanto a lei, come la scelta del personale, perché Sofia le aveva parlato male dei domestici che avevano servito il predecessore di Lorenzo. Inoltre, doveva prendere contatto con il preside del ginnasio dove Nino era già stato iscritto. Pensò al figlio con tenerezza.

Si augurò che la valeriana producesse velocemente il suo effetto. Il treno si fermò. Guardò attraverso i vetri ma non vide altro che il buio della notte.

Allora, nella penombra creata dalla lucina sopra il letto, si affacciò allo scompartimento accanto occupato da sua figlia. Il letto era vuoto. Josepha si allarmò. Thea era fonte di continue preoccupazioni che non sapeva come dominare. Si rendeva conto di essere sempre stata una madre ansiosa, ma era anche consapevole di quanto Thea fosse una figlia difficile.

Partendo, aveva dovuto subire, senza risponderle, l'accusa di avere attuato subdole manovre per allontanarla da Napoli e dall'istruttore. Nella carrozza-ristorante, durante la cena, aveva sopportato in silenzio il suo digiuno di protesta. Si aspettava che Lorenzo intervenisse, invece suo marito l'aveva ignorata.

Alle undici erano tornati nei loro scompartimenti. Si era accostata alla figlia per augurarle la buona notte. La ragazza non le aveva neppure dato un bacio. Ora era sparita.

Per fortuna il sedativo cominciava a farsi sentire. Per quanto preoccupata, Josepha non perse la calma. Infilò una veste da camera e aprì la porta che dava sul corridoio. Thea era lì, in vestaglia, e fumava una sigaretta con l'aria della donna di mondo. Vicino a lei c'era un giovane, nello stesso abbigliamento. Anche lui stava fumando. Josepha era senza parole.

Thea la vide e le sorrise.

« Vieni, mamma. Questa notte sembra che siamo in molti a soffrire d'insonnia. Ti presento un nostro compagno di viaggio. Lui è Guido Battellieri. »

Tutto quello che Josepha riuscì a dire in un sussurro fu: « Buona sera ». Era scandalizzata e assonnata. Ma ormai nessuno, nemmeno sua figlia, le avrebbe impedito di dormire. La valeriana aveva fatto effetto.

Milano
Comando di Corpo d'Armata
maggio 1931

1

Era mezzogiorno, Josepha si abbandonò affranta su una poltroncina rivestita di broccato bianco e oro. Avvertì un lieve cedimento dello schienale e il legno scricchiolò.

« Sarebbe questo il famoso salotto Radetzsky? » domandò al marito.

Due facchini attraversarono la stanza reggendo un baule che conteneva libri e documenti.

« Portatelo nello studio. Seconda porta a destra », ordinò Lorenzo, indicando un corridoio oltre il salotto. Poi sedette accanto a sua moglie su un divanetto a tre posti. Si sentì il cigolio di una molla. « Non ti piace? Io lo trovo così pieno d'atmosfera », affermò con convinzione.

« Forse lo era ai tempi del maresciallo Radetzsky. Ma da allora nessun tappezziere è intervenuto qui né altrove », osservò lei, con l'abituale senso pratico. Era stanca ed era arrabbiata con sua figlia, ma non era il momento più opportuno per raccontare a Lorenzo l'episodio della notte precedente. Slacciò la giacca del tailleur color vaniglia, acquistato a Parigi nell'atelier di Coco Chanel, si liberò delle scarpine color senape e tese un piede posandolo sul ginocchio del marito.

« Massaggia un pochino queste povere dita indolenzite », lo pregò.

Continuava a rimuginare pensieri su Thea. Alle otto del mattino, quand'erano scesi dal treno, l'aveva affidata alla moglie dell'ufficiale di ordinanza. Era una milanese. Una brava donna disposta a farsi in quattro per loro. « Me la porti a casa per mezzogiorno », le aveva ordinato Josepha.

« La signora non mi porterà. Mi condurrà. Non imparerai mai a parlare correttamente l'italiano », aveva sottolineato la figlia.

Josepha aveva sorriso, fingendo nuovamente di ignorare il sarcasmo della ragazza. Avrebbe voluto assestarle un ceffone, ma sarebbe stato come ammettere la sua impotenza. Per la stessa ragione riteneva opportuno tacere questa difficoltà anche con il marito. Comunque, ne avrebbe parlato più tardi con Lorenzo. Tanto più che, lo sapeva, lui avrebbe minimizzato. Invece, Thea era un problema. Ora si era messa anche a fumare.

Lorenzo le massaggiava delicatamente le estremità indolenzite e lei si stava finalmente rilassando. Si guardò intorno. Negli ultimi due mesi, Lorenzo era stato a Milano diverse volte per rendersi conto di tutti i problemi che il nuovo incarico comportava. E le aveva decantato il salotto in cui erano adesso. « C'è un lampadario di Murano del Settecento di una bellezza assoluta. Era stato un dono delle signore milanesi al maresciallo austriaco il quale, abbandonata l'Italia, lo ha lasciato lì. Ci sono anche due specchiere frontali della stessa epoca. Sono una meraviglia. Dietro una di queste c'è un 'segreto', così segreto che è stato scoperto solo pochi anni fa, quando hanno smontato la stanza per ripulirla. Naturalmente era vuoto. Andandosene, Radetzsky aveva portato via tutte le sue carte. »

Josepha guardò il marito con una tenerezza quasi materna.

« Allora? Ti piace o non ti piace questa stanza? » insistette lui.

Lei non volle deluderlo. « È fantastica. Basterà rifare i divani e le poltrone », rispose.

« Anche tu sei bellissima. Basterebbe rifare il tuo caratteraccio », replicò Lorenzo, insinuandole una mano sotto la gonna.

« Caro, ti prego, non è il momento », tentò di difendersi.

«Oh, sì che lo è», mormorò lui, sfiorandola ancora più intimamente. E aggiunse: «Non c'è che un modo per inaugurare questa casa: filarcela immediatamente in camera da letto».

Aveva il viso accanto al suo. Lorenzo era così irresistibilmente bello e appassionato. Si baciarono. Erano passati vent'anni dal loro primo incontro e si desideravano come allora.

«Voi due, cosa state facendo?» domandò una voce maschile.

Nino era sulla soglia del salotto e li osservava.

«Assolutamente nulla», rispose Josepha, impacciata, mentre si rassettava la gonna.

«Nella mia camera, la luce elettrica non funziona. Vieni a vedere, papà», disse.

Lorenzo allargò le braccia guardando sua moglie con aria sconsolata. Poi seguì il figlio. Josepha, a piedi scalzi, arrancò stancamente verso la camera da letto.

Il letto e il resto dell'arredamento erano stati spediti da Napoli. Erano mobili in stile Novecento, realizzati da un ebanista napoletano quando, dal Tirolo, era ritornata al Sud con Lorenzo e la piccola Thea. Nino era stato concepito in quel grande confortevole letto, presto abbandonato perché lei aveva accompagnato suo marito a Tripoli. Per fortuna, il soggiorno africano era durato pochi mesi e Nino era nato a Napoli.

«Avrò mai, nella vita, una residenza stabile?» s'interrogò sommessamente, lasciandosi cadere di peso sul materasso.

Chiuse gli occhi e passò in rassegna le cose fatte e quelle che le restavano da fare.

Appena arrivata aveva assunto i domestici dopo che Sofia, efficientissima, aveva già operato una prima scrematura.

Sarebbero entrati in servizio il giorno seguente e doveva provvedere alle divise. C'era anche il giardino da considerare. Lo aveva appena intravisto e non le era sembrato in ottimo stato. Infine doveva affrontare sua figlia. Quello era il compito più difficile che era riuscita a neutralizzare per qualche ora.

Sentì bussare.

« Avanti », disse con voce stanca.

La porta si schiuse e Thea entrò.

Indossava un abito a due pezzi, in maglia di lana, color pervinca. La gonna a pieghe e la blusa con la scollatura a punta davano risalto alla figura snella. Una catena d'oro a maglia sottile oscillava sul petto. I capelli biondi, cortissimi e ricci, incorniciavano un volto dagli zigomi marcati. Aveva gli stessi occhi ridenti di suo padre. A volte sapeva essere di una dolcezza commovente, anche se assumeva spesso atteggiamenti mascolini che irritavano molto Josepha. Cavalcava come un'indemoniata. Correva in bicicletta sfiorando ogni volta l'incidente. Di nascosto, si era messa al volante dell'automobile di suo padre, senza saper guidare, e aveva ammaccato la carrozzeria. Aveva abbandonato gli studi prima del diploma sostenendo che il Sacro Cuore non era un collegio, ma un carcere. Aveva smesso di studiare il pianoforte, perché gli esercizi erano troppo tediosi. Però giocava a tennis con passione e passava ore in estenuanti palleggi, senza annoiarsi.

Tante volte Josepha avrebbe voluto scoprire che cosa si nascondesse dentro quella graziosa testolina. Thea era un libro chiuso.

« Se almeno sapessi che cosa pensa », si lamentava Josepha con il marito.

« Quello che pensano tutte le ragazze a sedici anni. Quello a cui pensavi tu: l'amore », rispondeva Lorenzo. E il problema era chiuso.

« Siediti qui, vicino a me », le disse ora, facendole posto sul letto.

« Devo dirti che Milano mi piace molto. Per fortuna le signore di qui sono gaie e vivaci. Lo sai che in giardino c'è una grande altalena? Sono andata al maneggio coperto. Si chiama Raggio di Sole. E c'è anche un bellissimo campo ostacoli. Ho visto Indo. Sta benissimo », disse. Indo era il puledro arabo che Lorenzo le aveva regalato pochi mesi prima. « Ho anche conosciuto il maresciallo Molin. Cavalcherà con me. Tranquillizzati, perché è abbastanza vecchio per essere mio nonno», proseguì.

«E anche perché nel frattempo hai conosciuto un certo Guido Battellieri che ti offre sigarette nel corridoio di un treno, in piena notte», commentò Josepha. «Vorrei saperne un po' di più di questa storia.»

«Vuoi la verità?»

«Diciamo che me l'aspetto.»

«Non c'è nessuna storia. Questa notte non riuscivo a prendere sonno. Per un po' ho letto quel romanzo che mi hai consigliato tu, *Il grande Gatsby*. Devo dire che la lettura in inglese è abbastanza faticosa. Un giorno accetterò l'invito di zia Virginia e andrò a New York. Così diventerà un piacere leggere i romanzi in lingua originale.»

«Dorothea, non svicolare. Stavamo parlando d'altro», la interruppe Josepha. Quand'era arrabbiata chiamava sua figlia con il nome per esteso.

«Non svicolo. Casomai divago», la corresse con la solita puntualità.

Josepha emise un sospiro che sembrava un lamento. «Va bene. Non divaghiamo e vai avanti.»

«A un certo punto mi sono alzata, ho infilato la vestaglia e sono uscita dallo scompartimento. C'era questo ragazzo che stava fumando una sigaretta. Che cosa dovevo fare? Dovevo fuggire con il cuore in affanno esclamando: 'Oh cielo, un uomo in vestaglia'? L'ho salutato. Che diamine. Siamo nel 1931. La gente non viaggia più in calesse. Gli aerei sfrecciano nei cieli. In America si balla il charleston. Le donne hanno gli stessi diritti degli uomini. Lui mi ha offerto una sigaretta e io ho accettato. Lui si è presentato e io pure. Fine di una non storia. Poi sei arrivata tu, come sempre, a guastare tutto», concluse Thea.

Sua madre la scrutò con aria pensosa. «Le donne non hanno gli stessi diritti degli uomini. Li vorrebbero, ma non ci è permesso neppure di votare. Da quando ti sei messa a fumare?»

«Era la prima volta. L'ho trovato piacevole.»

«Una ragazza perbene non fuma. Lo fanno soltanto le canzonettiste, le attrici e le prostitute.»

«Non appartengo a nessuna di queste categorie e ho fumato. Devo aspettarmi la fucilazione?» domandò con fare provocatorio.

«Sei molto stupida se pensi di raggirarmi con la tua ironia da strapazzo.» Josepha si sforzava di non raccogliere le provocazioni di sua figlia, ma era irritata.

Sofia si affacciò nel vano della porta. «Tra dieci minuti è pronto in tavola», annunciò. E precisò: «Per oggi dovrete accontentarvi di quello che passa il convento».

Thea fece una boccaccia. Poi guardò sua madre con aria divertita. «Le stesse parole che Sofia ripeteva a Tripoli, quasi ogni giorno. Ti ricordi? Ero piccola, ma non ho dimenticato. 'Dovrete accontentarvi di quello che passa il convento.' Ed erano sempre focacce collose e formaggio di capra. Mi dava la nausea e tu mi costringevi comunque a mangiare. Mi ricordo ancora il nostro appartamento al primo piano di quella lunga strada. Come si chiamava? Via Azizià, mi pare. Ricordo nugoli di mosche che andavano a morire sulle lunghe strisce di carta moschicida appesa ai lampadari e il ronzio delle pale dei ventilatori, e i letti con le zanzariere e il piccolo lustrascarpe in fondo alla via che tirava a lucido gli stivali di papà e le mie scarpe. C'era un nano, dalla testa enorme, vestito con un sacco di juta. Credevo che fosse Maometto. Chissà perché? Il deserto cominciava dove finiva la strada. Ricordo gli odori, le voci di quel posto orrendo. E il tuo nervosismo. Eri incinta di Nino e avevi una pancia così. Io però non dovevo saperlo. Mi avevi detto che la pancia ti era cresciuta tanto perché avevi fatto indigestione di datteri. Non volevi che io li mangiassi. Ma perché ti sto raccontando tutto questo?» chiese, alzandosi dal letto.

«Non lo so. Ma mi ha fatto piacere ascoltarti», disse Josepha, sorridendole con tenerezza. Si alzò anche lei e sedette accanto al tavolino da toilette. Era a forma di fagiolo ed era rivestito fino a terra da una cascata di organza bianca. Sul ripiano erano allineati boccette di cristallo, spazzole e pettini di varie dimensioni con manici di argento e tartaruga, contenitori di talco e cipria, barattoli di creme.

Dall'America era arrivata la moda dello smalto per le unghie in tutte le sfumature del rosso. Josepha non lo usava, come non usava il rossetto né il rimmel per le ciglia. Thea, invece, non vedeva l'ora di arrivare a diciott'anni per potersi truccare. Per ora non le era consentito.

Josepha si ravviò i capelli con energiche spazzolate.

Sua figlia, in piedi accanto a lei, guardava la propria immagine riflessa nello specchio ovale a dondolo.

« Volevi che ti dicessi la verità. Ora te la dico. Guido Battellieri mi piace. Credo di essere innamorata di lui », confessò.

« Ma non lo conosci, non sai neppure chi sia », obiettò Josepha.

Poi si ricordò della prima volta in cui aveva incontrato Enrico Castiglia. Aveva l'età di Thea. Non sapeva chi fosse. Ma era stato sufficiente che lui la guardasse, le sfiorasse con le labbra il dorso della mano, per innamorarsene subito.

« Ha uno sguardo magnetico. E un profumo da svenimento », disse la figlia.

Lei scosse il capo, tornò a sospirare e pensò che Thea era ormai una donna. Bisognava trovarle marito al più presto.

Napoli - Vicolo della Duchesca
settembre 1931

1

TERESA entrò in punta di piedi nella camera di suo padre.

Attraverso le persiane filtravano lame di luce. L'aria era rovente. Quel settembre napoletano, afoso e senza pioggia, toglieva il respiro, soprattutto agli anziani.

Si avvicinò al letto. Matteo, coperto soltanto da un lenzuolo, aveva gli occhi aperti e la guardava.

« Come state, papà? » gli domandò, chinandosi su di lui. Aveva in mano la tazzina del caffè.

« Sto bene », rispose con voce fievole.

« Vi ho preparato un buon caffè, ben zuccherato. Sentite che profumo. Lo volete? » Il caffè vero era un lusso che Teresa concedeva a lui solamente. Per sé ribolliva i fondi e ci aggiungeva il caffè di cicoria.

Matteo annuì. Teresa gli sollevò il capo e accostò la tazzina alle sue labbra. Lui ne bevve un sorso. Qualche goccia scivolò lungo il mento. Teresa lo asciugò con il grembiule.

« Ancora un altro po'? » insistette con dolcezza.

« Basta così. Grazie. »

Gli accarezzò il viso. « Avete la barba lunga. Adesso vi rado », decise.

« Bada ai tuoi figli », disse lui.

« Quelli sono grandi, ormai », lo rassicurò, mentre faceva

montare la schiuma con due scaglie di sapone e un po' d'acqua dentro una ciotolina di metallo. Poi gli spennellò il viso. Quindi incominciò a sbarbarlo.

A lavoro finito gli lavò le guance con una pezza umida, gli pettinò i baffi e i capelli, sprimacciò il cuscino, rassettò il lenzuolo.

«Ecco fatto», gli sorrise con aria soddisfatta.

«Il becco all'oca e la barba al podestà», replicò lui, ricambiando il sorriso.

«È da quando ero bambina che ripetete queste parole dopo ogni rasatura. Mi spiegate cosa vuol dire?» s'incuriosì. Intanto andava riponendo la ciotola, il pennello, il rasoio.

«L'ho imparata da mio padre. Veramente lui diceva: 'Ecco fatto il becco all'oca e le corna al podestà'. E guardava sua moglie, cioè nonna Lina, con occhio feroce, perché si diceva che lei lo tradisse», spiegò.

«Era vero?» domandò incredula, ricordando quella vecchina sdentata, pigra, sempre sull'orlo del pianto.

«Come faccio a saperlo? So che lui la tradiva. Ma per un uomo, si sa, questo è soltanto motivo d'onore», affermò.

«Nossignore. Un buon marito non tradisce la moglie», si ribellò, e le tornò in mente il dolore per la lontana infedeltà di suo marito. Quindi annunciò: «È arrivata una lettera di Benedetto».

«Cosa dice?»

«Mi piacerebbe tanto saperlo. La censura, come sempre, ha cancellato tutto. Comincia come al solito, con 'moglie mia adorata', poi ci sono due pagine cancellate e si conclude con 'tuo marito Benedetto Zicrì'. Non so neppure se ha ricevuto le scarpe risuolate e le maglie per l'inverno», si lamentò.

«Sei una brava figliola», disse Matteo e allungò una mano per accarezzarle il viso. Ma si fermò a mezza via. Era troppo faticoso. Così soggiunse, con un sospiro: «Sono un vecchio inutile, ormai».

Matteo Avigliano si era messo a letto durante la primavera, dicendo che ormai aveva un piede nella fossa. Non aveva più voluto saperne di alzarsi. Non era più andato a lavorare. Quando Teresa non lo imboccava, saltava i pasti. Una volta aveva chiamato il dottore che lo aveva accuratamente visitato e poi aveva detto: « Non ha niente. La sua è soltanto stanchezza. Ha lavorato tutta la vita. Lasciatelo riposare ».

Lui aveva replicato: « Non sono stanco. Non ho più voglia di vivere ».

Per scuoterlo, Teresa lo aveva più volte rimproverato aspramente. « Non pensate a me e ai vostri nipoti? Qui c'è bisogno del vostro salario. Moriremo di fame per colpa vostra. » La replica era stata: « Non dirlo a me. Rivolgiti a quella testa calda di tuo marito. Se si fosse fatto gli affari suoi, non sarebbe al confino ». Lei era esplosa: « Se non aveste sposato Rosalia Di Giacomo, quel vile fascista di suo figlio non avrebbe denunciato Benedetto ». Matteo si era messo a piangere come un bambino. Lei si era vergognata d'aver detto, per la prima volta, quello che pensava da sempre. « Perdonatemi, papà », lo aveva supplicato abbracciandolo. « È per questo che voglio morire. Non riesco più a sopportare il peso di tutti i guai che ho combinato, a te soprattutto. »

La bufera era passata. Lui non aveva cambiato idea. Diventava sempre più debole. Non mangiava quasi più. Non avrebbe visto un nuovo inverno. Lei poteva soltanto assisterlo amorevolmente. E lavorare di più. Faceva volentieri l'una e l'altra cosa. S'era inventata, quasi per caso, un mestiere di cui andava orgogliosa: cuoca avventizia.

Anche questa volta, all'origine della nuova professione c'era Josepha che, quando viveva a Napoli, si era lamentata perché il cuoco non sapeva preparare i *Knödeln* e neppure i *Krapfen* con la marmellata di papavero. « Tu eri diventata bravissima a cucinare le nostre ricette », le aveva detto. « Se vuole, una di queste sere le preparo un pranzo alla tirolese », aveva proposto lei, quasi per scherzo. « E la *Sacher-Torte*? Ti ricordi ancora come si fa? » aveva indagato Josepha. « Provare per credere », aveva garantito lei.

I Valeschi avevano venti invitati a cena e il pranzo preparato da Teresa era stato un piccolo successo. Le mogli di alcuni ospiti avevano voluto conoscere la cuoca per proporle di lavorare anche per loro. Josepha l'aveva presentata e aveva stabilito il compenso che a Teresa era sembrato esorbitante. Le signore che, dopo quella cena, l'avevano convocata, l'avevano trovato accettabile. Così, nell'arco di pochi mesi, Teresa aveva allargato il giro dei clienti e, da anni, con il suo lavoro riusciva a sostenere la famiglia.

« Papà, adesso devo andare dal dottor Malgioglio. Ha quindici invitati, questa sera. Ora scendo e vi mando su i bambini. Penserà Rosa a riscaldare la cena e a darvi un poco di minestra. Promettetemi che mangerete senza fare storie », disse.

Lui annuì. Lo sapevano entrambi che non avrebbe mantenuto la promessa. Teresa mise nella borsa un abitino di cotone blu con il colletto bianco e due grembiuli: uno per lavorare ai fornelli e uno di pizzo per servire in tavola. Il dottor Malgioglio era un giornalista de *Il Mattino*. Era scapolo e aveva un'anziana domestica che si reggeva a stento sulle gambe. Teresa era già stata altre volte da lui e sapeva che le sarebbe anche toccato servire in tavola. Per questo, comunque, avrebbe avuto un compenso supplementare. Poi avrebbe dovuto lavare piatti, bicchieri e argenteria. Non sarebbe rincasata prima di mezzanotte.

Uscì dall'androne del suo caseggiato.

Nel vicolo, i bambini giocavano facendo un gran chiasso. Pinuccio e Iosefa erano nel branco dei monelli instancabili. Teresa li chiamò e li ammonì perché facevano troppo baccano. Poi chiese: « Dov'è vostra sorella? »

« La conosci. Quella se ne va sempre in giro », rispose Iosefa, facendo spallucce.

Rosa andava per i dodici anni. Per sei giorni la settimana, avendo finito le scuole elementari, lavorava nel laboratorio di una merlettaia. Teresa sperava che imparasse il mestiere: le buone merlettaie erano lavoratrici fortunate, perché guadagnavano bene senza rovinarsi le mani, anzi avevano mani bellissime, setose come i tessuti che ricamavano. La signorina Claretta, che le lavoranti chiamavano rispettosamente maestra, era tra le più richieste della città. Dal suo laboratorio uscivano i corredi più preziosi. Rosa lavorava da lei già da un anno. Non riceveva compenso, perché non le era ancora stato concesso di prendere in mano l'ago. Lavava il pavimento del laboratorio, faceva brillare i vetri perché neppure un filo di luce andasse perduto, avvolgeva i rocchetti, affilava le forbici, andava a fare commissioni, preparava il caffè, scaldava il cibo che ognuno si portava da casa, lavava piatti e tazzine, massaggiava le spalle indolenzite delle ricamatrici.

«Neanche il *giorlino* ti permette di fare?» le domandava Teresa, quasi ogni sera.

«La maestra dice che non sono pronta», si scusava sua figlia.

«E mai lo sarai se non prendi l'ago in mano», sbottava lei, stizzita. Si sentiva presa in giro da quella maestra che sfruttava una ragazzina e non le insegnava niente.

All'Epifania e a Pasqua, le lavoranti portavano regali alla merlettaia. Rosa avrebbe voluto imitarle.

«È un atto di servilismo inaccettabile. Dovrebbe essere la maestra a fare un regalo a te e non viceversa. Uno di questi giorni, vengo in laboratorio e gliele canto, alla tua maestra», s'era infuriata.

«Mammà, non farlo, ti supplico. Mi vergognerei per l'eternità.» Rosa aveva pianto. Teresa aveva sospirato. Non era facile farsi valere. Però si ribellava di fronte a certe forme di sfruttamento sempre ai danni di chi non era in grado di difendersi.

«Il fatto è che devi cominciare anche tu a portare a casa qualche soldo. Lo vedi come siamo messi. Nonno è malato, tuo padre è al confino, i tuoi zii se ne sono andati e chi s'è visto s'è visto. Se io mi ammalassi, come potremmo vivere?» Si sforzava di responsabilizzare una ragazzina che avrebbe dovuto vivere con serenità la sua adolescenza. Teresa sapeva quanto faticosa fosse la strada per acquisire i diritti più elementari. Lei aveva avuto una vita di fatiche, dolori, umiliazioni. Sperava che il mondo diventasse migliore per i suoi figli. Condivideva da tempo le idee di suo marito ed era quasi fiera che il fascismo lo avesse condannato. Teresa non detestava il regime perché non aveva mantenuto le promesse. Anche gli altri governi si erano comportati allo stesso modo. Non lo detestava neppure per le bugie che raccontava ogni giorno. I governi che lo avevano preceduto erano altrettanto mentitori. La sua avversione nasceva dal clima di terrore che si respirava ovunque.

Aveva conosciuto suo marito durante una manifestazione soffocata nel sangue. Altre ne erano venute ancora peggiori. Però la gente poteva protestare. Ora bisognava soltanto tacere e ubbidire. I bambini continuavano a essere sfruttati, le donne erano ancora sottopagate, gli uomini percepivano stipendi da fame.

« Mammà, trovami un lavoro con un salario », aveva detto Rosa, sentendosi umiliata.

« Non ti preoccupare. Io sono in buona salute e per ora non ci manca il necessario », l'aveva rassicurata.

Ora guardò verso la sommità del vicolo, sperando di vederla arrivare. E la vide.

Si ricordò allora della ragazzina strana e vagabonda che era stata quando aveva l'età di sua figlia. Sorrise e le andò incontro.

« Dove sei stata? No, non dirmelo. Voglio indovinare. Sei stata in giro », disse.

Rosa annuì.

« Cosa fai quando vai in giro? »

« Guardo la gente, i palazzi, le chiese », spiegò la ragazzina.

« Chissà da chi avrai preso », sospirò Teresa, ricordando i sospiri di sua madre. E soggiunse: « Il nonno è solo in casa e s'intristisce. Torna su con i tuoi fratelli. E non uscite », ordinò.

« Ma volevo andare al cinematografo con le mie amiche », protestò.

« Niente cinematografo. Non ci sono soldi. In camera mia ci sono i libri di tuo padre. Prendine uno e leggilo. »

« Ma i soldi li ho », disse Rosa, mostrando un biglietto da cinque lire che teneva nella tasca del vestito.

« Oh, Gesù! Chi ti ha dato questo denaro? » si allarmò sua madre.

« Un signore. Si chiama Renato. Mi ha detto che è mio zio, che tu lo conosci, che vuole bene a tutti noi e che se abbiamo bisogno lui può aiutarci », sciorinò Rosa, con aria innocente.

Teresa impallidì. Il suo cuore prese a galoppare impazzito. Sentì rivoli di sudore impregnarle l'abito di cotone. Era terrorizzata.

2

«PAPÀ! Voi adesso dovete uscire subito da questo letto. Non voglio sentirmi dire che avete un piede nella fossa. Qui, c'entriamo tutti quanti nella fossa», urlò Teresa, scuotendo il padre con la forza della disperazione.

I suoi figli, sulla soglia della camera, la guardavano senza capire.

«Teresella, sei impazzita?» domandò Matteo.

«Sì! Sono impazzita. Renato Di Giacomo ha avvicinato mia figlia. Ha detto che è suo zio e le ha messo in mano questa», strillò, agitando davanti agli occhi del padre la banconota da cinque lire.

«Delinquente!» esclamò il padre sgranando gli occhi. E si alzò dal letto con un'agilità insospettata.

«Io devo andare a lavorare. E sono in ritardo. Quello ci spia da sempre. Sono sicura che sta nei paraggi e sa che i ragazzini sono soli. Sapete quello che dovete fare», lo ammonì Teresa, in preda alla paura. Era chiaro che il fratellastro tentava di corrompere Rosa e non si sarebbe stupita se avesse voluto violentarla. «Ma è possibile che non possa avere mai un momento di pace?» esplose, guardando i tre ragazzini con disperazione.

«Vai a lavorare», ordinò Matteo che si era già infilato i calzoni e la spingeva fuori di casa.

«Dovete sprangare bene l'uscio e non aprire a nessuno, per

nessuna ragione», lo ammonì. E soggiunse: «Scendendo, avvertirò i vicini».

Pinuccio la prese per un braccio e parlò anche per i fratelli: «Mammà, è come la favola dei tre porcellini e del lupo cattivo?»

«Tale e quale», assentì Teresa. «Queste cinque lire sono maledette.»

Le fece a pezzettini e ordinò a Pinuccio di buttarle nella carbonella. Fu costretta a prendere il tram per arrivare in tempo a casa del giornalista Malgioglio. E durante il tragitto crebbero l'ira e la paura. Che cosa poteva fare per proteggere le sue creature? Il fratellastro era uno squadrista potente. Il fascismo si serviva di personaggi come lui per i compiti più sporchi. E li proteggeva. Non poteva neppure denunciarlo, perché, dopo tutto, che cos'avrebbe potuto dire? Che uno zio aveva offerto cinque lire alla nipotina?

Nella cucina del giornalista trovò sul tavolo gli ingredienti per la cena. Cominciò a lavare le verdure e a tagliarle. Ogni volta che calava la lama su una testa di sedano o su un pomodoro era come se tagliasse la testa di quel delinquente.

Il padrone di casa si affacciò sulla soglia per accertarsi che fosse tutto a posto e vide la faccia stravolta di Teresa.

«Qualcosa non va?» le chiese.

Era un uomo sulla cinquantina. Doveva avere più o meno l'età di suo padre, ma sembrava molto più giovane.

«Dottore, mi lasci perdere, perché oggi ho un diavolo per capello», rispose seccamente, continuando a menare fendenti con il coltello.

Il giornalista guardò Peppina, la vecchia domestica che sedeva accanto alla finestra e sbucciava i piselli, con aria interrogativa. La donna, con un gesto eloquente del capo, gli fece capire che Teresa era davvero furibonda, ma più di tanto non sapeva.

«Posso aiutarti a cacciare qualcuno di questi diavoli?» domandò, mettendosi a sedere accanto al tavolo. Aveva in mano il colletto inamidato della camicia e lo sventolava davanti al viso, per alleviare il calore della giornata afosa e dei fornelli accesi.

Teresa frequentava quella casa da tre anni e, più di una volta, le era capitato di scambiare qualche parola con il giornalista. Lui sapeva che la donna aveva un marito al confino, un padre malato e tre figli da crescere.

«Potete cancellare i fascisti dalla faccia della Terra?» domandò Teresa, passandosi un braccio sulla fronte per detergere il sudore.

«Teresa! Ti rendi conto di quello che dici?»

«Ecco, appunto. Dunque, dottore, voi non potete fare niente. E allora, che vi parlo a fare? Andatevene, per favore, perché non ho tempo da perdere in chiacchiere», replicò seccamente.

Il giornalista, tuttavia, sembrava disposto a sopportare il caldo della cucina e la malagrazia della cuoca, pur di sapere. La curiosità era una malattia professionale, come la capacità di estorcere informazioni.

La donna finì per raccontargli tutto, o quasi, mentre imbottiva le seppie con pangrattato, prezzemolo, sale, olio e aglio.

«Ora sono terrorizzata al pensiero che possa circuire la ragazzina», concluse.

«Non devi prendertela con i fascisti. Quello era un delinquente prima ancora di indossare la camicia nera», ragionò lui. E proseguì: «Hai detto bene: non puoi denunciarlo. Ma devi stare attenta. Se torna a dare fastidio, tu me lo dici, che ci penso io», la rassicurò.

Quando arrivarono gli ospiti, lei si era già lavata, cambiata e si presentò sul terrazzo con il vassoio degli aperitivi.

Il sole stava tramontando. Dal mare spirava una brezza leggera che mitigava la calura. Sotto il pergolato di rose in fiore, gli amici del dottor Malgioglio discutevano di argomenti che a Teresa non interessavano.

Parlavano di politica, di letteratura, di spettacoli. Facevano nomi di artisti, scrittori, parlamentari, sempre gli stessi. Per lei non significavano niente. Per loro erano fonte di dispute, di prese in giro, di pettegolezzi, di risate.

Gli uomini vestivano tutti allo stesso modo: completo di lino chiaro, gilet grigio, camicia bianca, giacca a doppio petto. Avevano i capelli lucidi di brillantina profumata. Le signore erano decisamente più fantasiose. Indossavano abiti di seta dai colori accesi, con scollature profonde sul seno o sul dorso, il corpetto allungato sui fianchi o stretto in vita, le gonne appena sotto il ginocchio. Tutte avevano i capelli corti, come voleva la moda del momento. Molte fumavano sigarette mentolate infilate in lunghi bocchini d'ebano, avevano le guance accese dal belletto, gli occhi anneriti dalla matita, le unghie laccate di rosso. Una signora si distingueva dalle altre. Indossava un semplice abito di lino bianco, aveva il viso abbronzato, senza trucco, e portava i capelli lunghi raccolti sulla nuca. Sedeva su un divanetto, accanto a una bellissima ragazza, e parlava pacatamente con il dottor Malgioglio.

« Vedi, Dino », stava dicendo mentre Teresa si avvicinava con il vassoio degli aperitivi, « se cerchi di capire le istanze delle femministe dagli atti dei congressi, ti perdi. Usano un linguaggio ampolloso e sterile che scoraggerebbe chiunque. Invece, se leggi il romanzo di Sibilla Aleramo *Una donna*, vi troverai la sintesi sofferta delle discriminazioni, delle ingiustizie, della schiavitù in cui l'Ottocento ha relegato le donne. È una denuncia straordinaria, lucida, efficace. E la situazione, oggi, non è molto diversa. Anche in America, dove le donne sono sensibili... » Non finì la frase. Aveva visto Teresa e un vago rossore si diffuse sulle sue guance.

Anche Teresa la guardò e, sul momento, non la riconobbe. Ricordava la principessa vestita in modo chiassoso e, quando parlava, aveva sempre un tono ironico e annoiato.

Aveva saputo da Sofia che Virginia viveva a New York dove lavorava e aveva adottato una bambina.

« Tu sei Teresella », esclamò la principessa.

«Per servirla», replicò la donna, abbassando il vassoio perché lei potesse servirsi.

«Come stai?» domandò.

Teresa pensò che, con il passare degli anni, a volte le persone migliorano.

La bella ragazza che le stava accanto doveva essere la figlia adottata. La guardò con curiosità, perché il suo volto aveva qualcosa di familiare. Virginia si alzò e le propose di slancio: «Credo che dopo tanti anni potremmo scambiare due parole».

L'afferrò per un braccio e la sospinse dentro lo studiolo del padrone di casa. Teresa posò il vassoio su un tavolino.

«Ti domando perdono per averti fatto soffrire», esordì semplicemente.

La donna la guardò allibita.

«È passato tanto tempo eppure il senso di colpa nei tuoi confronti non mi ha mai lasciato. Ero innamorata di Benedetto, e lui, invece, amava solo te. È sparito da un giorno all'altro e non l'ho più visto. Ne ho molto sofferto, ma ho cominciato a capire faticosamente che cosa volevo dalla vita. Da tempo sono serena e Isadora, mia figlia, mi ha reso felice. Questo è quello che avrei voluto dirti, in tutti questi anni.»

Teresa si portò una mano alla fronte. Le girava la testa e si lasciò cadere su una sedia.

Ricordò il profumo che Benedetto si portava addosso quando ritornava a casa, la sera. Si era sempre rifiutata di sapere chi fosse la donna con cui l'aveva tradita, anche se il marito, in momenti diversi, aveva cercato di parlargliene. Dunque, era Virginia.

«Non sapevo che foste voi», balbettò. Poi ripensò al viso della ragazzina, e aggiunse in un sussurro: «Allora, vostra figlia...»

«È mia», affermò decisa Virginia, interrompendola. «Isadora è soltanto mia», ripeté con forza e proseguì: «L'ho adottata. Mi dispiace tanto, Teresa. Non ti avrei detto niente, né questa sera né mai, se solo avessi saputo che Benedetto non ti aveva parlato di me. Ti prego, non riferirgli questo nostro colloquio. È una storia vecchia, senza conseguenze, appartiene a un passato lontano. Non roviniamo quello che abbiamo di più prezioso nelle nostre vite, le nostre famiglie, i nostri affetti. Sei d'accordo?»

Le due donne si guardarono a lungo negli occhi senza parlare.

Teresa chinò il capo in segno di assenso. Non avrebbe riaperto quel capitolo della sua vita che si era definitivamente concluso con la confessione di Virginia. Era il presente che la terrorizzava. E aveva il viso minaccioso di Renato Di Giacomo.

Si voltò e se ne andò.

3

TERESA rincasò. Aveva un macigno sul cuore che non riusciva a smuovere e si sentiva soffocare. Il fratellastro era un incubo che non le dava pace.

I suoi figli avevano cenato e riordinato la cucina. Di questo fu loro grata. Ora dormivano tutti e tre. Suo padre era sveglio.

« Sei tornata presto », constatò.

« Vi chiedo scusa se oggi sono stata un po' nervosa », disse lei, con voce sommessa.

« Hai le tue buone ragioni », replicò lui.

« I ragazzi si sono comportati bene? » s'informò.

« Benissimo. Gli ho spiegato chi è quel galantuomo di Renato Di Giacomo. Hanno capito », sussurrò.

Teresa si aggirò a lungo nella casa silenziosa e buia, come un'anima in pena. Era nei guai e non sapeva come uscirne.

Ancora una volta, Teresa aveva un'unica possibilità: la fuga. Era una strategia collaudata che aveva già funzionato. Si era salvata dalla matrigna e dai suoi due figli fuggendo. In seguito aveva recuperato suo marito alla stessa maniera. Doveva andarsene di nuovo.

Prese carta e penna, sedette al tavolo e cominciò a scrivere: « Cari fratelli... » La stesura della lettera richiese alcuni rifacimenti. Poi la trascrisse in bella copia. Era una richiesta d'aiuto a

Ciro e Salvatore. Il cuore e l'intelligenza le dicevano che non sarebbe caduta nel vuoto.

Quando si distese nel letto, respirava meglio, come se il macigno da cui si era sentita oppressa si stesse sciogliendo. Il mattino dopo decise di accompagnare Rosa nel laboratorio della merlettaia.

« Non voglio che quel brutto uomo ti tormenti », le spiegò. « E questa sera verrò a prenderti. Dirò alla tua maestra che non deve mandarti in giro. »

« Ti prego, mammà, non farlo. Mi sentirei umiliata », supplicò Rosa.

« Non devi vergognarti se un uomo ti perseguita. Casomai dovrebbe vergognarsi lui. »

La ragazzina chinò il capo, rassegnata. Non poteva contrastare la volontà di sua madre. A volte si domandava come sarebbe stata la sua vita se il padre fosse vissuto con loro. Teresa non era tenera con i suoi figli. Una volta, Pinuccio le aveva chiesto un bacio e lei gli aveva domandato: « Perché? Cos'hai fatto di tanto speciale per meritarlo? » Una notte, però, Rosa l'aveva sorpresa a sfiorare con un bacio la fronte di Iosefa che dormiva profondamente. Le aveva domandato: « Perché a lei sì e a me no? » « I figli si baciano solamente quando dormono », le aveva risposto. Così Rosa sapeva di avere avuto la sua parte di tenerezze durante il sonno. Benedetto, invece, li colmava di coccole. Si divertiva a giocare con loro, faceva loro il solletico facendoli ridere fino alle lacrime. A turno li portava in giro sulle spalle. Lei si sentiva altissima quando stava abbarbicata con le gambe al collo di papà e gli cingeva il capo con le braccia.

« Spallarm », diceva Benedetto, usando quella parola del gergo militare per invitarli a salire sulle sue spalle.

« Quando torna papà? » domandò Rosa.

« Tra un anno, lo sai. »

« Quello zio cattivo mi ha detto che, se glielo chiedo, lui può scrivere una lettera per farlo ritornare subito», rivelò Rosa, con un filo di voce.

Erano vicine al laboratorio, in mezzo a corso Garibaldi, tra lo sferragliare dei tramvai, il flusso delle automobili, il passaggio dei carretti e delle biciclette. Teresa si bloccò, in mezzo alla strada, e rischiò di essere travolta da un motociclista che fece una sterzata andando contro il carretto di un ambulante pieno di aglio e di limoni. Parte degli ortaggi si rovesciò sul lastricato, due automobili furono costrette a una brusca frenata. Un tram si bloccò e il conducente prese a suonare la campanella. Il motociclista lanciò invettive contro Teresa, mentre veniva insultato dal venditore ambulante. Nacque un parapiglia. Rosa riuscì a trascinare sua madre in salvo, sul marciapiedi. In compenso rimediò uno scappellotto.

«Adesso me lo dici? Ma perché parli con il contagocce?» strillò Teresa. E l'interrogò: «Che cosa devo fare con una figlia come te?»

«Ieri non mi avevi dato il tempo di dirtelo. Eri furibonda e io sono andata in confusione», si difese.

«Rosa, ascolta», disse Teresa, abbassando la voce: «Tutte le parole di quell'uomo sono bugie. A questo punto non so più che cosa abbia in mente, ma qualunque cosa sia, è una brutta cosa. Tuo padre è confinato per colpa sua. È stato lui a denunciarlo. Se così non fosse, papà sarebbe qui, con noi, avrebbe un lavoro e una paga onesta e gli uomini come Renato Di Giacomo sarebbero in galera. Mi hai capito?»

«Sì mammà, però calmati, perché mi stai guardando in un modo che mi fa paura.»

«Non avere paura di tua madre. Io non ti farò mai del male. Sei mia figlia e io voglio più bene a te che alla mia vita», affermò, improvvisamente ammansita.

Consegnò la figlia alla merlettaia e poi andò alla posta a spedire la lettera per i suoi fratelli che vivevano in una piccola città vicino a Milano: Cernusco sul Naviglio.

Prese il tram e raggiunse Posillipo. Doveva concordare con Sofia gli ingredienti per un pranzo che i Valeschi avrebbero offerto in occasione della visita di una personalità politica, in arrivo da Roma.

Sofia le aveva detto che i Valeschi erano stati trasferiti a Milano. Per l'estate, tuttavia, avevano affittato una villa a Posillipo, in una zona che Teresa conosceva bene, perché lì era stata chiamata più volte per allestire pranzi.

Era una bella costruzione ottocentesca, circondata da un grande giardino. Sofia le venne incontro e la guidò sul retro, verso la cucina che era in un seminterrato.

Dal giardino venne un rumore di passi svelti sulla ghiaia e, un istante dopo, nel vano ad arco della soglia si profilò una figuretta snella di giovane donna in abito da cavallerizza.

« La mia colazione, Sofia. Portala in giardino. Voglio due sfogliatelle calde. Sono affamata », disse Thea e, solo allora, si accorse della presenza di Teresa. Allora scese con un salto i tre gradini e le fu addosso, abbracciandola.

« Balia! Nessuno mi ha detto che eri qui. Come stai? »

« Bene, bambina mia. Diventi sempre più bella », constatò, sorridendole. Ogni volta che vedeva Thea pensava al suo Pinuccio. Avrebbe avuto la sua stessa età, se fosse vissuto.

« Lo sai, balia, andrò a New York con zia Virginia e mia cugina Dodò. Zia Virginia è deliziosa. Dodò ha un anno meno di me e ha già il suo *boy-friend*», annunciò.

« Che cos'è, un cane? » s'incuriosì Teresa.

Thea esplose in una risata.

« Ma no, è una specie di fidanzato. Sai, le ragazze americane sono molto più libere di noi. E le loro madri non sono come la mia che vede rosso ogni volta che un giovanotto mi sorride. »

« E fa bene. Tu non devi invidiare quelle scostumate », l'ammonì, come se Thea fosse ancora una bambina.

Thea non raccolse le sue parole. Era già tornata in giardino e

Sofia la seguì reggendo il vassoio della colazione e brontolando contro i propri malanni.

« Quella ragazza è la disperazione della signora », confidò poi a Teresa, mentre questa compilava su una lavagna la lista delle verdure e delle carni per il pranzo. « Ogni giorno si innamora di qualcuno. E nessuno di loro è pane per i suoi denti. »

« È l'età. A sedici anni il sangue ribolle », osservò Teresa.

« Hanno pensato bene di spedirla in America perché quest'estate si era innamorata di un tipo che ha incontrato a Capri. Le mandava rose ogni giorno e lei si era completamente invaghita. È dovuto intervenire il generale che ha preso informazioni e poi ha scritto una lettera ai genitori del ragazzo. Così lui è sparito e lei ha fatto lo sciopero della fame. Piangeva da straziare il cuore. Ora vedremo cosa succederà in America », disse Sofia.

Teresa posò gesso e lavagna.

« Ecco fatto. Adesso devo andare. Ci vediamo domani sera. Farò una grande *Sacher-Torte*. La signora sarà molto triste per la partenza della piccola Thea. La cioccolata le ridarà il buonumore. »

Teresa non amava i pettegolezzi e aveva altro a cui pensare. Tornò verso casa dopo aver fatto la spesa e, sotto l'arco di Portalba, c'era Renato Di Giacomo. Sedeva dentro un'automobile scoperta, fumava una sigaretta e la guardava con un sorriso da schiaffi.

4

TERESA fuggì dentro un dedalo di vicoli stretti, inaccessibili alle automobili. Dubitava che Renato, grosso com'era, potesse lasciare la sua vettura per rincorrerla. Forse non voleva neppure inseguirla. Gli bastava farle sapere che la teneva d'occhio. Stava mettendo in atto il vecchio espediente del gatto e del topolino.

Alla fine si trovò in uno slargo. Da una parte c'era il sagrato della chiesa e di fronte una bottega di vini e liquori con telefono pubblico. Decise di telefonare al giornalista Malgioglio. Sapeva che a quell'ora era a casa e, quasi sicuramente, stava dormendo. Però lui le aveva detto: « Se torna a dare fastidio, tu me lo dici, che ci penso io ». Superò il filtro della vecchia domestica che non osava svegliare il dottore. Alla fine gli parlò e con voce affannata gli raccontò la nuova provocazione.

« Vedrò di prendere informazioni su questo tale », disse lui e soggiunse: « Passa da casa mia domani ».

Teresa era ormai determinata a lasciare Napoli con i suoi figli, ma doveva aspettare una risposta dai fratelli e poi era tormentata dal pensiero di abbandonare suo padre. Matteo non avrebbe accettato di seguirla al Nord, anche perché non poteva affrontare i disagi di un viaggio. Inoltre non sapeva se avrebbe trovato una sistemazione per sé, figuriamoci per lui.

Il giorno seguente, si presentò a casa del giornalista.

« Non posso fare niente per te », le annunciò, dopo aver aperto la porta d'ingresso.

Teresa si sentì gelare.

« Spiegatevi, dottore. »

« Teresa, capiscimi: non posso fare niente », ripeté.

« È così potente? » domandò.

« Quel tuo fratellastro non si tocca », rispose lui, sottovoce.

« Non sapete neppure che cosa vuole da me? »

L'uomo vide una lacrima scivolare sulla guancia di Teresa. Conosceva la sua miseria e la sua solitudine. Era una tra le tante vittime di un regime che si imponeva con la forza. Ebbe pietà di lei.

« Vieni dentro », la invitò.

« Grazie, dottore, non serve. Vi sto facendo perdere tempo. Ho capito benissimo quello che avete detto », si ritrasse.

Il giornalista la prese per un braccio e la sospinse lungo il corridoio verso il suo studio.

« Siediti », ordinò, indicandole un divanetto di fronte alla scrivania.

Chiuse la porta, i vetri della finestra che dava sul terrazzo e le tende di velluto pesante. Poi sedette accanto a lei.

« Tu conosci l'Ovra? » domandò in un sussurro.

« Chi è? » chiese Teresa.

« Parla piano, perché anche i muri hanno orecchie. L'Ovra è un'organizzazione speciale di uomini che si infiltrano nelle fabbriche, negli uffici, nelle scuole, nelle carceri, nelle redazioni dei giornali, nei ministeri, nelle caserme, nei caffè, nei caseggiati, persino nei luoghi di confino. L'Ovra è fatta di spie: vedono, ascoltano, annotano, denunciano. È così che tuo marito è finito sotto processo ed è stato condannato. Non puoi più scrivere, né parlare contro il regime o il partito. Da cinque anni esiste un 'casellario politico centrale' che ha schedato centinaia di migliaia di antifascisti.

« Le spie e gli uomini che le coordinano sono superprotetti. È tutta gente infame, Teresella, ma intoccabile. Renato Di Giacomo è uno di questi. Fosse stato un semplice camorrista, avrei potuto trovare il modo di farlo richiamare. Ma lui è molto, molto, molto di più. »

Nella penombra della stanza, dove si sentiva il ticchettio della pendola sopra il camino, Teresa cercò lo sguardo del suo interlocutore e con un sospiro straziante domandò: « Ma io, Teresa Zicrì, che cosa c'entro in tutto questo? I miei figli che c'entrano in tutto questo? »

« Ragazza mia, svegliati. La democrazia non c'è più. Viviamo in un Paese governato da un capo che vuole il consenso di tutti. E per ottenerlo si serve della polizia e del Tribunale Speciale per la difesa dello Stato. Lo stato di diritto non c'è più. La magistratura ordinaria non c'è più. Ci sono ufficiali della milizia e delle forze armate che si servono di tipi loschi come il tuo fratellastro per assecondare il disegno del capo supremo. Vuoi sapere che cosa c'entri tu e che cosa c'entrano i tuoi figli? Niente. Siete meno di zero. Non esistete. Ma quel Di Giacomo vuole te. Per averti ha cominciato a circuire tua figlia. Ci sta provando con le buone, insomma. Se gli rispondi picche, proverà con le cattive. Nessuno interverrà per difenderti », l'avvertì il giornalista.

« Lui vuole me? » si stupì. Per quanto terribile fosse quella notizia, la accolse con un senso di sollievo. Aveva pensato al peggio. Aveva creduto che volesse insidiare la sua Rosa.

« Ha fatto una specie di scommessa con i suoi degni compari. Ti avrà prima che arrivi l'autunno », le confidò, rivelando così di avere scoperto nei particolari il disegno del suo persecutore. Quindi soggiunse: « Non posso aiutarti, Teresa. Mi dispiace ».

« Ma io posso ammazzarlo », sibilò.

« Attenta a come ti muovi. Tuo marito è al confino, ma è vivo. Potrebbe morire. Non sarebbe il primo caso e non sarà l'ultimo. »

« Grazie, dottore », disse lei, congedandosi.

Ora sapeva quello che doveva fare. Corse subito all'*Hotel Excelsior*, scese negli scantinati e cercò suo fratello Peppino.

C'era una gran confusione nelle cucine dove ristagnava l'odore del cibo. Le pareti erano coperte da una crosta scura, umida e grassa, depositata negli anni dai fumi dei fornelli. Sguatteri, cuochi, macellai, pasticceri urlavano, imprecavano, ridevano, cantavano, discutevano. Donne, con i grembiuli lunghi fino a terra, pulivano verdure, sventravano polli, impastavano farina e uova. I cuochi, con il capo coperto da alti cilindri bianchi inamidati, schiumavano brodi, trinciavano carni, spargevano sale, pepe, peperoncino, erbe aromatiche dentro tegami immensi. Era il caos prodotto da un esercito arruffato che, tuttavia, riusciva a preparare portate trionfali che una schiera di camerieri prelevava e serviva nelle sale da pranzo.

Teresa, in tanti anni, non era mai entrata in quell'immenso locale che riproponeva, su grande scala, quello che lei faceva, in piccolo, nelle cucine delle case dove lavorava come cuoca avventizia. Lì avrebbe avuto molto da imparare perché lo chef, un uomo minuscolo dalla voce chioccia, che impartiva ordini, assaggiava, annusava, ficcava le dita ovunque e le leccava, era un personaggio di fama. Se non si fosse trovata in una situazione drammatica, avrebbe osservato con interesse quell'universo che l'incuriosiva. Invece, si limitò a guardarsi intorno per individuare il fratello che stava rigirando grosse orate sulla graticola.

Anche Peppino la vide e le rivolse uno sguardo interrogativo. Nonostante la confusione apparente, vigeva una disciplina rigida in quella cucina. Lo chef notò l'intrusa e le ordinò di andarsene.

Peppino chiese il permesso di parlare con la sorella e poi l'aggredì: « Accidenti a te! Cosa sei venuta a fare? »

« Peppì, andiamo per le spicce. Tu ti devi prendere papà, perché io me ne vado da Napoli e i miei figli con me », annunciò.

Lesse sul viso del fratello lo sgomento provocato da quell'annuncio e non gli diede nemmeno il tempo di replicare. Girò sui tacchi e uscì. Sapeva che quella sera si sarebbe fiondato nel vicolo della Duchesca con la moglie e i tre bambini.

Intanto doveva parlare con suo padre e sperava che non ci fossero sceneggiate.

Due giorni dopo, nel cuore della notte, Teresa lasciò Napoli, sperando di non essere spiata dagli uomini del fratellastro.

Sapeva che non avrebbe potuto comunicare il suo nuovo indirizzo, se mai ne avesse avuto uno, al marito, perché le sue lettere venivano lette dalla polizia. Peppino e la moglie, dopo il primo sgomento, capirono le ragioni di Teresa.

Così, dopo tanti anni, riprese un treno e risalì la penisola verso il Nord. Aveva mandato un telegramma ai due fratelli per annunciare che era in viaggio e non rispondessero alla sua lettera.

Le panche di legno del vagone di terza classe furono un lungo tormento. Ma sarebbe stato molto più angoscioso vivere a Napoli, nella consapevolezza del pericolo che la sovrastava. Non sapeva come sarebbe stata accolta da Ciro e Salvatore e che cosa ne sarebbe stato di lei e delle sue creature. Era possibile che presto o tardi il fratellastro l'avrebbe trovata. Ma Cernusco sul Naviglio era lontano da Napoli! E poi si sarebbe affidata alla solidarietà dei fratelli e alla protezione di qualche santo. « I santi », le diceva sua madre, « se li invochiamo con fede, ci aiutano. »

Lei aveva tanta fede. E pregò moltissimo, durante quel viaggio.

Milano
Comando di Corpo d'Armata
giugno 1933

1

I CONIUGI Valeschi con il figlio Nino erano sul molo di Genova dove aveva attraccato la nave passeggeri *Nazario Sauro*, di ritorno dagli Stati Uniti d'America. Thea era affacciata al parapetto del ponte di prima classe. Tra la folla delle persone che aspettavano l'arrivo dei passeggeri, riconobbe subito i genitori e il fratello. Cominciò a sbracciarsi e a gridare i loro nomi. Tutti i viaggiatori si agitavano come lei. I Valeschi non la individuarono subito, anche perché Thea era molto cambiata.

L'aspetto e l'abbigliamento erano quelli di una giovane, raffinata signorina. Aveva diciotto anni ed era sbocciata come un fiore delicato che, aprendo i suoi petali, si mostra in tutta la sua bellezza. Indossava un abito di seta a due pezzi color turchese. La cintura, le scarpine a tacco alto, la borsetta e i guanti erano blu.

« Quasi non la riconoscevo », Josepha si rivolse al marito, colma di stupore per quel cambiamento.

« La mia bambina si è fatta donna », sussurrò Lorenzo, gonfio d'orgoglio.

Nino non disse niente. Quella sorella che non vedeva da un anno gli sembrava un'estranea.

Calarono le passerelle. I viaggiatori della prima classe furono i primi a scendere. Le formalità doganali vennero sbrigate velocemente. Il premio della lunga attesa furono gli abbracci commossi, i sorrisi, le esclamazioni festose. Ci sarebbe stato tutto il tempo per i racconti più dettagliati durante il viaggio in macchina, verso Milano.

Il bagaglio di Thea era impressionante e Lorenzo decise di spedirlo per corriere espresso. Lungo la strada tortuosa, disseminata di infinite gallerie, nacquero scherzosi battibecchi tra i due fratelli. Nino vantava i successi scolastici, Thea le esperienze americane « assolutamente sbalorditive ». Josepha osservava il marito di sottecchi e vedeva i suoi occhi illuminati dalla gioia per il ritorno della figlia. Anche lei era felice di riaverla con sé, ma la sua felicità, in quella come in altre situazioni, era sempre velata dall'ansia per il futuro. Nonostante l'ottimismo di Lorenzo, non riusciva a far tacere tanti timori che l'accompagnavano dai tempi della grande guerra, quando aveva incominciato a temere per sé, per i suoi cari, per il futuro. Si respirava ovunque un clima pesante e le dispiaceva che suo marito non se ne rendesse conto.

Durante l'inverno era tornata da sola a Merano, per l'ultimo saluto al suo antico tutore. Era stato il barone Heini von Wedel a informarla delle sue condizioni disperate. Fosse dipeso da lui, Joseph Grossmann se ne sarebbe andato in punta di piedi, così com'era vissuto. L'ex borgomastro era stato selvaggiamente picchiato da un branco di giovani fascisti perché aveva organizzato, nella sua casa, una scuola serale per i bambini poveri di lingua tedesca, e aveva osato insegnare loro la storia del Tirolo e dei suoi eroi. Alcuni passanti lo avevano trovato coperto di sangue, privo di sensi, sulla piazza del Teatro.

Era stato pietosamente curato e gli amici avevano denunciato il fatto. Ma nessuno aveva voluto trovare gli aggressori.

Quando aveva visto Josepha al suo capezzale, il vecchio galantuomo era riuscito a trovare l'ombra di un sorriso.

« Le voglio tanto bene, Herr Grossmann », aveva sussurrato Josepha, chinandosi per baciarlo sulla fronte.

Lui, faticosamente, riuscì a dirle: «Bada ai tuoi figli. Fai in modo che non assimilino questa cultura dell'intolleranza. Lo spirito dell'uomo deve essere educato alla libertà, alla comprensione e al rispetto per i suoi simili, soprattutto per i più deboli».

Dopo i funerali Josepha era andata a vedere il suo castello. Le imposte erano chiuse, le porte inchiodate, il giardino invaso dalle erbacce, la stalla e il fienile stavano cadendo a pezzi. Si era seduta su una panchina di pietra a guardare il disfacimento del suo passato. La malinconia struggente si era trasformata in un pianto silenzioso. Una mano aveva posato di fianco a lei un mazzolino di violette gialle e blu. Aveva alzato lo sguardo e aveva visto un uomo massiccio che si allontanava con andatura altalenante.

«Willy!» lo aveva chiamato.

Per tutta risposta, lui aveva accelerato il passo, scomparendo tra gli alberi di mele.

In qualche modo quell'uomo misterioso continuava a vegliare sui luoghi che le erano cari.

Aveva raccolto le violette ed era tornata in albergo. Il barone von Wedel e sua moglie la stavano aspettando. Si era informata sul conto di Willy e le avevano detto che lavorava in una birreria, sotto i portici. Era considerato una specie di idiota vagabondo dal passato misterioso. Dormiva con due cani in una cantina, si lavava in pieno inverno nelle acque gelide del Passirio, la sua forza fisica incuteva rispetto e timore. Nessuno, neppure i fascisti, osava infastidirlo.

Josepha aveva salutato gli amici ed era tornata a Milano. Sapeva che Willy avrebbe continuato a custodire il suo passato.

Si voltò a guardare i suoi figli che, sul sedile posteriore, si sussurravano confidenze e ridevano sommessamente.

«Che cosa ti ha insegnato l'America?» domandò a Thea.

«A essere orgogliosa della mia Patria», rispose Thea, spiazzandola. Josepha si aspettava di sentirsi dire che in America aveva imparato a parlare e scrivere correttamente in inglese, a sentirsi libera di esprimere le proprie opinioni.

«Davvero?» domandò, stupita.

«Il governo del nostro Paese gode di un'alta considerazione. Mussolini è definito *the right man in the right place*, l'uomo giusto al posto giusto. L'Italia è un modello per tutta l'Europa. Dicono che anche la Germania ha molto da imparare da noi. Sai, loro adorano da sempre questa vecchia Europa e soprattutto l'Italia», rispose sua figlia.

«Fai bene a dire queste cose a tua madre», intervenne Lorenzo. «Lei è sempre pessimista e si rifiuta di capire la grandezza del fascismo.»

«Perché gli americani non importano questo modello? Il loro capitalismo sta facendo acqua da tutte le parti. I disoccupati sono legioni. I poveri vivono nei ghetti. Il fascismo potrebbe essere un toccasana per questi e altri problemi», commentò Josepha con un sarcasmo che nessuno colse.

«Ci arriveranno», affermò Lorenzo. «La nostra Italia è davvero un modello per il mondo.»

«Giusto», intervenne Nino. «La sola cosa che mi infastidisce sono i raduni e le sfilate.»

«Sapeste quante ne fanno gli americani! Ogni occasione è buona per le sfilate. Le fanno in grande stile, con tanto di banda, rulli di tamburi, majorette in abiti sgargianti. È una festa di colori», dichiarò Thea.

«Secondo me, i pantaloni d'orbace, gli stivali e le camicie nere danno un senso maggiore all'ordine. Vero, caro?» replicò ironica Josepha rivolgendosi al marito. Aveva in mente le sfilate della sua infanzia, cui lei stessa aveva partecipato, indossando il costume nazionale dalle tinte festose, i carri trainati da poderosi cavalli avelenghesi, le vacche ben pasciute con i loro campanacci ornati di nastrini rossi, le musiche popolari cariche d'allegria.

«Sono d'accordo con te, Giuseppina», disse il marito, sottolineando con quel «Giuseppina» l'irritazione per quell'ironia fuori luogo. E soggiunse: «Perché non intoniamo una bella canzone?»

«Io ne so molte americane. Canzoni country, melodiche. Ma quella che in America va tantissimo è italiana. La canta Tito Schipa. Dice: 'Torna piccina mia, torna dal tuo papà'. La sapete?»

«'Egli ti aspetta sempre con ansietà'», proseguì Lorenzo.

A Milano, c'erano tutti i parenti Valeschi, zie, zii e cugini, per accogliere Thea. Sofia aveva aiutato il cuoco a preparare una cena speciale con i piatti che la ragazza prediligeva: trionfi di ortaggi cucinati alla napoletana, molluschi gratinati e la pastiera.

Fu un pranzo interminabile, perché Thea era felice di raccontare la sua esperienza in un mondo che l'aveva affascinata. La zia Virginia e la cugina Dodò, i loro amici, la loro casa a due piani a Little Italy, la domestica di colore, la birra e il whisky, il tacchino farcito per la Festa del Ringraziamento, l'Esercito della Salvezza, la ferrovia sotterranea, le automobili e i grandi magazzini, l'indipendenza delle donne, la libertà di cui godevano le ragazze, i teatri di Times Square e i club dove si suonava la musica jazz.

«Zia Virginia conduce una trasmissione radiofonica di grande ascolto. Le donne le telefonano per raccontarle i loro problemi e lei trova le risposte giuste per ognuna. Dodò studia recitazione, perché vuole fare l'attrice di teatro. Sua madre è assolutamente d'accordo su questa scelta. Ci sarebbero ancora molte cose da raccontare, anche se in parte già le sapete, perché vi ho scritto quasi ogni giorno. Ho portato regali per ognuno di voi, ma sono nei bauli che arriveranno per corriere. Ora sono stanca e vorrei andare a dormire. Se ci riuscirò, eccitata come sono. Pensate che a bordo della *Nazario Sauro* sono stata eletta reginetta di bellezza e ho pranzato ogni giorno alla tavola del comandante. Ho detto, *augh*!» concluse e non riuscì a trattenere uno sbadiglio.

«Hai detto: *augh*!» ripeté Nino, divertito. «Parli come i capitribù dei film sugli indiani.»

Sofia, dietro la porta della sala da pranzo, aveva ascoltato tutto, passando dalla meraviglia, allo stupore, all'incredulità. Alla fine pensò che quella ragazza fosse troppo libera e da tanta libertà non sarebbe venuto niente di buono.

A quel punto entrò in sala da pranzo e si avvicinò a Lorenzo.

« Mi perdoni, generale. C'è di là Caldonazzo che ha urgenza di parlare con lei », gli sussurrò. Caldonazzo era l'attendente.

Josepha si alzò da tavola, imitata dagli altri. Voleva parlare con sua figlia in santa pace, ma non poteva farlo quella sera. Così, dopo aver congedato i suoi ospiti, si ritirò in camera da letto.

Sofia l'aiutò a spogliarsi e a prepararsi per la notte. Avrebbe dovuto essere felice per il ritorno di Thea, invece aveva la sensazione che sua figlia avesse parlato più del necessario, come se volesse nascondere qualcosa. Questa sensazione le procurava inquietudine.

« Preparami dieci gocce di valeriana », ordinò alla cameriera.

La valeriana era diventata il suo rifugio contro i cattivi pensieri. Stava andando a letto quando Lorenzo entrò nella camera. Era felice come un bambino che ha vinto a tombola.

« Un dispaccio da Roma, amore mio. Sono stato nominato ministro della Guerra! »

Josepha scostò coperta e lenzuolo. Si infilò nel letto e dichiarò: « Lo sapevo che c'era nell'aria qualcosa di sbagliato. Lasciami dormire. Domani ti dirò quello che penso ».

2

«Perché proprio te?» domandò Josepha, guardando suo marito con infinito rammarico.

Finalmente erano soli loro quattro: lei, Lorenzo, i figli. Ci teneva a far sapere la propria opinione anche a Thea e Nino.

« Con tutti i generali che ci sono, perché proprio te dovevano scegliere come ministro della Guerra? E poi, di quale guerra? Io sono stanca di guerra », protestò. Poi tacque perché era entrato il cameriere a servire la prima colazione.

« *Si vis pacem, para bellum* », commentò il marito, mentre il domestico metteva sul tavolo i crostini di pane caldo e caffè bollente.

Appena il domestico uscì, Josepha ribatté: « Il fascismo ama la guerra, anche se proclama di desiderare la pace. E allora, se vorranno fare un'altra guerra, io non starò qui con i miei figli a subirne le conseguenze ».

«*Mutti*, calma », intervenne Thea. « Non puoi lasciarti spaventare dai fantasmi. Il governo non vuole guerre nel nostro Paese. Non è così, papà? »

« Certo che è così. Ma tua madre sembra ignorare una strategia vecchia come il mondo: bisogna essere sempre preparati a combattere per vivere in pace », spiegò Lorenzo. E soggiunse, guardando la moglie con dolcezza: « Non ho cercato questa promozione. Visto che è arrivata, potresti riflettere su questo fatto: il governo ha affidato un incarico importante a me, che sono un uomo onesto, quindi vuole governare onestamente».

Josepha pensò che troppo spesso i malfattori si servono di uomini integri per condurre i loro giochi sporchi. Ma non esternò questa convinzione.

Posò una mano su quella del marito e gli sorrise con tenerezza. «Sono molto orgogliosa di essere tua moglie, caro. Non ti avrei mai sposato se tu non fossi quello che sei. Sono fiera dell'incarico che hai ricevuto. Consentimi soltanto una domanda: dobbiamo affrontare di nuovo un trasloco?»

«Temo di sì, amore mio. Dovremo abitare al palazzo del ministero, a Roma. È in via Napoli. Come vedi, Napoli fa sempre capolino nella nostra vita», tentò di scherzare.

«Non avrò mai una casa mia», sospirò Josepha, per niente rincuorata.

«Io non voglio vivere a Roma. Qui ormai ho gli amici, la scuola, i professori, i parenti Valeschi», obiettò Nino.

«Ma quanto sei fesso!» deplorò Thea. «Vivremo nella capitale, conosceremo un sacco di gente interessante. A Roma ci sono scuole migliori e potremo vedere i nostri cugini Valeschi quando vorremo, tanto i famigliari di un ministro viaggiano gratis», concluse con l'abituale senso pratico.

Lorenzo vuotò la sua tazza di caffè e salì negli uffici del Comando. Doveva preparare con cura una serie di documenti da presentare al ministero. Nino baciò lievemente la guancia di sua madre, diede un pizzicotto alla sorella e scappò a scuola. Josepha e Thea rimasero sole, a guardarsi negli occhi.

«*Mutti*, spara a raffica tutte le domande che vuoi. Sono pronta a sostenere l'esame», esordì la ragazza.

Josepha sospirò con aria rassegnata. Quella figlia così disinvolta, estroversa, frizzante non le apparteneva più. Lo sapeva, lo sentiva sulla pelle e nel cuore. A volte pensava: I figli non ci appartengono. Sono frecce scoccate verso il cielo e vanno a conficcarsi dove le guida il vento. Quando aveva sentito il desiderio struggente di un nido che racchiudesse la sua famiglia, non aveva immaginato che i figli avrebbero preso il volo per andare lontano, guidati da aspirazioni diverse dalle proprie. Sapeva bene di non poter trattenere Thea sotto la propria ala per tutta la vita. Ma dubitava che la sua bambina fosse pronta per affrontare il volo in un mondo che diventava sempre più difficile. Non osava definirla frivola, ma temeva che lo fosse. A Thea piaceva apparire. Aveva una cura quasi maniacale per il corpo e l'abbigliamento. Si gloriava dei successi sportivi e di quelli mondani. Da chi aveva preso questo bisogno di affermazione sociale? Non da lei. E neppure da Lorenzo. Era stata lontana da casa, di là dall'oceano, per tanti mesi. Le sue lettere erano fuochi d'artificio. Lei aveva cercato dietro le parole scoppiettanti di indovinare i pensieri segreti, le emozioni nascoste. Aveva trovato soltanto aspirazioni confuse.

« Non è facile interrogarti. Ti conosco così poco », sussurrò.

« Dai, mamma, non fare la commedia. Tu vuoi sapere se ho avuto qualche flirt. Io, al tuo posto, sarei curiosa di saperlo », dichiarò Thea.

« Lo hai avuto? »

« Più d'uno. Questo significa nessuno. I ragazzi americani sono così terribilmente perbene. Tra loro fanno i gradassi, ma quando sono di fronte a una ragazza, balbettano. Ho avuto appuntamenti con molti amici. Uno di loro, il più audace, mi ha baciata. Mi è venuta voglia di ridere e ho riso. Credo si sia offeso, perché non l'ho più rivisto. Questa è stata la trasgressione più grande. *Mutti*, secondo te, perché mi sono messa a ridere? »

« Non eri innamorata. Tutto qui. »

« Altrimenti? »

« Altrimenti avresti sentito un groppo in gola, sarebbero spuntate lacrime di gioia e avresti desiderato quello che ogni donna desidera dall'uomo che ama, dopo che questo l'ha sposata, naturalmente », precisò Josepha. Il fatto che lei avesse appassionatamente amato Lorenzo per tre lunghi anni, prima di sposarlo, era un particolare che non avrebbe mai condiviso con sua figlia.

« Non c'è bisogno che tu metta i puntini sulle 'i', so perfettamente che possiamo concederci soltanto al marito », affermò Thea, divertita.

« Molto bene », sorrise sua madre. « Come hai visto, non c'è stato bisogno di sostenere alcun esame. Ti sono grata per questi pochi minuti di confidenze », dichiarò Josepha, sul punto di lasciare la tavola.

« Le confidenze non sono finite », annunciò sua figlia.

Sua madre nascose l'ansia improvvisa. Con Thea non aveva mai pace. Credeva di avere guadagnato un attimo di tregua. Si era sbagliata.

« Sono innamorata persa », proseguì la ragazza.

Josepha fece mentalmente il conto degli innamoramenti annunciati e di quelli nascosti. Nell'ordine erano: un ventenne tenente di marina. Thea allora aveva sei anni. Un cameriere di ristorante. Thea aveva dieci anni. Un conte squattrinato che aveva due bellissimi alani e le recitava le poesie di Salvatore Di Giacomo. Thea aveva dodici anni. L'istruttore di equitazione che aveva quarant'anni e sette figli. Thea aveva sedici anni. Un giovane marchigiano, erede di una cospicua fortuna, che si era rivelato un truffatore e Lorenzo era dovuto intervenire per metterlo alla porta.

« Chi è, questa volta? » domandò in un sussurro e già si prefigurava il seguito con finale drammatico, perché Thea avrebbe pianto, digiunato e dichiarato che voleva morire.

« Lo conosci », disse la figlia, con un sorriso enigmatico.

« Dammi un aiuto », la invitò, sforzandosi di conservare la calma.

« Guido Battellieri, l'uomo del treno, quello che mi ha offerto una sigaretta perché soffriva d'insonnia come me e come te. »

« Mio Dio! Mi avevi detto che era una storia non storia. Poco dopo siamo tornate a Napoli e ti eri 'innamorata persa' di quel marchigiano. Poi sei andata a New York. Sei tornata solo ieri. Thea, fammi capire », implorò la donna.

Così seppe che durante il soggiorno americano sua figlia aveva intrattenuto una corrispondenza assidua con il giovane incontrato sul treno che era amico di alcuni cugini Valeschi. Seppe che i Battellieri erano costruttori di biciclette. Che Guido aveva ventisette anni, due fratelli più grandi, che il padre era morto, che la madre era una specie di generalessa che guidava le sorti della famiglia e dell'industria fondata dal marito.

« Naturalmente non si è ancora dichiarato. Ieri sera, prima di dormire, gli ho telefonato. Lo vedrò oggi, per un aperitivo al *Cova*. Spero che si dichiari. »

« Lorenzo! » strillò Josepha, abbandonando la saletta della prima colazione. Doveva vedere immediatamente suo marito. Salì di corsa verso il piano superiore e irruppe nel suo ufficio. « Tua figlia, io non la reggo più », sbottò ansimando. « È di nuovo innamorata persa di qualcuno, un certo Battellieri, e tu dovrai immediatamente prendere tutte le informazioni del caso. » Lorenzo non era solo. C'erano due anziani ufficiali con lui che scattarono sull'attenti e tossicchiarono per vincere l'imbarazzo.

Lorenzo non perse la calma. Avrebbe voluto sorridere, ma sapeva che questo sarebbe dispiaciuto a sua moglie. Così corrugò le sopracciglia tentando di assumere l'espressione del padre adirato.

« Qualcuno di loro, signori, ha già sentito questo nome? » domandò.

« La ditta Battellieri rifornisce le biciclette al nostro esercito, generale », dichiarò un ufficiale, con aria compunta.

« Proprio quello, il ciclista », disse Josepha.

« Se mi è consentito, generale, aggiungerei che la signora Ortensia Battellieri, nata Sozzani Negri, guida le sorti dell'azienda da cinque anni, dalla morte dell'ingegnere. E lo fa con il pugno di ferro », soggiunse il secondo ufficiale.

«Hai sentito, cara? Adesso sei tranquilla?» disse il marito. Lasciò la scrivania e la raggiunse per congedarla.

«Nemmeno un po'. Oggi va fuori, sola, con questo tale. Dice che prenderanno un aperitivo. Quando ci trasferiamo a Roma? Non potrebbe essere adesso, immediatamente? Devo prendere la valeriana», concluse disperata.

Cernusco sul Naviglio
luglio 1933

1

Il conte Anacleto Maria Brandazzi, che i suoi contadini chiamavano «*el sciur cunt*», oppure «*el cunt Brandass*», e ancora «*el nos padrun*», in abito di lino bianco e cappello di Panama, sedeva su uno sgabello, dietro la bilancia, e controllava personalmente il peso dei bozzoli racchiusi in sacchi di juta. Ogni contadino portava alle sue filande il frutto di trentotto giorni di lavoro frenetico, che era appannaggio delle donne e dei bambini.

Il conte faceva scorrere il contrappeso sull'asta fino a quando il bilanciere era in perfetto equilibrio. Allora dichiarava a voce alta il peso e la figlia Orsola, al suo fianco, scriveva su un quadernetto il nome del colono, il quantitativo di bozzoli pronti per la filatura e il prezzo che variava a seconda della lucentezza e del colore. Poi diceva: « Passa in villa tra una settimana per i soldi ».

Il contadino ringraziava *el sciur cunt* e la *sciura cuntessina* e se ne andava. I suoi sacchi venivano caricati su un grande carro. Quando fosse stato colmo, il cavallo lo avrebbe trainato fino alla filanda. Il conte Brandazzi era proprietario di sette filande per la seta, dislocate intorno al territorio di Cernusco sul Naviglio. La consegna dei bozzoli avveniva sulla piazza parrocchiale. Iniziava alle cinque del mattino e si concludeva all'imbrunire. Essendo luglio, il sole tramontava alle nove di sera.

Venne un ragazzino, sudato per la corsa, i calzoni rappezzati, sostenuti da un'unica bretella, e consegnò un foglietto stazzonato al padrone. Si piegò in due per inchinarsi davanti a lui e, balbettando per l'emozione di dover parlare a quel grand'uomo vestito di bianco, disse: «Il mio papà vi manda questa lettera e si scusa di non essere venuto di persona, ma dice che è troppo arrabbiato».

L'uomo lesse il biglietto: «Signor conte eccellentissimo, i miei bachi si sono ammalati e sono morti a causa della pebrina. Suo devotissimo Campanun».

L'uomo tese il messaggio alla figlia perché lo leggesse a sua volta. I bachi erano soggetti a diverse malattie, come la pebrina, appunto. Non c'era possibilità di curarli e, quando un allevamento si infettava, doveva essere immediatamente distrutto per evitare che il contagio si diffondesse. Il Campanun, con quella disgrazia, aveva perduto la speranza di un guadagno che gli avrebbe consentito di guardare all'inverno con minore preoccupazione.

«Di' al tuo papà che può mandare le sue donne alla filanda in contrada Larga. Tu, che hai le braccia buone, puoi andare a nome mio dal *sucuré* così impari un mestiere», disse il conte, congedandolo.

Gli aveva impartito ordini che il ragazzino avrebbe trasmesso al padre. La rabbia di un colono poteva essere contagiosa come la pebrina. Il conte non voleva grattacapi dai suoi contadini. Avrebbe accettato in filanda la moglie, la madre e le quattro figlie, che andavano dagli otto ai quattordici anni, compensandole con una paga minima e avrebbe imposto allo zoccolaio l'apprendistato del bambino, dietro un compenso irrisorio. Il «Campanun», chiamato così per via di un grande naso a campana, si sarebbe accontentato e non avrebbe fomentato disordini. Di questi ce n'erano stati troppi in passato. Anche se il regime aveva cancellato il diritto allo sciopero, con il controllo di tutta la zona da parte dei fascisti che usavano metodi molto persuasivi e illegali, c'erano pur sempre i preti a sollevare il malcontento attraverso i giovani dell'Azione Cattolica. Il conte Brandazzi, che non stava né con i preti né con i fascisti, perché, diceva: « Io sto bene solo con me stesso », si preoccupava di non chiedere favori per non subire interferenze. Come un signore del Medio Evo, metteva il cappio al collo dei suoi coloni e tirava la corda quel tanto che bastava a tenerli assoggettati, senza mai stringerla più del necessario. Questa cautela gli consentiva di difendere al meglio i propri interessi e di apparire magnanimo con loro. Bastava poco perché i suoi contadini lo considerassero tale. Di lui avevano sempre detto: «*El sciur cunt* è un uomo giusto ». Dovevano continuare a giudicarlo tale.

« Arriva la terrona! » annunciò sottovoce il carrettiere che andava ammassando sacchi di bozzoli sul carretto, mentre il cavallo aspettava paziente sotto il sole di luglio.

Il conte passò un fazzoletto sul viso per detergere il sudore. La contessina Orsola si fece vento con il quadernetto dei conti.

All'angolo della piazza era spuntata una donna che trainava un carretto, le mani aggrappate al timone. Tre ragazzini scalzi l'aiutavano spingendo a braccia il veicolo, carico di sacchi. Lei portava gli zoccoli appesi al collo che oscillavano sul seno generoso, coperto da una camicetta di cotonina fiorata. I capelli neri, folti e ricci, erano nascosti sotto un fazzoletto dello stesso tessuto. Fermò il carro. Sciolse i lacci degli zoccoli e li infilò ai piedi. Non stava bene che una donna attraversasse la piazza a piedi nudi. Quindi riprese a trainare il carretto.

Il conte e tutti gli altri la chiamavano la « terrona », perché era napoletana. A Cernusco sul Naviglio c'erano in tutto sei terroni: i due fratelli Ciro e Salvatore Avigliano, Teresa Zicrì, che era la loro sorella, e i suoi tre figli. I fratelli lavoravano in un grande stabilimento a Sesto San Giovanni. Lei campava arrangiandosi: l'allevamento dei bachi, il lavoro in filanda, i lavori saltuari nelle case del paese, dov'era arrivata due anni prima. Era vedova. Suo marito era morto da un anno, al confino. All'inizio era stata guardata con diffidenza e una sorta di disprezzo. Era considerata una specie di sottoprodotto della razza umana per via del linguaggio e delle abitudini estranee alla gente del posto. E anche a causa di una certa fierezza che i notabili del paese avevano definito «prosopopea meridionale».

I due fratelli, che vivevano in una stanza della Cascina Torrianetta, avevano ospitato lei e i suoi figli per alcuni giorni. Poi lei era andata a trovare don Claudio, il parroco. Il colloquio era durato a lungo. Nessuno sapeva che cos'avesse raccontato la «terrona», ma la domenica successiva, durante l'omelia ai fedeli, don Claudio aveva detto: «Non dobbiamo guardare con sospetto chi viene da una terra lontana e si porta addosso il peso di tante, troppe ingiustizie che affliggono il nostro Paese. Il forestiero, quando è onesto e si presenta armato solamente di buone intenzioni, deve essere aiutato. È un dovere cristiano, perché siamo tutti fratelli in Cristo». Teresa sedeva in fondo alla navata della chiesa con i figli e i fratelli. Molti sguardi si erano appuntati su di loro. La diffidenza e il disprezzo si erano stemperati nella pietà.

Teresa aveva trovato una sistemazione per sé e per i ragazzi in una cascina dietro la chiesa di Santa Maria Assunta: una cucina e una camera da letto. E poiché era stagione d'allevamento, aveva acquistato bachi e, istruita dalle vicine, aveva allestito una lettiera per quei minuscoli vermi voracissimi che si nutrivano di foglie di gelso. I bruchi erano cresciuti a vista d'occhio e, dopo cinque settimane, misuravano nove centimetri. Allora, aveva preparato il «bosco» di rami a cui i bruchi si erano attaccati per formare i bozzoli di seta. Teresa li aveva selezionati in base alla grandezza e al colore. Raramente il conte Brandazzi aveva visto bozzoli più belli. Li aveva pagati al prezzo corrente, ma valevano molto di più per via della setosità e della brillantezza. Questo, Teresa lo aveva saputo dopo dalle donne del cortile che, tuttavia, erano un po' invidiose del fatto che una terrona, alla prima esperienza, avesse raggiunto un risultato tanto straordinario.

Il padrone, però, aveva offerto a lei e ai suoi figli quattro mesi di lavoro in filanda. Teresa, dopo aver venduto i bozzoli, aveva arieggiato la cucina dove, per tante settimane, era ristagnato il fetore dei bachi. Con acqua, lisciva, spazzola e tanta energia aveva ripulito i muri, i pavimenti, i tavoli, andando a snidare la sporcizia negli angoli più nascosti.

Le donne del cortile guardavano con sospetto quel bisogno di pulizia che animava la napoletana e la spingeva a lavare ogni giorno anche se stessa e i suoi figli.

« L'importante », le dicevano quasi con l'aria di rimproverarla, « è che sia pulita l'anima per il giorno in cui si presenterà al cospetto di nostro Signore. »

Teresa non replicava. Ricordava nonna Lina che non si lavava mai e vedeva che queste donne le assomigliavano. Lei non riusciva a vivere nella sporcizia.

Andò alla filanda. Quattordici ore di lavoro al giorno. Per i figli ottenne uno sconto di quattro ore.

L'ambiente umido e surriscaldato, le mani cotte per la continua immersione nell'acqua bollente erano spesso causa di malattie polmonari e reumatiche.

Teresa guardava le sue compagne e i loro bambini. Le sentiva tossire e tremava per sé e per i suoi figli. Stava attenta a non sbagliare il lavoro perché se avesse perduto un filo, durante l'annaspamento dei bozzoli, il difetto si sarebbe rivelato alla tessitura e sarebbe stata multata. Non poteva permettersi di pagare multe, tanto più che dopo la terza multa, per regolamento, sarebbe stata licenziata.

Il padrone o la figlia capitavano all'improvviso in filanda o in tessitura, controllavano il lavoro delle operaie e quando qualcosa non andava per il verso giusto dicevano, senza scomporsi: « Te ne puoi andare ». Una delle donne del cortile, addetta alla tessitura della seta, era stata mandata via per una scommessa.

Il conte Brandazzi si era avvicinato al suo telaio, aveva osservato la pezza di seta già tessuta e aveva visto una macchiolina.

« Levala », aveva ordinato alla donna.

« Ci ho provato, signor conte. Non se ne va », aveva risposto.

« Facciamo una scommessa. Se la macchia va via, te ne vai anche tu », aveva detto. Aveva inumidito un fazzoletto e l'aveva passato energicamente sulla seta. La macchia era scomparsa. La donna aveva dovuto lasciare immediatamente il posto a un'altra operaia.

« Così adesso sono senza lavoro. Lui, il padrone, ha comprato un paese intero giù nel Meridione, dalle tue parti. Io non ho nemmeno i soldi per comprare un salamino », era stato il commento della donna.

Teresa ascoltava queste e altre terribili storie di sfruttamento e taceva. Si sentiva rimescolare il sangue, ma non faceva commenti.

I bozzoli che aveva caricato sul carretto erano migliori di quelli dell'anno prima. Aveva saputo che in un'altra filanda, quella del cavalier Prandoni, avrebbe potuto realizzare molto di più.

« Arriva la terrona », ripeté la contessina Orsola.

Teresa, trascinando il carretto, era arrivata davanti alla bilancia. Proferì un rispettoso: « Buongiorno, signor conte », e proseguì.

« Dove stai andando? » domandò il padrone.

« Vado dal cavaliere Prandoni », rispose Teresa, procedendo per la sua strada.

« Fermati », ordinò il conte.

La donna abbandonò ai figli il carretto con il carico prezioso.

« Comandi », disse, piantandosi davanti al conte, a braccia conserte.

« Hai paura che non ti paghi come quello là? »

« Ho paura che il signor conte non apprezzi la bellezza dei miei bachi », rispose con aria placida.

« Tu abiti alla cascina della Sovrana. È mia. Potrei decidere di aumentarti l'affitto », la minacciò l'uomo, altrettanto placidamente. Non gli piacevano queste impennate da parte dei coloni che vivevano sulle sue terre. Ancor meno avrebbe tollerato quelle di una terrona venuta al Nord per sfamarsi.

Era mezzogiorno e il sole a picco bruciava la pelle e toglieva il respiro. Teresa socchiuse le palpebre e i suoi occhi divennero una fessura.

Benedetto era morto da un anno e il dolore per la sua perdita non si era attenuato. Che fosse morto lo aveva saputo quando, dalla Sardegna, le era arrivato un pacco. Conteneva un paio di scarpe risolate da poco, due maglie, una giacchetta frusta, alcuni libri, l'orologio da taschino e una lettera della polizia giudiziaria che le annunciava l'improvvisa scomparsa in mare del marito, durante un tentativo di fuga. Non era vero. Dopo pochi giorni Benedetto sarebbe ritornato in libertà. Il pensiero di Teresa era andato al fratellastro Di Giacomo. Era sicura che lo avesse fatto ammazzare per vendicarsi della sua fuga. Aveva accarezzato gli indumenti, i libri, le scarpe e aveva sentito, sotto le dita, un rigonfiamento nella soletta interna. L'aveva pazientemente sollevata. Aveva trovato un foglio piegato in quattro. Lo aveva aperto e letto.

«Un giorno, qualcuno ti dirà che sono morto. Non credergli. Non è vero. Io non morirò finché vivranno i miei sogni. Li affido a te, e sono tutto quello che posso lasciarti. Fanne un mantello, Teresa. Indossalo e attenta a non sciuparlo. È fatto dei miei sogni. Che diventeranno i tuoi, il giorno in cui qualcuno ti dirà che sono morto.»

Teresa aveva pianto. Poi il dolore si era trasformato in una rabbia potente e silenziosa da cui traeva la forza di vivere. Non le avevano lasciato neppure una tomba su cui pregare per il suo uomo. Qualche volta era sul punto di esplodere e sarebbe stata capace di uccidere, armata soltanto di un mantello tessuto con i sogni di Benedetto.

«Questo significa, eccellenza, che se non vendo a voi i miei bachi, al vostro prezzo, mi aumenterete l'affitto?» domandò con tono di sfida.

La contessina Orsola smise di sventolare il quadernetto. All'improvviso aveva avvertito un brivido di freddo. Nessuno aveva mai osato provocare suo padre, il padrone.

Teresa, invece, pensò che fascisti e padroni si assomigliavano. Che tra loro e la camorra del Sud non c'era una grande differenza.

Il carrettiere e gli altri contadini che erano lì, sulla piazza, ascoltavano, osservavano e tacevano. Anche i figli di Teresa guardavano in silenzio la madre, il conte, la contessina, i coloni. Teresa era sola, contro tutti. La terrona, l'estranea che avrebbe dovuto ringraziare in ginocchio il padrone che le aveva dato un tetto e un lavoro per non morire di fame, osava fronteggiare il conte che sapeva essere un padre severo ma giusto.

« Questo significa che non tollero l'arroganza. Domattina lascerai la casa », ordinò l'uomo, senza scomporsi.

Niente casa, niente lavoro, niente pane per i suoi figli. Ma Teresa non avrebbe rovinato il suo mantello di sogni. Pensò a Benedetto e sorrise.

« La vostra casa, eccellenza, sarà libera entro questa sera », rispose.

La gente chinò il capo, intimorita. Il conte si accarezzò il collo, come se avesse ricevuto un colpo di frusta. Teresa riprese in mano la stanga del carretto e i suoi figli l'aiutarono a spingerlo.

2

«ABBIAMO fatto un buon affare, ragazzi», affermò Teresa, con aria soddisfatta. Aveva infilato nel corsetto il denaro guadagnato con la vendita dei bozzoli. E aveva soggiunto: «Grazie anche a voi, creature mie. Adesso ritorniamo a casa».

«Quale casa, mammà?» domandò Rosa che andava per i quattordici anni e si faceva ogni giorno più bella e pensosa.

«La nostra. Ne abbiamo soltanto una», rispose Teresa, animata dalla forza e dall'allegria che le venivano dal cuore.

«Fino a questa sera», precisò Pinuccio. «E dopo? Questa notte dove dormiremo?» l'interrogò.

«Non preoccupatevi. Dio vede e mammà provvede», li rassicurò lei. «Abbiamo faticato tanto. Oggi dev'essere una giornata di vacanza.»

Non disse niente alle donne del cortile. Lasciò il carretto nel deposito degli attrezzi, entrò in cucina, prese una forma di pane dalla madia e ne fece tante fette. Ci passò sopra aglio, sale e un filo d'olio. Le riunì in un fazzoletto di tela e le posò dentro un canestro.

«Andiamo nei campi», disse, consegnandolo alla figlia maggiore.

«Mangeremo sui prati?» domandò Iosefa.

« Proprio così », rispose lei, uscendo dalla casa e dirigendosi con loro verso la campagna.

Teresa si era sempre considerata un « animale di città ». Il periodo trascorso a Bello Fiore, quand'era incinta del suo primo bambino, aveva rafforzato in lei questa convinzione. Aveva incominciato ad apprezzare la vita a contatto con la natura durante gli anni trascorsi a Merano. Questa campagna lombarda, così piatta e infinita, all'inizio le aveva suscitato un profondo senso di solitudine. Poi, si era detta che Cernusco sul Naviglio era soltanto un luogo come un altro per aspettare il ritorno di Benedetto, sentendosi in parte protetta dalla presenza dei due fratelli. Quando era venuto l'inverno aveva temuto di impazzire per il freddo. Gli indumenti di lana, con cui proteggeva se stessa e i figli, non bastavano mai. Non aveva abbastanza soldi per la legna da ardere. La sera si rifugiavano nella stalla dove il calore degli animali e le storie raccontate dai contadini scioglievano il sangue che tornava a scorrere e pulsava dolorosamente ai lobi delle orecchie, alle dita delle mani e dei piedi infiammati dai geloni. Con il trascorrere del tempo, aveva imparato ad apprezzare il linguaggio aspro di quella gente di paese che raccontava dei tempi in cui la pianura era ancora foresta, regno di daini e di briganti. Poco più di cent'anni prima si era visto l'ultimo orso. Lupi, volpi, tassi, lontre e aironi erano ancora nel ricordo dei vecchi. Con le loro storie riuscivano a catturare anche l'attenzione dei bambini che si sfregavano gli occhi, vincendo il sonno, per ascoltarli.

Ora, nel pieno dell'estate, Teresa s'inoltrò nell'erba alta. Si sentiva il gorgoglìo di un ruscello e il frinire disperato delle cicale. C'era una vasta macchia di robinie e sambuco odoroso. Intorno ai suoi fiori ronzavano le api.

« Questo mi sembra un buon posto per mangiare », decise, mettendosi a sedere nell'erba.

« Tu prendi l'acqua dal fosso », ordinò a Pinuccio allungandogli una bottiglia vuota.

Teresa svitò i coperchi, che chiudevano i bicchieri di alluminio, su cui era applicato un fiore stilizzato e una scritta a smalto giallo e blu: RICORDO DI TRESCORE BALNEARIO.

Erano un regalo di Ciro e Salvatore che l'anno prima vi erano andati in gita con le loro fidanzate.

Erano due sorelle che lavoravano in una manifattura di ricami e tulli. I genitori delle due ragazze non approvavano il fidanzamento con due « terroni » e coglievano ogni pretesto per mettere in cattiva luce Ciro e Salvatore. Intanto, continuavano a rimandare la data delle nozze con la scusa che non c'erano soldi per mettere su una casa. I fratelli di Teresa risparmiavano lira su lira e lo stesso facevano le loro fidanzate. Erano andati in gita con la parrocchia a un santuario del Bergamasco e avevano portato come ricordo quei bicchierini.

A Teresa piaceva quella sosta in aperta campagna, al riparo dal sole, con i suoi ragazzi acquattati sull'erba vicino a lei. Ascoltava le loro voci, spiava i loro sorrisi e le sembrava che anche Benedetto fosse lì. Sarebbe stato fiero dei successi scolastici dei suoi figli. Rosa frequentava una scuola festiva di avviamento al lavoro, dove imparava a scrivere a macchina, a stenografare e a tenere la contabilità. Era la migliore del corso e un giorno, forse, sarebbe diventata una segretaria. Era una speranza che Teresa coltivava ma non osava esternare. Pinuccio e Iosefa andavano ancora alle elementari e, la sera, Teresa li faceva studiare. Si divertiva a imparare la grammatica e la storia con loro. Non doveva spendere per i libri né per i quaderni. Il Patronato Scolastico li offriva gratuitamente agli alunni più poveri. E poiché erano tutti poveri, nessuno si vergognava di questa carità.

Nel canestro c'era mezzo limone. Teresa lo spremette a goccia a goccia dentro la bottiglia riempita d'acqua fresca. Poi distribuì il pane ai figli. L'olio con cui era intriso era arrivato da Napoli. Suo fratello Peppino le aveva spedito una latta di cinque litri d'olio che usava con molta parsimonia.

I suoi vicini di casa consideravano con sospetto l'uso dell'olio. Loro preferivano il lardo, lo strutto di maiale, il burro, quando potevano permetterselo. Quanto al limone, sostenevano che irritasse lo stomaco, facesse dimagrire e fosse dannoso per i bambini. Peraltro Teresa guardava con disgusto i piatti che preparavano con le rane prese dai fossati. Loro la compativano perché, essendo terrona, non poteva apprezzare la raffinatezza di quel cibo. «Ma cosa vuoi capirne tu che vieni da Napoli!» Lei non aveva mai raccontato di avere cucinato in case principesche. Il suo passato a palazzo Castiglia o a Schloss Rundegg, la sua abilità di cuoca, la capacità di imbandire tavole festose facevano parte del passato. Non voleva parlarne. Probabilmente, se lo avesse fatto, non le avrebbero creduto. Non le avevano creduto neppure quando, ritornando dalla filanda, le donne le avevano mostrato la villa Valeschi Colonna e lei aveva chiesto, incuriosita: «Quali Valeschi? Quelli che abitano a Milano?»

«Tutti i signori delle ville abitano a Milano», avevano risposto.

«Conosco il generale Valeschi e la moglie», aveva detto lei.

«Oh bella! Ma saranno dieci anni che nessuno viene più in villa. Come fai a conoscerli?» E l'avevano guardata con sospetto.

Teresa era sul punto di raccontare la sua vita a palazzo Castiglia e gli anni trascorsi a Merano.

«Sono stata balia in casa loro», aveva sussurrato.

«Va là, chi vuoi che ti creda?» era stato il commento scherzoso.

Non aveva replicato. Ma dopo qualche giorno era andata ad aggirarsi nei pressi della villa. Era una solida costruzione ottocentesca, massiccia e severa, circondata da un parco. I muri erano coperti d'edera e gelsomino, le imposte chiuse, il giardino invaso dalle erbacce. Aveva scritto a Sofia, le aveva raccontato di sé e domandato notizie di Thea e della villa di Cernusco.

La risposta di Sofia era arrivata dopo un mese, da Roma. Così, aveva saputo che, dalla morte della signora Vezia Bassanesi Valeschi, la famiglia non era più tornata nella residenza estiva di famiglia, che il generale era diventato ministro, che Thea era fidanzata con un giovane industriale.

«Mammà, questa notte ho sognato che mangiavamo i maccheroni con il ragù», disse Rosa, scuotendo Teresa dai suoi pensieri.

«Come quello che mangiavamo a Napoli?» domandò Iosefa.

«Tale e quale», annuì la sorella.

«Io ho sognato papà», intervenne Pinuccio.

«Com'era?» s'incuriosì Teresa.

«Seduto su uno scoglio, davanti al mare. Io nuotavo per arrivare allo scoglio ma non lo raggiungevo», mormorò.

Teresa non disse niente. Si girò dall'altra parte per nascondere gli occhi bagnati di lacrime.

«Chi sa se è annegato davvero? Forse, un giorno, ritornerà», disse Rosa, con un sospiro.

«Ora dobbiamo tornare alla cascina. E raccogliere le nostre cose», decise Teresa, con piglio energico. Si alzò e ripose nel canestro i bicchieri e la bottiglia vuota.

«Dove andremo, questa notte?» domandò Pinuccio, interpretando l'ansia di tutti.

«Ve l'ho già detto: Dio vede e mammà provvede», rispose, avviandosi.

Intanto la notizia della cacciata dei «terroni» dalla cascina era sulla bocca di tutti.

«Dove andrai?» le chiesero le donne della corte, guardandola con pietà. Molte l'avrebbero accolta con i suoi figli. Ma temevano la ritorsione del conte Brandazzi.

Teresa caricò sul carretto tutti i suoi averi: abiti, piatti, bicchieri, coperte, un materasso e le provviste di cibo. I pochi mobili erano del padrone.

«Bambini, io tiro, voi spingete», disse, afferrando la stanga.

Uscirono dalla corte e attraversarono il paese seguiti dai contadini che, via via, aumentarono di numero fino a diventare una schiera. Teresa arrivò sulla piazza della chiesa. La luce morbida del tramonto accarezzava le pietre del sagrato e l'antica facciata. Lì si fermò.

«Siamo arrivati», disse ai figli.

Guardò le facce attonite dei coloni che guardavano muti lei e i suoi tre ragazzini.

«La nostra casa è qui, davanti alla casa del Signore», soggiunse. Buttò per terra il materasso. «Il cielo sarà il nostro tetto e la nostra coperta sarà la mano di Dio», concluse.

La piazza, adesso, era gremita di gente. In quella sera di luglio, Teresa non era più «la terrona», capitata in mezzo a loro e accolta, secondo l'ammonimento di don Claudio, perché erano tutti fratelli in Cristo. Era una figura imponente sul sagrato della chiesa. Era il simbolo di tutte le madri che non avevano mai osato ribellarsi per affermare la propria dignità e quella dei loro figli, costretti a lavorare fin da piccoli e sottomessi, come loro, al volere di un padrone dispotico. Teresa non aveva pronunciato neppure una parola contro *el sciur cunt* che l'aveva cacciata, non aveva chiesto niente a nessuno. Si era affidata a Dio e agli abitanti di quel paese, che erano più di seimila e vivevano tutti nell'indigenza.

3

In una piccola sala da pranzo con i soffitti affrescati e gli stucchi dorati che incorniciavano le porte, il conte Anacleto Maria Brandazzi cenava con la figlia Orsola. La tovaglia immacolata in tela di fiandra sfiorava il pavimento. Lo scintillio di cristalli, porcellane, argenti e vermeil contrastava con la frugalità della cena. Il conte e la figlia erano di pessimo umore.

« Lo vedi come reagiscono i villani? Tu gli dai un tetto, un lavoro e ti ricompensano con l'arroganza. Quando gli spieghi che il mercato della seta è in crisi, ti rispondono con un sorriso idiota. Non sentono ragioni. Vogliono soldi, sempre soldi e lavorare il meno possibile », brontolò il conte, tra un cucchiaio di minestra e l'altro. Poi asciugò le labbra con un tovagliolo candido.

Orsola non replicò. Se avesse parlato sarebbe stato peggio. Dopo tutto, le filande non erano così interessanti. A stuzzicare il suo interesse erano le giovani filandere, quelle tra i quindici e i sedici anni, esili, malnutrite, già pratiche dei giochi amorosi, che riuscivano a esprimere una sensualità sfrenata quando potevano riempirsi la bocca di frutta zuccherina e di zabaione al marsala.

« Tempo due o tre anni dovrò chiudere. Allora s'accorgeranno cosa vuol dire la fame », proseguì il conte.

« Hanno telefonato da Milano. Per domani, vogliono verdura e frutta fresca », annunciò la figlia.

« Quella è capace solo di chiedere », brontolò il padre.

Si riferiva alla moglie che lo aveva messo al bando il giorno in cui i medici avevano sentenziato che il conte era malato di sifilide. Ne era scaturito il finimondo, perché lei stessa ne era stata contagiata. Si era rifugiata a Zurigo per curarsi. Era guarita e, al rientro in Italia, aveva deciso di fermarsi a vivere a Milano. Il conte, invece, non aveva voluto saperne di terapie. « La sifilide ce l'abbiamo nel sangue da generazioni. Mio padre è morto a ottant'anni di polmonite e mia madre a novanta per un colpo. I nostri contadini, che la sifilide non l'hanno avuta mai, quando va bene arrivano sì e no ai cinquanta. La contessa è piena di fisime », aveva sentenziato. Intanto, viveva da solo da cinque anni. Non gli dispiaceva. Alle donne di città, sofisticate e piene di esigenze, aveva sempre preferito le serve che venivano dalla campagna, subivano i suoi assalti senza protestare e, quando restavano incinte, venivano allontanate dall'amministratore. Bastavano pochi soldi per levarle di mezzo.

Capitava che talora muovesse con difficoltà il braccio e la gamba sinistra. Altre volte soffriva di allucinazioni. Erano disturbi passeggeri. Bastava qualche giorno di riposo, un po' di sanguisughe applicate sulle tempie e tornava forte come prima. Che diamine, aveva appena cinquantacinque anni ed era un uomo vigoroso. Il vigore lo prendeva dalle ragazzine che avevano già assaggiato il letto di Orsola. Sua figlia aveva quasi trent'anni e non voleva saperne di uomini. Aveva ragione. Era già abbastanza maschile di suo.

Entrò un domestico ad annunciare che, in cucina, c'era un contadino che gli voleva parlare.

« Digli che torni domani », tagliò corto il conte.

« Sembra che sia una cosa urgente », replicò l'uomo.

« Fallo salire », concesse, guardando sua figlia, come se si aspettasse da lei un parere in proposito. Orsola fece spallucce, continuando a gustare il dolce.

Il contadino, conosciuto con il nome di Trombetta, perché raccontava al conte tutto quello che succedeva in paese, si fermò sulla soglia della stanza da pranzo. Si era levato il cappello e lo stropicciava tra le mani, lo sguardo chino a terra.

« Allora, cosa c'è di tanto urgente? » domandò il padrone, con voce burbera, pronto a maltrattarlo se quell'intrusione si fosse rivelata di scarso interesse.

« La terrona ha messo il materasso sul sagrato della chiesa. È lì che dorme con i suoi figli. Metà paese è in piazza e nessuno fiata », disse Trombetta.

Il conte ci mise qualche istante per digerire la notizia.

« Don Claudio cosa fa? » chiese infine.

« Ha aperto la chiesa e le ha detto di entrare. Lei non si è mossa. »

« Va bene. Puoi andare », lo congedò il conte. E sorrise. La reazione della napoletana gli sembrò divertente, anche se lo aveva colto in contropiede. Si aspettava di trovarla implorante davanti ai cancelli della villa.

« Se non fai qualcosa, interverranno i fascisti », lo avvertì Orsola. Intanto pensava alla giovane Rosa Zicrì. La teneva d'occhio da alcuni mesi. Aveva la bellezza di un fiore esotico, ancora un po' acerbo per essere colto. Avrebbe aspettato la prossima estate prima di circuirla. Ora, però, il caso gliela stava consegnando. Anche lei, come il padre, sorrise.

« Che intervengano. La metteranno dentro per vagabondaggio e turbativa della quiete pubblica. I figli saranno affidati a un istituto e i nostri contadini capiranno che la sola volontà che conta è quella del padrone », replicò lui.

« La cosa farà chiasso. È meglio evitare che la notizia arrivi a un giornale. Vale la pena di tirare tanto la corda? Agli occhi della gente la terrona diventerebbe una vittima », gli fece notare Orsola.

« È proprio un peccato che tu non sia nata maschio in tutto e per tutto. Cosa pensi di fare? »

« Parlare con il parroco e convincerlo che la donna ha frainteso le tue intenzioni. Intanto, mi prenderei in villa la figlia maggiore. Pare che sia molto studiosa. Comunque, vedrai che don Claudio non tarderà ad arrivare », ragionò la contessina.

Ormai era scesa la sera. I contadini non accennavano a lasciare la piazza. Le loro voci erano un brusio di parole pietose. «*El sciur cunt* non doveva cacciarla dalla casa », dicevano, giudicandolo per la prima volta. « È pur sempre una povera vedova con tre figli da tirare grandi », la commiseravano le donne. « Anche se è napoletana, quanto a serietà non c'è niente da dire. Non ha mai fatto la stupida con nessuno », aggiungevano altre. «*Al cunt Brandass* queste cose non interessano. Lui ti paga un tanto a colpo di telaio e il resto non conta », commentavano le operaie. « Però gli ha fatto perdere la faccia. È andata a vendere i suoi bozzoli al Prandoni. Non doveva », sostenevano i più timorosi. I bambini, tirando per i calzoni i loro padri, domandavano: « Adesso, cosa succederà? »

Nel paese, dove non accadeva mai niente, tranne le nascite e le morti, le malattie e le disgrazie, la napoletana aveva allestito uno spettacolo aperto a qualsiasi sviluppo e comunque, almeno per quella sera, aveva interrotto la monotonia della loro vita. Di questo le erano grati. Intanto osservavano il vecchio parroco che parlava sommessamente con Teresa, mentre i fratelli Zicrì gongolavano di piacere sentendosi, per una volta, al centro dell'attenzione.

Poi comparvero Ciro e Salvatore Avigliano. Stavano tornando dal lavoro quando, in prossimità di Cernusco, erano stati raggiunti dalla notizia che Teresa, sfrattata dal conte, si era trasferita in piazza.

Affrettarono il passo e lungo il Naviglio incontrarono il fabbro Luigi Videmari, detto *el feré*. Era un uomo alto e forte, con una gamba claudicante. Nella sua officina, lavorava il ferro rovente con potenti colpi di mazza, forgiando cancellate e fregi esili come trine. Nelle sue mani il ferro diventava un materiale duttile al servizio della sua fantasia creativa. Aveva casa sopra l'officina e viveva con una madre bisbetica, costantemente afflitta dal mal di testa, per cui la si vedeva sempre con la fronte coperta da una pezza intrisa di aceto. Lui aveva trentacinque anni ed era scapolo. Le giovani del paese guardavano con sospetto la gamba gracile, colpita dalla paralisi infantile, e dicevano che quello era un segno del diavolo. Luigi aveva una sorella suora. La gente diceva che si era rifugiata in convento per non dover più sopportare quella madre assillante. Anche il marito l'aveva lasciata vent'anni prima. Era emigrato in Francia e non aveva più dato notizie di sé.

Luigi aveva notato Teresa fin dal suo arrivo. Aveva saputo che il marito era al confino e la pietà per quella donna sola e per i suoi tre figli lo aveva indotto a offrire loro qualche giocattolo forgiato nel ferro. Quando aveva saputo della morte del marito, aveva cominciato a considerare Teresa sotto una nuova luce. Aveva notato la sua bellezza, il suo incedere quasi superbo, la meraviglia dei suoi capelli quando il fazzoletto scivolava dalla testa. Tuttavia, timido com'era, non aveva più osato dedicare a lei e ai figli le attenzioni di prima.

Ora, avendo saputo quello che stava accadendo in piazza, aveva detto a sua madre: « Abbiamo tre stanze vuote. Si potrebbero offrire alla napoletana ».

« Purché si renda utile », aveva inaspettatamente risposto la vecchia.

Luigi Videmari stava andando in piazza a proporre un tetto a Teresa e incontrò i suoi fratelli.

Il popolo fece largo ai tre uomini che si diressero verso la chiesa. Il parroco tirò un sospiro di sollievo.

« Provate voi a ragionare con questa testona », sbottò, informandoli dell'accaduto.

« Verrai da noi, almeno per il momento. Dopo si vedrà », decise Ciro.

« Io ho diritto ad avere un lavoro e una casa da cui un padrone non possa buttarmi fuori perché non ho accettato il suo prezzo da strozzino. Napoli è lontana centinaia di chilometri. Io sono scappata dalla camorra e credevo di essere in salvo. Mi sbagliavo.

Qui è come laggiù. Soprusi, sempre soprusi. È una vita che li subisco. Adesso basta», disse Teresa, con foga.

«Io vi offro una casa, se mi fate l'onore di accettarla», propose il fabbro. «Sono tre stanze pulite e decorose, sopra l'officina. Mia madre è d'accordo.»

Teresa valutò le parole di quell'uomo schivo e lo guardò negli occhi. Aveva uno sguardo mite, che ispirava fiducia.

Quasi ogni giorno passava davanti alla casa del fabbro. Al piano terreno c'erano due finestroni con i vetri smerigliati. Nelle sere d'inverno vedeva il bagliore rossastro del fuoco che ardeva nella fucina e sentiva i colpi di maglio sull'incudine. Aveva pensato che quello fosse il posto più caldo di tutto il paese.

«Vi ringrazio», sussurrò. E soggiunse: «Ma non è giusto».

«Che cosa sarebbe giusto, secondo te?» domandò Salvatore.

«Che il conte mi chiedesse scusa e promettesse di non comportarsi mai più così, né con me, né con altri», dichiarò.

«Aspetta e spera», disse il parroco. «Va là che ti è andata bene. Il *feré* è un brav'uomo. Rimetti insieme le tue carabattole e fila. E la prossima volta pensaci due volte prima di fare colpi di testa», concluse con un senso di sollievo. Poi si rivolse alla gente: «Tornate alle vostre case e cercate di non mettere in giro troppe chiacchiere», li ammonì.

Non sperava davvero che il problema si potesse risolvere così rapidamente. Per tutta la sera aveva temuto l'intervento dei fascisti. Aveva già abbastanza problemi con loro e non voleva che la storia di Teresa diventasse il pretesto per un nuovo giro di vite da parte delle autorità.

Tornò nella sua chiesa e si inginocchiò davanti all'altare. Si apprestò a ringraziare il Signore, mentre sorrideva pensando allo smacco del conte Brandazzi che, ne era certo, si aspettava una sua visita per implorare pietà per quella povera donna dissennata. Qualche volta Dio china lo sguardo sul suo gregge e ristabilisce la giustizia, pensò. «Vi è andata male, signor conte», bisbigliò prima di congiungere le mani e recitare il Pater noster.

Roma - Ministero della Guerra
luglio 1933

1

Lorenzo lasciò il suo ufficio al primo piano del ministero, infilò una scala secondaria e fece irruzione nell'appartamento, chiamando a gran voce la moglie.

Josepha era nel guardaroba e valutava la possibilità di rammendare il bordo di un lenzuolo di lino.

« Questo lo aveva ricamato la nonna von Rost. Sono ricami che non si fanno più: richiedono troppo lavoro. Non potrei mai buttarlo », ragionava con la guardarobiera.

« Anche con una riparazione eseguita a puntino, al prossimo lavaggio si romperebbe di nuovo », osservò la donna.

« Allora stiriamolo con cura e riponiamolo nell'armadio. Lo terrò per ricordo », si rassegnò. Poi sentì la voce di suo marito e si affacciò sul corridoio.

« Sono qui, caro. Non c'è bisogno che urli. »

« Ah, no? » l'interrogò lui furibondo, sventolando le carte che teneva in mano.

Lorenzo era in uno dei rari momenti in cui perdeva le staffe e, qualunque ne fosse il motivo, lei avrebbe dovuto ascoltare il suo sfogo.

« Andiamo di là », suggerì, precedendolo verso la camera da letto. Era la sola stanza in cui potevano discutere liberamente senza che nessuno potesse sentirli.

« Tua figlia mi ridurrà sul lastrico », sbottò, appena la moglie richiuse la porta. « Novecentosettantasei bomboniere d'argento, chili di confetti, un camion di fiori, trenta capi di biancheria di seta ricamata a mano, trentasei lenzuola, quaranta asciugamani, cinque tailleur da viaggio, cinque abiti da sera, cappelli, scarpe, borsette. E ancora non è finita. Qui c'è il preventivo per la stampa di milleduecento partecipazioni di nozze, per l'abito da sposa in crêpe de Chine, per l'organista e il coro, per il ricevimento e così via. »

Lanciò sul letto il mazzo di fogli. « Hai idea di quanto ci verrebbe a costare tutto questo? » l'interrogò furibondo. « Ma chi crede di essere quella ragazzina? »

Josepha sedette su una poltrona e sorrise.

« Crede di essere la figlia di uno degli uomini più potenti d'Italia », rispose con voce pacata.

« Giuseppina, per favore, non fare dell'ironia. Non è il momento. Io non sono un milionario e non lo sarò mai. Non posso e non voglio sprechi. Sarebbe immorale. In Italia c'è gente che muore di fame e adeguarsi alle pretese di tua figlia sarebbe come sputare in faccia alla miseria », disse, misurando la stanza a lunghi passi.

« Ti faccio solo notare che nostra figlia ha una buona memoria. Ricordi l'ultimo matrimonio sfarzoso a cui siamo stati? Thea era con noi, e tu le dicesti: 'Quando ti sposerai, la magnificenza delle tue nozze farà sembrare tutto questo una sagra di paese'. Non dire che non è vero, perché ti ho sentito io, con queste orecchie. Thea ha preso nota di quella promessa e si sta adeguando », gli rinfacciò.

« Allora, la pensi come lei », si stupì il marito.

« Mi conosci abbastanza per sapere quello che penso. Sai che, se dipendesse da me, vivremmo in campagna ad allevare mucche, cavalli e galline. Ma tu non saresti d'accordo. Thea non ha il senso del denaro. Lei vede i ministri, gli ambasciatori, i diplomatici che hanno le tasche gonfie di soldi e spendono a piene mani. Perché suo padre non dovrebbe fare altrettanto? »

« Perché io, cara, vivo con il mio stipendio », rispose lui come un maestro paziente che tenta di spiegare un concetto semplice a un allievo un po' ritardato.

« Questo significa che, rispetto ai tuoi colleghi, sei sottopagato », insinuò Josepha.

« Questo significa che loro fanno la cresta sulla spesa », si lasciò sfuggire e subito si pentì di questa affermazione.

« Loro rubano, caro. Rubano con le commesse del carbone, con gli appalti delle ferrovie, con i rifornimenti di cereali e di armi. Se tu spiegassi tutto questo a tua figlia, probabilmente lei capirebbe qualcosa di più sugli ideali del fascismo che valgono soltanto per il popolo e non per chi lo governa », osservò lei, con voce lieve.

« Ci risiamo. Ma perché non impari a cucirti la bocca? Io credo profondamente in questo regime. Quattro malfattori non possono cambiare la grandezza dei suoi ideali. La gente vive meglio da quando c'è il fascismo. L'economia si è ripresa, le paludi sono state bonificate, c'è lavoro per tutti, i treni viaggiano in orario, i bambini poveri vengono mandati al mare e in montagna. Tutti vanno a scuola e chi ha voglia di studiare può farsi strada nella vita senza alcuna differenza di classe. È questo che tu non vuoi capire », s'infiammò.

« Intanto gli oppositori del regime vengono perseguitati e vilmente trucidati, i giornali subiscono la censura, il popolo deve soltanto ubbidire perché c'è un padre buono e lungimirante che pensa per lui. Perché dovrei tacere questa e altre verità? »

« Perché mi metteresti nei guai. È una spiegazione convincente? »

Josepha si alzò, gli andò vicino e gli accarezzò una guancia con tenerezza. Lorenzo sapeva benissimo che la corruzione dilagava. Non poteva fare niente per denunciarla e si limitava a restarne fuori. « Vedo fili d'argento fra i tuoi capelli », gli sussurrò, sorridendogli.

« Vado per i cinquant'anni, amore mio », sussurrò abbracciandola.

« Se ti fermi, ti raggiungerò velocemente. Ne ho soltanto otto meno di te », replicò con un giro di parole, per non ammettere che aveva superato la quarantina.

« Tu non mi raggiungerai mai, Josepha. Sarai sempre la ragazzina impettita che ho incontrato sulle scale di palazzo Castiglia tanti e tanti anni fa », bisbigliò al suo orecchio, accarezzandole i fianchi.

« Te lo ricordi ancora? »

« Ricordo tutto di te e ringrazio Dio per averti messa sulla mia strada. Che senso avrebbe la mia vita se non ti avessi mai incontrata? »

« Non te l'ho mai resa facile », ammise.

« Infatti è questo che mi piace. » L'abbracciò infilando una mano sotto la camicetta.

« Mi fai il solletico », disse lei, ridendo.

Avevano entrambi dimenticato il matrimonio di Thea e il letto era lì, pronto ad accoglierli. Poi videro le fatture e i preventivi sparsi sulla coperta trapuntata e l'incanto si ruppe.

« Per favore, cara, vuoi ragionare tu con nostra figlia? » le chiese, lasciandola libera.

« Thea è tua, o mia, o nostra, a seconda dei momenti », polemizzò Josepha. Poi gli accarezzò un braccio e gli offrì un sorriso rassicurante.

« Non preoccuparti, Lorenzo. Con lei me la sbrigo io », concluse, congedandolo.

Sapeva molto bene che lo stipendio di suo marito, per quanto cospicuo, non avrebbe consentito tali spese. Ma c'erano le sue rendite, quelle che le venivano dai Castiglia, a integrare il bilancio domestico. Lorenzo non si era mai preoccupato di conoscere la consistenza del suo patrimonio. Del resto, neppure lei se ne curava. Quando aveva bisogno di soldi, telefonava all'amministratore che provvedeva a tutto.

A Napoli, una volta l'anno, si teneva una riunione degli eredi Castiglia, proprietari, fra l'altro, delle distillerie. Josepha si incontrava con l'ex cognata Marianna, il rappresentante legale di Virginia ed Ezio Burgio che, dopo la morte di Carolina, era stato colpito da una paralisi ed era costretto su una sedia a rotelle. L'incidente non gli aveva impedito di continuare a occuparsi attivamente dell'impresa che distribuiva dividendi sempre maggiori. Una parte delle rendite veniva reinvestita, il resto era gestito dall'amministratore della famiglia.

Per le nozze di Thea con Guido Battellieri, Josepha aveva attinto il necessario dalla sua rendita. Non dava importanza al denaro. Le premeva invece accasare sua figlia che diventava sempre più impegnativa. Era sicura che un marito e qualche figlio avrebbero placato la sua esuberanza.

Raccolse i fogli sparsi. Thea fece capolino dalla porta.

« Disturbo? » domandò.

« Dipende », rispose sua madre, posando le fatture sul tavolo della toilette.

« Non ti rubo molto tempo. Volevo soltanto sottoporti la lista degli invitati », disse Thea.

Josepha guardò sua figlia. Definirla bella sarebbe stato riduttivo. Dorothea Valeschi non aveva lineamenti perfetti, né curve degne di rilievo, ma era una stupenda ragazza che si imponeva per il fascino vagamente slavo, il tratto aristocratico, la naturalezza di un'autentica signora. Alcuni mesi prima, un regista cinematografico, folgorato dalla sua personalità, le aveva proposto un ruolo in un film. « La ringrazio tanto per quest'offerta. Non posso accettarla perché so di non avere talento per la recitazione », si era immediatamente defilata. Però, subito dopo, si era vantata con tutti per la proposta, facendo ingelosire Guido, il futuro marito.

Ora, Josepha emise un sospiro rassegnato e si preparò ad ascoltare per la decima volta i nomi degli invitati.

« Sono assillante, lo so. Ma tu sei tanto buona e paziente, *Mutti* mia », disse, guardando la madre con dolcezza. E soggiunse: « Dopo tutto è la prima volta che mi sposo e non mi capiterà una seconda occasione ».

« Dipende », osservò nuovamente Josepha, divertita.

« Ti prego, mammina, non scherzare su una cosa tanto importante. »

« Ti ascolto e sarò molto seria. Dammi quei fogli. »

Cominciò a scorrerli, commentando via via i nomi che vi erano elencati.

« Direi che con i parenti e gli amici Valeschi ci siamo. Per i parenti e gli amici dei Battellieri devi vedertela con Guido. I miei parenti non ci sono, anche perché non ne ho. Da Merano arriveranno soltanto i von Wedel. La tribù dei Castiglia mi sembra al completo. Parla con tuo padre per il mondo romano. Sai bene che io non so fare distinzioni tra generali e ministri », commentò Josepha.

« Lo so. Per te, il primo ministro vale quanto il barone von Wedel. »

« Ti sbagli. Il barone von Wedel vale molto di più. »

« Anche più di un principe di sangue reale? »

« Che cosa vuoi dire? »

« Che verrà alle mie nozze, *Mutti*», dichiarò Thea. E soggiunse: « Papà non te ne ha parlato? »

« Lo conosci. È anche possibile che se ne sia già dimenticato », disse Josepha.

« Ma non io », precisò la ragazza. « Così ho pensato che dovremmo chiedere l'aiuto di uno scenografo per l'addobbo della chiesa. »

« Ci rifletterò. Ma tu sei proprio sicura di esserti ricordata di tutti gli amici? » domandò Josepha.

« È per questo che ti ho chiesto aiuto. »

«Non vedo il nome della tua balia», sussurrò Josepha.

Thea ebbe un moto di stizza. Non le piaceva essere colta in errore.

«Lo vedi com'è facile dimenticare le persone che ci vogliono bene?» proseguì sua madre.

«Andrò a trovarla la settimana prossima, con Guido, così conoscerà anche lo sposo. Verrai anche tu? Andremo a Napoli al mattino e torneremo la sera», propose Thea.

«La balia non è più a Napoli da un pezzo», la informò Josepha.

«Davvero? Dov'è?»

«È a Cernusco sul Naviglio. Penso che questo nome ti ricordi qualcosa.»

«Ci sono stata con te da bambina. Papà ha una villa in quel paese. È così?»

«Non è solamente di papà. È dei Valeschi.»

«Allora andrò a trovare la balia quando sarò a Milano.»

«Intanto potresti scriverle. Non credi?»

Thea scrisse a Teresa una lunga lettera e le spedì un chilo di confetti e una bomboniera d'argento.

Ricevette una risposta piena di raccomandazioni: «Fai che ti vengano gettate tante manciate di riso, perché questo porta prosperità. Ingraziati la buona sorte indossando, il giorno delle nozze, una cosa nuova e una vecchia, una prestata e una comprata, un indumento di lana e uno di seta. Dopo le nozze vai a casa di tua suocera e portale un ramo d'ulivo, così non avrai mai questioni con lei. Sono felice per te e sono commossa, perché ti sei ricordata della tua balia».

Era la fine del 1933. Mentre Thea era in viaggio di nozze al Cairo, Hitler prese il potere in Germania.

Thea telefonò a suo padre. «Che cosa ne pensi?» gli chiese.

Lorenzo Valeschi rispose: «È una sciagura. Ma non preoccuparti. Divertiti, finché puoi».

Milano - Piazza Sant'Angelo
maggio 1936

1

A MILANO, Thea aveva incontrato giovani che definiva « terribilmente simpatici e interessanti » con i quali andava al cinema e a teatro, nei caffè e ai ricevimenti, all'inaugurazione di mostre d'arte e al tennis, al maneggio o in gita sui laghi. Poiché era bella e aveva un cognome importante, era contesa da tutti.

Conosceva giornalisti, scrittori, pittori, gente di teatro, industriali, banchieri, politici. Non si era mai divertita tanto. Ovunque si sentiva al centro delle attenzioni e questa consapevolezza la gratificava. Alcuni giovani, pur sapendola sposata, le facevano una corte discreta che lei fingeva di ignorare. Guido, suo marito, diventava sempre più geloso e ricorreva a piccoli, stravaganti espedienti per fugare i dubbi che lo assillavano.

Ora Thea si preparava a uscire. Aveva un appuntamento al *Caffè Cova* con un giornalista. Il piccolo Lorenzo, suo figlio, era ai giardini pubblici con Miss Elaine, la nurse. Il maggio milanese, a differenza di quello romano, non era così caldo. Fuori c'era un sole splendente, ma il vento che soffiava dal Nord faceva rabbrividire. Così, decise per un tailleur di lana color panna. Trovò il cappellino più adatto e la borsetta in tinta. Poi scelse le scarpe. Togliendole dalla custodia notò sulle suole un cerchio tracciato con il gesso. Pensò di chiedere lumi alla cameriera. Poi se ne dimenticò.

Arnaldo Sacconi, il giornalista, l'aspettava sulla soglia del caffè.

« Hai saputo, Thea? » l'interrogò lui, con voce ansiosa.

« Saputo, cosa? »

« Le truppe italiane sono entrate ad Addis Abeba e il negus è fuggito. »

« Sì, certo. Mio padre mi ha informata stamattina. Mi sembra una buona notizia. Voglio dire che la guerra si è conclusa velocemente. Naturalmente è tutto merito di papà. Lui aveva dichiarato fin dall'inizio che avrebbe cercato di chiudere questa storia in tempi brevi. Ci è riuscito », disse lei, sedendo al tavolino.

Ma non era questo l'argomento di cui voleva parlare con il giornalista. Le premeva piuttosto sapere in anticipo quello che Arnaldo avrebbe scritto di lei, che era a capo dei Fasci Femminili della Lombardia.

Qualche giorno prima lui le aveva fatto una lunga intervista per un settimanale. Lei aveva raccontato nei particolari l'attività delle donne fasciste, ponendo l'accento sulle capacità straordinarie di alcune di loro. Aveva disquisito a lungo sulle « madri come fattrici », sui figli che rappresentano « roride speranze », sul popolo « ardente di giovinezza ». Ma, soprattutto, aveva commentato in modo polemico le affermazioni di certe femministe che chiedevano alla donna la « conoscenza di sé ». Thea aveva proposto, invece, la « dimenticanza di sé », per il bene della famiglia e della Patria.

Aveva affermato che le donne fasciste non si sarebbero mai cimentate in attività dove « la sola tempra maschia può lottare e vincere », ed erano felici di « vivere nell'ombra » dei loro uomini.

Il giornalista le tese le bozze dell'articolo che avrebbe occupato due pagine e sarebbe stato corredato con fotografie di Thea che distribuiva doni ai bambini poveri, con il piccolo Lorenzo tra le braccia, e mentre serviva il pranzo agli anziani di un ospizio.

« Leggilo attentamente e, se vuoi, fai le tue correzioni », le disse Arnaldo.

Infilò i fogli nella borsetta e, a quel punto, era pronta per tornare a casa. Il giornalista, invece, cercava da lei notizie di prima mano e non sembrava disposto a lasciarla senza aver scambiato qualche chiacchiera. Thea era abbastanza accorta per sapere quello che poteva dire e quello che doveva tacere.

« In Spagna c'è un'atmosfera pesante. Un certo Francisco Franco sta raccogliendo consensi contro il governo repubblicano. » Thea buttò lì una notizia che non aveva nulla a che vedere con l'Italia.

« Molto interessante », osservò il giornalista. « E cosa mi dici di questa vittoria etiope? »

« La conseguenza è ovvia. Il duce consegnerà al re una colonia e Vittorio Emanuele gliene sarà grato », concluse Thea, che voleva correre a casa.

Era preoccupata. Se Guido fosse rincasato prima di lei e non l'avesse trovata si sarebbe irritato. Inoltre, durante la telefonata da Roma, aveva avvertito una nota malinconica nella voce di suo padre. Avrebbe dovuto esultare per quella vittoria e, invece, le era sembrato triste. Doveva chiamare sua madre e scoprire che cosa non andava per il verso giusto.

Salì di corsa le scale del palazzo in piazza Sant'Angelo, dove abitava ormai da tre anni. Entrò in casa. Per fortuna, Guido non si era ancora fatto vivo. Il piccolo Lorenzo, invece, le andò incontro con piccoli strilli di gioia. Thea lo sommerse di baci.

« Adesso mamma si mette in abito da casa e tu le farai compagnia », gli disse, portandolo nello spogliatoio.

Lorenzo rispose a modo suo, con una serie di sillabe senza senso.

« Quando ti deciderai a parlare, Lorenzino? » l'interrogò lei, mentre riponeva il tailleur nell'armadio.

Il piccolo rispose con una specie di gorgheggio. Aveva trovato il rossetto nella borsetta della mamma, aveva tolto il tappo e succhiava con gusto il bastoncino burroso.

« Guarda come ti sei ridotto! » lo sgridò Thea e chiamò a gran voce la nurse che riuscì a recuperare il rossetto e rassicurò la madre. « Il rossetto non è velenoso. Basterà un po' d'acqua e sapone per lavargli il viso. »

Il bambino, privato di quel gioco molto interessante, prese a strillare e urlò: « Mamma! »

Thea lo prese in braccio e lo strinse a sé ridendo di gioia. « Che meraviglia! Il mio piccolino ha detto mamma! Mamma è qui, angelo mio. » Lorenzo smise di piangere.

Miss Elaine, una donna sulla quarantina, piccola e paffutella, le disse con un sorriso benevolo: « Temeva forse che questo 'big Mussolini' non parlasse? » Chiamava così Lorenzo, perché era un bambino robusto e il suo cranio tondo tardava a riempirsi di capelli.

Thea l'aveva scelta tra molte candidate perché era dolce, materna, sorridente e fermamente convinta che i bambini avessero bisogno d'amore più che dei rigidi schemi consacrati dai manuali di puericultura.

« Miss Elaine, occupatevi d'altro. Penserò io a lavarlo e a dargli la pappa », decise Thea.

Gli preparò il pranzo con brodo di carne, pastina glutinata e formaggino sciolto nel brodo.

Quando Josepha veniva a trovarla a Milano, osservava la cura con cui sua figlia teneva la casa, l'abilità nel seguire le persone di servizio, la dedizione per il figlio e diceva: « Sei bravissima. Chi ti ha insegnato tutto questo? »

« Tu, naturalmente », rispondeva lei.

« Ma se non mi ascoltavi mai? »

« Perché conoscevo la lezione a memoria e, come vedi, al momento opportuno l'ho messa in pratica. »

Josepha, tuttavia, era preoccupata per l'impegno politico che Thea si era assunta e non condivideva le sue idee.

Il telefono squillò in casa Battellieri e un domestico annunciò a Thea: « Sua madre chiede di parlare con lei ».

Thea sollevò il piccolo dal seggiolone. Aveva appena finito di mangiare. Gli pulì il viso con il bavaglino e lo consegnò a Miss Elaine.

« Ti avrei telefonato io, più tardi », disse subito.

« Qualcosa non va? » indagò Josepha.

« Questo volevo saperlo da te. Ho sentito papà e mi è sembrato stanco », osservò la figlia.

« La vittoria in Etiopia non sarà una bella pagina nella storia italiana. Tuo padre ne è pienamente consapevole. Spera che il re rifiuti la corona di imperatore », sussurrò Josepha. Temeva sempre che qualcuno potesse spiarla e riferire il contenuto delle sue telefonate. Era diventata molto diffidente e aveva ragione d'esserlo, perché i delatori erano ovunque, anche tra il personale di servizio.

« Non capisco. È stato lui a comandare questa guerra », obiettò Thea.

« Ma non a volerla. Tuo padre ha soltanto fatto in modo che si risolvesse rapidamente. È stata uno sterminio di gente inerme. Una vergogna, Thea. Tuo padre lo sa e ne patisce. »

Josepha avrebbe voluto aiutare il marito che, lo sentiva, era prigioniero di forze che lo dominavano.

«*Mutti*, calmati. Guarda cosa succede nelle altre nazioni e consideriamoci fortunati », tagliò corto. Guido era arrivato e la stava chiamando. « Ti abbraccio. A presto », concluse.

« A chi mandi l'abbraccio? » domandò il marito, profilandosi sulla soglia del salotto.

Thea si alzò, gli andò incontro e gli offrì la guancia da baciare, che lui sfiorò distrattamente.

« Allora, con chi stavi parlando? » insistette.

« Con mamma. Perché sei sempre così sospettoso? »

« Cosa voleva? »

« Quello che vogliono tutte le mamme dalle figlie che sono lontane. Voleva parlare con me. Ti sembra così strano? »

Il cameriere servì l'aperitivo: vermut, olive verdi e pistacchi.

« Che cosa hai fatto stamattina? » domandò Guido.

Se Thea gli avesse detto che era uscita per incontrare Arnaldo Sacconi, Guido avrebbe fatto lo sguardo torvo e avrebbe iniziato un interrogatorio avvilente. Non voleva dirgli che si era fatta consegnare le bozze di un articolo che la riguardava, perché desiderava che fosse una sorpresa per il marito.

« Assolutamente nulla », rispose.

« Non sei uscita? »

« Certo che no », mentì.

Guido si alzò dalla poltrona, l'agguantò per le spalle e la guardò come se volesse fulminarla.

« Che cosa mi nascondi? Dove sei stata? Con chi? » martellò.

« Guido, smettila. Ti ho detto che sono rimasta in casa tutto il tempo », protestò.

« Le tue scarpe sono di là, nello spogliatoio, e il segno che avevo fatto con il gessetto non c'è più. Questo significa che sei uscita. »

Thea arrossì, non per la vergogna di essere stata colta in fallo, ma per la rabbia.

« Come fai a essere così meschino? » sbottò e non riuscì a frenare la mano che calò pesantemente sulla guancia del marito.

Cernusco sul Naviglio
maggio 1936

1

PER il suo compleanno, Thea aveva ricevuto in regalo da suo padre un'automobile. Era una Lancia Belna di un bel bianco-crema con parafanghi neri. Thea, che era tra le pochissime donne ad avere la patente, considerava la sua automobile un giocattolo di lusso e se ne serviva raramente, anche perché Guido era sempre in ansia quando lei era al volante. Ora la stava guidando a un'andatura moderata perché aveva con sé il suo bambino, la nurse e la coppia di domestici. Il bagagliaio era stipato all'inverosimile. Stava andando a Cernusco sul Naviglio, nella villa dei Valeschi, abbandonata da anni.

Esasperata dalla gelosia di Guido, aveva aspettato che lui uscisse per tornare in ufficio, poi aveva telefonato alla zia Liliana, la sorella di suo padre, e le aveva chiesto le chiavi della villa.

« Ci troverai soltanto topi e tarme », l'aveva avvertita la zia.

« Quelli non mi metteranno sotto accusa », aveva detto, rivelandole le ragioni dell'ultima lite con il marito. Poi si era raccomandata: « Non raccontare tutto questo a papà e neppure alla mamma. Sono già preoccupati per altri motivi ».

Questa volta, con un colpo di mano, Thea era fermamente decisa a punire il marito. Il modello della donna « dimentica di sé » era auspicabile per le « camerate », non per se stessa. Rifiutava categoricamente ogni forma di sottomissione e, soprattutto, non tollerava più la gelosia di Guido.

Per farlo felice, avrebbe dovuto vivere chiusa tra le pareti di casa, accontentandosi di incontrare gente soltanto quando era con lui. Non era stata abituata a questo tipo di vita e non avrebbe modificato le sue abitudini e mortificato la sua libertà. Mentre usciva dalla città ricordò il giorno delle loro nozze nella chiesa romana di Santa Maria degli Angeli. Era stata una cerimonia sfarzosa, ripresa persino dal cinegiornale che aveva passato in rassegna i volti di tutte « le eccellenze » presenti al rito. Aveva ricevuto regali favolosi: gioielli, argenti antichi, tele pregiate, sculture, porcellane. Si era sentita protagonista di una fiaba. E poi la fuga a Capri per la loro luna di miele e subito dopo il viaggio di nozze in Egitto, la traversata del deserto fino al Mar Rosso e Il Cairo leggendario. Ufficialmente era la signora Dorothea Battellieri, ma tutti la indicavano come la contessa Thea Valeschi, figlia del ministro della Guerra.

La fabbrica di biciclette Battellieri non aveva mai conosciuto un momento così prospero. Era in continua espansione, perché piovevano ordinativi da tutte le parti.

Guido amava appassionatamente la giovane moglie e non la lasciava mai sola. Avevano condotto per mesi una vita esaltante e mondana. Poi erano approdati a Milano, nell'appartamento di piazza Sant'Angelo. Thea era incinta. Lo aveva saputo il 14 giugno 1934 quando, per la prima volta, Mussolini e Hitler si erano incontrati a Venezia.

Suo padre aveva commentato: « Questo incontro mi sembra una buona cosa. Farà da contrappeso ai nostri rapporti con Francia e Inghilterra ».

Sua madre aveva replicato: « Conosco i tipi come Hitler. Sono l'espressione degli istinti peggiori della mia gente. In altri tempi, questi personaggi venivano isolati. Ora vengono osannati ».

Thea e Guido, indifferenti a tutto questo, coltivavano la loro passione e, quando il marito la lasciava per andare in ufficio,

Thea ricamava bavaglini e cuffiette e contava i minuti che la separavano dal ritorno del suo sposo. Non le era mai successo, prima d'allora, di trascorrere tanti mesi isolata dal mondo. Passava i giorni ad ascoltare la radio, a leggere, a preparare piccole sorprese per suo marito.

Poi era nato Lorenzo. Era entrata in casa Miss Elaine e Thea, tra una poppata e l'altra, aveva incominciato ad annoiarsi. Piano piano aveva ripreso i contatti con il mondo e la serenità, che aveva fin lì avvolto la sua vita coniugale, aveva lasciato il posto a violenti temporali che si concludevano, inevitabilmente, con appassionate riappacificazioni. Thea prometteva di limitare gli impegni mondani e Guido giurava di dimenticare la gelosia. Ma lei non resisteva al richiamo degli amici e lui a quello del possesso. Ispezionava le sue tasche, le sue borsette, spiava le telefonate cercando la prova di tradimenti che erano soltanto nella sua mente, perché Thea era una moglie innamorata e fedele. Questa volta Guido aveva toccato il fondo. Doveva essere castigato. Quale punizione migliore di lasciarlo solo, senza neppure la servitù?

Non ci mise molto ad arrivare a Cernusco, che era appena a quattordici chilometri da Milano.

Le serrature un po' arrugginite della villa cedettero alla forza del domestico e Thea entrò in quelle stanze buie, polverose, abbandonate da tanto tempo. Nell'oscurità, le poltrone e le suppellettili coperte da drappi bianchi sembravano fantasmi che imploravano di ritornare alla vita.

Se c'erano topi, come sosteneva zia Liliana, dovevano essere scappati da un pezzo. Via via che le finestre venivano aperte e le persiane spalancate, il sole tiepido del pomeriggio rischiarava le sale inondandole di pulviscolo dorato. Il piccolo si guardava intorno silenzioso e attonito, mentre la sua mamma si sforzava di evocare pallidi ricordi d'infanzia. Miss Elaine si era rimboccata le maniche e aiutava i domestici a fare pulizia.

Thea e Lorenzo uscirono nel giardino invaso dalle erbacce e dall'edera. Il glicine era ormai sfiorito, ma i rami ricchi di foglie si erano intrecciati formando un arco sopra la cancellata. Di là dalla strada si vedevano le viti e i gelsi. E tra i filari avanzò ondeggiante la figura di una donna che teneva per mano un bambino piccolo come Lorenzo, mentre con l'altra reggeva un cesto pesante. Anche lei vide Thea, oltre il cancello arabescato. Si fermò per un istante. Poi affrettò il passo. Il volto severo si addolcì nel sorriso mentre sussurrava il suo nome. Thea prese in braccio Lorenzo e corse verso il cancello. Lo superò e si fermò davanti a lei.

« Balia! » esclamò, felice.

« Bambina mia », disse Teresa. Posò a terra il cesto stipato di biancheria e l'abbracciò.

I due bambini si guardarono con curiosità.

« Questo è il mio Lorenzo », disse.

« Quanto tempo ha? »

« Diciotto mesi. Ma ancora non parla. E quello? »

« È il mio Matteo. L'ho chiamato così perché spero che cresca forte e onesto come mio padre. Lui ha quindici mesi. »

Thea guardò il viso della balia, cotto dal sole e segnato dalle rughe. Teresa indovinò i pensieri della giovane.

« Mi sono maritata di nuovo », spiegò. « Luigi è il fabbro del paese. Un uomo buono e generoso. Così, ecco il mio quinto figlio. Pinuccio, il primo, aveva la tua età. Te lo ricordi? »

« Non l'ho mai dimenticato », mormorò.

« Perché sei qui? » domandò Teresa. Ogni volta che passava davanti alla villa sperava di rivedere qualcuno della famiglia.

« Ho litigato con mio marito », spiegò.

« Per sempre? »

« Solo per poco. Almeno spero. Sono di nuovo incinta. Ma lui non lo sa. »

Teresa annuì. Alzò lo sguardo. Vide i domestici che scuotevano i tappeti, battevano i materassi, pulivano i vetri.

« Come farai per la cena? » le chiese.

« Vuoi pensarci tu, balia? »

« Chi altri potrebbe farlo? » rispose Teresa.

2

La gente del paese chiamava il piccolo Matteo Videmari *el fererìn*, il piccolo del fabbro, e Teresa, la *feréra*, essendo la moglie del fabbro. I fratelli Zicrì avevano quasi perduto l'accento napoletano e Matteo, che era precoce nel linguaggio, si esprimeva in dialetto lombardo. Napoli, con i suoi vicoli cenciosi, i palazzi opulenti, il mare, il Vesuvio e il suo folclore, apparteneva a un passato ormai lontano che nel ricordo dei tre figli più grandi andava svanendo. Lei, invece, non dimenticava e nella memoria custodiva l'immagine del suo primo marito e, di tanto in tanto, ripeteva in segreto le sue parole di commiato: « Un giorno, qualcuno ti dirà che sono morto. Non credergli. Non è vero. Io non morirò finché vivranno i miei sogni. Li affido a te e sono tutto quello che posso lasciarti. Fanne un mantello, Teresa. Indossalo, e attenta a non sciuparlo. È fatto dei miei sogni. Che diventeranno i tuoi, il giorno in cui qualcuno ti dirà che sono morto ».

Teresa osservava i suoi figli e cercava in loro la fierezza che aveva caratterizzato la personalità del padre. Rosa, che aveva sedici anni, era impiegata in una grande azienda metalmeccanica di Sesto San Giovanni. Era orgogliosa di essere una segretaria e dei privilegi di cui godeva rispetto agli operai. « Pensa, mammà, un operaio è venuto a chiedere tre giorni di permesso perché gli è morta la madre. Aveva la pretesa che gli venissero retribuiti. Questo è un diritto che spetta soltanto a noi impiegati », aveva detto.

Teresa avrebbe voluto incenerirla.

« Per me è una consolazione sapere che quando morirò tu avrai tre giorni di permesso retribuito. Li valgo tutti. Le madri degli operai, invece, non valgono niente. »

« Ma perché devi sempre tirar fuori gli artigli, anche quando c'è una situazione che ti favorisce? » si era ribellata Rosa.

« Non parlare dei miei artigli. Non in questo modo », si era accalorata. « Ringrazia Dio se non devi spaccarti la schiena per zappare la terra. Ma il fatto di indossare la vestaglietta di satin nero con il collettino bianco non deve impedirti di guardare la realtà. Non dimenticare che tuo padre è stato un operaio ed è morto perché si è sempre battuto per i suoi diritti. »

« Non gli è servito a molto. »

Teresa l'aveva colpita su una guancia con uno schiaffo.

« Infatti. Visto che sua figlia è una cretina piena di boria, schiava del suo capufficio. Un giorno potrebbero licenziarti così da un momento all'altro, senza una ragione. Sarebbe nel loro diritto. A quel punto saresti ancora di questo parere? Non capisci che i diritti sono soltanto quelli dei padroni e i doveri sono tutti sulle spalle degli operai? Il tuo salario è la metà di quello che percepisce un impiegato maschio. Ti licenziano se resti incinta e se rispondi a una provocazione. Se le fatiche di tua madre e la morte di tuo padre non ti hanno insegnato niente, allora sei proprio una cretina », aveva concluso Teresa, furibonda.

Rosa aveva incassato lo schiaffo e la sfuriata. Sapeva che sua madre aveva ragione, ma lei voleva qualcosa di più dalla vita e non l'avrebbe ottenuto con le proteste.

Ora, davanti a Thea che le chiedeva notizie dei figli, Teresa la informò, senza orgoglio, che Rosa faceva la segretaria mentre il maschio andava a scuola di disegno tecnico e Iosefa studiava ragioneria. Quanto a Matteo, era davvero troppo presto per elaborare progetti su di lui, anche se si augurava che crescesse sano e robusto e imparasse il mestiere di suo padre.

« Per forgiare il ferro », spiegò, « servono forza e fantasia. » Intanto scoperchiava le pentole che aveva portato da casa. Contenevano la cena per Thea e i domestici e un semolino con le verdure per il piccolo Lorenzo. La tavola era stata apparecchiata sulla veranda. La gente del paese, passando davanti a villa Valeschi, aveva visto l'automobile bianca sul viale, le finestre spalancate e la *feréra* che conversava amabilmente con una giovane signora bionda. Le donne ricordavano quando Teresa aveva sostenuto di conoscere la famiglia Valeschi. Non era una vanteria. Teresa crebbe nella loro considerazione.

« Siediti e mangia con me », propose Thea. I domestici stavano cenando in cucina.

« Ti ringrazio, bambina mia. A casa mi aspettano », rispose. E soggiunse: « Se tarderai a far pace con tuo marito, sarà meglio che trovi altro personale. In paese le donne non mancano. Fammi sapere », concluse, congedandosi.

Thea cenò da sola. Poi entrò in casa e ispezionò le stanze dal piano terreno al primo piano. Pensava a suo padre che in quella villa aveva trascorso lunghe estati dell'infanzia. A quali giochi aveva giocato? Che bambino era stato? Cercò, senza trovarle, tracce del suo passaggio. Chissà se assomigliava al suo Lorenzo. Annaspava alla ricerca di appigli per sentirsi meno sola. Le mancava Guido. Avvertiva il desiderio struggente della sua tenerezza. Perché lui sapeva essere adorabile. A volte, quando la vedeva inquieta, la prendeva tra le braccia e poi sedevano al pianoforte e strimpellavano una canzone d'amore. Era questo l'uomo al quale non voleva rinunciare. L'altro, quello che le faceva scenate di gelosia e ricorreva a meschini espedienti per smascherare inganni inesistenti, non lo voleva più.

Sentì il motore di un camion. Si affacciò a una finestra del primo piano. Un grande automezzo si era fermato davanti al cancello. Il motore si spense e l'aria della sera fu lacerata dal suono insistente del clacson. L'uomo al volante mise la testa fuori dal finestrino e, vedendola alla finestra, gridò: «C'è una consegna urgente per la bellissima signora Battellieri». Era Guido che le sorrideva. I domestici e la nurse, che teneva Lorenzo per mano, avendo riconosciuto il camionista, si ritirarono all'interno della casa. Il bambino, sfuggito al controllo di Miss Elaine, corse verso il camion con l'andatura traballante dei piccoli e si mise a strillare: «Papà!» Thea scese le scale a precipizio, attraversò il giardino, agguantò il figlio e, attraverso il cancello chiuso, domandò: «Che cosa vuoi?»

«Ho riempito il camion di lillà. Questi grappoli profumati ti assomigliano. Te li offro. In cambio chiedo il tuo perdono», disse Guido, scendendo dal camion.

Lorenzo agitava le braccia oltre le sbarre del cancello, protendendole verso il padre.

«Vuoi aprirmi?» domandò lui.

«Dipende», rispose lei.

«So di avere esagerato. Ti prometto solennemente che non accadrà più. Vuoi perdonarmi e accettare questi fiori?»

«La tua gelosia ha superato i limiti della decenza», tentò di resistergli lei, sapendo che, alla fine, avrebbe spalancato il cancello e le braccia.

«Non rigirare il coltello nella piaga», la supplicò. E soggiunse: «Ho bisogno di te, amore mio».

«Anche i tuoi figli hanno bisogno di te», disse lei, aprendo il cancello.

«I miei figli?» domandò Guido, sul punto di abbracciarla.

«Ce n'è uno in arrivo», sorrise Thea.

Le piante di lillà vennero interrate a formare un piccolo bosco odoroso sotto il balcone della camera da letto che Thea occupò con il marito. Decise di passare lì tutta l'estate, mentre Guido faceva il pendolare. Partiva da Cernusco ogni mattina e rientrava la sera. La vicinanza di Teresa, che di tanto in tanto arrivava con il suo piccolo Matteo, confortava la giovane. Anche la zia Liliana veniva, la domenica, con il marito e i figli. Dopo tanti anni di abbandono, villa Valeschi aveva ripreso a vivere. Qualche volta, nei fine settimana, arrivava Ortensia Battellieri, la suocera di Thea. Il giardino era stato ripulito, le stanze rinfrescate. Thea aveva fatto restaurare la mobilia più bella.

La gente diceva: «Una villa si chiude e una si apre». Da tempo, infatti, il conte Brandazzi aveva venduto le sue filande ed era partito per il Sud. Dicevano che era andato a morire a Positano dove, sul costone roccioso del monte, si levava contro il cielo la statua gigantesca di un angelo di bronzo. Era ricoperto di lamine d'oro e, al tramonto, si tingeva di rosso e riverberava bagliori accecanti. Lui era stato sepolto ai piedi dell'angelo. Orsola, sua figlia, era stata costretta a lasciare Cernusco, in seguito a una brutta storia che l'aveva coinvolta. Una giovane filandera era stata uccisa e gettata in un pozzo, in aperta campagna. Portava i segni, secondo quanto si sussurrava in paese, di «giochi erotici spinti». Improvvisamente tutto era stato coperto da un velo di silenzio, la famiglia della ragazza aveva ricevuto dall'amministratore del conte una somma cospicua e Orsola aveva raggiunto il padre a Positano.

Una sera di settembre, arrivarono alla villa Valeschi Josepha e Lorenzo.

Thea era felice per quella visita inattesa, ma non riuscì a esprimere la sua gioia, tanta era l'angoscia e la tensione che lesse sui loro visi.

Thea era al sesto mese di gravidanza. La sua figura spigolosa aveva assunto i contorni morbidi della maternità.

«Non vi aspettavo», fu tutto quello che riuscì a dire, guardandoli.

«Bambina mia, è stata una decisione improvvisa», spiegò Lorenzo Valeschi. E soggiunse: «Tua madre e io, stamattina, ci siamo guardati in faccia e ci siamo chiesti dove saremmo potuti andare in un momento come questo. Poi tua madre ha detto: 'Andiamo da Thea'. Ed eccoci qui».

« Perché? Che cos'è successo? » domandò lei in un sussurro.

« Papà è stato destituito », annunciò Josepha. « Stamattina alle sei è suonato il telefono. Dormivamo ancora. Ho risposto io mezza assonnata. Ho pensato che fosse Nino, da New York. Sai bene che tuo fratello si dimentica del fuso orario e telefona nelle ore più strane », spiegò Josepha.

Il cameriere si affacciò per chiedere se doveva provvedere ai bagagli e alla cena degli ospiti. Thea lo allontanò con un cenno della mano.

« Invece? » chiese in ansia.

« 'Mi passi sua eccellenza il generale Valeschi', ha detto una voce d'uomo. Ho dato l'apparecchio a tuo padre e l'ho visto impallidire mentre ascoltava, senza interloquire, la comunicazione che da oggi il ministero della Guerra era affidato ad altri e doveva trovarsi al più presto un'altra residenza. »

« Perché? » domandò la giovane.

« La mia relazione non è stata gradita », affermò Lorenzo sottovoce.

« Si rifaranno anche sui Battellieri », intervenne Josepha, senza dare il tempo al marito di spiegare di quale relazione si trattasse.

« Lo hanno già fatto », li informò Thea.

Ormai era tutto chiaro. Guido le aveva telefonato a mezzogiorno per informarla che partiva per Roma nel tentativo di capire perché fosse stato improvvisamente cancellato un ordine di diecimila biciclette, di un nuovo modello, destinate all'esercito.

3

THEA abbracciò suo padre e disse: «La camera degli ospiti è sempre pronta. Riposatevi un momento. Dopo ceneremo insieme».

«Non ti ho neppure chiesto notizie di mio nipote», si scusò Josepha.

«Sta benissimo. Adesso dorme», la tranquillizzò.

I coniugi Valeschi seguirono la cameriera che li accompagnò al primo piano. Lei si rifugiò nello studio al piano terreno, agguantò il telefono per mettersi in comunicazione con l'*Hotel d'Azeglio* a Roma. Finalmente la voce anonima di un'altra centralinista le annunciò che era collegata con il numero richiesto: «Parli, prego».

Thea chiese di suo marito.

«È arrivato in questo momento», la informò il portiere dell'albergo. «Glielo passo subito.»

«Ti avrei chiamata io», disse Guido. «È tutto a posto?»

«Prendi il treno e ritorna a Milano. È inutile che ti presenti al ministero. Non otterrai nulla. Né ora né mai.»

«Che cosa è successo?» chiese lui.

«Fai come ti dico. Papà e mamma sono qui, a Cernusco. Papà è stato destituito», spiegò succintamente.

Ci furono alcuni istanti di silenzio. Poi Guido soggiunse:

« Grazie per avermi aiutato a salvare almeno la faccia. Riparto subito ».

Il termine « destituito » risuonava nella mente di Thea con un'eco sinistra. Assomigliava al rintocco di una campana che suona a morto. Si sentì offesa e umiliata. Conosceva bene l'onestà di suo padre e sapeva con quanta lealtà avesse servito il regime fascista in cui anche lei aveva creduto. Colpendo Lorenzo Valeschi, il regime aveva colpito anche sua figlia.

I minuti passavano e la consapevolezza di quell'affronto diventava sempre più forte.

Bussò alla camera dei genitori. Entrò. Erano seduti sul bordo del letto, uno vicino all'altra. Josepha teneva tra le sue una mano del marito.

« Disturbo? » domandò con voce sommessa.

Non si erano ancora cambiati d'abito. Lorenzo aveva posato il cappello su una sedia, Josepha aveva rialzato la veletta blu del cappellino di rafia. Le sorrisero e Lorenzo tese un braccio verso di lei.

« Vieni qui, bambina mia », la invitò.

« Una donna incinta ha bisogno di serenità », osservò Josepha. « Non avremmo dovuto coinvolgerti. »

« Mi racconti cos'è questa storia della relazione? » chiese Thea, mettendosi a sedere accanto a loro.

« Mi era stato ordinato di recuperare in Etiopia armi e altro materiale bellico », esordì Lorenzo e proseguì: « Da mesi, nelle alte sfere, si parla di una 'conflagrazione mondiale' a cui ci si deve preparare, mentre nelle adunate si promettono pace e prosperità. Non condividevo il disegno folle di un nuovo conflitto. Ho ritenuto fosse mio dovere inoltrare un rapporto in cui esprimevo tutto il mio dissenso. Senza mezzi termini ho scritto che l'Italia non è una grande potenza, che una guerra mondiale richiede tempo, denaro che non abbiamo, materie prime di cui siamo carenti. La risposta è stata la telefonata di questa mattina ».

« Destituito », mormorò sua madre.

«Rimani sempre generale di Corpo d'Armata. È una carica a vita», disse Thea, non tanto per consolarlo, quanto per rimuovere le orribili rivelazioni che le aveva fatto.

Il mattino dopo, Guido tornò da Roma in tempo per sentirsi chiedere dalle banche, con cui i Battellieri lavoravano da sempre, l'immediato rientro di tutti i prestiti.

Arrivò a Cernusco con sua madre e i suoi fratelli. Erano molto allarmati.

«In vent'anni di attività non ci siamo mai trovati in una situazione simile», disse Ortensia Battellieri. «Abbiamo tre giorni di tempo per onorare i prestiti con le banche. Il nostro denaro liquido può coprire soltanto la metà del debito», osservò il fratello maggiore di Guido, che era l'amministratore dell'azienda.

Erano tutti riuniti nello studio della villa di Cernusco. Thea lanciò a sua madre uno sguardo supplichevole. Josepha sorrise per rassicurarla.

«Quello che manca, lo metteremo noi», affermò. Sapeva di poter disporre, nel giro di pochi giorni, del denaro necessario. Bastava una telefonata all'amministratore dei Castiglia.

«Ma non abbiamo tutti questi soldi», obiettò Lorenzo. Fu il solo a stupirsi. Tutti gli altri sapevano che la signora Valeschi godeva di cospicue rendite personali.

Josepha guardò il marito con tenerezza. Avevano sempre vissuto utilizzando anche le sue rendite. Lui non se ne era mai accorto poiché aveva delegato interamente alla moglie l'amministrazione della famiglia. «Li abbiamo, tranquillizzati», affermò Josepha. A quel punto il volto del marito si illuminò. «Abbiamo davvero tanto denaro?»

«Per le necessità impreviste, come queste», spiegò sommessamente al marito.

«La tua generosità ci commuove», intervenne Ortensia, la consuocera. Era una donna severa, che aveva sempre guidato le sorti della famiglia con il pugno di ferro. I figli la temevano, ma sapevano che l'impresa creata dal padre era progredita negli anni grazie all'avvedutezza e all'energia che lei aveva profuso nel lavoro. « Ma non risolverà i nostri guai. » Sottolineò « nostri », perché era implicito che se Guido non si fosse imparentato con i Valeschi, non avrebbero incontrato queste difficoltà. « La produzione di biciclette per l'esercito copre i tre quarti del nostro fatturato. Il resto è costituito dalle biciclette da corsa. Non ci vorrà molto perché le organizzazioni sportive scelgano la concorrenza. Ci rimarrebbero le briciole: le biciclette da passeggio. Tanto vale chiudere », concluse.

« Abbiamo quattrocento operai. Rimarrebbero senza lavoro da un giorno all'altro », osservò Guido.

« Sono mortificato », disse Lorenzo. Alla fine si sentiva l'unico responsabile di quel disastro. Se fosse stato meno intransigente, se avesse chinato la testa e assecondato i desideri dei capi supremi, se fosse venuto a patti con la sua coscienza, tutto questo non sarebbe accaduto.

« Sono molto fiera di te, papà », affermò Thea. Poi, come folgorata da un'idea improvvisa domandò: « Li conoscete i monopattini? »

La guardarono con perplessità. I monopattini erano usati dai bambini che scorrazzavano per le strade o lungo i viali dei giardini facendo un chiasso indemoniato. « Nino ne ha spedito uno dall'America proprio il mese scorso. È un regalo per il piccolo Lorenzo. Ma ha dimenticato che mio figlio non ha ancora due anni e quello è un gioco per i più grandicelli. L'ho messo in soffitta. Guido, per favore, vai a prenderlo. Mi sembra un prodotto molto interessante », dichiarò.

Era in metallo leggero, smaltato in rosso e blu. Le ruote erano in gomma, come quelle delle biciclette, e aveva anche un piccolo manubrio. A renderlo insolito era una specie di pedale che funzionava come uno stantuffo. Premendolo, il monopattino procedeva senza sforzo.

Allora accadde qualcosa che suscitò un'ilarità insperata in un momento tanto drammatico, perché Lorenzo Valeschi volle provarlo lungo un vialetto del giardino. Accidenti se funzionava! Peccato che fosse un po' piccolo per la sua statura. A quel punto vollero provarlo anche Guido e i suoi fratelli.

« Produrremo monopattini a pedale », decretò Ortensia Battellieri. « E biciclette per bambini e automobili a pedale. » Poi guardò Josepha e soggiunse: « Accettiamo la tua offerta. Sarà soltanto un prestito. Grazie, a nome dei Battellieri e degli operai che non perderanno il posto di lavoro ».

Cernusco sul Naviglio
settembre 1943

1

Teresa scoperchiò la pentola di ferro smaltato in cui aveva cotto un minestrone di verdura. Era luglio, faceva un gran caldo. Avrebbe aspettato che la minestra si intiepidisse prima di chiamare a tavola i figli e il marito. La frittata, fatta con le uova dei suoi polli, arricchita di pomodori e punte d'ortica, riposava su un grande piatto coperto da un tovagliolo. Scodellò il semolino di riso cui aveva aggiunto una noce di burro. Si armò di cucchiaio e salvietta, lasciò la cucina e bussò alla porta della camera di Cecchina, la suocera.

La donna era a letto. Sulla fronte aveva legato il solito fazzoletto intriso d'aceto.

« Vi ho preparato un semolino buono buono », disse Teresa, posando la scodella sul comodino. « Ve la sentite di mangiarne un po'? » soggiunse.

« Ho la testa che mi scoppia », si lamentò Cecchina.

« Portate pazienza, mammà. Ognuno ha le sue tribolazioni. »

« Le tue sono peggiori delle mie, lo so », annuì la donna, tirandosi a sedere sul letto.

Teresa non replicò. L'aiutò a sistemare i cuscini dietro la schiena e posò una carezza lieve sulla guancia scavata. Era pelle e ossa, quella povera vecchia. Nonostante il caratteraccio, Teresa le voleva bene, anche perché era la madre di suo marito. Lei amava Luigi per la nobiltà del suo carattere e per l'indole mite. Non provava per lui la passione che aveva alimentato il rapporto con Benedetto. Ormai Teresa era una donna di mezza età. I dispiaceri di un tempo e quello cocente di adesso erano macigni che sopportava coraggiosamente.

«Non vi date pensiero, mammà. Invece, per amor mio, mangiate questo semolino», disse, imboccandola come se Cecchina fosse un bambino. Erano passati tanti anni, ma Teresa non smetteva d'esserle grata per averle dato una casa e averle permesso di salvare il suo orgoglio. Quello che era accaduto in seguito tra lei e il fabbro era stato la conseguenza della devozione e del rispetto che quel gigante zoppo aveva offerto a lei e alle sue creature. Teresa lo aveva accolto nel suo letto e lui l'aveva ricompensata con delicatezza e pudore. Don Claudio aveva sorriso benedicendo la loro unione.

Teresa lavò la suocera con una pezza insaponata, le cambiò la camicia, arieggiò la stanza. Infine chiuse le persiane. Le mise in mano la corona del rosario, la baciò sulla fronte e le augurò la buona notte. Sapeva che avrebbe dormito fino al mattino dopo. Allora tornò in cucina, accese un lumino e lo posò su una piccola mensola di legno davanti alla fotografia di Pinuccio, vestito da soldato. L'aveva fatta a Milano, dov'era stato reclutato per l'addestramento militare. Aveva vent'anni. Era partito per la Grecia dove non era mai arrivato. Un siluro nemico aveva affondato la nave.

Com'era già accaduto con Benedetto, neppure questa volta ebbe la consolazione di una tomba su cui piangere. A volte, la notte non riusciva a prendere sonno. Vedeva suo figlio annegare nelle acque dell'Adriatico e un dolore sordo le contraeva lo stomaco. Si portava una mano alla bocca per non gridare. Poi piangeva sommessamente. La mano del fabbro si posava sui suoi capelli e lui le diceva: «Piangi senza pudore, Teresa. Non ti resta che la consolazione delle lacrime». Allora si rifugiava nell'abbraccio di quel gigante buono e singhiozzava sulla sua spalla.

Lui le accarezzava la nuca, fino a quando Teresa si addormentava.

Ora prese tra le mani il ritratto del suo ragazzo, lo baciò e lo rimise sulla mensola. Poi apparecchiò la tavola. Dal piano terreno salivano i colpi di maglio cadenzati e poderosi con cui il fabbro plasmava il ferro sull'incudine. I vetri della credenza vibravano a ogni colpo. Teresa si era abituata a quel rumore che le faceva compagnia. Sentiva le voci dei bambini che giocavano nel cortiletto. Tra loro c'era anche il suo Matteo, il figlio avuto da Luigi. Aveva otto anni e portava il nome del nonno Matteo Avigliano, che era morto poco dopo la fuga di Teresa da Napoli. Matteo era un bambino robusto. Quando non si perdeva nei giochi, gli piaceva stare nell'officina a guardare suo padre che dava colpi di mazza sulla sbarra di ferro incandescente. « Da grande farò il fabbro », diceva ai suoi genitori.

Tra i bambini che giocavano c'erano anche Lorenzo Battellieri, il primogenito di Thea, e la sorellina Verdiana, che aveva sei anni. I nipotini di Josepha preferivano la corte del fabbro al giardino della villa in cui alloggiavano, da quando il padre era partito per il fronte russo e Thea aveva lasciato definitivamente la casa di Milano che, a causa dei bombardamenti, non era più sicura. Come lei, tanti milanesi in quel periodo avevano ripreso possesso a Cernusco di ville e case dimenticate.

Teresa si affacciò alla finestra e chiamò suo figlio. « Avverti papà. Digli che è pronto in tavola. »

In quel momento vide sulla strada Iosefa che pedalava velocemente verso casa. Arrivava da Monza, dov'era impiegata nella stessa fabbrica in cui aveva lavorato sua sorella Rosa. Quest'ultima aveva sposato l'ingegner Alvise Brusato, direttore della fabbrica, e abitava a Milano. Teresa non sapeva se sua figlia fosse stata fortunata a sposare quell'uomo ricco che aveva vent'anni più di lei. Ma Rosa sembrava soddisfatta di essere diventata la signora Brusato. Abitava in corso Buenos Aires, in un grande appartamento, aveva una domestica e riceveva spesso ospiti, anche tedeschi. Durante l'inverno, si era presentata a Cernusco indossando una pelliccia di visone. Teresa aveva storto la bocca. « Mia figlia si è venduta », aveva mormorato.

Scodellò la minestra e vide, sulla porta della cucina, i due piccoli Battellieri.

« Venite. Ce n'è anche per voi », disse, mettendo in tavola altre due scodelle.

Capitava che i figli di Thea si fermassero a mangiare nella casa del fabbro. Teresa era contenta, perché le sembrava di ricambiare, in qualche modo, la generosità di Josepha.

« Dopo, Matteo può venire a giocare da noi? » domandò Verdiana, sedendo a tavola. Lei annuì.

Iosefa arrivò accaldata per la lunga corsa in bicicletta.

« Sapete che cos'è successo? » disse con voce affannata. « Gli alleati si sono mossi dalla Sicilia. Stanno per sbarcare in Calabria. È questione di giorni e finirà la guerra. »

Lorenzo e Verdiana si scambiarono uno sguardo felice.

« Allora tornerà anche papà », disse Lorenzo. Lasciò a metà il minestrone e corse via. « Vado a dirlo alla mamma », annunciò. La sorella lo seguì.

2

THEA era in camera da letto. Stava allattando Gianni, il suo terzo figlio, che aveva dieci mesi. Era nato due mesi dopo la partenza di Guido per il fronte russo.

Poco prima aveva ascoltato Radio Londra e aveva sentito la notizia di uno sbarco imminente sulle coste calabre. Allora aveva chiamato suo padre, a Roma.

Le comunicazioni telefoniche diventavano sempre più difficoltose. Quando si riusciva ad avere la linea, la conversazione era spesso disturbata.

« Papà, hai sentito? » domandò, non appena lui rispose all'apparecchio.

« Vuoi che ti dica che la guerra sta per finire? Non è così, bambina mia », dichiarò Lorenzo Valeschi, con voce malinconica. « Il re e il colonnello Badoglio non hanno nessuna intenzione di deporre le armi. »

« Ma se gli alleati risalgono la penisola, saranno costretti a farlo », osservò lei. « Resistere sarebbe una follia. »

« Tutto quello che è successo fin qui è una follia. Si continuerà a combattere, Thea. Città per città, paese per paese. Casa per casa. Metti in salvo, da qualche parte, tutto quanto hai di più prezioso nella casa di Milano. E resta a Cernusco con i tuoi bambini », le raccomandò il padre.

«E Guido?» domandò in un sussurro. Era l'interrogativo di sempre. Quasi ogni giorno Lorenzo Valeschi si recava al ministero per avere notizie del corpo di spedizione in cui era stato arruolato suo genero. E la risposta era quella di sempre: «Disperso».

Il generale Valeschi, dopo la destituzione, era stato dimenticato. I principi e i ministri che lo avevano corteggiato e si erano disputati l'onore di incontrarlo, ora fingevano di non riconoscerlo, quando lo vedevano. Gli erano rimasti pochi amici fedeli che avevano sempre apprezzato la sua onestà e la lungimiranza. Lorenzo vedeva la sua Patria devastata dalla guerra e deplorava gli anni in cui aveva pensato che la dittatura fascista fosse l'unica via di salvezza per il Paese. Quella guerra sciagurata si era presa anche suo figlio Nino, che era morto combattendo nei Balcani.

«Abbi fede. Tuo marito tornerà», rispose alla figlia.

Mentre allattava Gianni, che portava il nome dello zio scomparso, Thea gli sussurrò dolcemente: «Conoscerai tuo padre e gli vorrai bene. Così come tanti anni fa io mi sono innamorata del mio papà che ho conosciuto al suo ritorno dalla guerra».

Guido era stato richiamato alle armi all'inizio del 1940, per due mesi di addestramento.

In giugno, quando l'Italia era entrata in guerra, Thea aveva abbracciato Guido che era partito per la Francia con il grado di capitano. Poco dopo era stato mandato in Jugoslavia. Quando ritornava a casa in licenza voleva vedere gente, uscire, andare a ballare. Non parlava della guerra con Thea. Il suo confidente era Lorenzo Valeschi. Suocero e genero si chiudevano nel salotto e parlavano per ore.

Una volta Thea aveva sentito suo padre che diceva a Guido: «Spero che mia figlia non sappia mai nulla di queste vergogne».

Thea aveva adottato la tecnica dello struzzo. Si tappava le orecchie per non sentire, per non sapere. Era già abbastanza angosciata ogni volta che suo marito la lasciava per tornare al fronte. Per fortuna c'erano le sue lettere, sempre rassicuranti. Guido scriveva moltissimo, quasi ogni giorno, quand'era lontano. Il regime fascista, inefficiente sotto ogni aspetto, si preoccupava del buon funzionamento delle poste. Sapeva quanto fosse importante, per il morale delle truppe, che gli uomini al fronte potessero comunicare con i famigliari.

Nell'estate del 1942, Lorenzo Valeschi aveva avuto una discussione concitata con il genero che Thea non aveva potuto ignorare.

« Non lo capisci che è tutto perduto? La Russia, ricordalo, ha sempre inghiottito tutte le armate. Se ami tua moglie e i tuoi figli, rinuncia a questo incarico », aveva gridato Lorenzo, chiuso nello studio con Guido.

Thea era incinta del terzo figlio che doveva nascere a settembre.

« Che esempio sarei per i miei uomini se accettassi la scappatoia che lei mi propone? Quasi tutti i compagni hanno moglie e figli, come me. Mi vergognerei per il resto dei miei giorni se li lasciassi. Generale, questo è un argomento che lei dovrebbe capire », aveva risposto il genero, alzando la voce. Aveva sentito anche la replica dolente di suo padre.

« So soltanto che mio figlio è morto e non voglio che mia figlia resti vedova. »

Più tardi, Lorenzo si era sfogato con Thea. « Tuo marito è un testone », le aveva detto. Poi aveva soggiunto: « Comunque devi essere fiera di lui ».

Il 22 luglio, Guido era partito con l'Armir per la Russia. Ogni giorno arrivavano le sue lettere, da località sempre più lontane: il Brennero, Monaco, la Polonia, infine la Russia. Thea leggeva ripetutamente la corrispondenza del marito, seguendo il suo percorso su una cartina geografica: « Oggi siamo entrati in Polonia. La gente, sopravvissuta all'assedio di Varsavia del 1939, ci guarda con diffidenza. Abbiamo attraversato la Vistola. A mezzanotte giungiamo sul fiume Berg. Un treno di alpini è stato colpito da una mina. Sessanta di loro sono morti. I tedeschi hanno ridotto lo scartamento della linea ferroviaria. Un lavoro ciclopico. Le ebree polacche sono addette alle pulizie. Vagano con scopa e badile. Girano al largo da un treno di tedeschi. Si avvicinano furtivamente al nostro per chiederci da mangiare. Molte di loro sono incinte, prossime al parto come te, amore mio. E non hanno cibo. Ho gettato loro un pacco di gallette. Un ufficiale mi ha raccontato che, la scorsa settimana, i tedeschi hanno trucidato duemila ebrei polacchi ». Le parlava di distruzioni, di gente ai limiti della sopravvivenza, di città bombardate, di bambini abbandonati. E tuttavia non smetteva di sperare. « Ho tanta voglia di rivedere te e i nostri figli, di prendere tra le braccia il piccolo Gianni. Ti ringrazio delle fotografie che mi hai spedito. Le ho messe nella tasca interna del cappotto. Mi danno un senso di calore. Ricordi le mie scenatacce di gelosia? Com'ero stupido! Perdonami, se puoi. » Il 25 novembre le aveva scritto: « Oggi è il mio compleanno. Ho ricevuto il tuo foulard di seta. C'è dentro il tuo profumo. L'ho messo al collo ed è come una carezza. Mi manchi tanto, amore mio. Probabilmente i russi hanno saputo che oggi compio trentaquattro anni, perché sono venuti con i loro caccia a mitragliare il paese in cui mi trovo: Millerowo. A ogni nuova incursione, il Comando ci ordina di resistere fino all'ultimo uomo. Noi obbediamo ».

L'ultima lettera di Guido portava la data del 16 dicembre. Veniva da Tcherkowo. Diceva: « Si continuano a sentire scoppi in lontananza. Non si capisce se sono cannoni o aeroplani. Sono suoni lugubri nel silenzio della notte. Signore Iddio, fa' cessare presto questa guerra ».

Da allora, ed erano trascorsi sette mesi, Thea non aveva più avuto notizie. E suo padre le aveva appena detto che la guerra sarebbe continuata.

Finì di allattare il suo ultimo nato. Poi gli cambiò il pannolino e lo adagiò nella culla, di fianco al suo letto. Gianni era un bambino buono. Mangiava e dormiva. Lorenzo e Verdiana giocavano con lui come se fosse un bambolotto. Miss Elaine, la nurse, era tornata in Inghilterra alla vigilia della dichiarazione di guerra. Thea non l'aveva sostituita, anche perché non poteva più permettersi di affrontare spese superflue. L'azienda dei Battellieri era stata distrutta da un bombardamento. Da Roma arrivavano pochi soldi. Le distillerie dei Castiglia, dopo la morte di Ezio Burgio, erano state vendute. La cospicua eredità del primo marito di Josepha era sfumata negli anni. Le ville e le tenute nel Sud, nello sfascio totale del Paese, erano state in parte vendute e in parte confiscate.

Thea Valeschi, cresciuta nel lusso, sopravviveva economizzando sulla spesa e facendo a meno della servitù. C'era una donna del paese che provvedeva alle pulizie della villa. E c'era la balia, che l'aiutava quando poteva. Ortensia Battellieri, ospite fissa, le dava una mano, soprattutto quando arrivavano i fratelli di Guido con le mogli e i figli.

Quella sera, la villa era piena di gente. Ortensia cucinava, le cognate apparecchiavano la tavola, i bambini giocavano. Lorenzo e Verdiana piombarono in camera.

«Mamma, gli americani stanno per sbarcare in Calabria. La guerra finirà subito e papà tornerà a casa», annunciarono eccitati.

«Avete svegliato Gianni», li rimproverò. Poi vide la felicità brillare nei loro sguardi. Erano lunghi e magri, quei due figli scatenati. Sembravano fenicotteri pronti a spiccare il volo. Non ebbe cuore di deluderli.

«Lo so», disse abbracciandoli. Poi infilò un succhiotto tra le labbra del piccolo e, ninnandolo, soggiunse: «È davvero una buona notizia e spero anch'io che papà torni presto».

Lorenzo uscì di corsa per raccontare agli altri la grande novità. Verdiana sedette sul bordo del letto.

«Posso ninnarlo un po' io?» domandò.

Verdiana amava il ruolo di mammina. Thea le affidò il piccolo. Poi sedette davanti al tavolo della toilette e prese a ravviarsi i capelli.

«Noi abbiamo già mangiato», disse la figlia.

« Alla tavola della balia, naturalmente », proseguì Thea.

« Mamma, è vero che tu sei stata un'attivista del Fascio? » domandò la figlia, a bruciapelo.

« Chi te lo ha detto? »

« Lorenzo e io abbiamo visto dei giornali, nello studio. Ci sono tante fotografie. Sembri così giovane! Quasi una bambina. Lorenzo ha letto un articolo che ti definisce l'emblema della donna fascista. Che cosa significa? »

« Significa che nella vita si commettono molti errori. Credi che una cosa sia giusta e ti ci butti, anima e corpo. Ho strappato la tessera del Fascio tanti anni fa, quando il nonno è stato destituito. Tu non eri ancora nata. »

« In paese sono sparite le camicie nere. Marietto, il fornaio, è scappato. Sua moglie ha detto: 'Si è dato alla macchia perché ha paura che gli facciano la pelle'. Cosa vuol dire, mamma? »

Gianni si era riaddormentato. Thea lo adagiò cautamente nella culla. Prese per mano la sua bambina e uscì dalla stanza, lasciando la porta socchiusa.

« Mamma, cosa vuol dire? » insistette Verdiana.

« Te lo spiegherò un'altra volta. Ora vai a lavarti. »

In giardino, Lorenzo giocava con i cugini.

Nel frattempo era arrivata Teresa con un cesto di piselli e aveva iniziato a sgranarli, seduta su una panca di pietra, tenendo d'occhio i piccoli.

« È in tavola », annunciò qualcuno, affacciandosi dalla veranda. I bambini sciamarono in casa mentre Thea si avvicinava a Teresa.

« Finisco di pulire questi piselli. Poi te li lascio in cucina », le disse la balia.

« Guarda che non posso accettare tutti questi regali. Oppure consentimi di pagare qualcosa », l'ammonì Thea.

« Non seccarmi con queste storie », si spazientì la balia. « Tieni, sbucciali da te », soggiunse mettendole in mano il cesto di legumi. La donna attraversò il giardino con passo marziale e uscì. Thea la seguì per chiudere il cancello a chiave.

In quel momento, sulla via vide Paolo Valli, il maestro dei suoi bambini. Era l'ultimo di nove figli di una famiglia di contadini del paese. Aveva ventitré anni ed era stato congedato dall'esercito per un inizio di tisi. Aveva passato un anno nel sanatorio di Sondalo ed era guarito, ma i medici gli avevano consigliato una vita tranquilla. Così aveva ripreso gli studi universitari di medicina e contemporaneamente insegnava alle scuole elementari.

Era un bel giovane biondo, alto, con un viso aperto e sorridente. I suoi metodi d'insegnamento non erano sempre ortodossi. Spesso portava gli alunni nei campi e insegnava loro i nomi dei fiori, delle erbe, delle piante. Per i bambini che venivano dalla città, le sue lezioni erano insegnamenti preziosi.

Ora si fermò davanti al cancello. Aveva in mano un gran mazzo di rose bianche.

« Buona sera, signora Battellieri », disse.

« Buona sera, maestro », rispose Thea.

« Vuole dare queste rose alla piccola Verdiana, per favore? »

« Che cos'ha fatto di così straordinario per meritarle? »

« Ha aiutato una compagna in difficoltà. Sua figlia ha una grande capacità di donare. Questa virtù, sempre più rara, deve essere premiata », spiegò.

« La ringrazio, maestro. Vuole fermarsi a cena da noi? »

« Noi contadini mangiamo presto. Ho cenato da un pezzo », si scusò.

« Allora sarà per un'altra volta », disse Thea, tendendogli la mano per ricevere i fiori. Le loro dita si sfiorarono e Paolo Valli arrossì.

3

VILLA Valeschi aveva trentasei stanze, tuttavia venne il momento in cui sembrava che non ci fosse abbastanza spazio per tutti.

Arrivò da Milano la zia Liliana con i figli e un gruppo di amici. Tutti cercavano di mettersi in salvo delle incursioni aeree che colpivano senza sosta la città. I sibili delle bombe, i boati della contraerea, il suono lacerante degli allarmi notturni non davano tregua. Ogni giorno c'erano nuove devastazioni e i senzatetto sfollavano ovunque. Chiudevano fabbriche e officine, negozi e ristoranti. C'era carenza di tutto. Thea continuava a sperare nel ritorno di Guido. Il marito di Liliana, che era in servizio all'ospedale di Niguarda, arrivava a Cernusco la sera e ripartiva all'alba per Milano. Dopo ogni bombardamento, faceva il giro delle case: quella di via Chiossetto, quella di piazza Sant'Angelo, e quelle di altri fratelli e cognati. Al suo ritorno sorrideva, dicendo: « Sono ancora su ». Non erano state bombardate.

I bambini, in tanta confusione, erano felici. C'erano sere tranquille in cui sembrava che la guerra non esistesse. Allora i più piccoli giocavano, i grandi disputavano interminabili partite a carte, gli anziani discorrevano pacatamente dei loro malanni e dei vari rimedi. Sembrava che il « sale amaro », la tintura di iodio e il balsamo Sloan fossero medicamenti sovrani per ogni disturbo.

L'8 settembre il re aveva firmato l'armistizio con gli alleati che risalivano la Calabria. Il generale Clark era sbarcato a Salerno, Mussolini era stato liberato dai tedeschi ed era nata la Repubblica Sociale Italiana di Salò.

L'Italia era spaccata in due e non si riusciva a stabilire collegamenti tra Nord e Sud. Thea trepidava perché non aveva più notizie dei suoi genitori.

Quasi ogni sera, ogni volta con un nuovo pretesto, riceveva un mazzo di rose dal maestro Valli che si presentava al cancello della villa. Erano rose bianche oppure rosse, oppure metà bianche e metà rosse. Il maestro rifiutava sistematicamente gli inviti di Thea a varcare il cancello. Lei si sentiva in imbarazzo. I parenti sorridevano e formulavano la sola ipotesi possibile. « È innamorato di te. Ma poiché è timido, non osa dichiararsi. » « Sono una donna sposata. Lui lo sa », replicava Thea, sbrigativamente.

« Maestro, lei sta saccheggiando il giardino di sua madre », gli aveva detto lei, un giorno, con fare materno.

« Se è per questo, saccheggio anche quelli delle altre contadine », aveva risposto lui, abbassando lo sguardo, ed era arrossito.

Alla fine Thea perdeva la pazienza.

« Allora me le dia », lo sollecitava. Quella sera disse: « I fiori non si rifiutano mai. Però, la prego, non mi metta più in imbarazzo. La prossima volta non potrò accettarli ».

A quel punto Paolo Valli si guardò intorno, impallidì, gettò le rose rosse per terra e subito quattro uomini usciti dai cespugli di sambuco gli furono addosso. Lui tentò di scappare. Due lo immobilizzarono, mentre un terzo lo colpiva con un pugno allo stomaco. Il quarto corse verso un'automobile nera, la mise in moto e si avvicinò a loro. Thea urlava come se fosse in preda a una crisi isterica. Tutti uscirono dalla villa e si precipitarono verso la cancellata. Accorsero contadini e donne. Il giovane venne spinto dentro l'automobile che partì sgommando e sollevando polvere. Subito dopo calò un silenzio attonito.

Teresa avanzò di là dalla strada, tenendo per mano il suo Matteo.

«I repubblichini», disse. «Lo hanno beccato.»

I repubblichini erano i fascisti della Repubblica di Salò. Lavoravano a fianco a fianco con i tedeschi. Consideravano gli italiani traditori, perché avevano voltato le spalle a Hitler. Erano divorati dalla ferocia che nasce dalla paura. Aggredivano gli uomini, li uccidevano o li consegnavano ai camerati germanici perché li spedissero nei campi di concentramento, dopo averli torturati. Qualche volta gli uomini morivano sotto le torture. Raramente riconsegnavano i corpi ai famigliari. Più spesso li seppellivano nei campi.

«Perché?» riuscì a chiedere Thea, interpretando l'interrogativo di tutti.

«Non ti portava le rose per farti la corte», sussurrò Teresa all'orecchio della giovane. «Erano un segnale.»

Lo zio Stefano, il marito di zia Liliana, mormorò: «Non lo rivedremo più».

I contadini rientrarono nelle loro case, senza fare commenti. I Battellieri rientrarono nella villa.

«Bisognerà pure aiutare quel ragazzo», disse Teresa a Thea, che non si era mossa.

Lei le rivolse uno sguardo smarrito: «Che cosa possiamo fare?»

«Non lo so», rispose, la balia sconsolata. Poi disse: «Mi tieni il ragazzino fino a domani? A casa se la cavano meglio senza di lui, quando io non ci sono».

«Tu sai qualcosa che io non so?» chiese Thea.

La donna si rinserrò nelle spalle.

«Meno sai e meglio è», rispose, prima di andarsene. Poi acciuffò suo figlio per i calzoni, prima che si allontanasse con Thea: «Comportati bene. Verrò a prenderti domani».

Andò verso la chiesa. Entrò nella canonica. Il sacrestano stava lucidando i candelieri d'ottone.

«Dov'è don Claudio?» domandò Teresa.

« Ha da fare. Cosa vuoi? Si bussa, prima di entrare », brontolò l'uomo, con fare scorbutico.

« Lo sai bene cosa voglio », replicò lei. Attraversò la canonica e socchiuse l'uscio della casa del parroco.

Don Claudio stava cenando. Un piatto di minestra e una fetta di pane nero. Alzò lo sguardo sulla donna, deglutì il boccone e trasse un sospiro.

« So tutto », esordì.

« E ve ne state qui, tranquillo, senza muovere un dito? » sbottò Teresa.

« Fatti gli affari tuoi, *feréra* », disse il parroco.

« Quando vi porto la roba per quelli che stanno qui sotto non mi dite di farmi gli affari miei », lo aggredì, sottovoce, indicando il pavimento.

Lì sotto, nella cripta della chiesa, il parroco nascondeva una famiglia milanese di ebrei. Quasi ogni giorno Teresa lasciava nella cucina della canonica uova, riso bollito, verdure e, quando poteva, qualche pezzo di carne. Se li era trovati davanti, una sera d'agosto, mentre cacciava rane in un fosso. Li aveva visti sdraiati nell'erba alta e si era spaventata. Erano una coppia di sposi con tre ragazzini. Loro si erano spaventati più di lei. Poi le avevano raccontato che stavano scappando. Due sere prima, a Milano, erano andati al cinema. Tornando avevano visto le SS davanti al palazzo in cui abitavano. Li stavano cercando. Erano fuggiti ed erano arrivati fino a Cernusco. Teresa li aveva guidati verso la canonica e affidati a don Claudio. In quell'occasione aveva anche scoperto che il maestro Valli era un informatore della resistenza e trasmetteva dei messaggi al sacrestano, appollaiato in cima al campanile, sui movimenti dei tedeschi e dei repubblichini nella zona. Il maestro Valli raggiungeva il cancello di villa Valeschi, che il sacrestano inquadrava con un cannocchiale, e portava un mazzo di rose bianche, se non c'erano spostamenti nemici; rosse, se c'erano i tedeschi; bianche e rosse, se c'erano i fascisti. Poi il sacrestano informava i partigiani.

Ora il parroco le ricordò: «Me li hai portati qui tu, quelli di sotto».

«E voi li avete accolti. Così come aiutate altri disgraziati. Adesso voglio sapere se abbandonerete il maestro», disse.

«Sai anche tu che non posso fare niente», replicò il vecchio, sconsolato.

«Allora pregate», si congedò.

Quella notte Teresa non dormì. Il marito, sdraiato accanto a lei, le sussurrò: «Rassegnati».

«Questo mai. Non mi sono mai rassegnata.»

«A che ora vai via?»

«Appena fa luce. Come fai a saperlo?»

«Hai lasciato fuori il piccolo.»

«In villa è al sicuro. Tornerò presto. Bada tu alla mamma», si raccomandò.

La sua bicicletta era un regalo di Thea. Il marito le aveva insegnato a stare in equilibrio sul sellino e ora andava spedita.

Non si era ancora levato il sole quando assicurò al manubrio un cesto pieno di verdura fresca e un gran mazzo di dalie. Uscì dal paese diretta a Milano. Arrivò al dazio.

«Cosa porti fuori?» le domandò il daziere.

«Lo vedi. Fiori, insalata, zucchine. E bada che non ti do nulla», dichiarò, guardandolo con aria aggressiva.

Si conoscevano e Teresa, qualche volta, gli regalava delle uova o una zucca. L'uomo abitava a Pioltello, aveva sei figli e il cibo non bastava mai. Considerava Teresa una benestante.

«Va bene. Per questa volta non ti ho vista passare», disse lui.

Teresa percorse viali, strade, piazze semideserte e semidistrutte. I tram erano pochi, le automobili rare, c'erano molte biciclette, tricicli e gente a piedi che camminava speditamente. Andavano al lavoro. Qualche donna faceva la spesa nei pochi negozi aperti. C'erano molti tedeschi. Arrivò in via Vivaio e frenò davanti a un palazzo austero. Scese dal sellino e si infilò nell'androne che si apriva su un cortile. C'erano due automobili parcheggiate. Una era la Fiat del genero. Il portinaio la stava lavando con il getto d'acqua di una canna. Teresa appoggiò la bicicletta al muro e si fermò ansante. L'uomo la riconobbe.

« Siete mattiniera. I signori dormono ancora », disse.

Lei slegò il cestino dal manubrio.

« Meglio. Così faccio una bella sorpresa », replicò. Entrò da una porta a vetri e salì le scale fino al primo piano. Suonò il campanello della porta di servizio. Le aprì Ersilia, la cameriera.

« Fammi un caffè », disse Teresa, posando il cesto sul tavolo della cucina. Poi si lasciò cadere, affranta, su una sedia.

« Che belle dalie », commentò Ersilia, mentre metteva sul fornello elettrico la napoletana. E proseguì: « Siete arrivata troppo presto. La signora ha dato ordine di essere svegliata alle dieci ».

« Adesso ci facciamo il caffè, intanto riprendo fiato. Poi la svegli », decise Teresa.

« Se si arrabbierà, sarà colpa vostra. »

« E di chi, se no? »

« L'ingegnere sta facendo colazione in sala da pranzo. Volete salutarlo? »

« Meglio di no. Non saprei che cosa dirgli. »

Un momento dopo, mentre in cucina si spandeva l'aroma del caffè, Alvise Brusato aprì la porta e vide Teresa. La guardò sorpreso.

« Buongiorno, signora », disse. « È successo qualcosa? »

« Di questi tempi succede sempre qualche cosa. Nessuna è mai piacevole », rispose la suocera.

L'uomo annuì. Era piccolo e calvo. Sul viso tondo e pallido spiccavano i baffi neri e folti. Profumava di colonia di buona marca. Indossava un abito scuro a doppio petto. Teresa gli guardò le mani. Ersilia le aveva detto che, dal barbiere, si faceva fare anche la manicure. Portava al mignolo un anello d'oro su cui era inciso uno stemma nobiliare.

« Se avete bisogno, sapete dove trovarmi », disse. Poi si rivolse alla cameriera: « Avvisa la signora che l'aspetto a pranzo al

Savini». Infine si chinò verso Teresa che gli tendeva la mano e gliela baciò.

Le veniva da ridere ogni volta che il genero si esibiva in quel saluto. E ogni volta pensava che sua figlia si sarebbe presto stancata di avere per marito un vecchio.

Appena rimasero sole, Ersilia le confidò: « Adesso la signora mi chiama con il campanello elettrico. Ha fatto installare un pulsante sotto il bordo del tavolo. Lo schiaccia e qui si accende una lucina rossa », spiegò indicando un marchingegno sulla parete.

Teresa non fece commenti. Sorbì il caffè, poi si alzò e uscì dalla cucina. Imboccò il corridoio che portava alle camere da letto e spalancò una porta. La investì un profumo intenso di cipria. Aprì la portafinestra che dava su un balcone e alzò la tapparella. Nella camera si diffuse la luce rarefatta del mattino. Rosa dormiva profondamente, avvolta in lenzuola di seta. Teresa, per antica abitudine, prese a riordinare i vestiti abbandonati ai piedi del letto.

« Rosa, svegliati. Ti devo parlare. È cosa urgente e ho fretta di tornare a casa. »

Le rispose un mugolio di disappunto. La donna non si perse d'animo.

« Mi hai sentito? » chiese alzando la voce.

« Ma che ore sono? » borbottò la giovane. E protestò: « Che cos'ho fatto di male per essere svegliata a quest'ora? »

« Quello lo sai tu. Ascoltami », disse, sedendo sul letto.

« Che cos'è successo? » domandò Rosa, completamente sveglia.

« A Cernusco hanno portato via un ragazzo. È il maestro del piccolo Matteo e dei figli della signora Battellieri. Tu devi farlo liberare. »

« Io? Che cosa c'entro? »

« Tuo marito lavora con i tedeschi che sono in combutta con i repubblichini. Questa brutta gente tu la inviti in casa tua una sera sì e una no. In cambio dei miei ortaggi freschi con cui li nutri, chiedi a questi delinquenti di liberare Paolo Valli. Si chiama così. Il nome te lo ricordi o te lo devo scrivere?»

«Me lo ricordo. Tutto qui?»

«Mi sembra molto. Sbrigati ad andare al Comando tedesco, perché dopo tuo marito ti aspetta al *Savini.*»

«Ma perché non ti fai mai gli affari tuoi?» sbottò Rosa.

«Perché i fascisti si sono sempre fatti gli affari altrui. La fine di tuo padre e di tuo fratello è lì a ricordartelo. Sbrigati, prima che quel povero ragazzo venga ammazzato o spedito in Germania.»

«Chiedere certi favori è un rischio.»

«Anche accogliere in casa certa gente. Non hai capito che il fascismo è finito, che la guerra è stata disonorevolmente perduta, che i tedeschi, tutti, sono criminali e avranno presto il castigo che meritano?»

«Parla sottovoce, per favore. Quello che so è che Alvise è costretto a lavorare con loro. Anch'io spero che non sia per molto. Nel frattempo non abbiamo scelta.»

«Alzati e corri», ordinò a Rosa. «Io me ne torno in campagna. Rivoglio quel ragazzo in paese entro oggi, sano e salvo. E farai bene a lasciare questa casa e a venirci anche tu, in campagna. Mi sono spiegata?» disse Teresa, sul punto di uscire dalla stanza.

Rosa la raggiunse e l'abbracciò.

«Sei sempre stata una donna straordinaria, mammà. Mi ricordo quando mi prendesti a schiaffi per via di quel tuo fratellastro infame. Renato Di Giacomo, si chiamava. Lo hanno ammazzato. Lo sai?»

La donna scosse il capo.

«Aveva fatto giochi troppo sporchi. Sono stati i suoi a farlo fuori. Lo hanno accoltellato. È successo più d'un anno fa.»

«Come l'hai saputo?»

«Per caso. L'ho letto su *Il Mattino.*»

«Qualche volta, la giustizia di Dio si manifesta», sussurrò Teresa.

Paolo Valli tornò a Cernusco quella sera. Era malconcio. Fu Rosa ad accompagnarlo, con la macchina del marito. Thea andò a trovarlo e gli portò le rose rosse che, la sera prima, erano cadute per terra. Si stavano sfogliando. Il giovane raccolse i petali che erano caduti sulle sue ginocchia.

«'... mentre le stelle avanzano e si dileguano i venti, la rosa su un filo di tenebre a poco a poco si sfoglia'», mormorò.

Thea sorrise. «È la rosa mutabile, cantata da García Lorca», disse.

«È un poeta proibito. Lo sa?»

«Le hanno fatto molto male?»

«Carezze, in confronto a quello che sarebbe successo se non fosse intervenuta la figlia di Teresa.»

«Non mi porterà più rose, vero?» lo pregò Thea, passando una mano lieve tra i suoi capelli biondi.

Lui fece una smorfia. Gli avevano infilato aghi elettrici, sotto la cute, per farlo parlare.

«Non erano soltanto un messaggio in codice», sussurrò lui.

«Lo avevo capito», rispose lei e scosse il capo.

Milano - Piazza Sant'Angelo
aprile 1945

1

La retorica del regime fascista, l'insolenza e la crudeltà, la corruzione e la vigliaccheria alla fine avevano prodotto il disastro totale. Ogni famiglia piangeva i suoi morti o tra le file dell'esercito o sotto i bombardamenti. Era impossibile contare il numero delle persone rimaste senza casa, senza soldi, senza cibo. L'economia era in ginocchio. La gente guardava attonita questo mondo triste, grigio, devastato. I soldati che scendevano dai treni, acclamati dalla folla che li aspettava, avevano gli occhi smarriti di chi ha assistito a una catastrofe immane. La morte li aveva risparmiati e, stipati sui treni ospedale o sui carri bestiame, sui camion o sulle carrette, a piedi o a bordo di mezzi di fortuna, denutriti, feriti, sporchi, ritornavano a casa.

Thea, come molte altre mogli, fidanzate, madri, sorelle, cercava un varco tra la folla, lungo le pensiline della Stazione Centrale, e passava in rassegna a uno a uno i militari che venivano dalla Russia. Era un rito disperato che ripeteva ogni giorno.

Aveva con sé una fotografia di Guido in divisa da capitano. Guardava con invidia le persone che riuscivano finalmente ad abbracciare un congiunto. Quando i convogli erano ormai vuoti, inseguiva i militari che si allontanavano.

«Cerco mio marito. Lo ha incontrato? È questo! Capitano Battellieri. Era nell'Armir e combatteva in Russia.»

Quel giorno, dopo aver visto sfilare centinaia di soldati vestiti di stracci, si avvicinò a un reduce che si era accucciato a terra perché non aveva la forza di uscire con gli altri dalla stazione. Indossava i calzoni di un pigiama, una camicia senza maniche, era scalzo e scheletrico. Si chinò su di lui e gli offrì del vino. Il capo rasato, sostenuto da un collo così esile, sul punto di spezzarsi, ciondolò da destra a sinistra.

«Voglio la mia mamma», mormorò, respirando a fatica. Era senza denti. Si avvicinò una donna e gli mise una zolletta di zucchero tra le labbra. Poi gli accarezzò la guancia scavata.

«Tua sorella è andata a cercare un'ambulanza», disse. «Il dottor De Gasperi ti aspetta a casa. Te lo ricordi il dottor De Gasperi?»

L'uomo annuì con un cenno impercettibile della testa.

Thea pensò: Ammesso che arrivi vivo fino a casa. Poi, però, mostrando la foto del marito, gli chiese: «È il capitano Battellieri. Lo ha mai incontrato in Russia?»

«Lo lasci in pace», disse la madre. «Non lo vede com'è ridotto?» E proseguì: «Lui arriva da Mauthausen. Gli hanno tatuato il numero sul braccio. Aveva vent'anni, nel 1942. Adesso ne ha ventitré. Lo direbbe?»

Arrivò una barella e l'uomo venne sollevato e adagiato sul lettino. Thea si nascose il volto tra le mani e si mise a singhiozzare. Si vergognava profondamente di essere stata tra i tanti che avevano creduto nel fascismo. Si sentiva complice di quella catastrofe.

Mentre lasciava la stazione, confusa tra la folla, tenendo bene in vista, sul petto, la fotografia di Guido, sentì sussurrare una notizia: Mussolini, Claretta Petacci e alcuni fedelissimi erano stati catturati sul lago di Como e uccisi.

«È troppo bello per essere vero», commentò una donna.

«Avrebbero dovuto ammazzarlo vent'anni fa», mormorò un uomo.

Una mano si posò sulla sua spalla. Thea riconobbe il profumo di sua madre. Non la vedeva da due anni e non si aspettava di trovarla su un binario della stazione. Josepha aveva un aspetto fragile, lo sguardo stanco, il viso pallidissimo, segnato dagli affanni e dalle sofferenze. Non c'era più traccia della donna energica e volitiva che lei conosceva. Pianse tra le sue braccia.

« Credevo fossi a Roma », disse infine.

« Siamo in viaggio da tre giorni. Tuo padre e io avevamo bisogno di stare con te. Vieni, andiamo a casa. » La sospinse dentro un taxi.

Erano diretti all'appartamento di piazza Sant'Angelo ormai completamente spoglio. I repubblichini, che lo avevano occupato abusivamente sei mesi prima, avevano fatto man bassa degli oggetti e delle suppellettili. Per scaldarsi, durante l'inverno, avevano impiantato una grande stufa in terracotta e l'avevano alimentata bruciando libri, tavoli, sedie, testiere di letti. Due settimane prima, quando Thea era arrivata da Cernusco, dove aveva lasciato i figli, aveva stentato a riconoscere l'appartamento che lei e il marito avevano arredato con tanta cura. Non si era persa d'animo. « Rimbocchiamoci le maniche e cominciamo a fare pulizia », aveva detto alla domestica.

Avevano lavorato febbrilmente e restituito alle stanze una parvenza di abitabilità. Poi era cominciato l'arrivo dei treni che riportavano in Patria i reduci di guerra con le lunghe, disperate attese alla stazione.

Ora, scendendo dal taxi davanti al palazzo in cui abitava, sorrise a sua madre. L'epoca delle ribellioni e delle incomprensioni con Josepha era passata da un pezzo.

« Papà è in casa? » le domandò mentre salivano le scale. L'ascensore non funzionava.

« È andato in via Chiossetto da zia Liliana. Arriverà per l'ora di cena », la informò.

Aprì la porta e, nell'anticamera, avvertì l'odore acuto del lisoformio. La cameriera si accaniva a disinfettare ogni giorno l'appartamento perché le sembrava di non riuscire a rimuovere le croste della sporcizia lasciata dai fascisti. Nell'anticamera c'era una valigia. Thea la riconobbe subito.

Guardò sua madre e sussurrò: « Guido ». Per un istante accarezzò il pensiero che suo marito fosse tornato dalla Russia. Vide lo sguardo mesto di Josepha e afferrò subito la verità.

Sua madre annuì. Le prese una mano e la tenne stretta tra le sue.

« L'hanno portata stamattina. Quella solamente, con la notizia della sua scomparsa », le disse, piano.

Thea s'inginocchiò davanti alla valigia e ne accarezzò la superficie ruvida.

« Hai saputo com'è morto? » domandò con voce spenta.

« I partigiani russi. Lo hanno colpito alle spalle. È scritto nel rapporto del comandante che lo ha trovato », spiegò, tendendole una lettera.

Thea la ignorò. Aprì lentamente il coperchio della valigia e riconobbe, uno dopo l'altro, gli indumenti di Guido, la sua macchina fotografica, l'orologio da polso, le fotografie sue e dei bambini e un quaderno che portava un titolo in copertina: « Diario di guerra ». Iniziava nel luglio del 1942 e si concludeva nel dicembre dello stesso anno.

« Qui ci sono gli ultimi sei mesi della sua vita », bisbigliò. E soggiunse: « È tutto quello che mi resta di lui ».

2

La notizia dell'arresto e dell'uccisione di Mussolini aveva colto i Valeschi a Bologna, mentre erano in viaggio per Milano.

« Perché proprio adesso, quando non era più in grado di nuocere? » aveva chiesto Josepha al marito, che l'aveva guardata con perplessità. Lei aveva precisato il suo pensiero: « Dovevano ammazzarlo tanti anni fa, quando aveva cominciato a combinare guai. Dieci anni fa, dov'erano i dissidenti? »

« Non cambierai mai. Per te, tutto è nero o bianco. Un giorno, se ne avrò il tempo, scriverò la storia di questi ultimi vent'anni. »

Josepha aveva posato una mano sul medaglione che portava al collo, sotto la camicetta. Racchiudeva la fotografia di suo figlio Nino che era andato a combattere una guerra nella quale non credeva.

« Perché lo vuoi fare? » aveva domandato al marito.

« Per capire se ho avuto qualche responsabilità nella morte di Nino, per esempio », aveva sussurrato lui. « Comunque, la guerra è finita, ma l'odio rimane e continuerà a scorrere il sangue », aveva pronosticato Lorenzo.

A Milano, la cameriera li informò che Thea era alla stazione ad aspettare un convoglio che veniva dalla Russia. In quel momento arrivò la valigia di Guido, portata da due ufficiali dell'esercito italiano con i quali Lorenzo si appartò.

Quando se ne andarono, Josepha stava piangendo. Aveva capito tutto.

« Ora, dobbiamo dirlo a quella povera ragazza », balbettò, tra le lacrime.

« Thea, in cuor suo, lo sa già. Come lo sapevamo noi », replicò Lorenzo. E soggiunse: « Andiamo alla stazione ».

« No. Ci vado da sola. » Voleva risparmiare al marito il dolore di assistere allo strazio della loro figlia. « I tuoi parenti ti aspettano in via Chiossetto. Non farli stare in pena. Questa sera, Thea e io vi raggiungeremo », decise.

Lorenzo accompagnò la moglie in macchina fino all'ingresso della stazione e poi si avviò verso corso Buenos Aires. La strada era bloccata da un gruppo di uomini con le bandiere rosse. Vide due camion stipati di giovani, i fazzoletti rossi legati al collo. Brandendo mitra e fucili cantavano: « Bandiera rossa la si innalzerà ».

Emise un sospiro e pensò: I 'camerati' sono scomparsi. Ora ci sono i 'compagni'. Saranno migliori? Per essere migliori dei fascisti non ci vuole molto. Parcheggiò l'automobile accanto a un marciapiedi. Scese dall'auto e uno dei dimostranti lo affrontò tendendogli una bandiera con la falce e il martello. « Prendila e vieni con noi, compagno », ordinò.

« Sono stanco di bandiere, di qualunque colore siano », rispose Lorenzo deciso.

L'uomo alzò un braccio e gridò: « Ne abbiamo beccato un altro ». Gettò a terra la bandiera e agguantò Lorenzo per le braccia sospingendolo verso i compagni.

Gli furono addosso in sei e cominciarono a prenderlo a pugni e calci. Solo più tardi Lorenzo seppe che la polizia lo aveva sottratto in tempo al linciaggio. Quando lo portarono in questura lui era ancora privo di sensi. Un commissario trovò i suoi documenti frugando nelle tasche.

« È il generale Valeschi », disse ai suoi. « A Roma lo stanno cercando per il processo a carico del generale Ronzoni. »

«Quella dei Valeschi è una grande famiglia. Vada con i piedi di piombo. Lui ha molti amici a Milano», lo ammonì il questore, quando venne informato. «Non dovrebbe neppure stare nell'infermeria del carcere.»

«È stata una misura preventiva», si difese il commissario. «Pare che avesse inneggiato al fascismo.»

«Senta, io ho già abbastanza problemi in questo momento. Stia attento a come si muove», replicò il superiore.

«Non posso ignorare un fonogramma della questura romana. Oltretutto, se lo spediamo a Roma, ci liberiamo di un problema», osservò il poliziotto.

L'ordine pubblico, in quei giorni, era un'emergenza gravissima. Non c'erano abbastanza uomini, erano spuntate armi da tutte le parti ed erano in mano a moltissimi civili. Arrivavano ordini contraddittori, e nessuno sapeva più quali fossero le regole da seguire e quelle da ignorare.

Il commissario andò in infermeria. Lorenzo era in uno stato pietoso. Il viso tumefatto, lividi ed escoriazioni su tutto il corpo, il respiro spezzato a causa delle costole incrinate.

«È in grado di muoversi?» domandò il poliziotto al dottore che lo assisteva.

«Lo escludo. Ha sputato sangue. Potrebbe esserci un'emorragia interna. Suggerisco il trasporto in ospedale», rispose il medico.

«Telefoni al professor Olivieri. È suo cognato. Che venga a visitarlo e decida lui che cosa fare. Io avvertirò la famiglia», tagliò corto, andandosene.

Il professor Olivieri, primario dell'ospedale di Niguarda, era il marito di Liliana Valeschi, la sorella di Lorenzo.

Quella sera, quando Josepha entrò nella stanzetta dell'ospedale, Lorenzo si era ripreso e poteva parlare.

Il cognato lo aveva sottoposto a tutti gli accertamenti del caso prima di consentirle di visitarlo. Per fortuna non c'erano lesioni interne e, secondo le sue previsioni, il fisico integro gli avrebbe consentito un rapido recupero.

« Non sei uno splendore », esordì Josepha, vincendo la pena e sorridendogli.

« Se ti prometto di migliorare, considererai la possibilità di lasciarti corteggiare? » replicò lui, sforzandosi di dominare la commozione.

« Dipende dalle garanzie che mi offrirai per il futuro », rispose lei. Accostò una sedia al letto e sedette accanto a lui. Non sapeva come dirgli che a Roma lo aspettavano per deporre al processo contro il generale fascista Attilio Ronzoni. Decise di non parlarne, almeno per il momento.

« Come sai, mio padre voleva che facessi l'avvocato. Era quello che volevi anche tu, tanti anni fa, quando eravamo giovani. Potrei cominciare adesso. Che cosa ne pensi? » tentò di scherzare.

« Ti amo tanto, Lorenzo », sussurrò Josepha accarezzandogli il viso.

« Anch'io », rispose lui, e provò un rimpianto cocente per la gioia di vivere che li aveva abbandonati.

« Ti ricordi quella nostra prima notte insieme, a Schloss Rundegg? Io arrivavo dall'Africa e avevo inventato una malattia grave di mia madre per raggiungerti a Merano », disse lui.

« Era la notte di Natale e c'era tanta neve. Tu era bellissimo e io ti amavo. Ti ho amato e apprezzato per tutta la vita. Sei sempre stato un galantuomo. So che continuerai a esserlo. » Pensava al processo in cui Lorenzo avrebbe dovuto deporre e sapeva già che, andando contro tutto e tutti, avrebbe difeso il generale fascista, anche a costo della vita.

« Thea come l'ha presa? Non parlo di me. Mi riferisco alla morte di Guido », chiese lui.

« Thea è giovane. È bella. Ha tre figli che hanno bisogno di un padre. Spero che si rifaccia una vita », rispose lei.

Ci vollero alcuni giorni perché Lorenzo potesse affrontare il viaggio per Roma. Il tribunale lo aveva convocato ufficialmente. Andò a deporre al processo contro il generale Ronzoni, preceduto dalla notizia del linciaggio che aveva subìto. La stampa, dopo anni di asservimento al regime, si era scatenata nella caccia ai colpevoli. Entrò in tribunale sommerso dai fischi del pubblico e affrontò l'animosità dei giudici nei suoi confronti.

Da galantuomo, non pronunciò accuse contro l'imputato, come la giustizia di quei giorni avrebbe voluto. Incominciò la deposizione affermando: « Non sono qui per accusare il generale Ronzoni, ma per dire la verità su ciò che ho visto e che conosco ». Ne nacque un putiferio. Venne accusato di reticenza. Qualcuno andò a rimestare nel suo passato di stratega nella guerra d'Etiopia. Alla fine vennero formulate a suo carico ventuno imputazioni. Fu rinchiuso a Regina Coeli.

Cernusco sul Naviglio
maggio 1946

1

NELL'AULA del tribunale romano che doveva giudicare il generale Lorenzo Valeschi per reati di abuso di potere durante l'ultimo decennio fascista, l'ingresso di Thea Battellieri Valeschi indusse i presenti al silenzio. Indossava un abito di seta nero che esaltava la figura alta e sottile. Una veletta nera le copriva il viso fino al mento, e dava risalto ai capelli dorati raccolti sulla nuca. Attraversò l'aula, in tutta la sua lunghezza, avanzando con portamento fiero verso il banco dei giudici.

Lorenzo Valeschi non era presente. Durante la notte, era stato colpito da un infarto. Era in carcere da un anno e soltanto negli ultimi giorni gli era stato consentito di ricevere le visite dei parenti. Quando Thea e sua madre avevano potuto abbracciarlo, non erano riuscite a trattenere le lacrime. Era irriconoscibile tanto era magro e sofferente. Tuttavia, aveva avuto il coraggio di scherzare sull'ambiente carcerario, sulle regole igieniche e alimentari.

«Ci voleva davvero un po' di carcere, per rimettermi in pari con i tempi. Ho letto tanti bei libri che mi ero perso in questi ultimi anni. Ho imparato più cose qui dentro che in tutta la vita.»

Josepha aveva assunto un collegio di quattro avvocati, due milanesi e due romani. Aveva fornito loro un'infinità di documenti a discolpa del marito, per smontare, uno dopo l'altro, la serie infinita dei capi di imputazione. Non era riuscita invece a trovare la copia fotostatica del rapporto che Lorenzo aveva steso nel settembre del 1936, quello che gli era costato la rimozione dalla carica di ministro. Gli avversari, invece, avevano alcune note di Badoglio che accusavano Lorenzo di aver tramato con i tedeschi contro gli interessi della nazione. Erano un falso clamoroso. Il processo aveva calamitato l'attenzione della stampa che lo aveva condannato prima ancora della formulazione di una sentenza. Alla fine, Thea aveva trovato a Cernusco, nello studio di villa Valeschi, la copia fotostatica del rapporto mancante agli atti.

Ora, la linea difensiva si sarebbe basata su quel documento. Doveva essere un colpo di scena. Thea si era offerta di salire sul banco dei testimoni. Sapeva che le dichiarazioni di una figlia non avevano valore di testimonianza, ma sapeva anche che la consapevolezza dell'onestà di suo padre l'avrebbe ispirata.

Quando sedette al banco dei testimoni, i cronisti avevano preparato carta e penna per trascrivere le sue dichiarazioni. Il pubblico bisbigliava commenti sulla bellezza del suo viso che si era rivelata nel momento in cui aveva rialzato la veletta. I giudici la osservavano con aria rassegnata. Sapevano che il suo intervento non avrebbe smosso le loro convinzioni, ma poiché ora l'Italia era un Paese democratico, era necessario dare la parola alla figlia dell'uomo che avrebbero severamente condannato. Nei primi banchi sedevano tutti i parenti Valeschi e Battellieri.

Thea declinò con voce chiara le sue generalità. Poi esordì: « Se mi vedete vestita in nero è perché porto il lutto per mio marito che è morto in Russia, nel dicembre del 1942, combattendo per l'Italia. Mio marito mi ha dato tre figli. L'ultimo non lo ha mai conosciuto. È nato quando lui era già al fronte. Ma prima avevo perduto mio fratello. Anche lui ha combattuto per la Patria nei Balcani ».

Parlava ai giudici, agli avvocati, al pubblico e nella sua mente scorrevano le immagini del marito che l'aveva stretta tra le braccia, per l'ultima volta, nel luglio del 1942. Lei era al settimo mese di gravidanza. Guido le aveva sussurrato: « La Patria ha bisogno di me. Io ho bisogno di te e dei nostri bambini. Sarà poi vero che per vivere in pace bisogna fare la guerra? »

Passò un dito sul lobo dell'orecchio. Fino a due giorni prima c'erano state le boccole di perle che erano appartenute alla principessa Carolina Castiglia. Le aveva vendute bene e si era assicurata un anno di sopravvivenza.

« Sono nata in una famiglia agiata. Molti si sono arricchiti con il fascismo. Noi abbiamo perduto tutto », proseguì con voce ferma. « Mio padre non voleva trascinare l'Italia in una guerra senza scampo. E aveva avuto il coraggio di scriverlo. Il rapporto di mio padre che ora è depositato agli atti è la prova inequivocabile della sua innocenza. La risposta fascista era stata quella di allontanarlo immediatamente dal suo incarico. Mio padre aveva creduto che il fascismo fosse un'evoluzione del socialismo. Altri trenta milioni di italiani la pensavano come lui. Mio padre è uscito dal partito nel 1936. Quanti altri lo hanno seguito? Le accuse che gli sono state mosse sono false, come dimostreranno le prove della difesa. È rinchiuso da oltre un anno come un delinquente comune. Chi tra voi ha interesse a far tacere un galantuomo? La nostra giovane democrazia, ne sono sicura, non vorrà macchiarsi di un crimine di stampo fascista: condannare un innocente », concluse. Aveva gli occhi lucidi di pianto, ma la sua voce non aveva avuto flessioni mentre guardava a viso scoperto tutti quelli che l'avevano ascoltata in silenzio.

L'eco della sua voce si spense. Una donna, tra il pubblico, urlò: « Brava! » e applaudì. Un'altra la imitò e subito fu uno scroscio di battimani, mentre un giudice agitava il campanello per richiamare al silenzio.

Quella stessa sera venne emessa la sentenza: « Il generale Lorenzo Valeschi è estraneo a tutte le accuse che gli sono state mosse e va assolto perché non sussistono prove della sua colpevolezza ».

Thea tornò a Cernusco. Aveva bisogno di stare con i figli. Josepha si prese cura di suo marito.

I suoi tre bambini non avevano capito i motivi di queste ripetute assenze della madre. Nel corso degli ultimi mesi Thea aveva passato molto tempo lontana da loro. Era stata costantemente in viaggio tra Roma e Milano e loro venivano affidati alla cameriera e a Teresa. Ogni tanto arrivava la zia Liliana. Una volta, quando tutti e tre si erano ammalati di morbillo, era venuto a visitarli il dottor Paolo Valli, quello che durante la guerra era stato il loro maestro.

La cameriera non aveva molta fiducia in lui. « È un dottorino », diceva. « Sta facendo pratica. »

La zia Liliana invece sosteneva: « È un buon medico. È l'allievo più promettente di mio marito ».

La balia commentava: « È uno che ama i bambini. L'amore qualche volta è più potente di tante medicine ».

Thea arrivò una mattina. I figli erano a scuola e la cameriera era andata a fare la spesa. La grande villa era immersa nel silenzio. Salì al primo piano ed entrò nella stanza dei bambini. C'erano giocattoli un po' ovunque: il meccano di Lorenzo, una bambola decapitata di Verdiana, il cavallo a dondolo di Gianni. Ricordò le sue incursioni natalizie in città, quando quasi tutte le botteghe erano chiuse, per scovare qualche dono da portare ai figli e offrire una parvenza di normalità in un mondo che andava alla deriva. Piccole cose che non riuscivano a colmare il bisogno di serenità, di equilibrio. Per qualche anno, Thea era riuscita a sopravvivere nella speranza che suo marito sarebbe tornato. Da quando aveva saputo che Guido era morto, annaspava alla ricerca di un sostegno.

Prese la bambola di Verdiana, sedette su uno sgabello e tentò di conficcare la testa di celluloide nel corpo del bambolotto. Si mise a piangere. Niente andava più per il verso giusto.

« Sei tornata, finalmente », disse Teresa. Le baciò teneramente la fronte e sedette accanto a lei.

« Dammi la bambola. » Con un colpo energico ricollocò la testa nella sua sede. « Ecco fatto », concluse. Poi estrasse dalla tasca un fazzoletto e glielo tese. « Rimmel e lacrime non vanno d'accordo. Pulisciti. Sembri un clown. »

« Che cosa fai, qui? » domandò Thea, asciugandosi il viso.

« Ho visto la porta aperta. Ho capito che eri tornata », rispose. E soggiunse: « In paese, tutti abbiamo letto i giornali e siamo tanto contenti per te, per i tuoi genitori, per la tua famiglia. A tuo padre era stata fatta un gran carognata ».

Cercava di distrarre Thea dalla malinconia e dalla solitudine.

« Ho trentun anni, balia », sussurrò lei. « Con mio marito ho vissuto poco tempo. Ho tre figli che non hanno più un padre. »

« Conosco bene questo problema. Le nostre vite si assomigliano. »

« Vado in giro, mi guardo intorno e dappertutto vedo un uomo e una donna che si tengono per mano, o si danno il braccio. Si guardano negli occhi e sorridono. Forse, cinque minuti prima hanno litigato, o litigheranno cinque minuti dopo. Ma intanto sono una coppia. Io sono sola. Allora annaspo come se stessi per affogare. Ho pianto tanto per la morte di Guido. Ma adesso mi chiedo che cosa ne sarà di me, dei miei figli », prese a singhiozzare, disperata.

« Siamo nate da una costola d'Adamo », disse Teresa, abbracciandola. « È questa la nostra condanna. Senza un uomo, soprattutto quando siamo giovani, stiamo proprio male. »

Thea smise di piangere e la guardò con aria interrogativa.

« Che cosa mi stai dicendo, balia? »

« Che devi vivere. Che ti serve un compagno. »

« Questo mai! » sbottò indignata.

« Dai tempo al tempo. Adesso corri a lavarti la faccia e vai a prendere i tuoi bambini che stanno per uscire da scuola. »

Cernusco sul Naviglio
estate 1947

1

L'INDUSTRIA di biciclette era stata ricostruita e aveva ripreso a produrre. I Battellieri si erano fatti carico del mantenimento di Thea e dei suoi figli. Lei era diventata socia dei cognati e lavorava con loro. Virginia Castiglia, dagli Stati Uniti, le aveva spedito una serie di saggi, manuali, articoli di giornali sulle *public relations*.

Thea si era messa a studiare. Aveva capito l'importanza di stabilire rapporti con le società sportive, con i giornalisti, con tutti quelli che, in qualche modo, potevano influenzare i gusti del pubblico e indirizzare la scelta sulle biciclette con il marchio di famiglia. Non bastava produrre un articolo affidabile. Era necessario imporlo. Thea aveva amicizie influenti che si stavano rivelando fondamentali per il rilancio dell'azienda.

Aveva intuito che la pubblicità era indispensabile. Una bicicletta si vendeva meglio se veniva fotografata accanto a una bella ragazza in pantaloni corti. Ideò un calendario di « bellezze in bicicletta », lo presentò nel corso di alcune riunioni con i venditori e lo distribuì su tutto il territorio. Le biciclette Battellieri conquistarono il mercato.

« Io credo », esordì lei nel corso di una riunione aziendale, « che dovremmo, ancora una volta, diversificare la produzione. È necessario guardare avanti. L'Italia si sta riprendendo velocemente dalla guerra e tra non molto si venderanno moto leggere. Il settore delle automobili è in crescita. Quello delle biciclette declinerà. Puntiamo sulle moto. Dopo tutto si tratta sempre di veicoli a due ruote. »

La suocera gelò il suo entusiasmo.

« Siamo indebitati fino al collo. Per ora e per molti anni ancora, non possiamo pensare a nuovi investimenti », disse.

Thea non aveva mai avuto familiarità con i problemi economici. Accettò per buona l'osservazione. E continuò a lavorare.

Sua madre la chiamò da Roma.

« Vendo il castello », annunciò. « Perché non vieni a Merano con me? »

Thea sapeva che Josepha non avrebbe mai venduto Schloss Rundegg se non fosse stata spinta dal bisogno. Doveva pagare le parcelle degli avvocati che avevano difeso Lorenzo. Lei non era particolarmente legata a quel luogo che aveva lasciato quand'era bambina.

Le origini austriache della madre le avevano procurato spesso qualche imbarazzo e non perdonava ai tirolesi di essersi schierati a fianco dei tedeschi quando l'Italia aveva cambiato alleanze. I connazionali di Josepha avevano infierito sugli italiani con un sadismo che non aveva giustificazioni.

A Josepha dispiaceva che sua figlia rifiutasse una parte delle sue radici. La compativa considerando che la vita non le aveva risparmiato dolori e pensava fosse giusto che Thea guardasse al futuro.

Thea aveva acquistato un'utilitaria per spostarsi rapidamente dalla casa di città a quella di campagna, dove trascorreva con i figli ogni fine settimana. Cernusco era un luogo importante per tutti loro. Lì ritrovava parte della famiglia Valeschi che considerava a pieno titolo la propria. I bambini avevano spazio per i giochi all'aria aperta. Zia Liliana e lo zio Stefano la raggiungevano quasi ogni domenica e con loro venivano i figli e i nipotini. La balia era sempre disponibile per dare una mano in cucina e mettere a tavola ospiti fissi e improvvisi.

Quando si affannava ai fornelli, Thea l'aiutava volentieri, anche perché in quei momenti nascevano le confidenze tra loro due.

In quel periodo Teresa era preoccupata per Rosa, la figlia maggiore.

« Sta spudoratamente tradendo suo marito », confessò alla giovane.

« Forse con l'ingegnere non è felice », replicò Thea.

« Gliel'avevo detto che vent'anni di differenza erano troppi. Lei si è lasciata abbagliare dalla ricchezza. Ora ha quasi trent'anni, non ha figli e si annoia. Così s'è presa per amante un giovane attore. Mio genero, che non è uno stupido, sa tutto e fa finta di niente. Ti sembra un bel modo di comportarsi? »

« Se ti soffermi su queste cose non risolvi niente e ti avveleni il sangue », l'ammonì Thea.

« Una madre non può smettere di preoccuparsi per i figli. Ora i tuoi sono ancora bambini e tu pensi che, quando cresceranno, faranno le loro scelte e tu non avrai più problemi. Non è così. Io vedo tante cose e ci patisco. Lo sai che Rosa si vergogna di me? Quando voglio andare a trovarla, prima la devo avvertire, perché se ha ospiti non mi riceve. Sembra ieri che me la portavo scalza in filanda. Oggi si sente una principessa. Mentre io, che le principesse le ho conosciute davvero, so che non le assomigliano neppure in un'unghia. Mi fa pena. Capisci? »

« Ti riferisci a mia madre? »

« Appunto. E alla principessa Castiglia. Loro sono state davvero grandi signore. Quel mondo, credo, non esiste più. »

« Non lamentarti, balia. Ti è andata bene. Avresti mai pensato che le tue figlie potessero liberarsi dal giogo della miseria? Guarda Iosefa: è la primadonna di Cernusco. Ti sembra poco? »

Iosefa Zicrì aveva sposato Franco Carenghi, un giovane industriale che produceva cuscinetti a sfere. Era l'uomo più ricco del paese. Teresa non si era inorgoglita neppure per questo secondo, brillante matrimonio. Le sembrava che, in qualche modo, le figlie avessero tradito le loro origini.

«Quando Benedetto, il mio primo marito, mi parlava di un mondo migliore, non alludeva a questo», precisò. «Il mondo migliore che lui aveva in mente, e che io ho imparato a conoscere, è quello della dignità, del rispetto per il lavoro. Spero tanto che il mio piccolino diventi un buon fabbro come suo padre. Le grandi fortune difficilmente nascono dall'onestà.»

Thea sapeva che la balia aveva ragione.

«Invecchiando diventi spietata», disse Thea. «I sogni di tuo marito e quelli di mio padre sono finiti da un pezzo. Il mondo è cambiato.»

«Ma i padroni sfruttatori no. La nostra costituzione dice che l'Italia è una repubblica fondata sul lavoro. A firmarla, tra gli altri, è stato Terracini, un grande uomo che non è mai appartenuto al partito dei padroni. Ma gli sfruttatori sono come la gramigna: li estirpi da una parte e spuntano più vigorosi dall'altra. E si preoccupano solo dei loro interessi.»

«Balia, sei diventata comunista?»

«Ci puoi giurare.»

«E con il vecchio parroco, come la metti?»

«Lui la pensa come me, anche se dice che mi sto dannando l'anima. Vedi, Thea, essere comunisti non significa allontanarsi dalla religione. Io non potrei vivere senza le mie Madonne e i miei santi. Ma i santi e le Madonne non potrebbero vivere dove regna l'ingiustizia. Don Claudio è un uomo intelligente e queste cose le sa bene.»

«Balia, ho capito. Per oggi basta così. Gli ospiti sono arrivati, il pranzo è pronto. Servi tu in tavola, per favore?» domandò, mentre si levava il grembiule.

Sentì uno scampanellio al cancello del giardino e poi un rumore di passi sulla ghiaia. Si affacciò dalla veranda e vide Paolo Valli che si avvicinava. Aveva in mano un mazzo di rose.

Thea gli andò incontro con aria festosa.

« Dottore, di nuovo le rose? » lo apostrofò sorridendogli.

« Questa volta non sono un segnale. La guerra è finita da un pezzo », rispose lui.

« Peccato », disse lei.

« Peccato che sia finita la guerra? » domandò lui.

« Peccato che non siano un segnale », sussurrò lei.

Il giovane avvampò. Era timidissimo e impacciato.

« Il professor Olivieri mi ha invitato a pranzo », spiegò.

« Non lo sapevo. Allora entri con me. Stiamo per andare a tavola. »

Lo prese sottobraccio con fare mondano e lo sentì tremare.

I suoi figli, vedendolo, gli corsero incontro. Durante l'inverno aveva curato le loro tonsilliti e poi li aveva intrattenuti con piccoli giochi. Insistevano a chiamarlo ancora maestro e Gianni, il più piccolo dei figli di Thea, gli dava del tu.

Erano in diciotto a tavola, tra grandi e bambini. Fu un pranzo allegro. Thea, di tanto in tanto, coglieva su di sé lo sguardo del medico e lo ricambiava con un sorriso.

Nel pomeriggio, mentre i più giovani giocavano a pallavolo e le signore imbastivano chiacchiere sotto un pergolato di glicine, Liliana Valeschi trovò il modo di appartarsi con la nipote.

« Credo che tu abbia capito che il dottor Valli ti sta facendo la corte », le disse.

« Dovrei saper leggere nel pensiero. Perché nei fatti si limita a sorridere e a portarmi le rose del giardino di sua madre », chiarì Thea.

« Tu lo metti in soggezione. Non te ne accorgi, ma sei dura come quella crucca di tua madre. »

« Grazie, zia. Non sprecarti a farmi complimenti », replicò Thea.

« Hai capito benissimo quello che voglio dire. Lui è molto timido e tu non lo stai incoraggiando. Se ti piace, dovresti farglielo capire. Tuo zio sostiene che Paolo è un ragazzo eccezionale e ha buone possibilità di carriera nell'ambito ospedaliero. Insomma, Thea, datti una mossa, perché se vuoi risposarti, quello è l'uomo giusto», tagliò corto la donna, con la schiettezza che le era abituale.

Gianni venne verso di loro piangendo e tenendo una mano premuta su un orecchio.

«L'ape. Mi ha punto l'ape cattiva!» urlava in preda al male, strillando disperato.

Paolo stava disputando una partita a ping-pong sotto il porticato con il professor Olivieri. Abbandonò la racchetta e si prese cura del bambino. Chiese a Thea di aiutarlo.

«Mi serve ammoniaca, una pinzetta e un batuffolo d'ovatta», disse, prendendo in braccio il bambino. E proseguì: «È molto doloroso, lo so. Adesso vediamo che cosa si può fare».

«Perché ha punto proprio me, quella cattiva?» domandò il piccolo.

«Perché ha scambiato il tuo orecchio per un fiore. L'ape non è stupida. Sa riconoscere le cose belle. Il tuo orecchio è bellissimo e presto smetterà di farti male», lo rassicurò mentre estraeva il pungiglione con la pinzetta. Con un gesto rapido premette l'ovatta imbevuta d'ammoniaca sulla puntura. Gianni lanciò uno strillo acuto.

«Adesso un po' di ghiaccio, per favore», ordinò a Thea.

Pochi minuti dopo, Gianni sorrideva. «Grazie, maestro. Il dolore è passato.»

«Lo sapevo. Tieni il ghiaccio, ancora per un po'.»

«Perché?» domandò il piccolo.

«Perché te lo chiedo io», replicò Paolo.

«Posso chiederti una cosa anch'io, maestro?»

Lui annuì.

Il bambino gli circondò il collo con le braccia e disse: «Vuoi essere il mio papà?»

Merano - Schloss Rundegg
31 dicembre 1999

1

Paolo Valli fu un buon marito per Thea e un buon padre per i suoi tre figli. Con lui, Thea ritrovò la serenità. Coltivò le sue capacità imprenditoriali, in cui si fondevano l'operosità dei Paravicini e il senso della disciplina dei Valeschi, e diventò un coraggioso capo d'azienda. Fronteggiando i timori dei Battellieri, trasformò l'industria di biciclette in una di motocicli. Lanciò sul mercato un motorscooter che divenne il simbolo dei veicoli di quegli anni e spiazzò la concorrenza.

Il lavoro e la dedizione del marito l'aiutarono a superare i momenti più difficili, che non furono soltanto la perdita dei genitori e di tanti amici, ma anche la morte di Lorenzo, il suo primogenito, perito in un incidente aereo.

Qualche volta pensava con malinconia a suo padre e a sua madre e rimpiangeva di non aver parlato abbastanza con loro. Se n'erano andati nel momento in cui si era resa conto di avere tante cose da chiedere, tante curiosità da approfondire.

La balia se n'era andata vent'anni prima, lasciando un gran vuoto nella sua vita affettiva. Nel ricordo restava una figura luminosa che le aveva impartito, senza averne l'aria, preziosi insegnamenti. La sua intera esistenza era stata una grande lezione di dignità. Solo alla fine, mentre stava morendo, Thea le aveva detto: « Ti voglio bene, Teresella ».

La donna l'aveva guardata con severità. «Stai diventando vecchia, se ti metti a chiamarmi per nome.»

«Sì, sto diventando vecchia e sentimentale», aveva risposto.

«No, stai soltanto facendo confusione. Tu sei la 'signora', io sono la 'balia'. Ognuno deve saper stare al proprio posto», aveva precisato con la caparbietà di sempre. Era morta con la mano di Thea stretta nella sua.

Guido, il primo marito, restava nel ricordo dei suoi anni giovanili, quando credeva d'essere padrona del mondo.

Suo fratello Nino, così mite e a volte sarcastico, nemico della guerra e studioso appassionato di letteratura antica, era sempre nel suo cuore.

Ma non passava giorno in cui non ricordasse suo padre. Erano trascorsi gli anni e il dolore per la sua perdita non si era sopito. Lo sognava spesso e, da quei sogni, traeva conforto.

Paolo l'aveva lasciata sola quando lei aveva già ottant'anni. Era morto nel suo studio, mentre visitava un paziente. «Infarto fulminante», aveva dichiarato il collega immediatamente chiamato per soccorrerlo.

Thea aveva lasciato a Gianni, che era ingegnere, la conduzione dell'azienda di cui lei era ancora presidente onorario, e a Verdiana, che era medico, la direzione della clinica per anziani a Cernusco.

Adesso aveva cinque nipoti e nove pronipoti. Qualche volta si domandava se in quei giovani ci fosse ancora un po' del sangue vigoroso del generale Lorenzo Valeschi e della signora di Rundegg e Rametz. Se così fosse stato, Thea non dubitava che avrebbero avuto abbastanza coraggio per affrontare la vita.

Ora stava per cominciare il nuovo millennio e lei aveva un progetto da realizzare.

Calzò stivaletti foderati di pelo, si infilò cappotto e cappello e scese nella hall dell'albergo *Schloss Rundegg*.

Le impiegate del ricevimento la salutarono sorridenti. Uscì in giardino. Era tutto bianco di neve. Vide un uomo in maniche di camicia che la stava spalando dal viale. Le ricordò Willy, l'uomo poderoso e misterioso che, quand'era piccolissima, vegliava su di lei e su Josepha.

« Buongiorno », lo salutò.

« Buongiorno », rispose lui con fare scorbutico, continuando a lavorare.

« Willy, komm! » gridò qualcuno dalla porta della cucina.

L'uomo lasciò la pala e andò verso l'albergo con il passo lieve e l'andatura dondolante che non aveva dimenticato.

« Anche lei si chiama Willy », constatò Thea, parlando più a se stessa che a lui. Non ebbe risposta.

Proseguì lungo il viale verso il muro di cinta. Nei ricordi della sua infanzia, il giardino era immenso. Le sembrò rimpicciolito. Cercò inutilmente la stalla e il capanno degli attrezzi. Erano stati demoliti.

I piedi affondarono nella neve. Perse l'equilibrio. Fu sul punto di cadere. Si spaventò.

« Le paure meschine dei vecchi », bisbigliò tra sé, vergognandosi.

Alzò lo sguardo e osservò il castello. Era più grande di quanto ricordasse. Avevano aggiunto un'ala posteriore. Il gallo di ferro, in cima alla torre, era immobile, il capo girato verso di lei, come se la osservasse.

Una cameriera scuoteva un piumone da una finestra del primo piano.

« C'era una balconata di legno, una volta », sussurrò Thea. Più sotto, in una nicchia scavata nel muro, c'era un Cristo ligneo. La vecchia Klara deponeva fiori ai suoi piedi. Ora il muro era bianco e liscio. Avrebbe voluto che Josepha fosse ancora lì, a guardare come era cambiato e migliorato il suo castello.

Sabine, la cameriera, le venne incontro correndo.

«*Frau* Valeschi! La vogliono al telefono », annunciò.

« Avevo avvertito di non passarmi telefonate », borbottò, seguendola.

« È una chiamata dagli Stati Uniti », si giustificò la giovane.

Thea entrò nella cabina, accanto al banco del portiere. Staccò il ricevitore e sentì forte e chiara la voce di Isadora Castiglia, sua cugina.

« Ho parlato con i tuoi ragazzi. Mi hanno detto dov'eri. Volevo farti gli auguri per l'anno nuovo », disse.

« Ti ringrazio, Dodò. Come stai? »

« Come una vecchia sola. Figli e nipoti sono andati a sciare nel Montana. E io sono in balia di una governante che mi tiranneggia. »

Isadora aveva avuto quattro mariti. Da due aveva divorziato. Gli altri due erano morti. Tutti e quattro le avevano lasciato ricche eredità. Viveva nel Connecticut, in una villa immensa, circondata da due ettari di parco. Thea e Isadora si consideravano cugine, anche se non lo erano. Isadora viveva nel culto della madre. Virginia Castiglia era stata un personaggio di rilievo nel mondo del femminismo. I suoi scritti erano diventati testi di studio e si trovavano in molte università americane. Si era spenta in tarda età, circondata da uno stuolo di allieve che l'adoravano.

« Non lamentarti. Sei più giovane di me. Anch'io sono sola. Perché non prendi un aereo e mi raggiungi? »

« Potrebbe essere un'idea. Ho voglia di rivedere Napoli. La mia famiglia è così disperatamente americana. Io invece mi sento ancora italiana. Mia madre aveva messo un oceano tra sé e l'Italia. Ma non ha reciso le mie radici. Sai una cosa? Vorrei ricomprare palazzo Castiglia. Sarebbe un modo per ricordare ai miei nipoti da dove vengono », disse.

Thea esplose in una risata.

« Non posso crederci! Io sono in un albergo che è stato il castello di Josepha e sono qui per comprarlo. »

« Dici che sono follie di vecchie signore? » domandò Isadora.

« Forse. Ma perché lasciare questo mondo senza realizzare un sogno? »

« Già, perché? In ogni caso, Thea, lunga vita e tanta salute. »

« Anche a te, cara Dodò. »

Thea chiamò un taxi e si fece portare in città. Lì le strade erano state sgomberate dalla neve. Infilò la via dei Portici. Si fermò davanti alla bottega del libraio Poetzelberger. La sagoma scura del Duomo si rifletteva con le sue guglie nel cristallo lucente delle vetrine. Quand'era piccola, Josepha la portava con sé, qualche volta. Il vecchio libraio le regalava figurine o matite colorate. Più avanti ritrovò la bottega del droghiere che le offriva caramelle. Tante vecchie insegne non c'erano più. Vide invece negozi nuovi che esponevano abiti, scarpe, borsette, profumi. La civiltà dei consumi non era però riuscita a cancellare l'impronta antica della piccola città. Arrivata in piazza del Teatro tornò indietro e risalì verso il Duomo. Sostò davanti alla targa di marmo che ricordava il conte Bernhardus Paravicini, cittadino illustre, morto all'età di centosette anni.

Thea sorrise convincendosi che se una parte dei cromosomi di quel trisavolo era arrivata fino a lei, aveva buone probabilità di vivere altri vent'anni. Poi fece una smorfia e sussurrò: « Forse sono troppi. Ma non sarò io a mettere limiti alla Provvidenza ».

Tornò in albergo. La sala da pranzo era gremita di ospiti. C'erano ospiti italiani e tedeschi. Coppie di giovani innamorati, di anziani coniugi, di genitori con i loro bambini. Persone eleganti, composte. Parlavano educatamente sottovoce, per non disturbare. « Una discreta clientela », constatò. La filodiffusione trasmetteva in sordina musiche del folklore tirolese.

Il maître l'accompagnò al tavolo. Sulla tovaglia spiccava un cuore fatto con rametti d'abete intrecciati con primule gialle e legati con un piccolo nastro dorato. Un biglietto diceva: BENTORNATA NELLA SUA CASA.

Thea rivolse all'uomo uno sguardo interrogativo.

« È da parte del personale, signora Valeschi. Abbiamo saputo che lei è nata qui », spiegò l'uomo con un sorriso quasi commosso.

Thea annuì.

« Potrebbe farmi servire il pranzo in camera, per favore? » ordinò all'improvviso. Prese il piccolo cuore d'abete e primule e si diresse verso l'ascensore.

Appena fu nella sua stanza compose al telefono un numero che conosceva a memoria. Le rispose la voce anonima di una segretaria. « Sono Valeschi. Voglio parlare con l'avvocato De Stefani », disse.

Ascoltò la replica dell'interlocutrice e poi proseguì: « Lo so che è l'ultimo giorno dell'anno e l'avvocato è in vacanza. Quindi lo rintracci immediatamente e mi faccia chiamare subito. Prenda nota del mio numero di telefono ».

Entrò Sabine con il carrello del pranzo. « Vuole che rimanga per servirla, signora? » domandò la giovane.

« No, grazie », rispose congedandola.

Sedette al tavolo davanti a una finestra da cui poteva osservare il giardino e le montagne. Si rammentò di quand'era bambina e, in una mattina ventosa di novembre, sua madre le aveva detto che papà stava per tornare dalla guerra: in quel momento lei aveva visto un'aquila reale planare maestosa sulla cresta di un monte. Così pronunciò, come allora: *« Der Adler fängt keine Mücken »*. L'aquila non prende insetti. Chissà se c'erano ancora aquile in Tirolo.

Poco dopo, lasciati da parte i ricordi, gustò l'antipasto e poi scoperchiò la guantiera dei tagliolini. A quel punto suonò il telefono. Era l'avvocato De Stefani.

« Thea, che cosa succede? » esordì con voce preoccupata.

« Voglio comprare un albergo », dichiarò lei.

« Proprio oggi? Lo sai che giorno è? Hai idea di dove sono? »

« So che non perdi i contatti con il tuo studio che, se non sbaglio, vive e prospera con le mie parcelle. Dovunque tu sia, hai sicuramente a portata di mano uno di quegli aggeggi moderni con cui puoi collegarti con chi vuoi e sapere tutto quello che vuoi. Dunque, apri bene le orecchie. Sono a Merano, l'albergo si chiama *Schloss Rundegg*. È un castello. Era di mia madre. Lo ha venduto, credo, cinquant'anni fa. Voglio riaverlo », annunciò con il piglio manageriale con cui aveva diretto per anni l'azienda dei

Battellieri. « Mentre finisco il pranzo, datti da fare e fammi sapere tutto su questo hotel », concluse.

Quindi accese il televisore e ascoltò le notizie del telegiornale locale.

Finì di pranzare e spinse il carrello fuori dalla camera. Poi chiamò il servizio bar e chiese un caffè.

Non si era mai sentita meglio. Era in preda a una piacevole euforia che conosceva bene. Era la stessa che aveva sempre segnato i momenti importanti della sua vita. Aveva ottantaquattro anni, ma le sue energie erano quelle di sempre. Dopo sarebbe venuto il crollo, lo sapeva. Ma intanto si godeva quel momento straordinario.

Sabine le portò il caffè, il bricco della panna e una ciotola di pasticcini.

« È arrivata l'orchestra », le annunciò. « Faranno un po' di chiasso. Spero che non la disturbino. »

« I rumori del piano terreno non arrivano fin quassù », replicò Thea.

« È vero. Lei conosce la casa. »

Thea versò il caffè nella tazza e si diffuse nella stanza lo stesso profumo che aleggiava nella *gute-Stube*, quando Klara serviva il caffè per la mamma e gli ospiti.

Il trillo del telefono la fece quasi sussultare. Era l'avvocato De Stefani.

« Come puoi comprare un albergo che è già tuo! » affermò il legale.

Thea impiegò qualche secondo per assimilare l'informazione.

« Puoi essere più chiaro? » domandò.

« Tua madre aveva venduto il castello a una società per l'energia elettrica di cui possedeva un certo numero di azioni ereditate da sua nonna, Dorothea von Rost. Questa società, che ha sede a Bolzano, fa già parte dei tuoi pacchetti azionari. L'albergo è tuo al cinquantuno per cento. Gli utili di gestione non sono clamorosi, ma hanno consentito la ristrutturazione del castello », spiegò succintamente l'avvocato.

Thea non riuscì a trattenere una risata.

« Allora compra le azioni restanti. Voglio la proprietà al cento per cento », ordinò.

« Non è un investimento clamoroso », osservò il suo interlocutore.

« Questo lascialo decidere a me », tagliò corto. E soggiunse: « Grazie e buon anno ».

Poi, soddisfatta, si abbandonò sulla poltrona e prese a sorseggiare il caffè con un piacere infinito.

Aveva ripreso a nevicare. I fiocchi sembravano farfalline impazzite.

« Sono a casa », sussurrò. Ebbe la certezza che Josepha Sidonia Paravicini von Riccabona, signora di Rundegg e Rametz, da qualunque parte fosse, in quel momento le stesse sorridendo.

Thea sussurrò: « La vita, per essere perfetta, deve essere come un cerchio che si chiude là dove è cominciato ».

FINE

L'autrice

Sveva Casati Modignani ha scritto diciotto romanzi, tutti pubblicati da Sperling & Kupfer.

Tradotti in diciassette paesi, fra i quali Francia, Germania, Spagna, Portogallo, Brasile, Russia, Polonia, Ungheria, Repubblica Ceca, hanno venduto fino a oggi 10 milioni di copie e alcuni di loro sono diventati film e sceneggiati televisivi.

Anna dagli occhi verdi, il primo romanzo, è apparso nel 1981 e ha inaugurato un genere unico e irripetibile nel panorama della narrativa italiana.

Tra i motivi di tanto gradimento, la ricchezza delle trame e dei contenuti, capaci di ripercorrere – attraverso le vicende famigliari e sentimentali dei protagonisti – la storia del nostro paese, i mutamenti sociali, quelli economici e il ruolo della donna nel contesto reale di ieri e di oggi.

Il sito dell'autrice è www.sveva.it

I libri di Sveva Casati Modignani

Anna dagli occhi verdi

Alla morte del padre, Anna Boldrani eredita un patrimonio, ma deve confrontarsi con il passato della propria famiglia. La saga appassionante di quattro generazioni.

Il Barone

In un palazzo di Piazza Armerina nasce Bruno, erede di una famiglia di baroni siciliani. Amato da tre donne, entra in un rischioso giro di traffici internazionali...

Saulina

Un chirurgo di fama trova antiche carte sulla storia della sua famiglia e dell'ava Saulina. Un romanzo avvincente sullo sfondo della suggestiva Milano napoleonica.

Come stelle cadenti

Intorno a un forte personaggio femminile ruota la storia di una ricca famiglia milanese, le cui vicende si svolgono nell'arco di un secolo. Un romanzo intenso e coinvolgente.

Disperatamente Giulia

Una scrittrice e un medico di fama vengono travolti da una bruciante passione che cambia le loro vite. Da questo romanzo è stato tratto lo sceneggiato prodotto da Canale 5.

Donna d'onore

Da bambina, Nancy assiste all'uccisione del padre da parte di un killer mafioso. L'episodio fa di lei una donna coraggiosa e spietata, divisa tra l'America e la Sicilia.

E infine una pioggia di diamanti

Un anziano editore milanese organizza una beffa a danno degli eredi. E alla lettura del testamento... Un romanzo denso d'azione e sentimento.

Saulina

Un chirurgo di fama trova antiche carte sulla storia della sua famiglia e dell'ava Saulina. Un romanzo avvincente sullo sfondo della suggestiva Milano napoleonica.

Lo splendore della vita

Di nuovo Giulia in un romanzo drammatico e intenso. Superata l'operazione al seno, scivola in una crisi d'identità. Tutto sembra vacillare, ma prevarranno i valori di sempre.

Il Cigno Nero

L'avvincente saga di una dinastia di editori, dilaniata da lotte intestine negli ultimi cinquant'anni. Torbide trame di passioni e tradimenti in un libro vibrante di emozioni.

Come vento selvaggio

Una schiera di personaggi si affolla al capezzale di Mistral, pilota di Formula Uno, vittima di un pauroso incidente. Odi, amori, speranze, rimpianti... in un superbo intreccio.

Il Corsaro e la rosa

Sentimento, passione, sete di potere nell'avvincente saga di una famiglia che ruota attorno a Lena, una donna capace di vivere la vita come un'incessante avventura.

Caterina a modo suo

La scrittrice Caterina Belgrado tira le somme di un'esistenza vissuta «a modo suo»: bellezza, affetti e successo non le hanno dato la felicità. Eppure la sorte le riserva una sorpresa...

Lezione di tango

Amori, rancori, tradimenti: ricca di pathos e sorprese, la storia di una singolare amicizia tra un'affascinante antiquaria milanese e un'anziana diseredata che il mondo respinge.

Vaniglia e cioccolato

Pepe e Andrea dopo diciott'anni di matrimonio e tre figli continuano ad amarsi, nonostante le infedeltà di lui. Ma interviene una separazione che si rivelerà decisiva per entrambi.

6 Aprile '96

La pesante eredità che Irene si porta dentro riaffiora lentamente mentre, dopo un grave trauma alla testa, la giovane recupera la memoria e, con questa, il suo doloroso passato.

Qualcosa di buono

Cosa ha spinto Alessandra Pluda Cavalli, ricca signora borghese, a lasciare la sua fortuna a Lula, la custode dello stabile in cui abitava? La spiegazione è un segreto di famiglia...

Rosso corallo

Liliana nasce in una famiglia operaia nella Milano del dopoguerra. Decisa a realizzare i propri sogni senza tradire se stessa, saprà affrontare con coraggio la vita uscendone vincente.

Gentile lettore,

la ringraziamo per aver scelto uno dei romanzi della ricca collana Superbestseller.

Per poter soddisfare sempre meglio le sue esigenze e i suoi gusti, le chiediamò di voler gentilmente compilare il seguente questionario. Se ci fornirà anche il suo indirizzo, le invieremo le informazioni relative alle nuove pubblicazioni del gruppo Sperling & Kupfer e alle iniziative speciali rivolte ai nostri lettori. Se invece preferisce registrarsi sul nostro sito www.sperling.it, riceverà nella sua casella e-mail la nostra newsletter informativa.

Ho trovato questo questionario nel volume dal titolo

....

Ho acquistato questo volume

☐ in libreria ☐ in edicola ☐ al supermercato

Abitualmente acquisto libri

☐ in libreria ☐ in edicola ☐ al supermercato

Numero libri acquistati in un anno: ....

Il mio autore preferito è: ....

Il mio libro preferito è: ....

Il mio genere preferito è:

☐ saggistica ☐ narrativa

- romanzi d'amore
- thriller

INFORMAZIONI ANAGRAFICHE

Età: .... Sesso: ☐M ☐F

Professione: ....

FACOLTATIVO

Nome ....
Cognome ....
Via .... n. ....
Città .... Provincia .... CAP ....
E-mail ....

Informativa ai sensi dell'art. 13 D. Lgs n. 196/2003
I suoi dati saranno trattati da Sperling & Kupfer Editori S.p.A. e dalle società con essa in rapporto di controllo e collegamento ai sensi dell'art. 2359 cod. civ. – titolari del trattamento – per evadere la sua richiesta di invio di materiale d'informazione libraria delle titolari e più in generale per finalità di marketing, attività promozionali, offerte commerciali e per indagini di mercato da parte delle stesse titolari.
Nome, cognome, indirizzo sono indispensabili per il suddetto fine. Il suo indirizzo di posta elettronica è necessario solo se desidera ricevere via mail i suddetti materiali.
Inoltre, previo suo consenso, i suoi dati potranno, altresì, essere comunicati a soggetti operanti nei settori editoriale, largo consumo e distribuzione, vendita a distanza, arredamento, telecomunicazioni, farmaceutico, finanziario, assicurativo, automobilistico, e a enti pubblici e Onlus, per propri utilizzi aventi le suddette medesime finalità.
Responsabile del trattamento è il Responsabile Dati presso Sperling & Kupfer Editori S.p.A. L'elenco completo e aggiornato delle società in rapporto di controllo e collegamento ai sensi dell'art. 2359 cod. civ. con Sperling & Kupfer Editori S.p.A., delle aziende terze a cui i dati possono essere comunicati e dei responsabili è disponibile al seguente indirizzo e-mail: privacy@mondadori.com.
I suoi dati saranno resi disponibili agli incaricati preposti alle operazioni di trattamento finalizzate all'elaborazione e gestione dei dati.
Ai sensi dell'art. 7 D. Lgs. n. 196/2003, potrà esercitare i relativi diritti, fra cui consultare, modificare e cancellare i suoi dati o opporsi al loro trattamento scrivendo a Sperling & Kupfer Editori S.p.A. Ufficio Promozione - Via Marco d'Aviano 2 - 20131 Milano.
Acconsente che i suoi dati siano comunicati ai suddetti soggetti terzi e da questi utilizzati per le finalità e secondo le modalità illustrate nell'informativa? sì ☐ no ☐

La preghiamo di tagliare lungo la linea tratteggiata e di inviare in busta chiusa e affrancata a:

Sperling & Kupfer Editori S.p.A. Ufficio Promozione
Via Marco d'Aviano 2 - 20131 Milano

Finito di stampare nel gennaio 2007
presso la Mondadori Printing S.p.A.
Stabilimento N.S.M. di Cles (TN)
Printed in Italy